사랑 정복

강규원 장편소설

단글

사랑정복 2

초판 1쇄 인쇄 2019년 7월 12일
초판 1쇄 발행 2019년 7월 26일

지은이 강규원
발행인 오영배
편집 편집부
표지 · 본문 디자인 오정인
제작 조하늬

펴낸곳 (주)삼양출판사 · 피오렛
주소 서울시 강복구 도봉로 173
대표 전화 02-980-2112 / **팩스** 02-983-0660
편집부 전화 02-987-9393 / **팩스** 02-980-2115
블로그 blog.naver.com/dan_gul
출판등록 1999년 3월 11일 제9-00046호

ISBN 979-11-283-9705-9 (04810) / 979-11-283-9703-5 (세트)

 은 (주)삼양출판사의 로맨스 문학 브랜드입니다.

사랑정복

강규원 장편 소설

단글

Contents

9장

서우진 낚아채기

두 번째 당직실 기상이었다.

우진은 불이 꺼진 당직실을 둘러보았다. 인기척이 없는 당직실은 고요하기 그지없었다. 그는 자신이 어떻게 여기로 오게 되었는지를 되짚으려 애를 썼다.

'잘 기억은 나지 않지만, 멀쩡한 척 선배들을 집에 보내고⋯⋯.'

거기까지 생각한 우진은 뜨끈뜨끈한 이마를 짚었다. 선배들을 보내고 난 다음에는 은솔을 발견해서 그녀에게 다가갔었다.

"아⋯⋯."

뭔가 또 사고를 친 느낌이 드는데 기억이 나지 않는 이유는 자신의 정신을 보호하기 위해서가 아닐까?

우진은 멍하니 허공을 쳐다보다가 한숨을 내쉬었다.

최근, 자신의 진심을 전한 그는 은솔의 비위를 거스르지 않기 위해 무한한 노력 중이었다.

이제 더는 물러설 곳이 없기도 했고.

그때 당직실 문이 열렸다. 복도에서 들어오는 희미한 빛줄기에 우진이 눈가를 찡그렸다. 이내, 익숙한 목소리가 들렸다.

"일어났어?"

오늘 당직인 은솔이었다.

"서우진, 너 술은 깼니?"

"으음……."

사실 우진은 아직도 자신이 제정신인 건지 알 수가 없었다. 눈앞에 흐릿하게 보이는 은솔의 모습이 꼭 꿈결처럼 느껴진 탓이었다.

아직 현기증이 일었고 세상이 낯설게만 보였다.

"물 마셔."

은솔이 우진에게 생수병을 내밀었다. 그가 말없이 물병을 받자 그녀가 눈을 가늘게 뜨고 그를 쭉 훑어보았다.

언제나 빳빳하게 다려진 셔츠와 바지가 잔뜩 구겨져 있고 깔끔하게 정리해 둔 머리는 흐트러졌다.

대학 때는 물론, 전공의 시절에도 본 적 없는 모습이었다.

단정하지 않은 모습의 우진이 신기해서 그녀가 슬쩍 제안했다.

"죽을 것 같으면 수액 달아 줄까?"

"아니야, 그 정도는."

갈증 탓에 물병을 반 이상 비운 우진은 그때까지도 말이 없는 은솔을 불안하게 쳐다보면서 조심스럽게 물었다.

"내가 무슨 실수…… 한 거 있어?"

"실수?"

"미안한데, 기억이 안 나서."

"……그래?"

바로 대답하지 않고 뜸을 들이는 그녀를 보자, 그는 더욱 초조해졌다. 그녀에게 전하고 싶은 말이 마음속에 너무 많아서 술김에 무슨 말을 뱉었을지 걱정스러웠다.

"별말 안 했어."

"뭐라고 했는데?"

은솔은 우진을 미심쩍게 응시했다.

정말 기억이 안 나는 건가?

택시 정류장에서 그는 그녀에게 좋아한다는 말을 염불처럼 외다가 픽 기절해 버렸다. 누가 봐도 진심일 수밖에 없는 모습이었다.

"몰라도 돼. 별거 아니었으니까."

하지만 그것도 기억하지 못하고, 멋대로 품에 끌어안은 것도 잊고, 진짜 너무한 거 아니야?

퇴근 후, 은솔은 바로 침대에 드러누웠다.

당직 내내 중요한 수술이 없었던 게 다행이었다. 가뜩이나 피곤한데, 당직실에서 잠든 우진 때문에 혼이 반쯤 빠져나가서 일이 손에 잡히지 않았다.

"몰라, 몰라, 모르겠다!"

이불을 머리끝까지 뒤집어쓰고 투덜투덜, 혼잣말을 하고 있을 차에 전화가 걸려왔다.

벨 소리에 번쩍 정신이 드는 걸 보면 이 짓도 참 오래 했다 싶다.

발신처는 민주였다.

"왜?"

─뭐함?

친구의 느긋한 목소리를 듣자 은솔은 만사가 다 귀찮아졌다. 그녀가 지친 기색을 숨기지 않으면서 대꾸했다.

"어제 당직이었거든. 자려고."

─수술했어?

"간단한 것만."

─역시 내과가 짱이라니까. 거기 가서 무슨 고생이야? 내과나 오지.

은솔의 미간이 확 찌푸려졌다.

"……갑자기 뭐야? 내 속 긁으려고 전화했냐?"

친구의 이 가는 소리에 민주가 까르르 웃었다.

─아니. 저녁에 맥주 한잔할래?

"봐서."

당직 때문에 은솔은 귀찮음이 하늘을 뚫고 올라가는 중이었다. 시원한 맥주가 끌리기는 했지만, 굳이 바깥에 나가고 싶지는 않았다.

그러나 민주는 끈질겼다.

─뭘 '봐서'야? 혜정이가 너 요즘 헬스 안 한다던데, 운동 포기한 김에 먹고 죽자.

"아니거든?"

―에이, 그래?

친구가 건강해지면 좋은 거 아닌가? 김민주가 왜 아쉬워하는 거람. 같이 죽자는 거야?

고개를 갸웃거리던 은솔은 전화기 너머로 민주의 한숨 소리를 들었다.

"뭐 안 좋은 일 있어?"

―아, 나 독립할까 해.

민주는 애써 밝은 말투로 대꾸했지만 오랜 친구다 보니, 은솔은 그 안에 담긴 우울한 기색을 읽을 수 있었다.

"왜?"

―그냥, 이 나이 먹고 부모가 싸우는 거 보기도 질렸고…….

'아, 이런.'

다른 집 가정사가 나오기 시작하자 은솔은 뭐라 대꾸할 말이 없었다.

스무 살 때부터 민주는 부모님의 잦은 싸움 때문에 자주 스트레스를 받곤 했다.

가장 심각할 때는 시험을 앞뒀을 때였는데 사식이 시험을 망치든 말든 상관이 없는지 밤새도록 부부 싸움을 했다나.

한 번 낙제 위기에 몰렸던 민주는 그날 이후로 시험 기간에는 집에 들어가지 않았다.

그것도 10년 전인데, 아직도 민주는 부모의 다툼에 지쳐서 힘들어하고 있었다.

─출퇴근도 피곤해서 병원 근처 오피스텔로 들어갈까 해.

"어······."

─나 오늘 진료 일곱 시까진데 저녁 콜?

이렇게 된 이상, 울적한 친구를 홀로 둘 수는 없었다. 은솔은 한숨을 내쉬고 나서 약속을 받아들였다.

"알았어. 너희 병원으로 일곱 시에 갈게."

전화를 끊었지만, 민주의 사정을 전해 들어서인지 은솔의 마음이 무거워졌다.

괜스레 속이 답답해서 찬물이라도 마시고 잘 요량으로 주방에 나온 은솔은 거실에서 TV를 보고 있는 엄마와 마주쳤다.

"엄마."

"응? 안 자?"

그러고 보면 은솔은 부모의 부부 싸움을 본 적이 극히 드물었다.

아버지야 바깥에서 깐깐한 편이기는 해도 집에서는 술에 물 탄 듯, 물에 술 탄 듯했고 엄마도 그다지 싸움을 크게 만드는 성격이 아니었다.

자신의 인생에서 가장 끔찍했던 시기는 엄마가 투자 사기를 당한 뒤였는데, 그때 집안 분위기가 꽤 흉흉하기는 했다.

그래서 더욱 이를 악물고 장학금을 받고자 노력했고 부모에게 손을 벌리지 않으려 애를 썼었다. 부모님이 나이가 든 지금은 그럭저럭 봉합이 잘 되었지만.

"잘 건데······ 엄마 나잇대 부부들도 부부 싸움 많이 해?"

"그런 건 왜 물어봐?"

"아니, 그냥."

엄마에게 군이 민주의 사정을 구구절절 풀어놓기는 싫어서 은솔이 말을 대충 뭉뚱그렸다.

딸을 가만히 지켜보던 미선이 어깨를 으쓱했다.

"이제 결혼할 생각이 들어?"

"엥? 그런 건 아닌데……."

"참, 그때 온 서우진 선생 하고는 잘 만나고 있는 거지?"

"……네?"

갑자기 끌려 나온 우진의 이름에 은솔이 화들짝 놀랐다.

"그런 사위 보면 소원이 없겠다. 그리고 누나인 네가 먼저 결혼을 해야 은석이도 결혼하지. 어떻게 남매가 둘 다 똑같이 결혼 생각이 없어? 웅? 어디 가!"

"잘 거야!"

엄마의 말에 더 휘둘리기 전, 은솔은 후다닥 방으로 도망쳤다. 뜬금없이 나온 우진의 이름 때문에 지난밤에 들었던 고백이 다시 생각났다.

"널 좋아했어."

머릿속에서 우진의 목소리가 메아리처럼 울렸다. 조심스러워하는 그의 모습이 잔상이 되어 뇌리를 맴돌았다.

서우진은 도대체 뭔데, 고은솔을 이렇게까지 괴롭히는 거지?

"아, 좀 자자!"

꽥 소리를 지른 후 베개에 머리를 푹 파묻은 은솔은 끙끙 앓는 소리를 내다가 기절하듯 잠들었다.

자고 일어나서 한결 개운한 기분으로 외출한 은솔은 어두운 안색의 민주와 가까운 치킨 체인점에서 마주 앉았다.

"난 생맥."

"나도."

"생맥 500짜리 두 잔이랑 마늘치킨이요."

깔끔하게 주문을 마친 민주가 의자 등받이에 몸을 푹 기댔다.

부모에게 시달린 건지 환자에게 시달린 건지는 모르겠지만, 은솔은 반쯤 넋이 빠져 있는 친구가 불쌍해 보였다.

"집은 알아봤어?"

"아직. 내일부터 알아보려고."

은솔이 말없이 고개를 끄덕였다. 마침, 주문한 맥주가 먼저 나왔다.

무심한 표정으로 건배를 하고 은솔이 맥주잔을 입으로 가져갈 때였다.

"이 나이 먹도록 부동산 거래 한 번도 안 해 봐서, 시작부터 좀 암담해."

"어, 나도."

서른이 훌쩍 넘었지만, 자취해 본 경험도 없고 부모님 슬하에서 계속 지냈던 터라 은솔 역시 민주처럼 부동산과는 거리가 멀었다.

곁들여 나온 안주를 집어 먹으면서 민주가 조잘거렸다.

"어젠 홧김에 진짜 당장 짐 싸서 호텔 방이라도 갈까, 그랬다니까?"

"왜 싸우신 거야?"

"몰라. 또 아빠가 한눈팔았나 보더라고."

"헉."

하마터면 사레가 들릴 뻔한 은솔은 겨우 맥주를 삼켰다. 아무렇지 않게 아버지의 치부를 말하는 민주를 도대체 어떻게 쳐다봐야 할지 모르겠다.

그러고 보면 대학을 다닐 때, 민주는 아버지의 부정을 어머니로부터 전해 듣고 펑펑 울었던 적이 있었다.

그러나 지금은 눈물 대신 짜증만 나오나 보다.

"우리 아빠지만 인간 말종이야. 환갑이 넘었는데도 어쩜 사람이 그런지⋯⋯."

오만상을 찌푸린 민주가 한숨을 내쉬었다.

"우리 엄마 아빠 보면, 결혼은 못 할 짓이야."

그날 이후로 민주는 결혼이라는 제도에 회의적이 되었다. 연애는 가끔 하더라도 결혼 이야기가 나오면 칼같이 관계를 정리하곤 했다.

"부모가 가진 영향력에서는⋯⋯ 내가 몇 살을 먹든 벗어나기 힘든 것 같아."

테이블에 팔을 올리고 턱을 괸 민주가 혼잣말하듯 한탄했다.

"나이를 먹어서 좋은 건, 이불 뒤집어쓰고 질질 짜지 않고 독립을 결정할 수 있다는 거야."

손안에 재산이 생기자 지옥 같은 집을 탈출할 수 있게 되었다. 민주는 그것만으로도 어느 정도 위로가 되는 모양이었다.

"병원 근처로 방 얻을 거라고?"

"그래야지. 문제는 여기 집값이 너무 비싸다는 거지만."

안타깝게도 민주의 병원은 강남에 있었다. 은솔은 서울 구석에 자리한 자신의 병원이 갑자기 좋아지기 시작했다.

하지만 김민주는 꽤 저축하던 거로 아는데.

"왜? 모아 둔 거 많잖아?"

은솔이 엄지와 검지를 말아 원을 그렸으나 민주는 고개를 절레절레 저었다.

"별로 없어. 내가 원장 타이틀을 괜히 단 줄 아니?"

즉, 대출을 받아서 공동으로 개원을 했다는 뜻이었다.

"월급이나 받을걸."

뭐, 지금 와서 후회해 봤자 엎질러진 물이라서 민주는 더 이상 뒤를 돌아보지 않기로 했다.

"넌 뭐 재밌는 일 없어?"

자신의 우울한 이야기는 제쳐 두고, 민주는 은솔의 근황을 궁금해했다.

최근에 있던 사건이라고는 온통 서우진과 관련된 일뿐이라 은솔은 쉽게 입을 열지 못했다.

"어, 글쎄……."

아, 그러고 보니 하나 더 있다. 특별하지 않은 사건이긴 하지만.

"혜정이가 김찬기 팬인 거 알지?"

"그랬던가?"

"팬이야. 아주 좋아 죽더라고."

"그래서?"

뜬금없이 나온 김찬기의 존재에 민주가 눈살을 찌푸렸다.

일단, 자신과 전혀 상관없이 멀기만 한 김찬기 관련 이야기가 흥미롭지 않아서였다.

그러나 이어지는 은솔의 말에 민주의 눈이 번쩍 뜨였다.

"우리 다니는 센터에 김찬기도 다니더라."

"헐…… 대박. 거기 나도 등록하면 안 돼?"

직접 만날 수 있다면 이야기가 달라지지.

잘생긴 남자와 같이 운동을 하다니, 자기들끼리만 눈요기를 하고 있었다. 어쩐지 운동을 꼬박꼬박 나간다 했다.

운동하기 싫은 마음은 멀리 두고 민주는 피트니스센터에 관심을 보였다. 그 속내가 빤히 들여다보여서 은솔이 헛웃음을 지었다.

"네 마음대로 해."

"거기 이름이 뭐라고?"

"스퀘어월드."

이름을 가르쳐 주기 무섭게 휴대폰으로 검색을 해 본 민주가 혀를 쯧쯧 찼다.

"아, 우리 병원에서는 좀 머네……."

단숨에 김민주는 미남보다 귀찮음에 굴복하고 말았다.

은솔이 차갑게 식은 눈을 가늘게 뜨고 게으른 친구를 쳐다보았다.

탁, 민주가 휴대폰을 뒤집어엎어 두었다. 더는 운동 같은 거 신경 쓰지 않겠다는 듯이.

"하여튼 그래서?"

"그래서 우연히 김찬기 본 김에 혜정이하고 영상 통화를 시켜 줬어."

요즘 가장 떠오르는 스타, 김찬기와 영상 통화! 민주의 입이 떡 벌어졌다.

"김찬기랑 아는 사이야?"

"어쩌다가 알게 됐어."

"헐…… 나도 영상 통화시켜 줘."

"번호는 몰라. 나중에 보면 해 줄게."

역시 기술 발전이 최고다. 귀찮게 피트니스센터까지 가지 않아도 얼굴 보면서 대화가 가능하니까.

어느새 민주의 눈동자가 초롱초롱해졌다.

민주는 옆 테이블의 눈치를 살피면서 목소리 볼륨을 한껏 줄이고 속삭였다.

"대박이다. 완전 잘생겼지?"

"글쎄……."

"글쎄라니, 김찬기가 얼마나 핫한데."

"잘 모르겠어."

그건 은솔의 진심이었다.

객관적으로 잘생긴 사람이라는 걸 인정은 하는데, 찬양을 할 만큼 미남인지는 잘 모르겠다.

병원에서 고개만 돌려도 눈에 보이는 서우진이 있다 보니 남자에게 무뎌지기라도 한 걸까.

따지자면, 서우진이 김찬기보다 나은 것도 같은데…….

'아니, 이게 아니지! 서우진이 잘생긴 게 뭐 어떻다고!'

서우진에게 고은솔 인생의 십수 년을 저당 잡혔더니 모든 기준이 서우진화가 된 것 같았다.

은솔이 내적 갈등을 겪는 것도 모르고, 민주가 기막힌다는 투로 삿대질까지 하며 말했다.

"잘 몰라? 고은솔, 김찬기 얼굴을 잘 떠올려 봐. 아니라면 네 눈이 너무 높은 거야. 하늘 높은 줄 모르고 치솟은 거라고. 그렇지?"

은솔은 쉽게 대답하지 못했다. 대신, 그녀는 말을 원점으로 돌리기로 했다.

"김찬기 얼굴이 중요한 게 아니잖아. 그냥 그런 일이 있었다고."

"재미없네. 뭐 서우진 관련한 일은 없냐?"

귀신 같은 김민주! 어떻게든 우진에 대해 이야기하지 않으려던 은솔은 정곡이 찔려서 입술만 뻐끔거렸다.

"서, 서, 서우진이 왜?"

"왜 말을 더듬고 그래? 같이 서우진 까 줄게. 개 요즘노 너 괴롭혀?"

"아니, 뭐 별로……."

얼굴이 살짝 붉어진 은솔이 말끝을 얼버무릴 차였다. 민주의 눈초리가 날카로워졌다.

"서우진도 거기 다니잖아. 걔는 김찬기 안 봤어?"

"아, 봤지. 김찬기 별로 안 좋아하는 것 같더라."

"걔가 언젠 연예인 좋아했냐."

민주가 허탈하게 중얼거렸다.

"아니, 그런 수준이 아니라 안티 같던데."

"서우진이? 잘도……."

고은솔 이외의 존재에게 관심이 없는 서우진이 잘도 김찬기를 싫어하겠다.

은솔의 말도 안 되는 생각을 비웃으려던 민주가 멈칫했다.

타인에게 크게 신경 쓰지 않는 서우진이 싫어하는 사람?

"야, 김찬기가 너한테 혹시 작업 걸었어?"

"미쳤어? 김찬기, 연예인이야. 인기도 많다며?"

"그런데 서우진이 왜 김찬기를 싫어해?"

"그걸 내가 어떻게 알아?"

은솔은 이해할 수 없는 민주의 말에 황당하다는 투로 대꾸했다.

"고은솔. 잘 생각해 봐. 네 촉을 살려 보라고."

"또 왜 저래."

"김찬기가 너한테 말 걸 때마다 서우진이 나타나서 방해했지?"

"그랬던가. 그런 것도 같고……."

은솔이 심드렁하게 대답했다. 그 순간, 민주의 눈빛이 안타까워졌다.

그녀의 동정심은 눈앞의 친구가 아니라 어디 있는지 모르는 서우진에게로 향하는 중이었다.

'눈치가 없어도 이렇게 없을 수 있나?'

민주는 몇 년 동안 옆에서 은솔에게 주입을 해 왔다. 아무래도 서우진이 고은솔을 좋아하는 것 같다고. 추측하는 말투였지만, 사실이었다.

우연히 서우진의 마음을 안 뒤로 젊은 혈기에 두 사람을 돕겠다고 나서지만 않았어도 이토록 답답하지는 않았을 텐데!

답답한 속을 풀기 위해 민주는 한 번에 맥주를 반이나 비워 버렸다. 타이밍 좋게 그녀의 기분을 풀어 주기 위한 치킨이 나왔다.

포크로 치킨 한 조각을 쿡 찍은 민주가 초등학생에게 묻듯이 입을 열었다.

"서우진이 왜 그랬을 것 같아?"

아무렇지 않게 말하는 민주와 달리, 은솔의 심장이 덜컥 내려앉았다.

아무 말도 하지 않았는데 설마 김민주가 벌써 눈치를 챈 건 아니겠지?

술 때문인가, 어둑어둑한 조명 때문인가. 민주의 눈에 은솔의 얼굴이 조금 붉어져 보였다.

조명 탓이겠거니, 넘긴 민주가 바삭바삭 치킨을 씹을 참이었다.

슬그머니 친구의 눈치를 보던 은솔이 말했다.

"나, 너한테 말 안 한 게 있는데."

"뭔데?"

"……우리 던트 때, 나랑 서우진이랑 사귄다고 소문난 적 있었잖아."

"아, 그거."

"그거 서우진이 낸 소문 아니었어."

"어, 그랬어?"

깜짝 놀랄 줄 알았는데 의외로 민주는 그럴 줄 알았다는 양, 고개를 끄덕이고 있었다.

그럴 만도 했다. 이미 민주는 우진에게 사실을 전해 들은 적이 있었다.

어떻게든 오해를 풀어 주려고 노력했으나 은솔은 말을 들을 기미가 보이지 않았고, 우진도 별로 오해를 풀고 싶어 하지 않아서 묻어 두긴 했지만 말이다.

"근데 그건 어떻게 알았어?"

"선배한테 들었어. 다른 사람이 낸 소문이라고 그러더라."

"어떤 새끼가 그런 소문을 냈대?"

"장 선배."

"뭐라고?"

이번에 제대로 놀란 민주가 눈을 크게 떴다. 서우진도 그 소문의 시발점을 알지 못했던 터라 민주로서는 처음 듣는 소리였다.

"나랑 헤어지고 싶어서 구실 삼은 것 같더라."

"아니, 그 미친놈이…… 뭐가 어째? 헤어질 거면 그냥 헤어지자 하지, 거기 서우진은 또 왜 끌어들여서 사람 하나 쓰레기를 만들어?"

은솔을 대신해서 씩씩거리던 민주가 차가운 맥주를 한 모금 마시고 나서 겨우 분노를 가라앉혔다.

"그래서 서우진한테 말하긴 했어?"

"했어. 했는데……."

말을 하다 말고 은솔이 한숨을 내쉬었다. 우진을 떠올리는 것만으로도 마음이 괜스레 울렁였다. 기다리다 지친 민주가 재촉했다.

"했는데, 뭐?"

"아, 그 소문…… 자기는 싫지 않았대."

은솔이 어렵게 대답했으나 민주는 그 점도 이미 알고 있었다.

심각한 표정을 짓고 있는 은솔을 보자, 슬슬 말이 통하겠다 싶어서 속이 뚫린 민주가 툭 내뱉었다.

"싫지 않으면, 좋았대?"

민주의 말에 은솔의 얼굴은 심각하다 못해 어딘가 비장해 보이기까지 했다. 뭔가를 눈치챈 민주가 포크를 내려놓았다.

"이쯤 되면 고은솔 입에서 욕이 나와야 하는데."

평소와 다른 반응이 이어지자 민주의 눈이 날카로워졌다.

심각함에서 비장함으로 변했다가 이번에는 당황한 기색이 뚜렷해진 친구의 얼굴이 이상하다.

"뭐야? 고은솔 표정이 왜 저래?"

"내, 내가 뭘?"

정곡을 찔린 은솔이 창피한 듯, 부끄러워하는 모습을 보이고 있었다.

말도 더듬고, 눈길을 어디에다 둬야 할지 몰라 이리저리 시선이 흔들리고, 입이 마르는지 찔끔찔끔 맥주를 들이켠다.

뭔가 있다, 그 당사자하고. 그러니까…….

"혹시 서우진하고 무슨 일 있었어?"

"무, 무슨 일이 있어?"

은솔에게서 당혹스러워하는 것이 분명한 새된 목소리가 튀어나왔다. 민주의 입에 의기양양한 미소가 번졌다.

"있었구만?"

"없어. 아무 일도."

뒤늦게 정신을 차린 은솔이 미간을 좁히고 손을 내저었으나 그게 김민주에게 통할 리가!

"서우진하고 잤어?"

"야! 너 미쳤어?"

경악하는 은솔의 태도에서 민주는 너무 멀리 갔음을 깨닫고 고개를 끄덕였다. 아직 거기까지는 아닌가 보다.

"아, 아직 거기까진 아닌가? 그럼 뭐 했는데?"

"아무것도 안 했거든! 미쳤네. 김민주, 돌았어."

얼굴이 빨갛게 익은 친구를 보면서 민주는 깔깔 웃었다.

고은솔의 얼굴이 붉어진 건 조명 탓도, 맥주 탓도 아니었다. 서우진 때문일 뿐이다.

"서우진이 너 좋아한다니까. 내가 백 퍼센트 보증해."

자신만만한 친구를 앞에 두고도 은솔이 입을 다물고 침묵하자 호기심 어린 민주의 눈빛이 느껴졌다.

다시 떠올리니 심장이 이상해지는 기분이 든다. 아니, 맥주 때문일 것이다.

맥주 한 잔에 심장이 이렇게 두근거리는 건 오랜만이지만.

"됐어!"

흥미진진한 시선이 괜스레 짜증 나서 은솔이 꽥하고 소리 질러 대꾸했다. 일자로 굳게 닫힌 은솔의 입술을 보다가 민주가 슬그머니 말을 던졌다.

"아, 왜? 서우진이 너 좋아한대?"

"헉! 너 신 내렸어?"

화들짝 놀란 은솔이 민주를 똑바로 쳐다보았다. 민주의 입가가 스윽 벌어졌다.

그래서 서우진 때문에 마음고생을 하는 중이라 이건가? 원래 남의 연애사가 재미있는 법인데.

"오, 이제야 고백했어?"

"……이제야?"

"걔가 너 오랫동안 좋아했잖아."

은솔은 잠시 말문이 막혔다. 민주 역시 우진과 같은 소리를 하고 있었다.

생각해 보면, 민주는 계속 같은 주장을 했었다. 서우진은 고은솔을 좋아한다고.

그러나 은솔은 민주의 주장을 터무니없는 소리라고 무시했었다. 서우진과의 악연도 그렇지만…….

"걔가 뭐가 아쉬워서 날 좋아해?"

객관적으로 봐도 외모, 집안, 능력 어느 것 하나 빠지지 않는 서우진이 왜 고은솔에게 연애 감정을 느끼는지 이해가 가지 않기도 했다.

그런 이유로 아주 오랫동안, 은솔은 우진이 자신을 '갖고 놀기' 위해 접근한다고 믿어 의심치 않았다.

그때, 민주가 답답한 한숨을 내쉬고 대꾸했다.

"야, 네가 뭐가 모자라서?"

머리 위로 돌이 떨어지는 듯한 충격에 은솔은 다시금 할 말을 잃었다.

"네가 뭐가 빠지는데? 얼굴 예쁘지, 의사 집안이지, 능력 있지."

"아니, 난……."

"의대 퀸카였지."

"김민주! 너, 그 소리 한 번만 더 해!"

"그땐 너도 참 많이 귀여웠어. 순진해 가지고."

잊고 싶은 별명을 민주가 뱉기 무섭게 은솔이 발작했다. 민주는 눈치 없는 은솔을 딱하다는 시선으로 쳐다보았다.

"내가 계속 그랬잖아. 서우진이 또라이 짓 한 건 네 남자 문제에서만 그랬다고."

민주의 말대로, 서우진은 고은솔이 소개팅이라도 나가면 어떻게 알았는지 득달같이 달려와 깽판을 놓고, 남자를 사귀게 되자마자 사이를 깨뜨렸다.

하여튼 서우진은 고은솔이 싫어할 짓만 계속 한 셈이었다. 장학금 문제야, 뭐…… 고은솔이 서우진보다 모자랐다고 여기면 그만이었다.

그렇지만 성적이나 남자 문제가 아니더라도 그녀의 주변을 맴돌면서 괴롭히는 바람에, 사람들의 견제와 눈치를 한없이 받기도 했다.

수련 병원에서는 은솔에게 덕지덕지 붙은 소문 때문에 친구나 지인을 사귀기도 어려워졌고, 내성적인 성격의 은솔은 결국 대학 동기인 혜정과 민주 두 사람하고만 만나곤 했다.

"서우진이 김찬기 싫어하는 것도, 김찬기가 너한테 관심 가지니까 그런 거라니까."

"……갑자기 김찬기가 왜 나와?"

은솔의 얼굴이 일그러졌다. 친구가 표정을 구기든 말든 민주는 궁금한 점을 묻기 바빴다.

"고백받고 넌 뭐라고 했는데?"

"응? 아무 말도 안 했는데?"

"뭐? 왜!"

정확히 말하자면, 뭔가 말할 기회가 없었다.

우진은 제 마음만 고백했을 뿐, 연인이 되자고 부탁하지도 않았고 그녀의 감정이 어떤지 물어보지도 않았다.

"할 말이 없었거든."

탁! 맥주잔을 소리 나게 내려놓으며 은솔이 시원스럽게 말하자 민주가 이마를 짚었다.

"넌 인간이 왜 그러냐?"

"내가 뭘?"

"이쯤 되면 서우진이 불쌍하다고."

못난 과거를 갖고 있기에 우진이 은솔에게 더 조심스러워하는 걸 잘 아는 민주로서는, 이번 고백으로 인해 서우진의 불안한 마음을 쉽게 짐작할 수 있었다.

그러나 은솔은 제 편을 들어주지 않는 친구가 얄미웠는지 얼굴을 야수처럼 구기고 목소리를 높였다.

"불쌍? 누가 불쌍해?"

은솔이 분통을 터뜨리자 도로 속이 답답해진 민주는 남은 맥주를 한꺼번에 비우고 길게 한숨을 내쉬었다.

"고은솔. 이렇게 생각해 봐."

"뭘?"

"10년이 넘도록 서우진은 너만 바라본 거잖아? 해바라기처럼."

민주가 전혀 생각해 보지 못한 관점을 제시하자 은솔의 얼굴에서 핏기가 싹 가셨다.

"그럼 이제 좀 결실을 맺게 받아 줘야 하는 거 아냐?"

"아니, 걔가 나한테 그냥 좋아한다고 하고 끝났다니까. 아무것도 없는데 내가 뭘 받아 줘?"

민주가 답답해했지만, 은솔 또한 답답하기는 마찬가지였다. 서우진은 그저 좋아했다는 감정만 전했을 뿐, 그 이상 나아가질 않았다.

"너 그러다가 나중에 운다. 백 퍼센트 울어."

"뭘 또 울어?"

"너도 알잖아. 서우진 노리던 여자가 한둘 아니라는 거."

맞다. 고은솔이 바로 그 직접적인 피해자였던 터라 아주 잘 알고 있었다.

은솔만 졸졸 쫓아다니는 우진 때문에 많은 사람에게 고은솔은 안 좋은 이미지였다.

툭하면 '서우진을 좋아하느냐'고 묻고, 싫다 하면 '왜 싫어하느냐' 묻던 이상한 사람들이 많았다.

"그 인물에, 능력에, 집안에…… 손만 뻗으면 얼마든지 여자 만날 수 있는 환경에서도 너만 바라본 거면 그거야말로 진정한 사랑 아니냐고."

"다, 다른 사람 만났겠지, 설마……."

"무슨 헛소리야? 서우진이 예과 때부터 솔로였던 걸 네가 누구보다도 잘 알 텐데."

믿고 싶지 않은 사실에 은솔이 고개를 설레설레 저었으나, 민주는 쯧쯧, 혀를 찼다.

한 발짝만 더 나아가면 끝날 일인데, 서우진이나 고은솔이나 둘 다 딱 한 발을 내밀지 못하고 있었다.

서우진 한 번 더 도와준다. 네놈은 절대 고은솔한테서 떠나지 않겠지만, 고은솔의 마음은 언제 변할지 모르니까.

"얼른 낚아채. 걔가 고백까지 다 했다고 홀가분하게 떠나면 어쩌려고 그래?"

민주가 거만한 자세로 은솔을 슬쩍 자극했다. 떠난다고? 은솔의 얼굴이 심각하게 굳어졌다.

새롭게 깨달음을 얻고 나니 더 돌아 버리겠다. 은솔은 식어 가는 치킨과 이미 미지근해진 맥주를 허망하게 쳐다보았다.

* * *

기분이 좀 이상하다.

아니, 좀 많이 이상한 것 같다. 일단 몸을 가누기가 불편할 정도로 어색하고 심장이 불규칙적으로 뛰는 느낌이 든다.

집보다 편한 곳이 병원인데, 어째서일까?

오프 후, 출근하는 내내 은솔은 가슴 한구석이 이상했다.

정확히 말하자면, 서우진을 어떻게 봐야 할지 몰라서 전전긍긍
한다는 게 맞을 것이다.

은솔은 우진을 둘러싸고 있는 환자 무리를 멍하니 쳐다보았다.

근처 미술 대학에 다니는 여학생이 금속 공예를 하다가 손을 다
쳐서 응급 환자로 들어왔었다.

아주 심각한 상태는 아니어서 다행이었다. 그래도 여학생이기에
섬세하게 봉합할 수 있는 우진이 지명되었고, 수술이 성공적으로
끝나 무리 없이 잘 낫고 있는 상태였다.

문제는 그 환자와 환자 친구들이 서우진에게 무한한 호감을 보
내고 있다는 것쯤?

물론 환자들이 의사에게 호감을 갖는 건 흔한 일이었다. 자신의
소중한 신체를 접합해 준 사람에게 고마운 마음이 드는 건 당연했
으니까.

은솔도 많은 환자들에게 감사 인사를 듣는 게 일상이라면 일상
이었다. 그런데…….

'저건 좀 심하지 않아?'

환자에 환자 친구들까지 네 명이 우진을 통 놓아주질 않았다. 하
필이면 오늘, 수술도 없고 환자의 발길조차 끊어진 상태였다.

뭐, 환자가 없으면 좋은 일이긴 하지만…….

"쌤, 전화번호 좀 알려 주시면 안 돼요?"

"안 됩니다."

"쌤 진짜 내 타입인데."

'뭔데 저렇게 용감해?'

멀리까지 들리는 귀여운 목소리에 당황한 은솔이 얼굴을 붉혔다.

아니, 그보다 요즘 학생들은 저렇게 직설적인 건가! 문득, 민주의 경고가 떠올랐다.

"너도 알잖아. 서우진 노리던 여자가 한둘 아니라는 거."

아무리 그래도 열 살은 어릴 법한 대학생한테까지…… 은솔이 끙, 앓으면서 의식적으로 우진에게서 시선을 뗄 참이었다.

"어머…… 서우진 선생님, 인기 많네요."

지나가던 간호사가 은솔에게 슬쩍 말을 건네고 호호 웃으면서 멀어졌다.

이게 또 환장할 노릇인 게, 병원 내부에서는 서우진과 고은솔이 연인 관계, 나아가 결혼할 사이라는 황당한 소문이 돌고 있었다.

정작 두 사람은 아무 사이도 아닌데 이런 식으로 엮이고 있는 셈이다.

"그러면 요기로 톡 주시면 안 돼요?"

"안 됩니다."

상냥하고 친절하지만 정확하게 선을 긋는 우진의 목소리에 환자가 더욱 안달했다.

"아이, 퇴원하면 이제 쌤 못 보잖아요."

"의사는 원래 자주 보면 안 좋은 거예요."

말을 마친 그가 너스 스테이션에서 볼일을 끝내고 미련 없이 걸음을 옮겼다.

어미 오리를 따르는 새끼들처럼 여학생들이 그의 뒤를 졸졸 따랐다.

은솔은 뜨악한 표정으로 그 장면을 쳐다보았다.

하긴, 놀랄 건 아니었다. 전공의 때도 서우진은 병원 내에서 인기가 많았었다. 의료진뿐만이 아니라 환자와 보호자를 통틀어서.

'놀랄 일은 아닌데. 아닌데, 아닌데…….'

"쌤! 그럼 사진이라도 같이 찍……."

"환자분, 조용히 해 주세요."

계속되는 우진의 거절에 목소리를 잔뜩 높인 환자에게 마침내 유남이 주의를 주었다.

입술을 삐죽거리면서도 입을 다문 환자는 친구들과 함께 투덜대면서 자리를 떠났다.

이내, 멀리서 조유남 간호사가 은솔을 불렀다.

"은솔 쌤!"

"네?"

"저 잘했죠?"

"……네?"

유남의 말을 이해하지 못한 은솔이 얼떨떨하게 되묻자 유남이 어깨를 으쓱였다.

"쌤, 지금 우진 쌤 때문에 기분 완전 안 좋으시죠?"

"제가요?"

"원래 잘생긴 애인 두면 다른 여자 때문에 속 끓이는 거거든요."

"네에?"

애인이라니!

"아까 쌤 눈에서 레이저 나가는 줄 알았다니까요."

유남의 너스레에 너스 스테이션에 있던 사람들이 키득거렸다. 반면, 은솔은 웃지도 못하고 얼굴만 붉힌 채 서 있을 뿐이었다.

'아니, 내가 뭘? 뭘?'

당황한 은솔에게 구원을 내린 건 뜻밖의 휴대폰이었다.

응급실에서 걸려 온 전화에 은솔은 허둥지둥 너스 스테이션에서 도망칠 수 있었다.

응급실로 내려간 은솔은 며칠 전에 퇴원했던 담당 환자를 만났다. 당뇨가 있고 흡연까지 하는 환자가 병원을 다시 찾았다.

거무죽죽한 환자의 안색을 보고 나서, 은솔은 응급실에서 실시한 검사 결과 차트를 받아 들었다.

퇴원할 때까지만 해도 환자의 상태는 괜찮았다. 환자의 생활 습관만 제외하면 무난하게 회복이 될 케이스였다.

하지만…… 은솔의 얼굴이 차갑게 굳어졌다.

"담배 피우면 안 된다고 분명 말씀드렸을 텐데요."

다시 보게 된 수술 부위는 괴사가 진행되는 모양새였다. 드레싱이 끝난 손끝은 죽을상인 환자의 안색만큼이나 퍼렇고 검게 변해 있었다.

괴사다.

"괴사가 오면 못 살린다고 말씀드렸어요. 절단해야 합니다."

겨우 살려 둔 작은 혈관에 산소가 공급되지 않아서 주변 피부조직이 전부 죽어 버린 상태였다.

환자는 인제 와서 우는소리를 했다.

"아이고! 안 됩니다. 선생님, 제발…… 안 돼요! 담배 끊을게요. 술도 다 끊겠습니다!"

"제가 몇 번 말했잖아요. 담배 피우시면 여기로 산소 공급이 안 된다고! 환자분은 당뇨도 있어서 사지 말단은 특히 조심해야 한다고 몇 번 말했습니까?"

"안 돼요. 안 돼……."

서슬 퍼런 은솔을 앞에 두고 환자는 후회의 눈물을 흘렸지만, 자신의 말을 귓등으로도 듣지 않는 환자를 그녀는 이 이상 담당할 자신이 없었다.

사람들은 항상 그렇다. 잃고 나서 후회하고 괴로워한다.

그녀는 환자를 선배인 최준구 선생에게 보내기로 했다. 경험 많은 최 선생이 보기보다 많은 부분을 살려 낼 수 있을지도 모르고.

은솔은 준구에게로 환자를 인계하고 힘없이 걸음을 옮겼다.

겨우 살린 손가락을 잃는 일을 한두 번 겪은 것도 아니지만, 이번에도 입맛은 썼다.

당연한 걸 잃어버린 뒤에 느끼는 상실감과 괴로움은 얼마나 클까?

상상도 할 수 없는 감정을 곰곰이 생각하면서 은솔은 하염없이 복도를 걸었다. 곧 점심시간인데 입맛이 영 돌지 않았다.

그때, 누군가가 그녀의 앞을 툭 막아섰다.

"어?"

"수술 있어?"

서우진이었다. 평소처럼 그녀에게 밝은 미소를 내비치면서 그는 그녀에게 다정하게 말을 걸었다.

우진을 멍하니 올려다보던 은솔의 뇌리에서 민주의 경고가 재생되었다.

"너 그러다가 나중에 운다. 백 퍼센트 울어."

"얼른 낚아채. 걔가 고백까지 다 했다고 홀가분하게 떠나면 어쩌려고 그래?"

정말 잃어버리면 울게 될까? 우진의 얼굴을 보자마자 은솔의 가슴속에 초조함이 자라나기 시작했다.

"고은솔?"

"어? 어, 수술…… 나 없는데."

겨우 제정신을 차린 은솔이 부랴부랴 대답했다. 우진이 빙그레 웃었다.

"잘됐네. 너 찾고 있었어. 점심 먹으러 가자."

진짜…… 어, 어떻게 낚아채야 하지? 다짜고짜 좋아한다고 말하면 되는 거야?

＊　　　＊　　　＊

웬일로 친구인 태민이 병원을 찾아왔다. 우진은 반가움 반, 놀라움 반을 가지고 1층 구석에 마련되어 있는 카페로 향했다.

"어쩐 일이야?"

"누가 너무 바빠서 연락도 안 되니까 직접 왔지."

"어?"

의아해하는 우진에게 태민은 맞은편 자리를 권했다. 피곤해 보이는 우진의 안색을 흘깃 살핀 태민이 입가를 끌어 올리고 말했다.

"역시 외과 쪽은 정신이 없구나?"

"……그렇지 뭐."

"잠깐은 시간 되지?"

흘깃 시간을 살핀 우진이 고개를 끄덕였다. 물론 응급 콜이 오면 당장 건너편 응급실로 달려가야 했지만, 그게 아니라면 시간은 충분했다.

"무슨 일인데?"

"자."

기다렸다는 듯, 태민이 우진에게 서류철을 스윽 내밀었다.

"뭐야, 이게?"

"너 집 나온다며."

태민의 말을 흘려들으면서 우진은 서류철을 넘겨 보았다. 황당하게도 현재 시장에 나와 있는 부동산 매물 리스트였다.

"남자 혼자 살기 좋은 집으로 부탁해서 리스트 뽑았지."

"뭘…… 이렇게까지."

아, 주태민은 학창 시절에도 필기 같은 걸 정리하기를 좋아했었다.

우진은 웃음이 새어 나오려는 걸 참으면서 멋쩍은 표정으로 서류를 넘겨 보았다.

태민이 사는 집 근처의 아파트와 오피스텔 등이 대다수였다.

우진은 매물이 위치한 위치에서 병원과의 거리를 가늠해 보며 못마땅한 표정을 지었다.

지금보다 출퇴근 시간이 더 걸리지는 않겠지만 줄어들지도 않았다.

이왕 독립하는 거 출퇴근 시간도 절약되면 좋겠는데.

그때, 태민이 여러 가지 생각에 빠진 우진을 불렀다.

"서우진."

"음?"

"독립하려는 마음, 변한 거 아니지?"

말없이 서류만 들춰 보는 친구의 모습이 불안했는지, 태민이 조심스럽게 물었다. 우진은 고개를 흔들었다.

"그래. 안 변했어."

"잘 생각했어."

오늘도 아침부터 아버지의 원한 섞인 저주를 한 바가지 듣고 나온 우진은 집이 지긋지긋했다. 구걸하듯 살아야 할 이유는 없다고 다시금 마음을 다잡게 되었다.

"아버지한테는…… 말했어?"

"아직."

우진은 만약 아버지에게 독립을 선언하면 어떨까 상상해 보았다.

무슨 반응이 나올지보다는 무슨 저주를 할지가 궁금해졌다. 대체로 압축하면 나가서 죽으라는 말이겠지만 말이다.

"나가든 말든 신경도 안 쓸 거야."

하나뿐인 가족. 부자 관계를 어떻게든 정상적으로 돌려 보려 노력한 쪽은 서우진뿐이었다.

30년이 넘는 오랜 세월 동안 아버지는 생각을 단 한 번도 바꾸질 않았다.

지쳐 떨어져 나가는 건 우진의 몫이었다.

"……가능하면 병원도 옮기는 게 어때?"

우진의 기분을 살피면서 태민이 슬쩍 권했다. 태민의 눈에 이 병원은 우진에게 너무나도 안 좋은 영향을 주고 있었다.

일단 우진이 예민해지기 쉬운 수술장에서 시간을 보내야 했고, 아버지가 원장으로 있는 병원이며, 고은솔이 알짱거리는 장소였다.

세 요소 전부 서우진에게는 나쁘게 작용할 것이 분명했다.

하지만 우진은 단호하게 거절했다.

"싫어."

"왜?"

그리고 태민은 우진이 이 병원을 놓지 못하는 궁극적인 이유를 알고 있었다.

"고은솔 때문에?"

만약 고은솔이 이곳이 아닌 다른 병원을 다녔더라면, 우진도 망설임 없이 이직을 했을 것이다.

한숨을 내쉬는 태민을 우진이 차갑게 쳐다보았다. 친구의 입에서 나온 은솔의 이름이 우진을 자극한 탓이었다.

다행히 타이밍 좋게 전화가 왔다. 은솔이었다.

"네."

—서우진. 갑자기 자리를 비우면 어떡해?

은솔의 황당해하는 음성에 우진은 번쩍 정신을 차렸다. 그러고 보니, 수술 들어가기 전에 그녀에게 부탁을 하나 했었다.

"아, 잠깐 누가 찾아와서……."

우진이 태민을 슬쩍 곁눈질했다. 그러게 왜 오늘 찾아와서는. 그는 괜스레 친구에게 잘못을 돌렸다.

—뭐라고?

"금방 올라갈게."

현재, 서우진은 어떻게든 고은솔의 기분을 거스르지 않으려 노력하는 중이었다.

10년 동안 잘못한 만큼 10년을, 아니 그 이상을 그녀에게 맞추면서 살아갈 생각이었다.

—네 책상 위에 올려놓긴 했어.

"아…… 그래, 고마워."

논문을 미끼로 짧게나마 대화를 나눠 보려고 했는데, 얕은수는 단번에 끝장이 나고 말았다.

그가 한숨을 소리 없이 뱉을 때였다. 은솔이 뜻밖의 말을 꺼냈다.

—갖다 줄까? 어딘데?

"그래도 돼?"

―나 퇴근하는 길이거든.

전혀 예상하지 못한 상황에 우진이 횡설수설 대답하기 시작했다.

"1층 카펜데……."

―알았어. 끊어.

"아니, 은솔아……."

아직 옆에 태민이 있기에 천천히 내려오라는 말을 전하고자 그가 간절히 그녀를 불렀으나 미련 없이 뚝, 전화가 끊어졌다.

망연하게 휴대폰 화면을 보고 있던 우진이 자리에서 벌떡 일어났다. 손님을 앞에 두고 일어나는 우진에게 태민이 황당한 시선을 보냈다.

"뭐야?"

"아…… 이건 내가 검토해 보고 나중에 연락 줄게."

"서우진."

미간을 좁힌 태민이 우진을 따라 의자에서 일어났다. 설렘 가득한 표정을 숨기지 못한 채 우진이 급히 덧붙였다.

"나중에 연락한다고."

"고은솔 전화야?"

하지만 태민은 기가 찬다는 양 피식 웃으며 도로 자리에 앉았다. 찬물을 맞은 것처럼 우진이 우뚝 서서 태민을 내려다보았다.

"네가 왜 고은솔한테 그렇게 설설 기어?"

"언제 설설 기었다고 그래?"

우진의 얼굴이 서늘해졌다. 그러거나 말거나 태민은 말을 계속했다.

"지금. 통화하는 것만 봐도 벌벌 떨더라, 너."

태민도 처음에는 우진의 전화 상대가 누군지 몰랐다.

말을 놓긴 했으나 전화를 받는 공손한 태도로 짐작하건대, 편한 선배 정도가 아닐까 했다.

그런데 놀랍게도 통화 상대는 고은솔이었다.

마지막에 애처로운 목소리로 그녀의 이름을 부르는 친구가 가엾고 또 불쌍하게 보여서 태민은 화가 치밀었다.

"서우진. 고은솔한테 그만 집착해."

"오지랖."

얼굴을 무섭게 굳힌 우진이 잇새로 말을 이었다.

"그만 부려."

"오지랖이 아니라 정신과 전문의로서 조언하는 거야."

서우진에게 안 좋은 세 가지 요소. 수술실, 아버지, 그리고 고은솔.

태민은 세상을 다 잃은 얼굴로 찾아왔던 3년 전의 우진을 잊을 수 없었다.

"은솔이가 날 싫어하면 어떡하지?"

두려울 것 하나 없는 서우진이 고은솔, 이름 세 글자에 벌벌 떨면서 억눌렀던 감정을 토해 냈을 때, 태민은 겁이 났다.

만약 고은솔이 다른 사람이랑 결혼이라도 하면, 서우진은 어떻게 되는 걸까?

태민 자신이 알기로 고은솔은 서우진을 끔찍이 싫어했다. 아무리 우진이 노력한다 해도 한 번 돌아선 마음을 붙잡기란 쉽지 않을 것이다.

고은솔에게는 10년이라는 끔찍한 기억이 남아 있으니까.

그러다가 그녀가 다른 남자의 손을 잡기라도 한다면?

태민은 불쌍한 친구가 더는 무너지지 않기를 진심으로 바랐다. 그렇기에 그는 우진을 고은솔에게서 떨어뜨려 놓고 싶었다.

"그만둬. 고은솔하고 있으면 너는 더 힘들어질 뿐이야."

"그딴 소리 할 거면."

표정이 사라진 우진은 얼음장처럼 차가운 눈빛으로 태민을 노려보았다.

"앞으로는 만나지 말자."

평소에는 보기 힘든 눈빛이었다.

태민이 저도 모르게 마른침을 삼켰다. 온갖 정신질환 환자를 진료해 왔으나, 등골이 오싹해질 만큼 싸늘한 시선은 아주 오랜만이었다.

서우진에게 있어서 고은솔은 건드려서는 안 되는 성역 같은 존재였다.

태민에게 경고의 시선을 보내던 우진은 더 이상 친구와 함께 있고 싶지 않아서 걸음을 돌렸다.

아직 용건이 완전히 끝나지 않은 태민이 우진의 뒤를 후다닥 따랐다.

한편 그 시간, 은솔은 논문을 든 채 1층 카페를 향해 비상계단을 뛰어 내려갔다.

오늘 온종일 수술 일정이 가득했던 우진이 최근 학회에서 발표한 논문 출력을 부탁했었다.

우진과의 관계를 제대로 정립하기 위해 기회를 틈틈이 엿보고 있는 은솔은 그의 부탁을 기꺼이 들어주었다.

'뭐 이러다가 물꼬가 트일 수도 있을 테니까.'

그때였다. 서운한 듯 짜증스러운 목소리가 들렸다.

"서우진, 거기 서 봐."

어디서 들어 본 목소린데?

우진의 이름을 듣자마자 은솔은 계단을 내려가지 않고 걸음을 멈추었다.

"제발 내 말 좀 들어. 몇 년째야?"

"주태민."

'주태민?'

은솔은 아주 오래전, 서우진과 경박하게 떠들던 동기를 떠올렸다.

'걔가 여기 왜 있어?'

병원 진료 시간이 끝난 지금, 당직 근무 중인 의료진만이 오살 수 있는 비상계단은 텅 비어 있었다.

그런데…… 인적이 드문 이곳에서 느닷없이 서우진과 주태민의 대화라니? 스무 살 때의 데자뷔도 아니고.

"오랫동안 네가 날 많이 도와준 건 알아. 고맙게 생각해. 그래도."

우진의 낮고 딱딱한 음성이 이어졌다.

"선을 넘지는 마."

주춤, 한 걸음 뒤로 물러난 은솔은 이 이야기를 엿들어도 되는 건지 걱정스러웠다.

괜히 저 두 사람의 대화를 엿들었다가 상처만 깊게 받은 적이 있어서 더욱.

"……서우진."

우진을 부르는 태민에게서 서운함이 듬뿍 묻어났다. 주태민에게 안 좋은 기억이 있는 터라 은솔은 왠지 고소하기도 했다.

'흥. 털려라.'

"넌 나한테까지 선을 그어 뒀냐?"

우진은 굳이 대답하지 않았다.

은솔은 둘이 무슨 이유로 싸우고 있는지는 모르겠지만, 호기심 많던 스무 살 아닌지라 대충 마무리가 된 다음에 다시 찾아오는 게 좋겠다고 여길 참이었다.

"막말로 네가 고은솔하고 보낸 시간이나 나하고 보낸 시간이나 햇수는 똑같아."

갑작스럽게 나온 자신의 이름에 은솔이 어깨를 흠칫 움츠렸다.

"그런데 새끼야, 네가 나한테 그러면 안 되는 거 아니야?"

거친 말을 써 가면서 태민이 우진에게 섭섭함을 드러내고 있었다. 여전히 우진은 아무런 대꾸도 하지 않았다. 결국, 태민은 칼을 빼 들었다.

"내가 왜 고은솔 가까이하지 말라는지. 몰라서 그래?"

은솔의 눈썹이 일그러졌다.

'내가 뭐?'

그러고 보니, 이 상황…… 스무 살 때와 닮아 있었다. 서우진과 주태민이 고은솔에 대한 이야기를 멋대로 떠들고 있는 상황 말이다.

오래된 기억이 수면 위로 올라오자 은솔의 기분이 바닥으로 곤두박질치기 시작했다.

그나마 다행인 것은, 두 사람이 고은솔을 안줏거리처럼 가볍게 여기고 있지 않다는 점이었다.

그 대신, 주태민은 이해할 수 없는 말을 했다.

"네 아버지처럼, 걔도 너한테는 상처만 주는 사람이야."

'뭐가 어째?'

헛웃음이 터져 나올 뻔한 은솔은 손으로 입가를 꽉 막았다. 기가 막혔다.

'누가 누구한테 상처를 줘? 아무래도 주태민이 정반대로 알고 있는 거 같다?'

"스무 살부터 지금까지 십몇 년을, 이게 뭐야?"

"그만해."

드디어 우진의 목소리가 들렸다. 불쾌해하는 목소리에도 불구하고, 태민은 친구를 계속해서 비웃었다.

"야, 네가 이런다고 걔가 네 마음 알아주긴 해?"

화들짝 놀란 은솔이 어깨를 움츠렸다.

김민주가 오래전부터 서우진의 마음을 눈치챘듯이, 주태민도 알고 있었나 보다. 은솔의 얼굴이 조금 뜨거워질 때였다.

"걔한테 너는 '짜증 나는 존재'였어. 알잖아?"

정곡을 찔린 은솔이 미간을 좁혔다.

이젠 그 정도로 싫어하는 건 아니지만, 아직 서우진은 고은솔이 어떤 감정을 가지고 있는지 알지 못할 것이다.

"적당히 하라고 했……."

기세가 한풀 꺾인 우진이 낮게 경고했으나 태민은 들어주질 않았다.

"다시 말해? 고은솔도 네 아버지하고 똑같다고."

"그만해!"

비상계단을 울리는 우진의 외침에 은솔이 눈을 크게 떴다. 저렇게 큰 소리로 버럭 화를 내는 서우진은 처음이었다.

그는 항상 능글거리고 유들거렸다. 때로는 당당하게 그녀를 쫓아다니며 괴롭히긴 했지만, 화를 낸 적은 단 한 번도 없었다.

'서우진도 성깔이 있었군.'

하긴, 외과 전문의로서 없는 게 더 이상하지만.

"왜? 내가 틀린 소리 했어?"

태민이 코웃음을 치며 되물었다. 우진은 차갑게 굳어진 얼굴로 친구를 원망스럽게 쳐다볼 뿐이었다.

"고은솔이 너한테 눈곱만큼이라도 호감 품긴 해?"

역시, 우진은 아무 대답도 하지 못했다. 발이 바닥에 붙어 버린 듯 은솔 역시 꼼짝도 할 수 없었다.

'주태민이 뭘 안다고 큰소리야?'

화가 치밀었지만 엿듣고 있는 처지에 자리를 박차고 나타날 수도 없는 노릇이었다.

은솔이 이만 갈고 있을 참에 태민이 쿡쿡거리다가 다시 입을 열었다.

"우진아."

친구의 이름을 부른 태민이 한숨에 섞어 말을 이었다.

"너도 그만 인정해."

태민은 친구에게 고은솔이 얼마나 위험한 존재인지를 상기시켜 주고 싶었다.

"조금 있으면 15년이야."

고은솔에게 할애한 인생이 서우진 인생의 절반에 가까워지고 있었다. 시간이 지나면 지날수록 절반을 지나 더 많은 시간을 잠식해 나갈 것이다.

"언제까지 네 인생, 그렇게 쓰레기통에 버리고 살 거야?"

미래가 어찌 될지 눈에 선하기에, 태민은 인제 그만 우진이 본인만을 위해 편히 살았으면 싶었다.

"집 나오기로 한 결정은 정말 잘했어. 그러니까 이제…… 병원도 나오고 고은솔도 놓자."

조각상처럼 딱딱하게 굳어져 있던 우진의 표정이 살짝 달라졌다. 불쾌함을 가감 없이 드러내면서 우진이 눈가를 찡그렸다.

그래도 태민은 말을 멈추지 못했다.

"걔는 널 불행하게만 만들잖아."

"주태민."

그 정도만 해. 제발.

우진의 눈빛에서 마음이 읽혔지만, 태민은 현실에서 도피하려는 친구를 두고 볼 수는 없었다.

"너처럼 상처 많은 사람한테 걔는 아니야."

서우진은 상처를 감싸 줄 수 있는, 사랑을 아낌없이 줄 수 있는 사람을 만나야 했다. 태민 자신이 보기에 우진은 그럴 만한 가치가 있는 완벽한 사람이었다.

하지만 고은솔은 어떤가. 고은솔은 서우진이라면 치를 떠는 사람이다.

물론 빌미는 우진이 제공하긴 했으나, 사이가 이렇게까지 틀어진 이상 제각기 갈 길을 가는 편이 서로에게 좋았다.

이미 고은솔은 제 길을 묵묵히 걷고 있을 터였다. 오로지 서우진만이 집착과 미련을 버리지 못할 뿐.

"너도 행복해져야지."

"그만…… 가."

주춤주춤 뒷걸음질을 치고 있던 은솔은 우진의 얼어 버릴 듯한 무거운 목소리를 듣자마자, 마법에서 풀려난 것처럼 몸을 홱 돌려 도망치기 시작했다.

그런 와중에도 태민의 목소리가 머릿속을 웅웅 울렸다.

"걔는 널 불행하게만 만들잖아."

내가?

서우진을?

'이게 뭐야?'

비상구에서 나온 은솔은 복도 끝에 멈춰 서서 숨을 몰아쉬었다. 뒤늦게 황당한 기분이 밀려들었다.

'주태민, 그 자식은 그때도 헛소리했었지.'

그러고 보면, 자신은 스무 살 때부터 태민이 마음에 들지 않았다.

그때 어린 마음에 상처를 받아서 주태민이라는 사람에 대한 인상이 나쁘게 박힌 탓이었다.

'웃기는 놈이네? 자기가 뭔데 이래라 저래라야? 내가 어떤 사람인지 알지도 못하면서 내가 서우진을 불행하게 만들어? 진짜 살다 살다 그런 개소리는 또 처음 듣네.'

씩씩거리면서 걷다 보니 어느새 수부외과 의국 출입문 앞이었다. 문을 열고 들어간 은솔은 참아 왔던 숨과 함께 혼잣말을 푹 뱉었다.

"기가 막혀!"

말이 끝나기 무섭게 휴대폰이 울렸다. 화들짝 놀란 은솔이 주머니에서 부랴부랴 휴대폰을 꺼냈다.

[서우진]

하지만 액정에 떠 있는 이름을 보자마자, 그녀의 얼굴이 구겨졌다.

시우신은 무슨 생각으로 주태민의 말을 부정하지 않은 걸까? 주태민의 주장에 동의한다는 뜻인가?

"너처럼 상처 많은 사람한테 걔는 아니야."

애초에 아쉬울 것 없는 서우진에게 무슨 상처가 있다는 건지 모르겠다. 은솔의 입술에서 헛웃음이 비집고 나왔다.

휴대폰은 여전히 시끄럽게 울었다. 그녀는 통화 버튼을 눌렀다.

"어."

―은솔아, 내가 카페를 나와서 그런데 혹시 지금 카페에 있어?

태민에게 화를 내던 모습과는 정반대로, 우진은 은솔에게 조곤조곤 말하고 있었다.

만약 그 대화를 엿듣지 않았다면 고은솔은 서우진이 소리치는 모습을 상상도 못 했을 것이다.

―은솔아?

그녀가 대답하지 않자 그가 조심스럽게 그녀를 불렀다. 앞머리를 거칠게 쓸어 올린 그녀가 대충 말을 지어냈다.

"일이 있어서, 의국이야."

―아, 퇴근했나 했어. 내가 그리로 갈까?

"그래, 휴게실로 와."

서우진이 전화를 걸었다는 건, 주태민이 병원을 떠났다는 뜻이었다. 은솔은 의국 안쪽 휴게실로 무거운 걸음을 옮겼다.

대부분 퇴근을 하고 당직인 사람들만 몇 명 남아 있어서 휴게실은 텅 비어 있었다.

금세 우진이 나타났다. 은솔은 그의 손에 들린 서류철을 흘긋 보고는 앉으라는 듯 맞은편을 가리켰다.

"왔어?"

"음."

태민에게 소리를 지를 정도로 기분이 상했을 텐데도 우진은 평소와 다름없이 담담한 표정이었다. 그녀는 그를 말없이 관찰했다.

은솔의 시선에 예민한 우진은 자신을 탐색하는 그녀를 생소하게 바라보며 물었다.

"왜 그렇게 봐?"

"아니, 뭐 그냥……."

아까 태민과의 대화를 엿들었다고 말하기 곤란해서 은솔은 대충 머리를 굴렸다. 테이블 위로 무거운 정적만이 흘렀다.

침묵을 깬 쪽은 은솔이었다.

"손님은 누구였어?"

"친구."

"아, 여기 논문."

그녀가 그에게 논문을 건넸다. 그때까지도 은솔의 뇌리에는 태민의 말이 계속 맴돌았다.

서우진은 고은솔 때문에 불행하다는 소리가 머릿속에 새겨지기라도 한 듯했다.

그래서일까? 그녀의 입이 저절로 움직이기 시작했다.

"그리고 너한테 할 말 있어."

"무슨 말?"

주태민은 고은솔이 서우진을 불행하게 만든다고 그랬지? 태민을 향한 반감 탓인지 은솔은 그 말대로 움직이고 싶지 않았다.

그녀는 우진이 불행하지 않을, 아니…… 정확히 말하자면 행복을 느낄 일이 뭔지 알고 있었다.

서우진은 고은솔을 오랫동안 좋아했었다. 주변에 많은 여자들이 있었을 텐데도, 우진은 은솔만을 바라보았다.

그렇기에 서우진이 행복할 만한 일은 너무나도 쉽게 유추가 되었다.

"생각을 좀 해 봤거든."

"무슨 생각?"

"네가 날 좋아한다고 말한 거."

은솔의 말에 우진은 덜컥 불안해지기 시작했다. 그녀의 감정이나 기분을 읽을 수 없어서 더욱 초조해졌다.

그렇지만 그는 아무렇지 않은 척 평정을 유지하려 노력했다. 못난 모습을 보이고 싶지는 않았다.

"아, 그거…… 왜?"

"그걸로 끝이야?"

진지하게 되묻는 은솔을 우진이 이해할 수 없는 눈으로 바라보았다. 그녀의 입에서 무슨 말이 튀어나올지 도저히 가늠이 되질 않았다.

"무슨 뜻이야?"

"아니, 왜 그런 거 있잖아. 뭐…… 좋아하니까 사귀자든지……."

우진은 아무 대답이 없었다. 바로 대꾸하지 못하는 걸 보니, 전혀 예상하지 못한 말에 대처가 안 되는 모양이다.

얼굴이 붉어진 은솔이 부랴부랴 말을 덧붙였다.

"우리, 공인 커플로 찍혀 있기도 하고…… 아니, 이대로 오해만 받으면 억울하잖아! 난 억울한데, 넌 안 억울해? 커플로 놀림 받을 바에야 진짜로 사귀어 버리자고!"

어째서인지 점점 격앙된 은솔이 씩씩거리면서 말을 끝냈다.

솔직히 그녀는 자신이 무슨 소리를 했는지 실감이 나지 않았다.

그저 고은솔의 머릿속에는 두 가지 목소리만이 얽혀 있을 뿐이었다. 하나는 친구인 김민주의 말.

"걔가 고백까지 다 했다고 홀가분하게 떠나면 어쩌려고 그래?"

그리고 다른 하나는 오늘 들은, 주태민의 말.

"네가 이런다고 걔가 네 마음 알아주긴 해?"

태민에게 화를 내던 우진의 태도를 보면, 서우진은 고은솔을 홀가분하게 떠날 것 같지 않지만…… 혹시 모르는 일이다.

자신이 이렇게 지지부진하게 그의 마음을 알아주지 않으면, 그는 정말 고은솔을 포기하게 될지도 모른다.

은솔은 당연한 존재를 잃고 뒤늦게 후회하고 싶지는 않았다. 그러면 너무 슬플 것 같았으니까.

한편, 그녀를 가만히 바라보고 있던 우진은 한동안 입술조차 움직이지 못했다. 그의 귓가에 은솔의 목소리가 맴돌았다.

"진짜로 사귀어 버리자고!"

그 순간, 놀란 표정을 갈무리한 그가 대뜸 그녀를 일으켜 세웠다.

당황하는 것도 잠시, 그가 그녀를 품에 끌어안았다. 화들짝 놀란 은솔이 우진의 팔을 답삭 잡으며 소리쳤다.

"갑자기 왜 이래!"

"무르는 거 없어."

"뭐?"

그녀의 양어깨를 잡아떼어 낸 그가 그녀와 눈을 맞추고 말했다.

"너 이제 안 놔줄 거라고."

환희에 찬 얼굴로 눈을 빛내는 우진을 은솔이 홀린 듯 쳐다보았다. 얼떨결에 서우진을 낚아채기는 했는데…….

'내가 낚인 건가?'

은솔이 의아해할 찰나, 우진이 그녀를 다시금 제 품에 안고 들뜬 목소리로 소곤거렸다.

"아, 진짜…… 고은솔 때문에 미치겠네. 네가 나 싫다고 할까 봐 얼마나 걱정했는데……."

기쁨이 잔뜩 묻어나는 목소리. 설렘으로 빠르게 뛰는 심장 소리. 간헐적으로 들리는 웃음소리까지.

우진이 웃음을 터뜨리자 은솔의 가슴속에 뜨거운 감정이 차올랐다. 그녀는 주태민을 앞에 두고 큰소리로 외치고 싶었다.

봐, 고은솔은 서우진을 불행하게 만드는 사람이 아니야!

오히려 정반대라고!

10장

남의 남자한테 손 떼시고!

아침 회의 자리에서 은솔은 당직 때문에 피로에 젖은 우진을 흘끔거렸다.

눈에 띄게 잘생긴 얼굴은 아무 표정도 띠고 있지 않다. 매일 입고 있는 가운인데도 하얀 가운은 그의 창백한 피부와 잘 어울렸다.

생각에 빠져 있는지 그는 의미 없이 손가락만 까딱거렸다. 길쭉한 손가락 사이에 끼워진 펜이 테이블을 톡톡 두드렸다.

"그래서 이윤식 환자는 고 선생이……."

순간, 은솔에게로 우진의 시선이 이동했다. 우진은 자신을 바라보고 있던 은솔과 눈이 마주치자 바로 미소를 지었다.

잠시나마 시간이 멈춘 것 같은 착각이 들 때였다.

"고은솔 선생?"

과장이 호명하는 소리가 들렸다. 번쩍 정신을 차린 은솔은 제 생각 속에서 냉큼 빠져나왔다.

"……네."

"어디다 정신을 빼고 있어?"

정신을 빼고 있던 곳은…… 서우진인데.

냉정한 말투와는 반대로 모든 걸 알고 있었다는 양 히죽거리는 과장을 보자 은솔의 얼굴이 뜨거워졌다.

"아, 아닙, 아닙니다."

"이윤식 환자, 다시 고 선생이 담당해."

이윤식이라면 지난번에 재입원한 환자였다. 결국, 재수술해서 괴사한 손가락의 한 마디를 절단했다고 들었다.

하지만 이윤식 환자의 담당의는 최준구 선생이었는데?

은솔의 눈길에 준구가 어깨를 으쓱하며 거들었다.

"나 좀 바빠졌거든."

케이블 채널 드라마에서 의료 자문을 맡게 된 준구는 담당한 환자 몇 명을 다른 사람에게 나누고 있었다.

이윤식 환자의 담당은 원래 은솔이었기 때문에 당연히 그녀에게로 배정되었다.

다 좋은데, 문제가 하나 있는 터라 은솔이 한숨을 내쉬었다.

"그 환자분, 제 말 전혀 안 들으셨는데."

"이제 들을 거야."

큰일을 겪고 나서 무기력해진 환자는 의료진의 지시를 잘 따르고 있었다. 하긴, 따르지 않으면 본인만 손해니까.

"알겠습니다."

이어서 과장이 몇 가지 지시를 더 내린 후, 비로소 아침 회의가 끝이 났다.

복도로 나가는 은솔에게, 회의 내내 맞은편에 앉아 있었던 준구가 다가와 농담을 건넸다.

"고 선생, 너무 티 난다."

"네?"

"그렇게 서 선생이 좋아?"

"네에?"

은솔의 목소리가 당황으로 높아졌다.

모른 척하는 은솔을 보며 준구가 씩 웃었다. 준구는 회의 내내 안절부절못하면서 우진을 힐끔거리던 은솔의 모습을 제대로 구경했었다.

준구는 마침, 뒤늦게 나오는 우진을 팔꿈치로 툭 치며 말했다.

"잘생긴 얼굴 닳겠더라."

"예?"

의아해하는 우진을 뒤로하고 준구는 의뭉스러운 웃음만 남긴 채 후다닥 자리를 떴다.

은솔이 이마를 손으로 짚었다. 평소보다 조금 더 뜨끈한 것도 같다.

'아이 씨…….'

얼굴을 잔뜩 일그러뜨린 그녀에게 우진이 슬쩍 말을 붙였다.

"무슨 일 있어?"

"무슨 일은……!"

성질을 부리려던 은솔은 도중에 말을 멈추었다.

생각해 보면 서우진은 아무 잘못이 없다. 회의 내내 쳐다본 것은 자신이었고, 놀린 사람은 최준구 선생이었으니까.

그러나 그녀의 말 한마디에 멈칫하는 우진을 보자 갑자기 죄책 감이 물밀 듯이 밀려들었다.

'아니, 내가 엄청나게 잘못을 저지른 것 같잖아!'

문득 지난번에 훔쳐 들었던 대화가 떠올랐다. 고은솔은 서우진 을 불행하게 만든다던 말도 안 되는 소리 말이다.

은솔은 구겼던 얼굴을 펴고 어색한 미소를 지은 채 고개를 저었다.

"별, 별일 아니야."

잘해 주자. 주태민이 잘못 생각했다는 걸 깨달을 수 있을 만큼! 이제 갓 연애를 시작했으니까…… 거의 매일 봐서 그런지 연애를 하는 기분은 안 들지만.

"새벽에 수술 있었어?"

"응급으로 두 건."

"피곤하겠네."

우진은 대답하지 않았다. 당직 중에 수술이 얼마나 피곤한지 잘 아는 은솔도 굳이 대답을 들을 필요는 없었다.

대신 그녀는 복도를 따라 걸으면서 뒤에 서 있는 우진에게 말을 건넸다.

"커피 마실래?"

우진이 믿을 수 없다는 눈으로 은솔을 바라보았다. 그녀가 그를 위해 뭔가를 권하는 일이 너무나도 오랜만인 것 같아서 감격스럽다고 해야 할까.

그가 한동안 말을 잃은 채 가만히 있자 그녀가 고개를 홱 돌리고 재차 물었다.

"안 마셔?"

"……아니, 먹어."

고은솔이 권한다면 사약이라도 달게 받아야겠지. 우진은 기꺼운 마음으로 은솔을 따랐다.

이 병원에서 서우진을 처음 만났던, 자판기 옆에 서서 은솔은 우진에게 먼저 따끈한 커피를 내밀었다.

그녀는 제 커피가 나오기를 기다리며 입을 열었다.

"우리, 티를 좀 안 냈으면 좋겠어."

준구에게 놀림을 받은 은솔은 진지하게 제안했다.

"티?"

"사귄다고 해도…… 여긴 직장이니까 너무 티 내지 말고…… 뭐랄까, 그냥 평범하게 직장 동료처럼 지내는 거지."

"병원 밖에서는?"

"그, 그건 상관없지만."

그렇게 대답하면서도 은솔은 병원 밖에서 우진이 어떤 모습이 될지 상상이 되지 않았다. 서우진과의 관계는 모두 병원 내에서 이루어졌기 때문이었다.

"놀림 받고 눈치 보고 그러는 거 좀 싫거든."

"음…… 그래. 무슨 말인지 알겠어."

은솔의 오랜 정신적 트라우마 중 하나가 이상한 소문 아니던가.
우진은 그녀의 마음을 충분히 이해할 수 있었다.

은솔이 커피를 꺼내 마시며 계속 말했다.

"그리고 또 서로 오해하는 일 없게 숨기거나 거짓말 같은 건 안 했으면 해."

우진은 은솔을 물끄러미 바라보았다.

오해와 거짓말이 두 사람의 거리를 얼마나 벌려 놨는지 10년이 넘도록 절감했었다.

앞으로는 그런 일이 일어나지 않아야 한다는 말에 그도 동감이었다.

"그래."

그가 끄덕거리기 무섭게 그녀가 재촉했다.

"자, 빨리 나한테 숨기는 거 있으면 말해."

"지금? 없는데?"

뜬금없이 무슨 비밀? 우진의 의아한 시선이 그녀에게 닿았다. 하지만 은솔은 꼼짝도 하지 않았다.

'아, 주태민과의 이야기를 엿들었다고 먼저 말을 해 버릴까?'

그녀가 현재 궁금한 건 태민이 언급한 우진의 아버지에 관한 일이었다.

도대체 어떤 사람이기에 서우진을 불행하게 만드는 사람이라는 건지, 가늠이 되지 않았다.

"사실 어제……."

그때, 우진의 휴대폰이 시끄럽게 울렸다. 응급실에서 걸려 온 전화에 그가 나중에 이야기하자는 듯 손을 살짝 들었다.

　남은 커피를 버리고 갈 줄 알았는데, 그는 뜨거운 커피를 단숨에 비우고는 서둘러 응급실로 향했다.

　　[사귀는 게 뭘까?]

　진료실로 돌아온 은솔은 민주에게 메시지를 보냈다.

　매일 아침마다 서우진을 낚아채라며 노심초사한 메시지를 보내던 친구였다. 당연히 보고는 필수였다.

　　[뭐 잘못 먹었냐?]
　　[서우진을 낚아채라며.]

　은솔의 메시지를 읽자마자 민주가 바로 전화를 걸었다.

　진료 시간에 이래도 되는 건가 싶었지만 환자도, 수술도 없는 시간이라 은솔은 전화를 받았다.

　"여보세⋯⋯."

　─야!

　귀청을 울리는 쩌렁쩌렁한 목소리에 은솔이 눈살을 찌푸렸다.

　─대박! 드디어 고은솔이 서우진하고 사귀는구나!

　"미쳤어? 조용히 말해!"

　─통화 딱 1분만 가능해. 그래서 어떻게 된 건데? 네가 먼저 사귀자고 했어?

"낚아채라며."

—대박…… 그냥 한 소린데.

"뭐가 어째?"

정신 나간 김민주는 남의 인생에 대고 아무 말이나 하고 있다. 은솔이 막 얼굴을 찡그릴 때였다.

민주가 벅찬 목소리로 말했다.

—야, 진짜…… 이 언니가 다 감개무량하다. 혜정이한테도 알려 줘. 서우진 진짜 노력 많이 했다.

"웃기네, 김민주. 네가 뭘 안다고 감개무량하고 그래? 서우진이 노력을 했는지 네가 어떻게 알아?"

—딱 봐도 알지. 야, 조만간 술자리 만들자. 끊어!

체감상 30초나 지났을까 싶었는데, 1분이 다 된 모양이었다. 은솔은 한숨을 내쉬고 나서 휴대폰을 책상 위에 내려놓았다.

턱을 괴고 앉은 그녀는 답답한 한숨을 내쉬었다.

연애가 뭐지? 앞으로 서우진과의 관계는 어떻게 변할까? 그리고 서우진이 말하지 않은, 그의 아버지에 대한 일은 뭘까?

"아, 복잡하다!"

서우진 생각만으로 가득 찬 머리를 툴툴 턴 은솔이 혼잣말로 한탄을 했다.

그때, 휴대폰이 또 시끄럽게 울렸다. 민주는 아니었다.

"수부외과 고은솔입니다."

—ER(Emergency room, 응급실)인데요, 프레스에 눌린 환자 발생해서요. 빠른 수술 필요합니다.

"알겠습니다."

전화를 끊은 은솔은 진료실 문을 박차고 나갔다.

형체를 알아볼 수 없을 만큼 손이 눌린 환자는 결국 왼손의 대부분을 잃고 말았다.

중요한 기능을 하는 엄지와 검지만이라도 살려 보려고 노력했으나 그조차도 온전치 못해 한 마디씩은 절단해야만 했다.

수술실에서 나오는 은솔의 발이 무거웠다.

눈알이 빠질 것처럼 뻑뻑하고 시려서 그녀는 늘 가지고 다니던 인공 눈물을 찾아 주머니를 뒤적였다. 그러나 두고 왔는지 안약은 잡히지 않았다.

'아, 없네.'

서 있느라 다리도 아프고 수술 부위를 들여다보느라 목과 어깨도 경직되었지만, 무엇보다 밝은 빛 아래에서 세밀한 부분을 오래 지켜봐야 하는 눈이 가장 불편했다.

기지개를 켜면서 그녀는 눈을 감았다. 어차피 직선으로 쭉 이어진 복도라서 잠시라면 눈을 감은 채 걸어도 괜찮을 것이다.

그때, 누군가가 그녀의 손을 덥석 잡아챘다.

화들짝 놀란 그녀가 눈을 반짝 떴다. 눈앞에는 스크럽복 차림의 우진이 황당한 기색으로 그녀를 내려다보고 있었다.

"서서 자?"

"깜짝이야…… 퇴근 안 했어?"

"이제 할 거야."

"지금이 몇 신데……."

은솔이 우진을 안쓰럽게 응시했다.

오전 진료 시간이 다 끝나 가는 시간이었다. 당직을 선 우진은 만 하루 동안 눈 한 번 붙이지 못했을 것이다.

'레지던트도 아니면서.'

세부 전문의 수련 중이라지만 정말 혹독한 일과나 다름없었다. 그렇다고 해서 환자를 두고 퇴근할 수도 없는 노릇이었다.

은솔은 핏발이 선 우진의 눈동자를 보고 속으로 혀를 찼다.

반면, 그녀의 마음을 알 리 없는 그가 빙긋 웃었다. 뭐가 그렇게 좋은지 그의 손에 힘이 들어갔다. 그녀의 시선이 저절로 내려갔다.

'헉!'

그러고 보니 병원에서 손을 잡고 있다! 그녀는 당황을 숨기고 투덜거렸다.

"이, 이것 좀 놓지."

콧잔등을 찡그리면서 은솔이 그의 손에 잡힌 제 손을 걱정스럽게 쳐다보았다. 그는 도통 그녀를 놓아줄 생각이 없는 듯했다.

수술 전후로 꼼꼼하게 소독하다 보니 손이 부드럽지 않고 거칠 텐데도 그는 그녀의 손을 엄지로 느리게 매만지고 있었다.

서늘하다 싶을 만큼 쾌적한 실내였지만 우진에게 잡힌 손은 점점 뜨거워졌다.

손끝에서도 심장 박동이 느껴지는 착각에 주변을 휘휘 둘러본 은솔이 목소리를 낮추고 말했다.

"누가 보면 어쩌려고 그래."

"보면 어때서?"

그가 의아하다는 투로 되물었다.

그의 말도 일리는 있다. 끈적끈적한 스킨십도 아니고, 갓 시작한 연인 사이에 손 좀 만지는 게 어떻겠느냐마는…….

"아까 그랬잖아, 우리 티 내지 말자고."

"아."

짧게 대답했지만 우진은 은솔의 손을 놓을 줄 몰랐다. 그녀가 난처한 얼굴로 주위를 다시 살폈다.

다행히 지나가는 사람은 보이지 않았다. 그녀가 재차 그를 설득하기 시작했다.

"서우진."

"음."

"알잖아, 나 소문 되게 싫어하는 거."

그의 온기는 포근했고 손길은 부드러웠으나 은솔은 자신이 서 있는 곳이 병원 복도라는 사실을 잊지 않았다.

그녀의 말에 그가 아쉬운 표정으로 손을 놓을 참이었다.

"티 낸다기보다는 사귀게 된 걸 비밀로 하면 좋겠어."

"비밀로 하자고? 무슨 뜻이야?"

"과장님도 그러시고 다들 우리 둘한테 너무 관심이 많아서……
솔직히 나, 그런 시선 받는 거 부담스러워."

오늘 아침 일은 서우진에게서 시선을 떼지 못한 제 잘못이었지만, 그 일이 아니더라도 두 사람에 대한 소문이 병원 내에 파다했다.

"무슨 말인지는 알겠어. 그런데 은솔아, 지금 여긴 아무도 없어. 네가 걱정할 필요는 없다고."

"언제 누가 올지 모르는 거잖아. 여기가 개인 공간도 아닌데."

은솔의 못마땅한 눈길에 우진이 입을 다물었다.

이렇게 빨리 그녀의 마음을 얻게 되리라고는 꿈도 꾸지 않았다. 그저 마음을 전하고 조금씩 친밀해지면 좋겠다고 생각했었다.

그러나 그녀가 한 번에 성큼 다가오자 욕심이 생겼다.

물론 지금 고은솔이 서우진과 같은 마음이라고 확신할 수는 없지만, 그는 다른 연인들처럼 그녀와 함께하고 싶었다.

그는 점점 커지려는 욕망을 억지로 내리누르면서 담담하게 그녀를 바라보았다.

그녀가 한숨을 내쉬고 말했다.

"아까 너도 티 내지 않겠다며."

"음……."

"그래서 말인데, 티 내지 않는 김에 아예 비밀로 숨겼으면 좋겠어."

"구체적으로 어떻게 하라는 거야?"

"누가 우릴 커플로 몰아가면 좀…… 아닌 척을 한다든지?"

"싫……."

싫다는 말이 바로 튀어나올 뻔한 우진은 은솔의 강아지 같은 눈에 다시 입을 다물어 버렸다. 그녀가 그를 달래듯 덧붙였다.

"직장에서 사적인 일로 놀림 받는 거, 좀 그렇잖아. 대신 밖에서는 신경 쓰지 않을게."

"……알았어."

우진이 이해한다는 미소를 짓자 은솔은 속으로 안도의 한숨을 삼켰다.

이제 지금처럼 깜짝깜짝 놀랄 일은 일어나지 않을 것이다. 은솔 자신 또한, 넋을 잃고 우진을 바라보지 않도록 신경을 쓸 생각이었다.

"얼른 들어가 자. 진짜 쓰러지겠어."

"누구처럼 체력이 없지 않아서 괜찮아."

"그래, 너 잘났다."

'체력 없는' 은솔이 아랫입술만 삐죽 내밀었다.

"오늘 센터 올 거지?"

"글쎄…… 봐서?"

은솔의 모호한 대답에 우진이 한쪽 눈을 찡그렸다.

"운동은 꾸준히 해야 한다니까."

"나도 알거든."

그녀의 불만 섞인 대꾸에도 그는 개의치 않고 말을 이었다.

"센터에 와."

"환자 없으면 갈게."

응급 환자가 언제 들이닥칠지 모르는 외과 특성상, 은솔의 퇴근 시간이 지켜진다는 보장은 없었다. 당장 우진도 아직까지 퇴근을 못 했으니 말이다.

그런 사실을 알면서도 그는 재차 당부했다.

"꼭 와, 은솔아."

"응?"

우진의 나직한 속삭임에 은솔이 고개를 들었다. 그녀와 눈이 마주치자 그가 언제 눈살을 찌푸렸냐는 듯, 다시금 미소를 지었다.

"바깥에서 같이 있고 싶으니까."

달콤하게 미소를 짓는 우진에게서 은솔은 잠시 시선을 떼질 못했다.

서우진이 이렇게 잘생겼었나? 피곤해 보이는 모습인데도 서우진의 미모는 빛이 났다.

그의 다정한 눈길만 닿았을 뿐인데 기분이 이상해졌다.

피트니스센터 앞, 엘리베이터에서 내리자마자 은솔은 걸음을 재촉했다.

제시간에 퇴근할 수 있으려니 기대를 했는데, 역시나 환자는 퇴근을 쉽게 허락하지 않았다.

다섯 시경 기계톱에 손가락이 잘려 실려 온 환자를 보고 나니 여덟 시가 훌쩍 넘어 있었다.

절단면이 깔끔하지 않은 탓에 환자는 아마 한 마디 정도 짧아진 손가락으로 평생을 살게 될 것이다.

접합이 불가능한 경우에 환자들이 낙담하는 모습은 영 익숙해지지 않았다.

울적한 기분으로 병원을 나선 은솔은 집에 돌아가는 대신, 피트니스센터로 향했다.

이곳에 오는 내내 같이 있고 싶다던 우진의 말이 절로 생각났지만, 은솔은 그 생각을 무시하려 애를 썼다.

'서우진 때문이 아니라 체력 때문이야. 요즘 운동을 자주 걸렀잖아?'

속으로 중얼거리면서 피트니스센터 안으로 들어온 은솔은 자신을 기다리고 있던 사람과 딱 마주쳤다.

"왔어?"

집에 돌아가려던 우진은 은솔이 오고 있다는 연락을 받고 그녀를 기다려 주었다.

그녀는 반갑게 웃고 있는 그를 보자마자 어색한 미소를 지었다.

"우리 은솔이, 말 잘 듣네."

"내, 내가 애야?"

우진의 다정한 호칭에 당황한 은솔이 질색하며 대꾸했다. 그는 굳이 대답하는 대신 웃어넘기고 말았다.

성실한 고은솔은 피트니스센터로 꼭 와 달라는 말을 들었다고 퇴근하자마자 곧장 찾아왔다.

퇴근 직전까지도 신경을 곤두세우고 일해서 지쳤을 텐데도 그녀는 그의 부탁을 잊지 않았다.

이런 모습이 귀여웠다. 마음이 약해서 무시하지 못하고 결국 넘어가고 마는 모습.

우진은 입가에 미소를 지우지 않고 은솔의 손을 잡아 제게로 당겼다.

"어!"

균형을 잃고 깜짝 놀란 은솔은 우진에게 잡히지 않은 손으로 그의 어깨를 짚었다. 그가 그녀를 내려다보면서 속삭였다.

"여긴 병원 밖이니까."

이래도 되지?

눈을 반짝 빛내고 있는 남자를 보자, 은솔은 차마 고개를 가로저을 수 없었다. 그녀의 머릿속에 아까 들었던 말이 스쳐 지나갔다.

"바깥에서 같이 있고 싶으니까."

일터인 병원에서는 손도 잡을 수 없지만, 아는 사람이 없는 바깥에서는 얼마든지 연애하는 티를 내도 된다…… 고 고은솔이 장담했었지.

은솔은 우진에게 잡힌 제 손과 그를 번갈아 보았다.

'이러려고 피트니스센터로 온 거지?'라고 그의 장난스러운 눈동자가 말하고 있는 것만 같아 그녀의 얼굴이 살짝 상기되었다.

'아니야! 운동해야 하니까 온 거야. 서우진 때문이 아니라고!'

그녀가 막 소리 없는 아우성을 지를 때였다.

"은솔아."

"어?"

"우리, 가서 운동 좀 할까?"

우진의 미소가 한결 더 짙어지기 무섭게 은솔이 움찔, 어깨를 떨었다. 설마, 서우진…….

"너 요즘 센터 잘 안 왔지?"

"아, 아니, 아닌데……."

"체력이 많이 떨어진 것 같은데."

"아니? 나 튼튼하거든?"

은솔이 그의 어깨를 잡고 있던 손을 좌우로 흔들었으나 우진은 그녀의 말을 들어주지 않았다. 그가 언제 빌려 두었는지 모를 개인 PT룸으로 그녀를 데리고 가면서 계속 말했다.

"난 네가 건강했으면 좋겠어."

"저기, 나 엄청 건강한데?"

"아프지도 않았으면 좋겠고."

"아픈 곳도 없는데."

예약해 놓은 개인 룸 출입문 앞에 서자마자 은솔은 마치 동물병원에 끌려가는 강아지처럼 둥근 눈을 일그러뜨리고 우진을 바라보았다.

"진짜 심하게 굴리면 가만 안……."

"여기 말이야."

그녀가 반쯤 포기하고 출입문 안으로 발을 옮길 무렵, 그가 목소리를 낮추고 말했다.

"우리 둘만 쓸 거야."

"어……."

개인적으로 빌린 공간이니 당연한 소리였다. 못마땅하긴 했으나 그녀는 고개를 끄덕였다.

예전에도 서우진이 악마 같은 모습으로 그녀를 이리저리 굴렸기에 둘이 운동하는 게 낯설지 않았다.

그때였다. 출입문이 달칵 닫히고, 우진이 문을 등진 채 걸음을 멈추었다.

은솔에게 시선을 고정한 그가 고개를 숙여서 그녀의 귓가에 속삭였다.

"우리 둘만."

그의 숨결이 닿은 순간, 온몸의 솜털이 다 곤두서는 듯 오싹해졌다. 얼어 버린 그녀가 의미 없이 입술만 달싹거렸다.

서우진과 함께 있는 게 낯설지 않다고? 은솔은 자신의 생각을 정정해야만 했다.

현재 코앞에서 눈웃음을 짓고 있는 남자는 그토록 피해 다니던 사람이 아니라…….

고은솔의 연인이었다.

그가 양손으로 그녀의 얼굴을 감쌌다. 눈을 피하고 싶은데, 마음처럼 되지 않는다. 그녀는 꼭 마법에 걸린 사람처럼 그를 응시했다.

그의 상체가 점점 그녀에게 기울더니 이내 코끝이 닿을 만큼 가까워졌다.

예전에 그랬듯이 그를 밀어내면 되는데, 사지에 마비라도 온 양 힘이 들어가지 않았다.

우진이 가까운 거리에서 소곤거렸다.

"은솔아, 정말 오래 기다렸어."

뭘 기다렸다는 걸까? 고은솔이 오늘 이곳에 도착하기를? 아니면 이런 시간이 오기를?

서우진은 고은솔만을 십수 년이나 바라봤다고 했다. 스무 살 때부터 어긋나 버린 인연을 어떻게든 되돌리고 싶어 했다.

꼬이고 꼬인 길을 돌아 마침내 두 사람은 서로를 온전히 볼 수 있게 되었다.

그가 사람을 홀리는 미소를 지은 채 말을 이었다.

"여기는 병원 아니니까 괜찮지?"

본능적으로 무슨 허락을 구하는 건지 알아챈 은솔이 어깨를 흠칫 굳혔다. 그녀가 마른 입술을 가까스로 뗐다.

"운, 운동한다며?"

"응, 할 거야."

이 손에 그녀를 얼마나 넣고 싶었던가. 우진의 목소리가 잠겨 들었다.

오랫동안 혼자 짝사랑했던 사람을 이토록 가까이서 마주 보게 될 줄은 몰랐다. 꿈속에 있는 것처럼 아직도 실감이 나지 않는다.

꿈이라면 깨지 않기를 바라면서 그가 나른하게 말을 이었다.

"한 번만 키스하고."

"여기 CCTV 있⋯⋯."

은솔의 말은 끝까지 이어지지 못했다. 가벼운 입맞춤이 그녀의 말을 단숨에 앗아가 버린 탓이었다.

*   *   *

"그동안 수고했어요. 고마워서 드리는 거니까 사양하지 말고 받아 줘요."

수근관 증후군으로 앓다가 수술을 받은 중년 여성 환자는, 검사를 위해 병원에 다시 내원했을 때 비타민 음료 한 박스와 간식거리를 너스 스테이션에 건넸다.

"아니에요, 어머니. 마음만 받겠습니다."

병원 전체적으로 환자나 보호자의 선물을 거절하라는 매뉴얼이 있어서 유남이 난감한 표정으로 부랴부랴 사양을 했다.

하지만 환자는 강경했다.

"마음이 밥 먹여 줘? 안 받으면 갖다 버릴 거야."

"아이참……."

유남이 어떻게 거절해야 할지 몰라 허공에 어색하게 손만 뻗었을 때였다.

근처를 지나가던 우진은 예전에 담당했던 환자를 보고 미소를 머금은 채 다가왔다.

"안녕하세요."

"어머머, 선생님!"

환자는 호들갑을 떨면서 우진을 반겼다.

"그때 수술은 잘 됐는데, 불편하시지는 않죠?"

"선생님들이 잘 해 주셔서 이제 아프지는 않아요. 근데 손에 힘이 좀 안 들어가."

"그건 어쩔 수 없습니다."

압력을 줄이기 위해 인대를 끊었으니 손을 쓸 때 제약이 있는 건 당연했다.

이미 환자에게도 주지시킨 내용이기에 우진은 길게 설명하지는 않았다. 환자도 별로 불만이 없는 듯했다.

"참! 바쁜 건 알지만 이거 먹고 해요."

환자는 쇼핑백에서 간식으로 가져온 떡을 주섬주섬 꺼냈다. 유남이 난처한 시선으로 우진에게 도와 달라는 신호를 보냈다.

"어머니, 저희 이런 거 못 받게 되어 있어요."

"그런 게 어디 있어요?"

"병원 방침이 그래요. 마음만 감사히 받을 테니 가져가서 가족분들하고 나눠 드세요."

우진이 딱 잘라 말하는 바람에 환자는 불만스러운 기색을 내비치면서도 어쩔 수 없이 내용물을 도로 쇼핑백에 담아야만 했다.

유남이 안도의 한숨을 삼킬 참이었다.

"아, 그렇지. 선생님 미혼이라고 했죠?"

"……예?"

느닷없이 화제가 전환되자 우진은 물론 유남도 눈을 동그랗게 떴다. 하지만 환자는 푸근하게 웃으면서 더욱 뜬금없는 소리를 했다.

"우리 조카 애가 선생님하고 잘 어울릴 것 같아서 말이에요. 다리 놔 주고 싶은데 어때? 참하고 예뻐. 공부도 잘해서 은행 다니고."

할 말을 잃은 우진이 어색한 미소만 지었다.

서우진 선생이 고은솔 선생과 그렇고 그런 사이라고 알고 있는 유남은 우진과 환자를 번갈아 보면서 마른침을 삼켰다.

"나이는 스물여덟이고, 내 동생 부부가 교사였거든. 그래서 가풍도 아주 좋은데."

"신경 써 주신 건 감사합니다만, 괜찮습니다."

우진이 부드럽게 돌려 거절했다. 사실 종종 있는 일이라 놀랄 것도 없었다.

그러나 환자는 끈질겼다.

"왜? 이러다 인연이 닿고 그러는 거잖아. 지금 만나는 여자 없죠?"

"있습니다."

"아이, 정말? 누군데? 여기 같이 다니는 그 여자 의사?"

환자가 말한 '여자 의사'가 누구를 가리키는지 우진은 곧장 알아챌 수 있었다.

병원 내에 자자한 소문은 의료진을 넘어 오지랖이 넓은 환자들에게도 조금씩 퍼졌다.

은솔의 존재를 똑똑히 알고 있는 유남은 우진을 힐끗 곁눈질했다.

우진 쌤이라면 멋있게 연인이 있다고 대답하겠지? 그런 기대를 가지고 유남은 그의 말을 기다렸다.

그러나 그의 입에서 나온 대답은 유남의 기대와는 정반대였다.

"그 친구는…… 아닙니다."

"네에?"

환자의 대답이 나오기도 전, 유남이 저도 모르게 목소리를 높였다. 환자와 함께 우진이 유남을 쳐다보았다.

유남이 입을 가리고 어쩔 줄 몰라 눈만 깜빡거렸다.

유남의 눈동자에 서린 의문에 우진의 입맛이 씁쓸해졌다. 그는 현재 은솔이 말한 대로, 그녀와의 관계를 숨기고 있었다.

그토록 원하던 관계를 부정하고 나니 기운이 빠졌다. 우진이 업무용으로 옅은 미소를 짓고는 고개를 살짝 숙였다.

"그럼 이만, 들어가세요."

우진은 환자의 아쉬운 시선과 유남의 뜨악한 눈길을 동시에 받으면서 진료실로 향했다.

흥이 깨진 환자가 자리를 뜨고, 우진의 뒷모습도 사라지기 무섭게 유남이 너스 스테이션에서 뛰어나왔다.

'뭐야? 뭐야? 뭐야?'

우진과 은솔이 연인 사이라는 걸 의심치 않았다.

두 사람 모두 소문을 부정하지도 않았고 사이도 가까워 보여서 당연히 둘이 커플이라고 생각했는데!

바쁜 와중에도 유남은 복도를 달려 수술실로 향했다. 마침 수술을 끝낸 은솔이 담당 환자의 차트를 보면서 걸어오고 있었다.

"쌤!"

"네?"

유남의 우렁찬 목소리에 깜짝 놀란 은솔이 걸음을 멈추었다.

평소 근무하며 하도 뜀박질을 많이 하다 보니, 유남은 숨소리 하나 흐트러지지 않았다.

"어떻게 된 거예요?"

"뭐가요? 뭐 잘못됐어요?"

방금 마친 수술 생각으로 머리가 꽉 찬 은솔은 유남이 환자 이야기를 하는 줄 알고 정색했다.

그러나 유남에게서 나온 말은 상상 이상이었다.

"우진 쌤하고 헤어지셨어요?"

"……네?"

뭔 소리야?

"두 분, 정말 잘 어울려서 완전 내 원너비였는데……."

"무슨 말이에요?"

울먹이는 유남과 반대로 은솔은 상황 파악이 전혀 되지 않았다. 서우진과 연애를 시작한 지 며칠이나 됐다고 헤어진단 말인가.

"아까 있잖아요, 우진 쌤한테…… 어떤 환자분이 여자 소개해 준 댔거든요."

"여자요?"

대답 대신 고개를 끄덕이는 유남을 보자 은솔의 얼굴에서 핏기가 가셨다.

"우진 쌤은 여친 있다고 거절하긴 했는데…… 은솔 쌤이 아니라면서요?"

"네?"

"어떻게 된 거예요, 쌤! 우진 쌤 그냥 차 버리신 거예요? 왜 그랬어요! 우진 쌤 같은 남자가 흔하지도 않은데……."

"아니, 저기…… 유남 쌤, 진정하고."

은솔은 자기 일처럼 아쉬워하는 유남을 달랬다.

그때, 유남의 휴대폰이 울렸다. 너스 스테이션을 비우고 어딜 갔냐는 연락이었다.

"앗! 죄송합니다."

울상이던 유남은 전화를 받자마자 퍼뜩 정신이 든 듯 표정을 가다듬었다. 은솔은 유남의 표정 변화를 구경하다가 다시 걷기 시작했다.

은솔을 쫓아오던 유남이 전화를 끊고 말했다.

"쌤, 나중에 후회하심 어쩌시려고 그래요? 벌써 다른 여친이 생겼다잖아요."

"하하……."

은솔이 허탈하게 웃었다. 아마 그 '다른 여친'도 자신을 뜻하는 것 같은데.

"저 가 볼게요."

"네."

"내가 다 아까워……."

혼잣말처럼 중얼거렸지만 은솔에게까지 들린 걸 보니, 일부러 들으라는 듯 말한 모양이었다.

그러나 은솔은 그저 웃어넘길 뿐이었다.

서우진은 부탁받은 대로 고은솔과의 관계를 비밀에 부치고 있었다.

입이 가벼운 유남이 알아 버렸으니, 이제 병원 내에 소문이 퍼지는 건 시간문제였다.

그러나 은솔은 이번 일이 문제의 서막이었을 줄은 꿈에도 생각지 못했다.

회의가 끝난 자리에서 수부외과 과장이 우진을 조심스럽게 부르더니 속삭였다.

"서 선생, 차였다며?"

"예?"

"누구 소개해 줄까?"

황당한 소리에 우진의 입가가 굳어졌다.

"아뇨, 괜찮습니다만."

"뭐가 괜찮아? 뺑 차인 주제에. 여친 생겼다는 말은 거짓말이지?"

소문이 퍼지기는 했는데, 어째 일이 이상하게 된 것 같다.

은솔은 눈동자만 굴렸다. 자신이 원하던 것은 병원 사람들이 서우진과 고은솔에 대한 이야기를 전혀 하지 않는 거였는데⋯⋯.

"아, 고 선생."

슬그머니 자리를 피하려던 은솔은 자신을 부르는 과장의 목소리에 뚝 멈추어 섰다.

"네?"

몸을 돌리기 무섭게 은솔은 우진과 눈이 마주쳤다. 달콤하게 바라보던 것과 달리, 그녀를 향한 그의 시선은 딱딱하기 그지없었다.

완전히 타인인 것처럼.

분명⋯⋯ 자신이 원하던 바였다. 병원에서는 일만 하고, 바깥에서 사적으로 가까워지면 된다고 생각했었다.

손을 맞잡고 포옹을 하고 입을 맞추는 건 병원 밖에서만 하기를 바랐다.

일과 사생활을 분리해서 잡음이 일어나지 않기를 바랐으니까.

'그런데 왜 이런 외로운 기분이 드는 거지?'

"⋯⋯이윤식 환자도. 알았지?"

제 생각에 빠졌던 은솔이 정신을 차렸을 때에는 이미 과장의 지시가 다 끝난 상태였다.

그녀는 일그러지려는 표정을 겨우 가다듬고 고개를 푹 숙였다.

"죄송합니다. 잘 못 들어서…… 다시 한 번 말씀해 주세요."

"왜 그래? 서서 졸았어?"

"죄송합니다."

과장의 타박에 은솔은 고개만 더욱 조아릴 뿐이었다. 과장이 한숨을 내쉬고 재차 말했다.

"환자들 마지막 검사 결과 봐서 퇴원 준비하라고. 이윤식 환자도."

"아, 네."

"날 덥다고 정신 놓고 있지 말고."

"네, 죄송합니다."

은솔에게 따끔하게 한마디 한 과장이 몸을 돌렸다.

힐끗 과장의 뒷모습을 본 우진이 입 모양으로 은솔에게 무슨 일이냐고 물었다. 살짝 다정해진 그의 태도에 그녀의 마음이 한결 가벼워졌다.

그녀가 괜찮다는 듯 고개를 저을 때였다. 과장이 다시 뒤를 홱 돌았다.

"서 선생!"

"네?"

"이리 와 봐. 내가 진짜 괜찮은 친구를 하나 아는데……."

어느새 휴대폰을 꺼낸 과장이 우진의 코앞으로 다짜고짜 화면을 들이밀었다. 목소리는 작았지만, 이 좁은 공간에서는 충분히 들리고도 남았다.

"괜찮지? 정형외과에 박연희 선생이라고."

"됐습니다."

"뭐가 돼? 보라니까?"

한사코 사양하는 우진에게 과장은 끈질기게 달라붙었다. 반쯤은 장난 같은데, 은솔의 심기가 점점 더 불편해졌다.

'잘하고 있는 건가?'

그녀가 고개를 갸웃거리며 우진과 반대 방향으로 걸음을 옮겼다. 그리고 다음 타자는······.

"서 선생 차 버렸어?"

최준구 선생이 당황스러운 기색을 숨기지 않고 은솔에게 물었다.

"그런 건 아닌데요."

"그럼 뭐야? 서 선생 혼자 떨어져 나간 거야? 와, 이래서 사내 연애하지 말라는 거구나? 헤어지니까 껄끄럽겠어."

뭐라 대답해야 할지 몰라서 은솔은 입을 다물어 버렸다. 그러나 준구는 그녀의 뒤를 졸졸 쫓으면서 계속 떠들었다.

"난 둘이 결혼까지 갈 줄 알았는데, 왜 그랬어?"

"선생님."

"어······ 미안. 고 선생도 힘들 텐데."

준구의 호기심을 진정시키기 위해 은솔이 정색을 했으나, 준구는 그걸 어떻게 받아들였는지 그녀를 안타깝게 쳐다볼 뿐이었다.

"고 선생, 기운 내고. 그래도 사표는 쓰지 마. 우리 과는 사람이 너무 안 구해진단 말이야."

툭툭 그녀의 어깨를 두드려 준 준구가 따뜻한 미소를 지어 보이고는 등을 돌렸다.

선배의 등을 황당하게 쳐다보던 은솔이 헛웃음을 흘렸다.

'뭐지? 갑자기 서우진하고 헤어져 버린 이 기분은?'

어째서인지 서우진의 주변에 여자들이 득실거린다.

회진을 끝내고 돌아오던 은솔은 자판기 앞에서 커피를 기다리는 척을 하면서 멀리 보이는 장면을 지켜보았다.

"쌤, 실연했다면서요?"

그 목소리의 주인공은 우진을 졸졸 따라다니던 대학생 환자였다. 강의가 끝나면 아예 병원에 자리를 잡는 환자 친구들도 함께였다.

"차이셨어요? 대박! 어떤 여잔지 간도 크다."

그 간 큰 여자는 지금 콩알만 해진 간을 붙들고 종이컵을 노려보고 있다.

아니지, 찬 것도 아니고 그냥 비밀로 하자고 했을 뿐인데!

그러고 보면, 서우진은 늘 인기가 많았다. 외모면 외모, 능력이면 능력…… 어느 것 하나 빠지지 않았으니 당연한 일이었다.

"너도 알잖아. 서우진 노리던 여자가 한둘 아니라는 거."

민주의 경고가 머릿속에서 사이렌처럼 울렸다.

하지만 고은솔이 차갑게 무시하고 다녔을 때도 서우진은 그녀만을 바라보았다.

이제는 오해도 다 풀렸고 심지어 연애까지 시작했으니 달라질 건 아무것도 없다.

"지금 사귀는 사람 없는 거죠?"

"혜리 씨."

"헉! 쌤 목소리 너무 좋다. 네?"

호들갑을 떠는 환자를 앞에 두고 우진이 한숨을 내쉬었다.

자신에게 접근하는 여자들에게 이골이 난 우진은 이 상황이 별로 낯설지는 않았다.

'뭐야? 왜 저 환자는 이름을 불러?'

반면 은솔은 얼굴을 딱딱하게 굳히고 검은 커피만 죽일 듯이 내려다보았다.

이내, 우진의 냉정한 목소리가 이어졌다.

"여자 문제는 제 사생활이고, 전 지금 만나는 사람 있습니다."

완벽히 관심을 차단하기 충분한 말이었으나 환자는 쉽게 물러서지 않았다. 꿈에서나 그리던 이상형을 우연히 병원에서 만났으니, 포기할 수는 없는 노릇이었다.

"에이, 차이셨다면서요? 저 간호사 쌤들하고 무지 친한데. 이미 다 들었다고요."

"자꾸 이러면 담당 의사 바꿀 겁니다."

"아, 쌤!"

"쌤, 혜리 짱 괜찮은 애예요. 보세요. 얼굴도 예쁘지, 나이도 어리지, 아! 혜리야, 그것도 말해. 너희 아버지 사장님이잖아."

옆에서 친구가 거들어 주자 혜리의 콧대가 한층 올라갔다.

"맞아. 근데 쌤 몇 살이에요? 전 스물셋인데. 아, 내 나이 아시지?"

열 살도 넘게 어린 환자의 공격에 우진이 할 말을 잃은 듯 침묵을 지켰다.

갑자기 머리에 열이 확 오른 은솔은 저도 모르게 뜨거운 커피를 꿀꺽 마시고는 오만상을 찌푸렸다.

'내가 왜 이러고 있지?'

혀와 입천장이 얼얼했다. 얼굴을 일그러뜨린 은솔이 커피를 버리려던 참이었다. 어두운 안색의 유남이 스르륵 나타났다.

"은솔 쌤⋯⋯."

"네?"

"이게 뭐예요. 여기 숨어서 우진 쌤이나 감시하고 있고."

들켰다. 은솔은 유남의 따가운 시선을 슬쩍 피했다. 유남이 옆에서 투덜거렸다.

"힝, 그럴 거면 왜 차 버리셨어요."

"안, 안 찼어요."

은솔이 목소리를 잔뜩 죽이고 대답했다. 하지만 유남은 은솔의 말을 믿어 주지 않았다.

"안 찼으면 왜 이러고 계시는 건데요."

"아니, 정말 안 찼는데⋯⋯."

진짜 왜 이러고 있는 건지 모르겠다. 정작 이 관계를 비밀에 부치자고 한 건 고은솔 본인인데 말이다.

그때였다. 우진이 있는 방향에서 신이 난 웃음소리가 들려왔다. 은솔과 유남이 동시에 고개를 돌렸다.

"왜 도망가세요, 쌤!"

"따라오지 마세요."

응급실에서 연락을 받은 우진이 자리를 피하려 하자 환자 무리가 끈질기게 그를 쫓아가고 있었다.

심지어 그들은 우진이 일 때문에 움직이는 게 아니라 그들을 피하기 위해 도망친다고 생각한 모양이었다.

환자가 붕대 감긴 손을 뻗어 다치지 않은 손가락으로 우진의 가운을 덥석 잡았다.

겨우 봉합해 둔 환부에 자극을 줄 수도 없기에 우진은 환자의 손을 쳐 내는 대신 걸음을 멈추고 표정을 굳혔다.

환자에게는 기본적으로 친절하고 상냥한 태도가 우선이었지만 장난이 도를 넘었다. 그가 싸늘한 얼굴로 입을 열 참이었다.

"적당히 좀 하세요."

갑자기 들린 은솔의 목소리에 환자 무리는 물론, 우진도 멈칫했다.

은솔의 뒤를 따라 나온 유남은 손으로 입가를 가리고 눈동자만 이리저리 굴렸다.

은솔의 날카로운 시선이 우진의 가운을 잡고 있는 환자의 손을 찔렀다. 점점 더 기분이 바닥으로 가라앉는다.

기분을 적당히 조절할 줄 안다고 생각해 왔는데, 입이 이성의 통제권에서 벗어나고 있었다.

공사 구분도 제대로 할 줄 안다고 생각했었는데, 도저히 참을 수가 없었다.

"아, 네……."

시끄럽게 떠드는 게 문제라고 여긴 환자 무리는 목소리를 낮추고 자기들끼리 눈짓만 주고받았다. 그 와중에도 우진의 가운을 붙든 손은 굳건했다.

미간을 좁힌 은솔이 말했다.

"환자분, 환부 조심하세요."

"저 괜찮은데요."

손을 떼라는 은솔의 지시에도 환자는 꼼짝하지 않았다.

자존심 싸움이라는 걸 무의식중에 알아챈 환자는 은솔에게 밀리고 싶지 않은 모양이었다.

혜리가 보란 듯이 우진에게 말을 걸었다.

"쌤, 맞죠? 재활도 열심히 하라고 했잖아요. 계속 움직여야 한다고요."

"지금은 재활 치료 중이 아니잖아요?"

자신보다 열 살 넘게 어린 환자에게 화를 낼 수도 없기에 은솔은 인내심을 끌어모았다.

그러나 혜리는 입술을 삐죽이면서 친구들에게 들으라는 양 중얼거렸다.

"뭐야? 자기가 뭔데. 담당 쌤도 아무 말 없구만."

오랫동안 병원에서 근무하면서 환자 다루는 데 익숙해진 은솔은 환자와의 기 싸움을 한두 번 해 본 게 아니었다.

웬만하면 환자를 살살 달래곤 했었는데…….

이렇게 눈에 뵈는 것 없이 스팀이 오르는 경험은 처음이다. 은솔의 이성이 날아가 버렸다.

아까부터 거슬리던 환자에게 더 가까이 다가간 은솔은 환자의 앞에 서서 웃는 낯으로 또박또박 대답했다.

"환자분, 남의 남자한테 손 떼시고."

은솔의 말이 들리기 무섭게 주변이 조용해졌다.

전혀 예상하지 못한 말에 우진도 놀라 그녀를 바라보았다. 모든 사람의 이목이 쏠렸지만 은솔은 말을 끝까지 이었다.

"재활 치료는 재활치료실에서 하세요."

믿을 수 없다는 듯 환자가 우진을 올려다보았으나, 그는 은솔에게서 시선을 떼지 못했다.

그 눈빛에 가득 담긴 감정이 뭔지 눈치채자마자 환자의 손에서 힘이 빠져나갔다.

동시에 우진이 은솔을 제게로 확 끌어당겼다. 그의 가슴에 은솔의 이마가 닿았다. 은솔의 뒤에 서 있던 유남이 호들갑을 떨었다.

"어머, 어머, 어머, 어머…… 쌤들, 뭐예요? 정말!"

'아…… 망했다.'

뒤늦게 이성을 되찾은 은솔은 자신에게 향하는 흐뭇하고 놀라운 시선을 느끼고 한숨을 내쉬었다.

수부외과 고은솔의 용기 있는 행동은 병원 전체를 들썩이게 만들었다.

물론 제일 난리가 난 곳은 수부외과였다. 준구가 목소리를 가늘게 떨면서 은솔의 흉내를 냈다.

"남의 남자한테 손 떼시고!"

"그, 그만 좀 하세요!"

다시 놀림거리로 전락한 은솔이 참다못해 빽 소리를 쳤다. 그러나 준구는 킥킥거릴 뿐이었다.

곁에 있던 과장이 황당함을 감추지 않고 은솔과 우진을 번갈아 보면서 말했다.

"뭐야, 진짜? 둘이 깨진 줄 알고 우리가 얼마나 걱정했는지 알아? 병동 분위기 끝장났다 싶었다고."

"죄송합니다."

은솔 대신, 우진이 먼저 사과를 했다. 준구를 보며 씩씩거리던 은솔도 이내 과장의 앞에서 고개를 숙였다.

과장이 한숨을 내쉬고 계속 물었다.

"둘이 싸우기라도 한 거야? 응?"

"아, 뭐……."

차마 사실대로 말할 수가 없어서 은솔은 말끝을 대충 흐리고 말았다.

연애 사실을 비밀로 하려던 바보 같은 생각은 다시는 입 밖으로 내고 싶지 않았다. 다행히 우진도 별로 말할 것 같지는 않아 보였다.

두 사람의 침묵을 긍정으로 알아들은 과장이 웃는 낯으로 일부러 한숨을 푹푹 내쉬었다.

"초딩도 아니고 싸우지 마, 좀. 이렇게 된 이상 결혼까지 안전하게 가 달라고."

수부외과 세부 전문의를 더는 구하고 싶지 않은 과장은 은솔과 우진이 병원에 잘 붙어 있어 주기를 바라고 있었다.

여기서 두 사람이 할 수 있는 대답은 긍정의 대답뿐이었다.

"……알겠습니다."

은솔에게서 원하는 대답을 들은 과장은 혀를 차면서 준구와 함께 의국을 나섰다.

그나저나 결혼을 하지 않으면 큰일이 나게 생겼다. 제 꾀에 넘어간 은솔이 양손에 얼굴을 묻었다.

우진은 은솔을 말없이 내려다보았다.

솔직히 그는 무슨 일이 일어나든 간에, 그녀가 나설 거라는 기대는 하지 않았다.

자신이 가진 마음보다 그녀의 마음이 미미하고 옅어서 노심초사하는 쪽은 언제나 자신이라고 생각했었다.

하지만 오늘, 그 생각이 깨져 버렸다. 감정에 둔하고 이성적인 그녀가 이런 모습을 보여 줄 줄은 상상조차 하지 못했으니까.

그의 입꼬리가 부드럽게 풀렸다. 활짝 열린 그녀의 마음이 눈에 보이는 듯했다.

"은솔아."

"왜."

"손 내려 봐."

아무 의심 없이 손을 내린 은솔은 입술에 닿는 부드러운 감촉에 눈을 동그랗게 떴다.

그녀의 입술을 가볍게 훑은 건 당황스럽게도 우진의 입술이었다.

화들짝 놀란 그녀가 몸을 뒤로 빼고 믿을 수 없다는 듯 그를 올려다보았다. 그가 짙은 미소를 짓고 있었다.

그녀의 목소리가 높아졌다.

"미, 미쳤어? 여기가 어디라고……."

누가 봤을까 두려워진 은솔이 고개를 휘휘 돌렸다. 다행히 의국에는 아무도 남아 있지 않았다.

그녀가 안도의 한숨을 삼키고 우진을 못마땅하게 흘겨보았다. 그러나 그는 개의치 않고 여전히 미소를 지을 뿐이었다.

"뭐 어때? 이제 어쩔 수 없는데."

이제 고은솔과 서우진의 연애가 완벽하게 입증이 된 셈이었다. 소문을 막는 것도 불가능하고 비밀로 숨겨야 할 필요도 없었다.

은솔이 파랗게 질려서는 머리를 부여잡고 고개를 흔들었다.

"아, 난 몰라! 내가 왜 그랬지? 내가 미쳤나 봐! 참을걸……."

은솔이 강아지 같은 눈을 일그러뜨렸다. 참지 않아서 사랑스럽다는 건 전혀 눈치채지 못하고.

11 장

아직 결혼 안 했는데요

"다, 다녀오셨어요!"

열두 살의 서우진은, 두려움에 떨면서도 오늘만큼은 아버지의 퇴근을 맞이했다.

학교에서 있었던 운동회에서 자신이 얼마나 활약했는지 알리고 자랑스러운 아들이 되고 싶어서였다.

"아버지, 오늘 운동회에서요."

오늘은 정말 보람찬 하루였다. 청팀의 마지막 계주 주자로 나간 우진이 결승선을 통과하면서 팀에 역전승을 가져다준 것이었다.

친구들은 물론 선생님들까지 우진을 자랑스러워했었다.

아쉬운 건 다른 친구들과 다르게 자신을 보러 온 가족이 없었다는 것쯤?

그래도 괜찮았다. 아버지를 대신해서 비서가 전교에 고급스러운 간식을 돌렸으니까.

그것도 감사하다고 인사해야지, 생각하면서 우진은 조잘조잘 말을 이었다.

"마지막에 릴레이에서 제가 축구부 애를 이겨……."

그러나 우진의 말은 끝까지 이어지지 못했다. 예상치 못하게 날아온 손찌검에 우진이 머리를 맞고 바닥으로 내팽개쳐진 것이다.

차가운 대리석 바닥에 쓰러진 우진은 뺨에서 느껴지는 둔탁한 통증과 함께 입술에 찌르는 듯한 아픔을 느꼈다.

툭툭, 하얀 바닥 위로 핏방울이 떨어졌다. 코에서 뜨끈하게 흐르는, 코피였다.

쓰러져 있는 우진의 위로 아버지의 냉정한 목소리가 울렸다.

"내 눈에 띄지 말라고 말했을 텐데."

"죄, 죄송해요."

우진은 소매로 얼굴에서 흐르는 피를 닦으면서 다른 소매로는 바닥을 닦기 시작했다.

점점이 떨어진 핏방울은 매끄러운 대리석 위에서 잘 지워지지 않았다.

그때, 저벅저벅 걸어오는 발소리가 가까워지면서 우진의 몸이 흠칫 굳어졌다.

이내, 목덜미가 잡힌 우진은 억지로 벌떡 일으켜졌다.

눈앞이 캄캄해지고, 어지러워서 현기증이 났지만 아이는 양손을 모으고 빌었다.

"자, 잘, 잘못했어요, 아버지."

"누가 네 아버지야?"

코에서 흐르는 피가 턱까지 흘러내려 방울져 떨어졌다.

눈을 감고 벌벌 떠는 아이가 불쌍했는지, 아버지는 더 이상 우진에게 손을 올리지 않았다.

대신 거칠게 바닥으로 밀친 후 지저분한 쓰레기를 만지기라도 한 양, 손을 탈탈 털었다.

"영악한 새끼."

그 차가운 목소리에 우진의 눈에서는 하염없이 눈물만 나왔다.

영악한 게 아니에요. 그냥 아버지를 기쁘게 해 드리고 싶었어요. 사랑을 받고 싶었던 것뿐인데…….

어린 마음에 밉지 않고 자랑스러운 아들로 인정을 받고 싶었다.

아버지는 언제쯤 인자하게 품어 줄까, 언제까지 사랑을 구걸해야 하는 걸까. 그 생각을 수도 없이 했었다.

어린 아들의 뺨을 사정없이 후려갈기면서, 그 중년 남자는 무슨 생각을 했을까?

"후……."

그런 날이 있다.

묻어 두었던 기억이 저절로 떠오르는 날.

종이 상자에 오래된 물건들을 쓸어 넣으면서 우진은 한숨을 내쉬었다. 어렸을 때 받은 상장과 트로피 등은 아무짝에도 쓸모가 없었다.

'쓸데없는 생각이나 나게 하고.'

우진은 차곡차곡 버릴 물건을 모으고 계속 사용할 물건은 다른 곳에 정리했다. 어느 대회에 나가서 받았던 대상도 유년 시절의 기억과 함께 버리기로 했다.

버리는 데 미련이 있으면 안 된다.

언젠가는 문득문득 떠오르겠지만, 필요하지 않은 기억은 시간이 지날수록 더 희미해질 것이므로.

종이가 가득 든 상자를 들고 내려오자 집안일을 전담한 가정부가 눈을 휘둥그레 뜨고 다가왔다.

"뭘 그렇게 다 버려요?"

"버릴 때가 왔나 봐요."

굳이 이사한다는 말 대신, 우진은 말을 뭉뚱그렸다. 가정부가 상자 안을 둘러보며 물었다.

"다 종이에요?"

"네. 이 박스는 책하고 노트 같은 거요."

"아이고, 그거 무겁겠네."

우진은 대답 대신 싱긋 웃어 보이기만 했다.

귀한 오프에 방 정리를 하는 그는 현재 이사를 준비하기 위해 짐을 줄이는 중이었다.

그 종이 상자 안에는 며칠 전 친구인 태민이 건넨 서류철도 있었으나, 그가 찾아봐 준 곳으로 갈 생각은 없었다.

은솔을 탐탁잖게 여기는 태민을 이해는 하지만, 우진은 그녀와 함께 있고 싶었으니까.

얼마 지나지 않아, 전화가 걸려왔다. 저장은 되어 있지 않았지만 알고 있는 번호였다.

"네."

─부동산인데요. 말씀하신 아파트 단지에 괜찮은 매물이 나와서 전화 드렸습니다.

"아, 감사합니다."

가볍게 대꾸한 우진은 일정 확인을 위해 달력을 살폈다. 오늘이 오프니까 내일부터는 여덟 시 이후에나 매물 확인이 가능했다.

일정 조율을 위해 그가 막 입을 뗄 참이었다.

"네, 그럼 언제쯤……."

─지금 당장도 방을 볼 수 있는데, 한번 보시겠어요?

친밀감 가득한 목소리로 부동산 주인이 경쾌하게 말했다.

짐 정리를 하던 우진은 바로 집을 나섰다. 부동산으로 가는 길에 매물로 나온 집에 대해 간단한 정보를 더 들을 수 있었다.

오래되긴 했지만, 주인세대가 살아서 깔끔하게 관리가 된 집에 107동하고 마주 보고 있는 동. 그리고…….

─동 간 거리는 107동하고 제일 가까워요. 옆 동이니까.

그 한마디에 우진은 그 집을 사야겠다는 결심을 했다.

단지 내에 있는 부동산으로 향하며 우진은 주변을 둘러보고 걸음을 조심스럽게 옮겼다.

'……스토커나 다름이 없지.'

유치하게도 현재 서우진이 서 있는 곳은 은솔이 사는 아파트 단지 상가에 있는 부동산이었다.

어제 퇴근하던 우진은 무엇에게 홀리기라도 한 듯 이곳에 집을 알아봐 달라는 부탁을 했다.

"안녕하세요."

"아, 어서 오세요! 금방 오셨네요?"

우진에게 어머니뻘인 부동산 중개인은 사람 좋은 미소를 지은 채 그를 반겼다.

오래된 소파에 앉은 우진은 중개사의 말을 가만히 들었다.

"여기 매물이 나오긴 했는데…… 지은 지 오래된 아파트라서 제 생각에는 옆에 새로 지은 단지가 나을 것 같거든요. 어떠세요?"

이미 마음을 정한 터라 우진이 고개를 젓자 중개인은 조금 아쉬워했다.

"신혼부부가 살기에는 여기보다 새 아파트가 좋은데."

"아뇨, 신혼 아닙……."

뜬금없이 나온 단어에 우진이 막 부정할 참이었다.

딸랑거리는 종소리와 함께 부동산 문이 열리더니, 낯익은 사람이 안으로 들어왔다.

"부동산! 민지네 집 내놨다며? 어, 손님이 계셨……."

새로 들어온 사람과 눈이 마주친 순간, 서우진은 얼음이 되었다. 그 사람도 말을 멈추고 우진을 빤히 쳐다보았다.

아마 여기서 서우진과 다시 만나리라고는 꿈에도 상상하지 못했을 테니까!

"아니, 왜 서우진 선생님이 여길……."

은솔의 어머니, 미선은 눈까지 비빈 후에야 우진에게 말을 걸었다. 얼음이 되었던 우진도 떨어지지 않으려는 입술을 겨우 움직였다.

"……별일 없으셨죠?"

그리고 그 사이로 기이한 분위기를 느낀 부동산 주인이 끼어들었다.

"아는 사이야?"

"응, 우리 은솔이……."

잠깐, 이 남자는 은솔이의 뭐지? 동창? 친구? 동료? 애인? 미선의 머리가 팽팽 돌아갈 때였다.

부동산 중개인이 사람 좋은 웃음을 지으면서 뚝딱 결론을 내려 버렸다.

"아, 은솔이 결혼해?"

살면서 이토록 창피한 날이 서우진 인생에 몇 번이나 될까?

우진은 쥐구멍에 숨고 싶어졌다.

무슨 일을 하든 당당했었는데 좋아하는 여자를 쫓아서 이사하려 하고, 심지어 그걸 본인도 아닌 여자의 어머니에게 들키고 말았다.

"오늘 출근 안 했어요?"

"네, 오프입니다."

"그랬구나. 부동산에는 왜? 이사하려고요?"

"……예."

그러나 창피한 마음과 달리, 우진은 덤덤한 표정을 유지했다. 미선도 별로 개의치 않는 듯했다.

맞아, 이사하는 게 범죄는 아니잖아?

"이 동네로요?"

……조금 스토커 같기는 하지만.

"여기저기 알아보고 있습니다."

그래서 우진은 이미 집까지 다 결정해 놓은 주제에 그렇게 둘러대고 말았다.

미선이 은솔과 비슷한 눈으로 우진을 물끄러미 쳐다보았다. 괜스레 양심의 가책이 느껴져서 우진이 부랴부랴 덧붙였다.

"전에 와 봤을 때 살기 좋아 보여서요."

구차한 느낌이 들지만 말이다.

미선이 아는 척을 한 바람에, 양해를 구하고 부동산에서 나온 우진은 미선과 단지 내부를 걷게 되었다.

어쩌다가 산책을 하게 된 셈이었는데, 판판한 아스팔트 길이 왜 가시밭길로 보이는 걸까?

"괜찮긴 해요. 우리도 여기서 30년 넘게 살았거든요."

30년을 넘게 살았다면, 일종의 토박이이자 마당발인 셈이었다.

미선은 부동산 중개인과도 친해 보였고, 어느 이웃이 이사를 떠나는지까지 알고 있었다.

타인에게 관심이 없는 우진으로서는 신기했다.

"근데 집이 좀 낡아서 차라리 옆에 새로 생긴 주상복합이 낫지 않을까?"

"……괜찮습니다."

담담한 마음을 최대한 끌어모아서 우진은 아무렇지 않은 척 대답했다.

그러나 창피한 마음을 다 숨기지는 못해서 그는 투박하지만 잘 가꾸어진 나무에 시선을 고정했다.

"독립하는 거예요? 아, 이런 거 막 물어보면 안 되나?"

"저도 나이가 있으니까 독립하려고요."

혹시 결혼인가 했는데, 역시 아니었다. 미선은 무의식적으로 안도의 한숨을 삼키다 고개를 번쩍 들었다.

"응? 우리 은솔이랑 동갑 아니에요?"

"맞습니다."

우진의 대답에 미선은 눈만 깜빡거리더니 믿을 수 없다는 듯 입을 가리고 목소리를 높였다.

"아니, 벌써 독립할 나이야?"

덩달아 놀란 그가 미선에게 시선을 돌렸다. 그녀는 안절부절못하면서 중얼거렸다.

"하긴, 은솔이가 결혼할 나이긴 하지. 아이, 그래도 아직 어린애 같다니까."

오프에는 침대 밖으로 절대 나오지 않고 밥도 차려 줘야 먹는, 어린애 같은 딸을 떠올리며 미선이 한숨을 내쉬었다.

"부모님이 섭섭해하시겠다, 반대하시진 않아요? 아직두 어린 아들 같을 텐데."

"글쎄요……."

우진이 희미하게 웃었다.

보통의 부모들은 그럴까? 아무리 나이를 먹고 성장해도 어린애처럼 보일까?

잘 모르겠다. 한 번도 부모에게 어린아이 취급을 제대로 받아 본 적이 없어서.

그가 아무 대꾸도 하지 않자, 미선이 말을 돌렸다.

"그럼, 지금 사는 곳도 이 동네?"

"아뇨. 한남동입니다."

"한남? 거기서 여기까지 뭐하러 와요? 병원이 가까워서?"

"네, 그렇기도 하고……."

서울 중심에서 굳이 서쪽으로 이동하는 이유라고 한다면 역시 직장 정도겠지만 사실 우진은 다른 목적도 있었다.

이곳에 있다 보면, 은솔과 한 번이라도 더 마주치지 않을까 하는 얕은 술수 때문이었다.

그리고 역시나 우진은 미선의 눈치와 연륜을 이기지는 못했다.

"은솔이가 여기 살아서?"

"네?"

정곡을 찔려 깜짝 놀란 우진이 할 말을 잃자 미선이 쿡쿡 웃었다.

"그거 아니면, 새 아파트 옆에 두고 왜 30년 넘은 아파트를 찾겠어요?"

출퇴근 시간을 위해서라면 병원 바로 앞에 있는 집을 구했겠지.

그러나 이도 저도 아닌 위치에, 그것도 가족 단위로 거주하는 오래된 대단지 아파트를 구하는 이유는 따로 있을 것이다.

"은솔이도 이 사실 알아요?"

"죄송합니다만, 여기로 결정한 건 아니니까 당분간 비밀로 해 주셨으면 합니다."

우진은 말을 하더라도 은솔에게 직접 알리고 싶었다.

"아니, 뭐 나한테 죄송할 건 아닌데……."

걷다 보니 어느새 107동 앞이었다. 우진은 전에 한 번 와 본 적이 있는 건물을 올려다보았다.

그날은 그에게 좋은 기억으로 남아 있었다. 단란하고 따뜻한 가족 사이에 끼고 싶다는 욕망을 자극한 날이기도 했다.

현관 앞에 선 미선이 우진을 돌아보며 물었다.

"점심은 먹었어요?"

"아직이요."

"그럼, 우리 집에서 먹고 갈래요?"

"아닙니다. 괜찮……."

"은솔이 얘기해 줄게."

차마 거부할 수 없는, 탐이 나는 미끼가 던져지고 말았다.

텅 비어 있을 거라는 생각과 달리, 집안에는 인기척이 있었다.

미선을 따라 들어간 우진은 은솔의 동생인 은석이 머리를 짚고 주방에서 물을 마시는 모습을 보았다.

"으……."

"너, 왜 벌써 퇴근했어?"

"감기 때문에 열이 나서…… 헉?"

잔뜩 잠긴 목소리로 대답하던 은석은 우진을 보자마자 눈을 동그랗게 떴다. 강아지 같은 눈매가 은솔과 똑 닮아서 귀여웠다.

우진이 먼저 고개를 까딱였다.

"안녕하세요."

"안, 안녕하세요? 어쩐 일로…… 누나 출근 안 했어?"

서우진이 괜히 고은솔의 집을 방문할 리가 없기에, 은석은 휙휙 주변을 둘러보며 누나를 찾았다.

물론 현재 고은솔은 병원에서 혹사당하고 있었지만 말이다.

"은솔이 병원 갔지."

"응? 그럼……."

'왜 왔어요?' 하고 묻는 은석의 눈빛에 우진은 난처한 미소만 지었다. 어디서부터 어떻게 사정을 말해야 할지 통 가늠이 되지 않아서였다.

다행스럽게도 미선이 나섰다.

"넌 몸이 이렇게 될 때까지 뭘 했니? 가서 누워! 약은 먹었지?"

"해열제만."

"어휴, 엄마가 얼음물 챙겨 올게. 들어가!"

"……네. 그럼."

은석이 꾸벅 고개를 숙이고 종종걸음으로 방에 들어갔다.

파리 떼를 쫓듯 아들을 방으로 들여보낸 미선은 스테인리스 볼에 얼음을 가득 채우다가 아차, 하면서 우진을 돌아보았다.

"식탁 앞에 앉아서 잠깐만 있어요."

어머니의 얼굴로 빙긋 웃어 보인 미선은 얼음물과 곱게 개어 둔 수건을 들고 은석의 방으로 향했다.

부럽다. 현재, 서우진의 마음을 가득 메운 감정은 순수하게 부러움뿐이었다.

미선의 뒷모습을 물끄러미 지켜보던 우진은 웃는 것도 아니고 우는 것도 아닌, 기묘한 표정을 지었다.

*　　*　　*

수술을 마치고 나와 지친 은솔은 너스 스테이션에서 계획표 확인을 하고 있었다.

그런데 웬일인지 복도 끝에서부터 시끌시끌했다. 조용한 와중에 안내 방송이나 나오던 병원이었는데.

"오늘 병원 시끄럽지 않아요?"

"방송국에서 촬영 왔대요."

은솔의 질문에 대답한 유남이 흥미진진한 표정으로 목을 쭉 빼고 복도 끝을 힐끔거렸다. 은솔도 덩달아 유남이 바라보는 쪽을 돌아보았다.

"정말요? 왜요?"

"원장님 인터뷰 때문에요."

카메라며 이름 모를 조명기기까지 들고 가는 사람들은 의료진들보다 더 눈에 띄었다.

병원이 방송을 타는데 왜 몰랐지? 아무리 요즘 서우진 생각만 하느라 정신이 없다지만…….

"난 몰랐는데."

은솔이 미간을 좁히고 중얼거리자 유남이 손을 저었다.

"과장님 빼고, 우리하고는 상관없으니까 신경 안 써도 된댔어요."

"아, 그래요?"

"원래 원장님도 그렇고 이사님들이 시끄러운 거 싫어하시거든요."

은솔은 고개만 끄덕였다.

퇴사한 대학 병원에 있을 적, 촬영 협조 요청이 들어오면 병원 내부는 엄청 시끌벅적했다. 촬영 일주일 전부터 들떠 있기도 했다.

물론 몇 차례 반복해 겪은 뒤에는 정신이 사나워서 관심도 두지 않았지만 말이다.

그러나 이 병원은 전혀 들뜨지 않았다. 아니, 아예 공지조차 하지 않았다!

'병원마다 분위기가 다르긴 한데, 이 정도로 극단적이라니…….'

은솔이 다양한 직장 분위기를 피부로 느끼고 있을 때, 카메라를 든 촬영팀들과 뒤섞여서 가운을 걸친 사람들이 복도를 지나쳤다.

그중에서 유난히 눈에 띄는 사람이 있었다.

'원장이 누구냐고 묻지 않아도 알겠다.'

군계일학이 이럴 때 쓰는 단어일까.

서우진과 똑 닮아 있는, 중년 남자는 입을 하나로 꽉 다문 채 서늘한 눈빛을 내비치고 있었다.

어느 것 하나 모난 데 없는 모습이었지만 이상하게도 어두운 안색이 거슬렸다.

'안색이 좀 안 좋아 보이는데.'

은솔의 앞을 지나친 시간은 아주 찰나였으나, 무서울 정도로 잘생긴 원장의 얼굴에 가득한 수심이 쉬이 잊히지 않았다.

하지만 평소와 다름없이 눈이 뒤집힐 만큼 바쁜 시간을 보내고 난 은솔은 이내 원장에 대한 의구심을 잊었다. 진료를 보느라 정신이 없어서 다른 곳에 신경을 쓸 겨를이 없기도 했다.

"이상하단 말이야."

그런 은솔에게 인터뷰 촬영을 마친 과장이 고개를 갸웃거리면서 다가와 물었다.

"고 선생, 서 선생에 대해서 잘 알지?"

"그냥, 뭐……."

지금 같은 상황에 수부외과 사람들에게 말 한번 잘못했다가는 더 큰 오해를 받기에 십상인지라 은솔은 말끝을 흐렸다.

"서 선생, 원장님하고 사이 안 좋아?"

"글쎄요, 그것까지는 잘 모르겠어요."

다행히 양심의 가책 없이 대답할 수 있는 사안이었다. 고은솔은 진짜로 서우진의 가족사에 대해 모르니 말이다.

과장이 머리를 긁적이면서 슬쩍 말을 흘렸다.

"보통 자기 자식 칭찬하면 좋아하지 않아?"

"그렇겠죠?"

"그렇지? 나만 해도 우리 영민이가 칭찬받으면 표정 관리를 못하는데 말이야."

과장이 뭘 전하고 싶은 건지 알 수가 없어서 은솔은 쉬이 대꾸하지 않았다.

흘끔, 그녀의 눈치를 본 과장이 슬쩍 그녀를 찔러보았다.

"서 선생한테 한 번 물어봐 봐. 원장님이랑 사이 안 좋냐고."

"에이, 그런 걸 제가 어떻게 물어봐요."

"승진하려면 아부도 눈치껏 해야 한다고."

저렇게 당당하게 말하는 걸 보면, 농담인지 진담인지 모르겠다. 할 말을 잃은 은솔이 과장을 떨떠름하게 쳐다보았다.

"내가 아부의 제왕인데 원장님한테는 영 안 통하네."

아니, 이분은 실력도 좋은 분이 왜 아부까지 하고 그래!

"저기…… 서 선생을 너무 금칠해서 민망하신 걸 수도 있지…… 않을까요?"

"원래 선배가…… 아니, 원장님이 좀 냉정한 성격이긴 한데 하나뿐인 아들이잖아. 그것도 아내 잃으면서까지 얻은 귀한 아들."

서우진에게 어머니가 안 계셨던가? 지나가다가 들은 것도 같지만 생소한 사실이었다.

서우진은 인생에 결핍된 것이 하나도 없는 사람처럼 보여서, 더 생소하게 느껴지는 걸지도 모르겠다.

은솔이 침묵하자 과장이 고개를 갸우뚱 기울이며 중얼거렸다.

"귀한 아들이니까 강하게 키우는 건가? 사자처럼?"

"그럴…… 지도요."

그때였다.

"안녕하세요."

호랑이도 부르면 온다더니. 아니, 사자인가? 아침부터 수술실에 들어가 있던 우진이 피곤한 기색으로 너스 스테이션에 나타났다.

방송 촬영이며 수술 등 여러 가지 일이 겹친 바람에 오늘 우진을 처음 본 과장이 농담처럼 칭찬을 건넸다.

"서 선생, 오늘도 잘생겼어?"

"……예?"

본인이 나타난 이상, 이야기를 지속할 수는 없는 노릇이었다. 과장은 킥킥거리면서 우진에게서 멀어져 갔다.

머리 위로 물음표를 달고 있는 우진을 보며 은솔은 한숨을 푹 내쉬었다.

힐끔힐끔 은솔의 기분을 살피던 우진이 슬그머니 말을 붙였다.

"오늘 센터 갈 거지?"

"어…… 글쎄."

은솔이 두루뭉술하게 대답했다. 그럴 수밖에 없는 게 퇴근 시간만 가까워지면 환자가 나타나곤 했다.

"가긴 가야지."

이어지는 그녀의 대답에 그가 옅은 미소를 지을 참이었다.

은솔의 등 뒤로 서늘한 기운이 느껴졌다. 악의가 담겨 있는 눈빛을 받을 때 느끼는 기운이었다.

은솔은 자신과 마주 보고 있는 우진의 얼굴에 웃음기가 싹 사라진 것을 확인하고 고개를 돌렸다.

저 멀리 서회준 원장이 서 있었다. 원장의 시선은 정확히 우진에게 꽂혔다.

이쪽을 바라보는 눈빛에는 전혀 호감이 들어 있지 않았다.

싸늘하고 차갑다. 아무리 생각해도 아버지가 아들에게 내비칠 눈빛이 아닌 것 같아 은솔은 내심 놀랐다.

다정하지는 않아도 적의를 담아서 쳐다볼 필요까지는…… 없을 텐데?

은솔이 힐끔, 우진을 살폈다. 우진 역시 상처를 받은 들짐승처럼 결코 호의적이지 않은 눈으로 제 아버지를 쳐다보고 있었다.

"네 아버지처럼, 걔도 너한테는 상처만 주는 사람이야."

아, 그러고 보니 주태민이 그랬었지.

아무래도 서우진의 부자 관계는 썩 좋지 못한 모양이다.

눈빛만으로 사람을 죽일 수 있다면, 두 부자는 서로를 난도질하고도 남았을 것이다.

그만큼 살벌한 시선이…… 믿어지지 않아서 은솔은 눈도 깜빡이지 못했다.

그것도 그렇고…….

'과장님, 어쩌신다?'

이러다 아부의 제왕도 몰락하시겠다.

은솔은 편한 차림의 우진을 보고 흠칫 놀랐다.

서우진을 보고 놀랐다기보다는 피트니스센터에서 악귀 같은 서우진에게 하도 시달렸던 터라 몸이 반사적으로 반응한 셈이었다.

"은솔아."

"……나 운동시킬 생각 하지 마."

생긋 웃으면서 말을 건 우진에게 은솔이 지친 표정으로 경고했다.

"오늘 너무 피곤해."

다행스럽게도 측은지심을 가진 서우진은 고은솔을 이리저리 굴리지는 않았다.

대신, 그는 그녀가 운동을 마치기를 기다렸다가 말을 걸었다.

"은솔아."

이름이 예전과 다르게 들렸다.

전에는 짜증 나기만 했는데, 언젠가부터 그가 좋은 목소리로 자신의 이름을 나직하게 부르면 주변이 더워지는 느낌이었다.

그녀는 땀을 닦는 척 붉어진 얼굴을 가렸다. 그때, 그가 말을 이었다.

"나, 이사할까 생각 중이야."

"어…… 근데?"

뜬금없는 소리에 그녀가 되묻자 그가 잠시 말없이 그녀를 바라보았다.

그 짧은 시간에도 우진의 머릿속은 복잡하게 엉키고 설켰다. 온갖 생각이 수면 위로 올라왔다 내려가기를 반복했다.

은솔의 어머니에게 점심 대접을 받은 후, 우진은 곧장 부동산에서 계약서를 작성했다. 이사 나가기만을 기다리던 집주인은 신이 나서 자체적으로 매매가를 낮춰 주기까지 했다.

그뿐만이 아니라 리모델링이 필요 없을 정도로 깔끔한 집이라 도배와 장판만 새로 갈았고 이삿날도 잡았다.

그렇게 서우진의 이사는 일사천리로 해결되었다.

문제는…… 사생활을 중요하게 여기는 고은솔이 이 말을 하면 싫어할지도 모른다는 데 있었다.

이사하는 집이 바로 그녀의 집 옆 동이라는 사실 말이다.

한참을 머뭇거리던 우진이 마음을 다잡고 서서히 입을 열었다.

"너희 집 근처로 갈 것 같아."

"어? 진짜?"

우진의 생각이 얼마나 복잡한지 알 리 없는 은솔은 의아한 표정만 지었다. 왜 하필 자신의 동네로 오는 거지?

병원이 가까워서? 병원 바로 맞은편에 오피스텔이 얼마나 많은데.

아니, 오피스텔이 싫으면 병원 뒤쪽으로 또 아파트촌이 있다. 가깝다면 그런 곳으로 가는 게 훨씬 나을 텐데, 어째서 오래된 아파트로?

그녀의 혼란스러운 속내를 읽기라도 한 듯 그가 시무룩하게 대답했다.

"싫으면 안 갈게."

실망한 표정의 우진을 보자마자 은솔이 저도 모르게 미간을 좁혔다. 그의 실망하는 모습을 보고 싶지 않아, 그녀가 수습하기 위해 바로 덧붙였다.

"내가 언제 싫다고 했어?"

"싫은 거 아니지?"

"아니라니까!"

은솔이 강하게 부정하고 나서야 우진의 얼굴에 미소가 돌아왔다.

"그래, 다행이네."

말을 마친 우진이 안도의 한숨을 내쉬었다. 이삿짐 정리를 도와줄 요량으로 은솔이 지나가듯 물었다.

"언제야? 날짜."

"토요일."

"뭐? 이번 주?"

"응. 모레."

시원시원하게 대답하는 그를 그녀가 황당한 표정으로 쳐다보았다. 당장 토요일에 이사를 들어온다고?

"뭐야! 다 정해 놓고 통보하는 거네?"

"아니."

짧게 부정한 그가 미소를 띤 채로 말을 이었다.

"네가 싫다고 하면 계약 파기하려고 했어."

"파기? 계약금은?"

"뭐…… 어쩔 수 없지."

"제정신이야?"

은솔의 눈이 동그랗게 커졌다.

부동산 거래를 해 본 적은 없어도 은솔은 보통 계약금 조로 금액의 10퍼센트 정도를 건다는 사실 정도는 알고 있었다.

오래된 아파트 단지지만, 학군 때문에 가격만큼은 어마어마한 이 아파트에서 10퍼센트의 계약금이라면 수천만 원 단위일 것.

"난 괜찮으니까 이사해! 절대 파기하지 마! 알았지?"

아무리 돈이 쉽다 한들, 거액의 금액을 날리게 둘 수는 없다! 그녀가 힘주어 말하자 이내 그가 빙그레 웃어 보였다.

근데 뭔가…… 낚인 느낌이 드는데.

아버지와 마주칠 일이 드물었기에, 우진은 특별한 마찰 없이 짐 정리가 끝이 났다.

30년을 넘도록 이 집에서 살았는데 정리를 하고 나니 짐은 얼마 되지 않았다.

우진은 이미 이삿짐센터 직원에 의해 짐이 다 빠져나간 2층에서 내려왔다.

넓고 쾌적한 집이었지만 서우진에게는 끔찍한 기억이 곳곳에 도사린 지옥과도 같았다.

대리석으로 된 바닥에 머리가 깨지기도 했고, 팔이 부러진 적도 있었다.

아버지는 가능한 한 사람 눈에 띄지 않을 곳을 교묘하게 체벌했으나…… 가끔 화가 치밀면 눈에 보이는 것 없이 학대하곤 했다.

그때, 우진의 시야에 고풍스러운 장식장이 들어왔다. 짙은 색깔 원목과 유리로 만들어진 장식장은 아버지가 유난히 아끼는 가구였다.

벽에 밀쳐졌을 때는 저 장식장 모서리 때문에 등이 찢어진 적도 있었지.

장식장 안에는 아기자기한 도자기 장식품들이 열을 맞춰 놓여 있었다. 아버지는 특히 아기 천사 모양의 도자기를 가만히 쳐다보곤 했다.

아버지에게 두들겨 맞은 후 바닥에 쓰러져서 기절했다가 눈을 떴을 때, 우진은 장식장 안의 아기 천사를 사랑스럽게 바라보는 아버지를 발견하고 충격을 받았다.

아들인 자신에게는 한 번도 보여 주지 않던 그 인자하고 자상한 표정에 처음에는 꿈을 꾸는 줄로만 알았다.

그 뒤로, 우진은 저 장식장이 싫어졌다.

그러면서도 언젠가는 아버지가 자신에게 비슷한 눈빛을 보내 주겠지, 하고 진짜 꿈을 꾸기도 했었다.

신기하게도 아버지는 감히 장식장 문을 열지는 못했다. 유리 바깥에 손을 대긴 했어도 장식장은 언제나 굳게 닫혀 있었다.

저 장식장은 아마 어머니가 남긴 물건일 것이다. 아버지는 어머니의 손때가 묻은 물건을 버리기는커녕 만지지조차 못했다.

우진은 바닥 구석에 놓여 있는 수석을 하나 들었다. 검은색 돌덩어리는 묵직해서 던질 맛이 났다.

그는 양손으로 돌을 꽉 쥐었다가 무섭게 굳어진 얼굴로 집어 던졌다.

목표는, 장식장.

유리 깨지는 소리가 요란했다. 바리케이트인 양 단단하게 방어하고 있던 유리는 힘없이 깨져서 바닥으로 우수수 떨어졌다.

그는 어두워진 눈동자로 장식장 안을 쳐다보다가 꼴같잖은 도자기를 들어 바닥으로 내던졌다.

어렸을 적 서우진처럼, 아기 천사의 머리가 깨져서 바닥에 나동그라졌다.

다시는 들어올 리 없는 집 안을 휙 둘러본 후 우진은 홀가분하게 걸음을 옮겼다.

공교롭게도 우진이 이사하는 날에 은솔 역시 휴일이었다.

편한 차림으로 나온 은솔은 우진의 마지막 짐이 맞은편 아파트 베란다로 들어가는 것을 보다가 걱정스럽게 말했다.

"서우진. 이 아파트 진짜 오래됐거든?"

"알아."

"집은 병원 앞에도 많고, 하다못해 저쪽에 새로 지은 주상복합도 있는데."

우진은 은솔의 말에 굳이 대답하지 않았다. 물론 이미 이사가 완료된 이상, 소용없는 걱정임을 은솔도 잘 알고 있었다.

그때, 매매를 중개해 준 부동산 중개사가 우진을 발견하고 다가왔다.

"안녕하세요. 이사는 잘 하시…… 어머, 은솔이도 같이 있어?"

"네? 네……."

엄마인 미선과 달리, 내향적인 성격의 은솔은 이웃들과 허물없이 친하게 지내지는 못했다.

그런 은솔의 태도를 수줍어하는 거로 받아들인 중개사가 농담을 건넸다.

"아무리 요즘 신혼집을 친정 옆에 구한다고 해도 그렇지, 너무 가까운 거 아니야?"

"네에?"

"의사니까 돈도 많이 벌 텐데 둘이 모아서 새집 들어가지 뭐하러 여기로 들어와?"

"아줌마, 뭘 잘못 아시는 것 같은데……."

서우진과 연애 중이기는 해도 결혼 같은 건 꿈도 꾸지 않았다.

뒤통수를 맞은 듯 얼얼한 기분으로 은솔이 부동산 중개인을 쳐다보았다. 어머니뻘인 중개인이 은솔의 어깨를 장난으로 톡 치면서 씩 웃었다.

"근데 언제 결혼했어? 난 청첩장도 못 받았다, 애."

은솔의 얼굴에서 핏기가 싹 가셨다.

이 상황 말이야.

이 상황…… 익숙한데.

그러니까 병원에서 툭하면 엮이고, 엮이고, 엮이던 상황 같은데…….

눈가를 찡그린 은솔이 우진과 중개인을 번갈아 보다가 경악을 담아 대답했다.

"저 결혼 안 했어요!"

결혼은커녕, 이제야 겨우 연애를 시작한 참이었다. 은솔의 말에 중개인이 고개를 갸웃거렸다.

"으응? 그럼 뭐야? 결혼도 안 하고 살림부터 합쳐? 하긴 네가 나이가 있긴 하지? 에이, 그래도 결혼은 해야지."

이해할 수 없다는 투로 대꾸한 중개인이 은솔을 너머 우진 쪽으로 시선을 돌렸다.

은솔의 눈치를 살피던 우진이 이 곤란한 오해에 마침표를 찍었다.

"저 혼자 사는 겁니다만…….

"잉?"

물론 이미 고은솔과 서우진이 그렇고 그런 사이라고 오해한 부동산 중개인은 이해하지 못하는 듯했지만 말이다.

중개인이 떠나고, 정리된 집으로 올라온 은솔이 무선청소기를 들고 허탈한 한숨을 뱉을 참이었다.

뒤늦게 올라온 미선이 현관문 안쪽으로 고개를 쓱 들이밀고 물었다.

"벌써 정리 끝났어요?"

"네, 짐이 별로 없어서요."

4인 가구가 살 만큼 집은 넓은데 우진의 짐이 거의 없다시피 해서 새 집안은 휑했다. 그나마 청소와 정리가 쉬워서 다행이었다.

청소기를 놓고 후다닥 나온 은솔이 황당함을 가득 담아 고자질했다.

"엄마, 아까 부동산 아줌마가 뭐라고 하신 줄 알아?"

"응? 뭐래?"

"나랑 얘랑 결혼했다잖아. 왜 그런 생각을 하셔?"

"어? 그래."

반응이 겨우 그게 끝이야?

"아니, 엄마…… 우리 아직 결혼은 안 했다고…….."

그때, 미선을 거슬리게 만드는 단어가 하나 들렸다.

"아직?"

미선이 은솔을 지나 우진을 천천히 쳐다보았다. 놀라기는 우진도 마찬가지인 듯, 그가 은솔을 믿을 수 없다는 눈으로 응시했다.

혼자만 이유를 모르는 은솔이 얼굴을 찌푸렸다.

"왜?"

"너희 연애하니?"

"어, 어떻게 알……."

날카로운 엄마의 지적에 은솔이 입술만 뻐끔거렸다.

우진이 은솔을 힐끗 곁눈질하고는 자신에게 향하는 미선의 눈초리에 어색한 미소만 지었다. 미선이 입을 쩍 벌렸다.

"그래서 이사 온 거예요?"

"은솔이 때문만은 아닙니다."

우진의 나직한 대답에 은솔의 얼굴이 확 붉어졌다. 서우진이 갑자기 왜 이사를 오나 했더니 설마…….

"너 진짜 나 때문에 이사 온 거야?"

은솔이 목소리를 한껏 낮추고 물었다. 그러나 우진은 고개만 살짝 기울일 뿐, 시원한 대답을 주지는 않았다.

미선이 두 사람에게 손짓하며 말했다.

"정리 대충 끝났으면 점심이나 먹으러 가자."

"지금? 다 같이?"

"그럼 다 같이 가야지. 내가 해물찜 잘하는 데를 알거든. 얼른 따라와요."

딸의 바보 같은 질문을 일축한 미선은 우진에게 가벼운 말투로 권유했다.

건물 바깥에는 이미 엄마의 호출을 받은 은석이 후드를 깊이 눌러쓴 채 나와서 시간을 죽이고 있었다.

은석이 우진을 보자마자 자연스럽게 고개를 숙였다.

"어, 안녕하세요."

"안녕하세요. 감기는 다 나았어요?"

"네."

건강한 청년답게 은석은 금세 자리를 털고 일어났다.

은솔은 왠지 전보다 친밀해 보이는 은석과 우진을 탐탁잖은 눈으로 번갈아 보았다. 엄마의 뒤를 따르면서 은석이 계속 조잘거렸다.

"아, 이사하려고 그날 오셨던 거구나."

"그날?"

은솔이 영문 모를 말을 하는 동생을 휙 돌아보았으나, 그녀의 물음에는 아무도 대꾸해 주지 않았다.

바보가 된 기분으로 세 사람을 둘러본 은솔이 허탈한 한숨을 내쉬었다.

"뭐야, 왜 나만 몰라?"

"밥이나 먹어."

그리하여, 네 사람은 근처 상가에서 해물찜으로 유명한 가게에 자리를 잡았다.

은석이 물과 식기를 세팅하는 동안 어색한 분위기를 떨치기 위해 우진은 고군분투를 했다.

"과장님은 출근하셨습니까?"

"애 아빠? 병원을 못 떠나죠. 아주 천생 의사야."

오늘도 솔선수범해서 출근 도장을 찍은 고 과장 또한 지금쯤 점심을 먹고 있겠지만.

이내, 밑반찬을 들고 온 가게 주인이 미선에게 살갑게 말을 걸었다.

"은솔 엄마, 은솔이 결혼했다며?"

은솔이 뭐라고 대꾸하기도 전에 가게 주인은 은솔과 나란히 앉아 있는 우진을 보고 감탄했다.

"이쪽이 사위야? 잘생겼구만."

병원에 소문이 퍼진 것처럼 아파트 단지 내에도 소문이 자자하게 퍼진 모양이었다. 은솔이 허탈하게 한숨을 내쉬었다.

"결혼 안 했어요."

그런데 부동산 중개인처럼 가게 주인 역시 이해할 수 없다는 표정을 짓는 것이었다.

"뭐야, 아니었어? 부동산에서 은솔이네 사위가 집 샀다고 그러던데? 집 샀죠?"

"사긴 샀는데……."

갑자기 날아온 질문에 우진이 어색하게 긍정하자 가게 주인은 더욱 혼란스러운 눈빛으로 은솔에게 물었다.

"신랑 아니야?"

"아니라니까요……."

계속되는 신혼부부 공격에 지친 은솔이 양손에 얼굴을 묻었다.

결국, 호탕하게 웃어 젖힌 미선이 아직 결혼 전이라며 애매모호한 결론을 지어 주었다. 그때까지도 가게 주인은 알쏭달쏭한 기색이었지만 말이다.

테이블에 네 사람만이 남자 물을 한 모금 마신 미선이 생긋 웃으면서 뼈가 든 농담을 던졌다.

"애, 너희 진짜 결혼해야겠다."

"아니, 엄마까지 왜 그래."

온종일 시달려서 참다못한 은솔이 경고하는 어조로 말했다. 당연히 엄마에게는 씨알도 먹히지 않았다.

미선이 한 손으로 입가를 가리고 발랄하게 대꾸했다.

"어머, 못할 소리는 아니잖아. 나는 서 선생 좋은데."

더는 신경 쓰고 싶지 않아서 은솔은 생각을 포기하기로 했다.

큼직한 그릇에 해물찜이 나오자 미선이 자연스럽게 국자를 집었다.

엄마가 그릇에 음식을 담아 주는 게 당연한 것처럼 은솔과 은석은 얌전히 차례를 기다리고 있었다.

생소하고 어색한 광경에 우진은 어쩔 줄 몰라서 가만히 있었다. 미선이 음식을 다 덜어 준 후, 국자를 건네받을 생각이었다.

그러나 미선은 오히려 우진에게 손짓하며 말했다.

"그릇 줘 봐요. 덜어 줄게."

"아뇨, 제가……."

"원래 이런 건 엄마가 해 주는 거야."

우진의 앞에 놓인 접시를 들어서 음식을 가득 담아 준 미선이 흐뭇하게 웃었다. 미선의 눈가에 잡힌 잔주름이 그녀의 인품을 드러내는 듯했다.

서른이 훌쩍 넘은 나이에도 부모에게 자식들은 정말 어린 아이처럼 느껴지는 걸까? 어머니가 무사하셨으면 자신도 이런 걸 익숙하게 받아들이고 있었을까…….

어머니가 살아 계셨더라면 아버지도…… 어쩌면 자상했을 테고,
머리가 깨진 그 아기 천사도 자신의 장난감이 되었을지 모른다.

릴레이 계주에서 1등을 한 아들을 자랑스럽게 안아 주면서 카메
라 셔터를 수도 없이 눌렀을 수도 있고, 다른 친구들처럼 부모님과
마주 앉아서 맛있게 점심을 먹었을 수도 있겠지.

하긴, 인제 와서는 다 쓸모없는 가정이지만.

가슴 한편이 따스하게 물드는 것만 같다. 우진은 해물이 가득 담
긴 제 접시를 내려다보다가 희미하게 웃었다.

"……좋네요."

"응?"

"전 어머니가 안 계셔서…… 이렇게 챙겨 주시니까 좋습니다."

우진의 말에 은솔이 힐끔, 그를 곁눈질했다.

뺨이 살짝 상기된 그를 보자 그녀의 젓가락질이 뚝 멈추었다. 서
우진이 부끄러운 듯 행복해하는 모습은 처음이었다.

"어머……."

한편, 미선은 감동이 분명한 탄성을 내지르며 우진을 사랑스럽
게 바라보았다.

이내, 미선은 국자를 들고 우진의 그릇에 해물을 탑처럼 쌓아 주
었다.

"더 먹어요. 많이 먹어."

"이제 괜찮습니다."

"그러지 말고 새우도 먹어."

"아뇨, 충분해요. 정말로……."

"은석이만큼은 먹어야지!"

대식가인 은석이 슬그머니 자신의 접시를 내려다보았다.

그렇게 더 먹이려는 미선과 거절하는 우진은 한동안 씨름을 벌였다. 적당히 배가 찬 은솔은 냉수를 마시며 우진을 살폈다.

"걔는 널 불행하게만 만들잖아."

문득, 은솔은 전에 엿들었던 태민의 말이 떠올랐다.

고은솔이 서우진을 불행하게 만든다고 단언하던 태민을 생각하자 은솔은 절로 코웃음이 쳐졌다.

'서우진이 불행할 거라고? 저게 어디가 불행한 사람의 모습이래?'

은솔은 미소 지은 우진을 보고 속으로 으쓱거렸다. 눈앞에 주태민이 있으면 한마디 시원하게 쏴 주고 싶었다.

서우진은 고은솔 곁에서 행복해한다고, 그리고 고은솔도 행복하다고!

*　　*　　*

우진의 이사를 도운 후, 은솔은 오랜만에 민주와 혜정까지 셋이서 만나 저녁을 먹었다.

혜정은 은솔과 우진의 사이에 있었던 일을 전해 듣고 기절할 만큼 놀랐다.

"……서우진, 정말 대단하다."

혜정이 진심을 가득 담아 감탄했다. 그의 끈질긴 짝사랑이 마침내 빛을 봤다는 사실은 감성적인 혜정에게 꽤 자극이 된 듯했다.

"좋겠다, 은솔아. 난 다 식어 버렸는데."

부러움 가득한 친구의 시선에 은솔은 뭐라고 대답해야 할지 몰라 어색하게 웃을 뿐이었다.

애피타이저로 나온 샐러드를 집어 먹으면서 은솔은 말을 돌렸다.

"그리고 오늘 서우진이 우리 집 옆 동으로 이사 왔어."

"이사?"

뜬금없는 화제 전환에 부러워하던 혜정마저 눈을 휘둥그레 떴다. 민주가 황당한 기색으로 말했다.

"대박! 결혼각이네."

"뭐가 결혼각이야?"

"결혼각이 아니면, 친정 옆에 아파트를 왜 사?"

온종일 결혼 이야기에 짓눌려 있던 은솔은 저절로 눈살이 찌푸려졌다. 그때, 혜정이 와인을 한 모금 마시고 물었다.

"산 거야, 전세야?"

"샀대."

은솔의 말을 듣자마자 그것 보라는 양 민주가 손뼉을 쳤다.

"그거 봐! 서우진이 그걸 투자 목적으로 샀겠냐? 다 쓰러져 가는 아파트를?"

"와, 말이 심하네. 다 쓰러져 가기는? 아직도 멀쩡하거든?"

"그런데 너희 동네 집값 비싸잖아."

혜정이 말을 보태기 무섭게 민주가 씩 웃었다.

"그러니까 쓰러져 가는 데도 비싼 아파트를 남자 혼자 살 거면 왜 사냐고."

민주의 논리에는 허점이 없었다. 은솔은 친구의 말을 부정하기보다는 한탄하는 거로 노선을 바꾸었다.

"너희까지 그러지 않아도 충분히 고통받고 있거든."

"무슨 고통?"

"병원이고 동네고 소문이 다 나 버렸어."

"너랑 서우진이랑 결혼한다고?"

김민주, 꼭 확인 사살을 한다. 은솔이 눈을 흘기면서 목소리를 높였다.

"결혼 안 해! 아직 안 한다고! 이제 사귀기 시작했는데 무슨 결혼이야?"

"네가 몇 살인데 결혼을 안 해? 서우진 다 늙어 죽겠다."

사람들이 하나같이 다들 우진을 은솔의 신랑감으로 보는 이유는 그들이 결혼 적령기인 탓이 컸다.

결혼 적령기에 다다른 선남선녀를 한 쌍으로 묶는 건 어쩌면 당연한 일일지도 모른다.

은솔은 답답한 마음에 냉수를 벌컥벌컥 들이켰다. 그런 친구를 말없이 지켜보던 혜정이 조심스레 은솔을 불렀다.

"근데 은솔아."

"어?"

"서우진 건강은 괜찮지?"

"푸흡!"

맞은편에 앉아 있던 민주가 더럽게 와인을 뱉었다. 은솔은 물론 혜정까지 민주를 못마땅하게 쳐다보았다.

냅킨으로 입가를 닦으며 헛기침을 하는 민주를 무시하고 은솔이 물었다.

"갑자기 무슨 건강이야?"

"걔 운동하는 거 보면 20대 같긴 한데 그래도 모르는 거야, 건강은."

"지금 이상한 소리 하려고 그리지?"

김민주나 이혜정이나 둘 다 이상하기 짝이 없다.

은솔의 눈에 경계의 빛이 맴돌았다. 아무래도 이 인간들이 갓 연애를 시작한 고은솔을 놀리려는 것 같은데.

하지만 혜정은 진심이라는 듯 진지한 표정으로 말을 이었다.

"이상한 소리라니? 이건 당연한 거야. 너 그거 아니? 예원이 요즘 머리 빠진다."

"헉!"

"미친…… 걔 탈모 왔어?"

깜짝 놀란 은솔과 달리, 민주는 경악을 했다. 혜정은 남편의 안타까운 소식을 알리고 나서 계속 말했다.

"그건 모르겠는데 스트레스가 엄청 심한가 봐. 거기다 너흰 외과 잖아. 잘 살펴봐."

"맞아. 진짜 많은 곳을 살펴야 돼."

민주가 거들자 눈을 가늘게 뜬 은솔이 고개를 갸웃거렸다.

"……머리?"

하지만 혜정은 생긋 웃으면서 손을 흔들었다.

"머리 말고 아주 많은 곳이 있지. 창피해하지 마. 우리 의사잖아?"

'창피해하지 말라고? 창피할 게 뭔데……?'

순간, 은솔의 얼굴이 확 붉어졌다. 그녀는 냅킨을 혜정에게 던져 버렸다.

"야! 이제 사귀기 시작한 사람한테 무슨 말이야!"

하여튼 변태가 따로 없다.

그럭저럭 좋은 분위기로 저녁 식사 자리를 마무리한 후 돌아온 은솔은 밤늦은 시간에도 바깥에 있는 우진을 발견하고 눈을 동그랗게 떴다.

은솔을 본 우진이 미소를 지었다. 가로등 아래, 웃고 있는 그의 얼굴에 짙은 음영이 졌다.

그 모습을 은솔이 홀린 듯 바라보고만 있자, 우진이 먼저 그녀에게 한 걸음 다가와 물었다.

"어디 다녀와?"

"그냥, 애들 만났지. 민주랑 혜정이랑……."

친구라고 해 봤자 그 둘이 전부였다. 괜히 멋쩍어진 은솔이 말을 흐렸다.

우진이 주변을 둘러보고는 웃음기 어린 목소리로 말했다.

"괜찮은 동네 같아. 조용하고."

"아, 그래? 다행이네."

만족하는 우진을 보니 은솔의 마음도 한결 가벼워졌다.

그나저나 친구들 말마따나, 서우진이 비싼 돈 주고 오래된 아파트에 들어온 이유가 정말 결혼을 염두에 뒀기 때문일까?

결혼 생각은 아직 이르다. 은솔은 애써 결혼 생각을 털어 내려 노력했다.

그러자 문득 혜정의 남편인 예원이 스트레스로 머리카락이 빠진다는 애석한 소식이 떠올랐다.

은솔은 힐끗 우진을 올려다보았다. 별로 문제가 없어 보이긴 한데, 그래도 혹시 말하지 못한 고민거리가 있을지도 모른다.

그녀가 조심스럽게 입술을 뗐다.

"너…… 혹시 힘든 일 있어?"

"힘든 일?"

"응. 힘든 일 있으면 말해 줘. 혼자 끙끙 앓지 말고."

느닷없는 소리를 들은 그가 그녀를 의아한 눈으로 응시했다. 어디서 무슨 소리를 듣고 왔는지, 그녀는 이렇게 엉뚱할 때가 있었다.

그러나 은솔은 설명하는 대신, 뜻밖의 말을 꺼냈다.

"아, 그리고 너무 스트레스받지 마. 스트레스가 만병의 근원이잖아."

"괜찮아, 너만 있으면."

알 듯 말 듯 한 은솔의 말에 우진이 미소를 지은 채 대꾸했다.

그녀는 갑자기 자신에게 향하는 그의 애정 어린 눈길이 낯설어서 어쩔 줄 모르는 듯 말을 잇지 못했다.

대화를 잇는 대신, 그는 미풍에 흔들리는 그녀의 머리카락을 귀에 걸어 주었다.

고은솔만 곁에 있으면, 서우진은 두려울 것이 없다. 이는 명백한 진실이었다.

12장

오해와 착각과 비밀

장식장을 장렬하게 깨고 나왔음에도 우진은 죄책감 따위는 하나도 없는 모습으로 원장실을 찾았다. 아버지에게 마지막 인사를 하기 위해서였다.

"이미 아시겠지만, 저 토요일에 집 정리해서 나갔습니다."

냉혹한 얼굴로 아들을 쳐다본 회준이 입술을 비틀어 웃었다.

뭘 잘했다고 고개를 뻣뻣이 들고 있느냐는 시선에도 우진은 주눅 들지 않았다.

"아버지는 저를 단 한 번도 아들이라고 생각한 적이 없으실 테니까, 저도 아버지 집에서 나가려고요."

이 지긋지긋하고 끔찍한 인연은 오늘로 마지막이었다. 두려워할 필요는 없었다.

만일 분노한 아버지가 자신을 병원에서 내보낸다 하더라도 괜찮았다. 그것까지 다 고려해서 은솔의 집 근처로 이사를 간 것이었으니까.

"이제 다시는 그 집에 들어갈 일이 없으니 여기서 말씀드리는 겁니다. 근데 장식장은 버리셨어요?"

우진이 정곡을 찌르기 무섭게 회준의 미간이 꿈틀거렸다.

아내와의 추억이 담긴 귀중한 장식장을 엉망진창으로 깨뜨리고 나간 무뢰한이 눈앞에서 생글거리고 있으니 화가 머리끝까지 치민다.

"뭐, 이제 속 시원하시겠어요. '살인자'하고 같이 안 살아도 되잖아요."

"배은망덕한 놈."

아버지의 짧은 대꾸에 우진이 비웃으며 물었다.

"제가요?"

"키워 준 은혜에 감사하지는 못할망정, 어디서 얼굴 똑바로 들고……."

"키워 준 은혜?"

우진의 대꾸에 기가 많이 막혔는지 아버지가 쿨럭거리면서 기침을 토해 냈다. 그런 모습조차도 우스워 보이는 건 왜일까?

턱선이 뾰족하게 드러날 정도로 살이 빠져 버린 얼굴이나 왜소해진 몸이 힘없는 노인을 연상시켰다.

그토록 두려워했고, 애정을 구걸했던 아버지가 하잘것없는 사람처럼 느껴지다니.

"그 은혜, 아버지 샌드백으로 30년 넘게 갚았다고 생각합니다만."

부자의 차가운 눈빛이 허공에서 맞부딪쳤다. 우진이 싸늘하게 웃으면서 고개를 옆으로 기울였다.

"저도 할 만큼 했어요."

아버지는 한 번도 돌아보지 않았지만.

"개보다도 못한 취급 받는 거 다른 사람들한테 들키지 않은 것만으로도 제 할 일은 다 했죠. 아버지 평판, 잘 지켜드렸잖아요?"

서회준의 사회적 평판 하나만큼은 대단했다.

외모며 실력, 재력까지 완벽하다면 완벽한 남자. 젊은 나이에 아내를 잃었음에도 하나뿐인 아들에게 헌신한 대단한 아버지. 세기의 로맨티시스트…….

"나가."

"이제 샌드백이 사라져서 어떠시려나."

회준은 형형한 눈빛으로 우진을 노려보았다.

이가 다 빠져 버린 늙은 호랑이는 무섭지 않다. 두려움을 떨친 우진은 쿡쿡 웃으면서 계속해서 비아냥거렸다.

"그 화, 이제 어디다 푸실지 궁금하긴 합……."

그 순간, 우진의 얼굴로 명패가 날아들었다. 명패는 머리를 정확히 노렸으나, 갑작스럽게 닥친 위험을 날쌔게 피한 덕에 이마 옆으로만 스치고 지나갔다.

그러나 워낙 날카롭고 단단한 물건이라 상처를 피할 수는 없었다. 오랜만에 우진은 뜨끈한 핏줄기가 피부를 따라 흐르는 느낌을 받았다.

이마에서 피를 흘리면서 우진은 하얗게 질린 얼굴로 아버지를 쳐다보았다.

자신의 오른쪽 발 옆에 떨어져 굴러다니는 명패를 믿을 수 없었다.

"……절 아주 죽이고 싶으신가 봅니다."

제대로 맞았으면 크게 다쳤을 것이 분명하다. 역시 아버지 성질, 어디 가진 않나 보다. 우진은 기가 막힌 웃음이 비집고 나왔다.

피를 흘리면서도 실성한 듯 웃는 아들을 꺼림칙하게 보면서 회준이 잇새로 말을 툭 내뱉었다.

"버릇없는 새끼."

"그렇게 키운 게 누구신데요."

작정하고 온 우진은 한마디도 지지 않았다.

그전까지는 아버지와의 관계를 개선하기 위해 참고 또 참았지만, 아버지를 포기한 지금, 참아야 할 이유는 어디에도 없었다.

눈앞의 남자는 이제 태산 같은 아버지가 아니라 늙고 힘 빠진 노인네일 뿐이다.

우진은 가운 소매로 상처 부위를 누르면서 무감정한 목소리로 말했다.

"오늘 이후로."

하얀 가운에 붉은 피가 스며들기 시작했다. 자신이 느끼기에도 출혈량이 상당해서 우진은 등골이 오싹해졌지만, 내색하지는 않았다.

그가 말을 또박또박 이었다.

"아들로서 아버지를 찾아뵙는 일은 일절 없을 겁니다."

여기서 아버지와의 인연을 끊겠다고 선언한 것치고는 건조하기 짝이 없는 말투였다.

우진은 일말의 감정 변화도 보이지 않는 아버지를 담담하게 쳐다보다가 몸을 돌렸다.

"안녕히 계세요. 건강하시고요."

문을 닫기 전, 우진은 마지막 인사를 건네고 망설임 없이 원장실을 나섰다.

뚜벅뚜벅 복도를 따라 걷던 우진은 아버지의 비서와 마주치고 걸음을 멈추었다.

우진의 상태를 확인한 비서는 눈을 크게 뜨고 당황한 표정을 감추지 못했다.

"서, 선생님, 피가……!"

"가서 제가 볼게요. 거즈만 몇 장 주세요."

부랴부랴 구급상자에서 거즈를 꺼낸 비서는 침착하게 피를 닦으며 지혈하는 우진을 믿을 수 없는 눈으로 응시했다.

그 아버지에 그 아들이다. 사고에도 동요하는 기색 하나 보이지 않다니 말이다.

"그럼, 가 보겠습니다. 수고하세요."

앞으로 비서도 볼일 없겠지만, 우진은 굳이 작별 인사를 하지는 않았다.

그가 막 등을 돌릴 찰나, 비서가 조심스럽게 우진을 불렀다.

"저기……."

"예?"

"원장님께 신경 좀 써 주세요."

"……제가요?"

헛웃음을 지을 뻔한 우진은 이내 아버지의 '평판'을 떠올리고 웃음을 삼켰다.

그래, 이 비서조차 잘 모르는 거다. 서우진이 왜 이런 꼴이 되었는지 말이다.

"그래도 하나뿐인 아드님이시고, 요즘 원장님 건강이……."

"여기, 왜 이렇게 됐다고 생각하십니까?"

그리고 절연을 한 이상, 우진은 아버지의 평판을 지켜야 할 필요를 느끼지 못했다. 그의 말속에서 가시를 읽은 비서가 입만 쩍 벌렸다.

"굳이 제가 그럴 필요는 없을 것 같네요."

"설마 원장님께서……."

우진은 대답하지 않고 등을 돌렸다. 얼른 이곳을 빠져나가고 싶었다. 그러나 비서가 대뜸 우진에게 이상한 소리를 하는 것이었다.

"후, 후회하실 거예요."

후회? 그럴 리가.

"서 선생님!"

우진은 비서의 만류를 무시하고 걸음을 옮겼다. 발걸음이 날아갈 듯 가벼웠다.

이제 끝이다. 속이 시원해서 저절로 웃음이 터져 나왔다. 이렇게 홀가분한 마음은 처음이었다.

다친 머리를 치료하기 위해 우진은 카트를 가지고 휴게실로 들어왔다.

피 묻은 부분을 닦아 내고 보니 날카로운 것에 베인 듯한 상처가 눈에 띄었다. 흉터가 남을지도 몰랐다.

'슈처(Suture, 봉합)를 해야 하나.'

피를 닦아 내긴 했어도 계속 흘러나오는 피 때문에 상처 부위는 다시 엉망이 되었다. 우진이 한숨을 막 내쉴 참이었다.

"……서우진?"

지친 표정으로 휴게실에 들어온 은솔은 소파에 앉아 있는 우진의 몰골을 보고 경악했다.

"너 머리가 왜 그래!"

그녀의 강아지 같은 눈이 일그러진 채 그의 상처 부위를 똑바로 향해 있었다.

"수술 들어간 거 아니었어?"

예상치 못한 은솔의 등장에 깜짝 놀란 우진이 거즈로 상처 부위를 가렸으나 채 숨길 수는 없었다.

후다닥 그의 앞으로 달려간 그녀가 그의 팔목을 잡아 머리에서 떼어 냈다.

"봐 봐."

"아니, 괜찮……."

"괜찮긴 뭐가 괜찮아? 슈처해야 되겠는데. 찢어진 것 같아."

우진의 말도 채 듣지 않고 상처 부위를 살피던 은솔은 상처 부분을 세척하고 피부에 부분 마취를 했다.

아니, 근데 왜 휴게실에 의료 카트가 있는 거람?

"설마 혼자 하려고 이걸 다 가지고 온 거야?"

"으음……."

우진이 난처한 기색으로 대답을 보류했다. 부정하지 못하는 걸 보니 사실이 틀림없다. 은솔이 얼굴을 구기고 속상하다는 듯 말했다.

"아무한테나 가서 해 달라고 하지, 왜 혼자 끙끙거리고 있어?"

"끙끙거리진 않았는데."

"나한테라도 전화를 하든지."

"괜찮……."

은솔은 이런 꼴이 되었으면서도 지지 않고 받아치는 우진을 흘겨보았다.

"조용히 해. 감각 없지?"

"응."

그녀에게 상처를 맡긴 우진은 눈을 감고 미동도 없이 가만히 앉아 있었다. 가까이에 다가와 있는 은솔에게서 상쾌한 향기가 났다.

그녀가 처음 들어왔을 적에는 당황스러웠다. 다쳐서 약해진 모습을 그 누구보다도 은솔에게 들키고 싶지 않아서였다.

그런데 지금 생각해 보니, 오히려 은솔에게 치료를 받는 편이 기분 좋았다. 그녀의 걱정 어린 타박도 그저 달콤하게만 들렸다.

"됐어."

눈을 감은 채 여러 생각에 빠져 있던 우진은 은솔의 목소리에 정신을 차리고 눈을 떴다.

바로 눈앞, 가까이에 그녀의 회색 셔츠가 보였다.

'이렇게 가까이 있었을 줄이야…….'

그녀가 움직일 때마다 가까이서 풍기는 향기에 눈앞이 아찔해질 참이었다. 한숨을 길게 내쉰 그녀가 혀를 찼다.

"내일 되면 팅팅 부어서 볼만하겠다."

"하하……."

"웃을 일이야?"

그러나 은솔이 정색하고 묻는 바람에 우진은 웃음기를 쏙 감추었다. 그녀가 심각한 표정을 지었다.

"환자나 보호자한테 맞은 거야?"

"아니야, 그런 거."

"그러면?"

우진은 쉽게 대답하지 못했다. 은솔에게 아버지에 관한 이야기를 꺼내고 싶지 않았다.

은솔뿐만이 아니라, 우진은 태민을 제외하면 그 누구에게도 아버지의 본모습을 알리지 않았다.

아버지에게 학대받은 자신이 비참하고 보잘것없이 느껴져서, 말하고 싶지 않았다.

하지만 은솔은 쉽게 물러나지 않았다.

"서우진. 네가 한눈팔고 다닐 성격은 아니잖아."

어디에 넘어졌거나 부딪혔다는 말도 은솔에게는 통하지 않을 듯했다.

애초에 안전을 제일로 지어진 병원이다 보니, 부주의로 인한 안전사고가 아닌 이상, 사람이 다치는 일은 드물었다.

그리고 철두철미한 서우진이 부주의로 안전사고를 겪을 확률은 거의 없었다.

그렇다면 인위적으로 다친 게 분명한데.

수사관처럼 날카로워진 은솔의 눈빛에서 우진은 더 이상 물러설 곳이 없음을 깨달았다.

그가 한숨을 삼키고 나서 조심스럽게 입술을 뗐다.

"……아버지한테 좀."

아버지라는 말을 입에 올리는 것조차 껄끄러웠으나, 우진은 아무렇지 않은 척 내색하지 않고 말을 이을 수 있었다.

"혼났지. 갑자기 집을 나가 버렸으니까."

그러고는 우진이 어색하게 웃어 보였으나 그 순간, 은솔의 뇌리에는 태민의 말이 스쳐 지나갔다.

"네 아버지처럼, 걔도 너한테는 상처만 주는 사람이야."

그 말은…… 서우진의 아버지가 서우진에게 상처를 줬다는 뜻이다.

자신이 그랬듯 마음의 상처 정도일까 했는데 어쩌면 육체적인 폭력일 수도 있겠다.

은솔은 도저히 이해가 가지 않는다는 투로 떨떠름하게 되물었다.

"그렇다고…… 머리를 이렇게…… 만들어?"

당황스러워하는 은솔을 보면서도 우진은 어깨만 으쓱했다.

정작 다친 그는 별일 아니라는 투로 가볍게 넘기고 있는데, 그녀는 폭행에도 전혀 개의치 않는 그의 태도가 오히려 이상했다.

도대체 어떻게 살아왔기에 봉합을 할 정도로 상처를 입었는데도 웃어넘기고 있는 거지?

"사고였어."

"사고? 이게 무슨 사고야?"

정색하고 있는 은솔과 반대로, 우진은 입가를 끌어올려 웃었다. 그러나 은솔의 마음은 쉽게 놓이지 않았다.

자신은 이런 웃음을 알고 있다. 어떻게든 불편한 상황을 타개하기 위해 억지로 만든 미소 말이다.

병원에 있다 보면 온갖 사람을 만나게 된다.

전공의 시절, 은솔이 응급실 담당을 할 때 누군가에게 흠씬 두들겨 맞고 실려 온 환자가 있었다.

뒤늦게 의식을 되찾은 환자는 남편에게 맞는 게 '익숙' 하다면서 억지 미소를 지었다.

환자가 정형외과 진료를 받은 이유는 골절 때문이었다. 그것도 얼굴 뼈 골절.

그 환자는 광대뼈에 금이 가고, 온몸이 멍투성이인데도 의료진을 속여 넘기기 위해 미소를 만들었던 것이다.

만일 의료진이 집요하게 파고들면 가정 내 폭행을 숨길 수 없을 테니까.

그런 환자들은 주로 약자인 여자, 어린아이, 노인들이었다.

피치 못해서 가정 폭력이 들통나면 그들은 훗날 더 큰 화를 입게 되므로 어떻게든 현재 상황을 묻고 가려고 애를 쓰던 사람들이었다.

그렇게 사건을 억지로 무마하기 위한 미소를…… 서우진이 짓고 있었다. 은솔은 도무지 이 상황을 이해할 수도, 믿을 수도 없었다.

어째서 서우진이? 아쉬울 것 하나 없고, 두려울 것 하나 없고, 모자란 것 하나 없는 서우진이 왜?

은솔은 떨리는 목소리를 가다듬고 입을 열었다.

"아무리 화가 나도 머리를 이렇게 만드는 건…… 말이 안 돼. 폭행이야."

"알아."

태평하기 그지없는 우진의 대답에 은솔이 그를 노려보았다.

"안다고? 너, 진짜 아는 거 맞아?"

"은솔아."

그는 그녀를 안심시키고자 나직하게 웃으면서 이름을 불렀다.

"난 괜찮아."

거짓말은 아니었다. 앞으로는 아버지와 마주할 일이 없으니까, 아버지의 영향력에서 벗어났으므로 서우진은 괜찮을 것이다.

하지만 익숙한 사람만이 지을 수 있는 편안한 표정과 상대를 안심시키기 위해 필사적으로 짓는 미소에 은솔은 울컥, 뭔가가 치밀어 올랐다.

"우리 이제 아무것도 숨기지 말자고 했잖아. 비밀도 만들지 말고, 거짓말도 하지 말자고."

"비밀도 거짓말도 아닌데. 아버지한테 혼난 거고, 괜찮은 것도 사실이야."

은솔의 눈이 바닥으로 떨어졌다. 서우진과 고은솔 사이에 보이지 않는 선이 그어져 있었다. 자신은 그 선 바깥에서 발을 동동 구르고 있었다.

10년이 넘도록 고은솔을 원했다면서, 서우진은 정작 그녀에게 온전한 모습을 보여 주지 않았다.

어쩌면 주태민의 경고는…… 예상보다 더 잔혹한 진실을 품고 있을지도 모르겠다.

우진을 뒤로하고 나온 은솔은 자신의 진료실로 돌아가자마자 마당발인 혜정에게 전화를 걸었다.

―이 시간에 웬일이야?

"혜정아."

―왜?

"너 동창회 쪽으로 연락되지?"

지금 은솔은 전화번호 하나가 필요했다.

―어…… 왜?

서우진과의 악연으로 인해 은솔은 대학 시절을 떠올리기 싫어했다. 당연히 동창, 동문회 같은 곳에 발걸음도 하지 않았다.

그나마 종합 병원 원장의 며느리가 된 혜정이 인맥을 관리하고 있어서 가끔가다가 소문을 전해 들을 뿐, 은솔은 딱히 다른 사람들과 교류를 하지는 않았고 아쉽지도 않았다.

그런데…… 오늘은 꽤 아쉽게 되었다.

"연락처 하나만 찾아 줄래?"

―웬일이야? 누구?

"그 있잖아, 주태민이라고 동기였는데."

―흐응…….

은솔이 대답하기 무섭게 혜정이 콧소리를 냈다. 은솔은 바짝 긴장하기 시작했다.

저런 소리를 낼 때의 혜정은 안 좋은 쪽으로 머리를 잘 돌리는 무시무시한 친구였다.

은솔이 마른침을 삼키고 물었다.

"왜 그래?"

─걔 서우진 친구잖아. 서우진한테 물어봐. 그게 빨라.

"안 돼."

은솔이 바로 거절했다. 서우진 사정을 캐내기 위해서 주태민한테 연락하려는 건데 정작 그 본인에게 물어보라니, 어불성설이다.

하지만 이 상황을 알 리 없는 혜정은 의아해할 뿐이었다.

─왜 안 돼?

이유를 솔직하게 털어놓기에는 너무 개인적인 사정이 섞여 있었다. 잠시 머리를 굴리던 은솔은 결국 우진의 성격을 이용하기로 했다.

"서, 서우진은 내가 남자랑 연락하는 거 싫어하잖아."

─야, 넌 네가 스스로 그런 소리 하면 안 쪽팔리냐?

혜정이 황당한 목소리로 비웃었다. 이미 얼굴이 새빨갛게 달아오른 은솔은 책상에 얼굴을 박은 채 말했다.

"전화번호나 알려 줘. 서우진한테는 비밀로 해 주고."

─바람나면 안 돼. 서우진 불쌍하니까.

"미쳤어? 말이 되는 소릴 해라."

혜정은 깔깔 웃으면서 곧 은솔에게 태민의 연락처를 알려 주었다. 이럴 때는 마당발인 친구가 있어서 참 다행이다.

주태민은 분명, 우진의 아버지가 우진에게 상처를 준다고 했지.

그게 몸의 상처든 마음의 상처든 간에 확실한 건, 오늘 서우진이 아버지에게 꽤 심한 폭행을 당했다는 점이다.

은솔은 우진의 아버지 얼굴을 떠올렸다. 그 젠틀한 미남이 우진의 머리를 깼을 것 같진 않은데.

"아!"

그때, 은솔의 머릿속에서 방송 촬영이 그날, 자신과 함께 있던 우진에게 원장이 보냈던 싸늘한 눈빛이 떠올랐다.

등골이 오싹할 정도로 적의가 담긴 그 눈빛은…….

진심으로 싫어하는 사람, 그러니까 원수를 보는 시선이었다.

고은솔이 서우진을 끔찍하게 바라보던 것처럼.

"네 아버지처럼, 걔도 너한테는 상처만 주는 사람이야."

확신 가득한 목소리로 그렇게 말했던 주태민은 분명 진실을 알고 있을 것이다. 서우진도 굳이 부정하지 않았으니까.

태민과 약속을 한 후, 은솔은 피트니스센터에 가는 대신, 서초동에 있다는 태민의 병원으로 향했다.

'이런 데서 개업을 하다니.'

번쩍번쩍한 새 건물에서 개원한 주태민이 아주 조금 부럽기는 했으나, 은솔은 내색하지 않고 건물 안으로 들어갔다.

마침, 오늘 태민의 병원이 야간 진료까지 하는 날이어서 은솔이 퇴근한 늦은 시간에도 병원 문은 열려 있었다.

접수대에 앉아 있는 직원에게 쪼르르 간 은솔이 어색하게 인사를 건넸다.

"안녕하세요. 저기, 원장님하고 선약이 되어 있는데요."

"아, 성함이 어떻게 되세요?"

"고은솔이요."

막 이름을 다 말했을 즈음, 진료실 문이 달칵 열리더니, 가운을 걸친 태민이 기다렸다는 듯이 팔짱을 낀 채 은솔을 쳐다보았다.

"들어오세요."

차가운 목소리로 은솔을 안내한 태민은 그녀가 들어오기 무섭게 진료실 문을 일부러 소리 내어 닫았다.

그가 환자용 의자를 가리켰다. 앉으라는 뜻이었다.

그러나 꼼짝도 하지 않고 침묵하는 은솔에게 태민이 먼저 말을 붙였다.

"오랜만이네. 말 놔도 되지?"

그녀가 고개를 끄덕이자 이내 썩 호의적이지 않은 시선이 닿았다.

확실히 주태민은 고은솔을 싫어했다. 이유야 뭐…… 서우진 때문이겠지.

"그래서 무슨 급한 일인데?"

어차피 은솔 역시 태민에게 좋은 감정 따위는 없었다. 첫인상부터가 별로였으니 말이다.

은솔은 이곳에 찾아온 목적을 달성하고자 입을 열었다.

"서우진……."

거기까지 말한 그녀는 침을 꼴깍 삼키고 나서 호칭을 바꾸었다.

"우진이 이야기 좀 하러 왔어."

'서우진'이 아니라 '우진이'. 가정사를 물어볼 거니까 친한 척 좀 해야겠다.

그런 마음가짐으로 태민을 쳐다보았으나, 그는 호칭이 어떻든 간에 별로 신경 쓰지 않는 모양새였다.

서우진과 고은솔이 생각보다 친밀하구나, 하면서 놀랄 줄 알았는데 오히려 날카로운 눈빛이 그녀의 얕은 수작을 들여다보는 듯했다.

'이놈은 왜 하필이면 또 정신과 전문의인 거야?'

그렇다고 여기서 물러날 수는 없었다.

사실, 애초에 자신이 서우진에게 관심을 두지 않으면 그만이지만, 그때 엿들었던 주태민의 말 한마디가 고은솔에게 마법이라도 건 것처럼 서우진에게 신경을 쓰게 만들었다.

그러니까 퇴근길에 시간까지 내서 주태민을 찾아왔지.

"서우진 노력 참 많이 했다."

눈을 가늘게 뜬 태민이 이해할 수 없는 소리를 했다.

"고은솔이 나한테까지 찾아오고."

'비난이었나!'

은솔이 입술을 실룩이자 태민이 다시금 자리를 권했다.

"앉으라니까."

그녀는 아직도 서 있다는 걸 그제야 깨달았다. 따지자면 지금까지 그와 기 싸움을 하고 있었던 셈이었다.

은솔이 자리에 앉자 태민이 어깨를 으쓱이면서 투덜거렸다.

"이야기할 게 뭐가 있다고."

"너, 나 별로 안 좋아하지?"

은솔의 공격에 태민의 얼굴이 묘하게 일그러졌다.

"……나 유부남인데. 애도 있어."

그가 테이블 위에 있는 액자를 돌렸다. 이제 막 엉금엉금 기어 다닐 법한 어린 아이의 사진이 보였다.

"아니, 좋아한다는 게…… 그런 뜻이 아니고!"

당황한 은솔이 손까지 내저으면서 말뜻을 제대로 전하려 애를 쓰자 태민이 여유롭게 다리를 꼬면서 툭 내뱉었다.

"맞아. 네 인상 별로야."

'이 새끼, 알고 있었으면서!'

우진에 관한 이야기만 듣고 나면 바로 나가 버릴 테다. 은솔이 이글거리는 눈으로 태민을 노려보았다.

"그래서 너 싫어한다는 얘기 들으러 왔어?"

피식 웃는 그의 모습에서 가시가 느껴졌다. 늦은 시간이니 대화를 서두르라는 뜻이었다.

은솔은 예전에 엿들었던 그들의 대화를 머릿속으로 복기하면서 말문을 열었다.

"네가 그랬다며. 우진이가 나랑 있으면 불행할 거라고."

"서우진이 그래?"

거짓말에 약한 은솔이 슬그머니 시선을 돌렸다.

물론 서우진이 직접 말한 건 아니고, 몰래 들었을 뿐이었다. 그렇다고 사실대로 털어놓을 수는 없었다.

그녀가 한마디를 덧붙였다.

"걔 아버지처럼."

그러나 그 말을 듣자마자 태민은 눈동자를 일그러뜨리며 고개를 절레절레 젓는 것이었다.

"……서우진이 말한 게 아닌가 본데."

"뭐?"

족집게야? 은솔은 두근거리는 마음을 진정시키면서 태연한 척 태민을 쳐다보았다.

태민이 코웃음을 치며 은솔로서는 상상하지 못한 부분을 지적했다.

"걔가 자기 입으로 아버지 이야기를 할 리가 없지."

서우진은 아버지 일을 아무에게도 알리고 싶지 않아 한다. 서우진이 끔찍하게 사랑해 마지않는 고은솔에게라면 더더욱.

그는 그녀에게 좋은 모습만 보이고 싶어 하니까 절대 자신의 어두운 치부를 드러내지 않을 것이다.

오랜 시간 우진을 옆에서 봐 온 태민은 상황을 깔끔하게 정리했다.

아무래도 고은솔이 어디서 이상한 소리를 듣고 자신을 찾은 노양인데, 태민은 그녀에게 사실을 알리고 싶은 마음은 눈곱만큼도 없었다.

태민의 비협조적인 태도에 은솔은 한결 공손한 태도로 재차 부탁했다.

"알려 줘. 부탁할게."

"집안 사정을 왜 남한테 들으려고 그래? 직접 가서 물어봐."

"네가 방금 그랬잖아, 스스로 털어놓을 리 없다고."

은솔이 정곡을 찔렀다. 아차, 한 태민은 은솔을 다시금 살펴보았다.

맞다, 얘 똑똑한 애였지? 확실히 대학 6년 동안 고은솔은 서우진과 쌍벽을 이루던 똑똑한 학생이었다.

하지만 그건 그거고.

"……네가 뭔데?"

"어?"

"네가 서우진한테 뭔데 궁금해하는 거냐고."

태민의 질문에 은솔이 멈칫했다.

"서우진하고 사귀기로 했어?"

"그렇다면 어쩔 건데?"

은솔이 뻐딱하게 대꾸했다. 거짓말은 아니다. 서우진과 고은솔은 연인 사이였으니까. 그러나 문제는 주태민에게 있었다.

"거짓말하지 마."

"거, 거짓말 아니야!"

"네가 서우진하고 사귄다고?"

미심쩍은 태민의 시선에 은솔이 재차 말했다.

"진짜라니까?"

"그러면 서우진한테 가서 직접 물어봐. 사귀는 사이에 못 할 말이 어디 있어?"

말을 안 해 주니까 그렇지.

은솔이 입술을 쭉 내밀고 꼼짝도 하지 않자 태민이 책상을 가볍게 탁탁 두드렸다.

"네가 서우진하고 사귀든 결혼을 하든 간에, 환자 얘기는 남한테 하는 거 아니잖아? 그만 가 줬으면 좋겠어."

"……서우진이 여기 다녔어?"

아무렇지 않게 흘린 정보에 은솔이 눈을 크게 뜨고 주변을 둘러보았다. 여긴 정신건강의학과고, 여기를 다닌다면…….

"도대체 왜?"

"고은솔. 아무것도 모르면서 여긴 왜 찾아왔어?"

자리에서 벌떡 일어난 태민이 짜증스럽게 물었다. 은솔의 얼굴이 굳어지자 그가 차갑게 말을 이었다.

"사귀는 사이라며? 궁금하면 직접 물어봐."

은솔은 태민이 우진에 대해 절대 쉽게 알려 주지 않을 것을 짐작했다.

그렇다면 우진의 주치의인 태민에게 오늘 일어난 이상한 일이라도 전하고 싶었다.

"서우진이 아버지한테 머리를 맞아서……."

피투성이가 된 머리와 가운을 떠올리면서 은솔이 우울하게 설명했다.

"깨졌는데도 괜찮다더라."

태민의 시선이 은솔의 머리 위로 고요하게 닿았다. 은솔도 자리에서 일어나면서 계속 말했다.

"근데 그 분위기가 이상했어. 아주 오랫동안 학대당한 사람처럼 너무 당연하게 여겨서…….”

은솔을 여기까지 이끈 이유 중 8할은 우진의 태도였다. 폭력을 받아들이는 태도가 너무 덤덤해서 그녀가 위화감을 크게 느낀 탓이었다.

그리고 오늘 우진의 태도가 기폭제가 되어서 지난날에 아무렇지도 않게 넘겼던 것들이 하나둘씩 거슬리기 시작했다.

주태민의 경고, 원장의 지독한 눈빛. 자신이 모르는 숨겨진 진실이 분명히 있다.

그래서 뭔가를 알고 있는 듯한 태민을 찾은 건데…… 단지 호기심이었을까? 아니면 정의감?

우진에 대해 아무것도 모르는 자신이 나서면 안 되는 거였나? 내가 왜 여기까지 왔지? 은솔은 전부 혼란스러웠다.

“미안한데, 의사로서 환자 정보를 말해 줄 수는 없어. 무슨 뜻인지 알지?”

그 말은 서우진이 정신과를 찾은 이유가 고은솔이 궁금해하는 사실과 관련이 있다는 의미였다.

또한, 태민의 무거운 음성에서 결코…… 단순한 과거가 담겨 있지 않다는 것도 알 수 있었다.

태민의 입장을 이해한 은솔이 힘없이 걸음을 돌릴 찰나였다. 무슨 변덕인지 태민이 은솔의 등 뒤로 확실한 말 한마디를 남겼다.

“서우진은 가정 폭력 생존자야. 나머지는 네가 물어봐.”

짐작해 오던 것을 확인하기 무섭게 달칵, 등 뒤로 문이 닫혔다.

며칠 전에 촬영했던 프로그램이 방영하는 날이었다.

슬프게도 은솔은 당직이었기에 의료진들과 함께 방송을 보게 되었다. 같이 나이트 근무를 하는 유남이 화면을 가리키며 말했다.

"쌤, 과장님 얼굴 너무 넓죽하게 나왔다. 그렇죠?"

"그러네요."

과장들과 이사진, 그리고 원장까지 병원을 이끌어 가는 사람들을 인터뷰한 방송이었다. 그 외에 주로 나오는 장소는 응급실이었다.

곧, 지역 응급 의료 체계와 관련해서 원장이 인터뷰를 시작했다. 원장은 실제로 봤을 때처럼 서우진과 닮아 있었지만, 인상이 날카롭고 성마른 느낌을 줬다.

"헐…… 쌤, 원장님, 진짜 잘생긴 것 같지 않아요?"

은솔은 대답하지 않았다. 아주 조금이라도 원장을 칭찬하고 싶지는 않았다.

태민이 남긴 말, 서우진은 가정 폭력 생존자라는 청천벽력 같은 소리가 머릿속을 맴돌아서 원장이 좋게 보이지 않았다.

"역시 우진 쌤 아버지답다. 거의 세포 분열 수준 아니에요?"

유남의 말에 은솔은 어색한 미소만 내비칠 뿐이었다. 그 미소를 동의로 알아들었는지 유남은 은솔의 반응에 그다지 신경을 쓰지 않았다.

그때, 과장이 너스 스테이션으로 다가왔다. 유남이 손을 번쩍 들었다.

"과장님! 화면 보셨어요?"

"으아악! 보지 마! 원장님하고 나란히 있어서 비교돼!"

스테이션 안쪽으로 들어온 과장이 양손으로 TV 화면을 가렸지만, 턱도 없었다. 아부의 제왕은 금세 얼굴 가리기를 포기하고 손을 내렸다.

그래도 과장이 썩 기분 나빠하는 것 같지는 않아서 은솔이 조심스럽게 그를 불렀다.

"과장님."

"응?"

"원장님이요……."

이곳에 있는 그 누구보다도 수부외과 과장이 서회준 원장에 대해 잘 알 것이다. 일단 선후배지간이기도 했으니 말이다.

그러나 과장은 양팔을 들어 교차해 엑스자를 만들었다.

"잠깐. 얼굴 비교할 거면 말하지 마."

"아뇨, 그게 아니라."

얼굴 이야기를 하는 줄 알았나 보다. 은솔이 고개를 젓고 나서 태연한 말투로 별것 아닌 일을 묻는 양 운을 뗐다.

"원장님, 성격이 좀 불같으신 분이세요?"

"어? 어떤 면에서?"

느닷없는 질문이라 그런지 과장은 은솔의 질문에 담긴 속내를 캐내려 하지는 않았다. 은솔이 설명을 덧붙였다.

"왜 그런 거 있잖아요, 실수하고 그러면 화내시고……."

"응? 전혀 아니야. 완전히 냉정한 분이지. 내가 얘기 안 했나?

수술실에서 진짜 철저한 분인데."

과장은 사람 좋은 웃음을 내보이면서 우진의 아버지 칭찬을 계속했다.

"그만큼 완벽한 서전(Surgeon, 외과 의사)도 없지. 우리 때 서 선배 하면 완벽의 대명사였어."

"……화내거나 감정적인 분 아니고요?"

"아닌데? 왜? 화면에서는 그래 보여?"

과장은 이미 다른 장면으로 전환된 TV 화면을 기웃거렸다. 은솔이 떨떠름하게 웃으면서 고개를 흔들었다.

"그냥 수술장에서 그런 분들 많으시니까요, 혹시나 해서요."

그럼 감정적인 사람도 아니면서 화가 났다고 아들의 머리를 그렇게 만드나?

우진이 자세히 말해 주지는 않았지만, 그 상처는 손으로 만든 상처가 아니었다. 뭔가를 던졌거나 휘둘렀을 것이다.

머리가 깨질 만큼이나 단단한 물건을.

솔직히 은솔은 원장이 우진에게 무슨 짓을 했는지 상상이 되지 않았다.

머리가 깨질 정도면 아주 단단하고 날카로운 걸 휘두르거나 내던졌겠거니 넘겨짚을 뿐이었다.

"아냐. 서 선배 소름 끼치게 냉철한 타입인데…… 신기하네, 감정적인 사람으로 보다니."

과장의 말에 은솔은 더욱 깊은 미로로 빠지는 느낌이었다.

그렇게 냉철하다는 사람이 아들의 머리를 다치게 만들고, 죽일 듯이 노려보고, 가정 폭력을 저질렀다고?

은솔은 조금 더 원장에 대해 물어보았다.

"원장님하고 선후배 사이라고 하셨죠? 어떤 분이세요?"

"글쎄? 한결같은 사람?"

여전히 이어지는 칭찬에 은솔이 멈칫했다. 과장은 은솔의 복잡한 속내도 모르고 웃으면서 농담이나 건넸다.

"왜? 시아버지 될 분이라서 잘 보이려고?"

"그, 그, 그런 거 아닙니다."

"그으래? 아니야?"

그녀를 떠보면서 과장이 히죽 웃었으나 은솔은 별로 신경 쓰진 않았다.

모두들 서우진과 고은솔을 엮지 못해 안달인 걸 알기에, 은솔은 이제 이런 농담에도 익숙해졌다.

오해가 아니기도 하고.

"정말 멋진 사람이야. 실력은 말할 것도 없고, 사적으로도."

TV 화면에 시선을 고정한 채로 과장은 과거 일을 미담이랍시고 꺼내기 시작했다.

"출산 중에 사망한 아내를 지금까지 못 잊고, 재혼도 안 했거든."

슬슬 기다리던 진실과 가까워지는 것 같아서 은솔은 입을 다물고 과장을 쳐다보았다. TV 화면에 다시금 원장의 모습이 비쳤다.

방송 촬영 중이지만 회준은 웃음기 하나 없이 제작진의 질문에 무뚝뚝하게 대답할 뿐이었다.

하지만 그의 말투는 세련됐고 사용하는 어휘는 고차원적이다.

그런데도 어렵지 않게끔 설명을 곁들이는 센스도 있었다. 청중이 저절로 고개를 끄덕이게 만드는 화술이었다.

TV에 빠져들었던 과장이 고개를 돌리고 어깨를 으쓱였다.

"저렇게 잘난 사람인데, 여자에게는 또 일편단심이지?"

"우와…… 원장님 대단하시네요."

옆에서 이야기를 듣고 있던 유남이 진심으로 감탄했다. 얼굴을 굳힌 은솔을 힐끗 본 과장이 느긋하게 말을 이었다.

"그래서 뭐, 하나 있는 아들 애지중지 키웠을 거야. 원장님 눈에서 선생이 얼마나 예쁘고 안타깝겠어?"

과장의 말을 들은 순간, 은솔은 머릿속이 뒤죽박죽으로 엉키는 느낌이 들었다.

가정 폭력 생존자.

애지중지 기른 아들.

너무나도 상반되는 두 가지 평가 중, 어느 쪽이 맞는 말일까?

당직이 끝나갈 즈음, 은솔은 응급 수술이 없어서 당직실에서 쪽잠을 자고 있었다.

머릿속은 생각으로 가득 찼는데 몸이 피곤해서 깜빡 잠이 들었다.

그때, 누군가가 다가와서 그녀의 어깨를 흔들었다.

"자? 퇴근 안 해?"

우진이었다. 언제나 일찍 출근하는 우진답게 그는 이른 시간에 병원에 도착한 듯했다.

흐릿한 눈가를 비빈 은솔이 비몽사몽 간에 중얼거렸다.

"몇 시지?"

시계를 찾아 시간을 살핀 뒤, 은솔은 멍한 얼굴로 우진의 이마에 손을 뻗었다.

다행히 길게 찢어진 상처는 아니었기에, 꿰맨 부분에 작은 밴드만 붙여 둔 터라 눈에 크게 띄지는 않았다.

그렇다고 해서 다친 게 없는 일이 되지는 않지만 말이다.

"괜찮아?"

그녀의 갑작스러운 터치에 그의 눈이 커졌다.

"아…… 붓지 않고 멍도 다 빠져가."

한동안 말을 잃고 가만히 있던 그가 낮아진 음성으로 뒤늦게 대답했다.

"다행이네."

살짝 가늘어진 눈으로 이곳저곳을 살펴보던 그녀는 특별한 이상이 없음을 확인하고 그에게서 손을 뗐다.

기지개를 쭉 켠 은솔은 정신을 차리기 위해 마른세수를 하고 나서 말했다.

"어제 원장님 나오는 방송을 봤는데."

"음."

"과장님이…… 원장님 멋있고 좋은 분이래."

"그래."

하긴, 아들을 제외한 다른 사람에게는 대단하신 의사 선생님이지.

속으로 아버지의 평판을 비웃으면서 우진은 어두운 목소리로 대답했다. 힐끗 그를 곁눈질한 그녀가 우진의 눈을 맞추고 말했다.

"근데 난 못 믿겠더라고."

은솔은 폭력을 이해할 수 없었다.

게다가 그날 일뿐만이 아니라 아들에게 보내는 아버지의 적의 가득한 시선이나 우진의 주치의인 태민이 슬쩍 흘린 말 등등······ 이상한 점이 많았다.

그러나 우진은 피식 웃으면서 고개를 흔들었다.

"이건 진짜 신경 쓰지 마. 괜찮으니까."

아버지와 절연한 이상, 우진은 은솔에게 자신의 어두운 부분을 보여 주고 싶지 않았다.

그녀는 숨기고 있는 사정을 말해 주지 않는 연인을 말없이 쳐다 보기만 했다.

서운한 감정과 함께 실망스러운 마음이 울컥 올라왔다.

이젠 잘 모르겠다.

그가 알리고 싶지 않다면 그냥 묻어 두는 게 옳을지도 모른다는 생각이 들었다. 주태민과 만났던 것도 없던 일로 지우면 그만이었다.

그러면 정말 다 괜찮아질까?

피트니스센터를 다녀온 은솔은 지하 주차장에서 우진과 우연히 만났다.

연식이 오래된 아파트라서 지하 주차장과 엘리베이터가 연결되어 있지 않은 탓에 두 사람은 지상까지 함께 올라왔다.

"어디 다녀와?"

"운동. 넌 퇴근?"

우진은 대답 대신 고개를 끄덕였다. 같은 아파트를 살면 이런 우연이 있구나. 이사의 목적이 달성되어서 그는 내심 기분이 좋았다.

계단을 오르면서 은솔이 물었다.

"저녁은?"

"아직."

가볍게 대답한 우진을 은솔이 빤히 쳐다보았다.

예전에 그는 엄마가 챙겨 주던 걸 진심으로 부러워했었다.

부끄러운 듯 행복해하는 표정도 신기했고 우진의 안 좋은 과거를 조금이나마 엿봐서인지 그에게 신경이 쓰이기도 했다.

그래서 이런 말이 저절로 튀어나오나 보다.

"그럼, 우리 집에서 먹을래?"

자신이 말하고도 내심 놀랐지만 은솔은 아무렇지 않은 척 우진을 올려다보았다. 반면, 우진은 대답하지 않고 은솔을 바라만 보았다.

그녀가 깊게 생각하지 말라는 양, 덧붙였다.

"어차피 너 혼자 해 먹기도 그렇고, 엄마가 언제든지 오랬잖아."

이사한 날, 우진에게 감동받은 미선은 그를 위해 집안 문을 활짝 열어 주었다.

"……아, 그랬지."

조금은 미덥지 않은 대답이었으나, 은솔은 내색하지 않고 우진과 함께 집으로 성큼성큼 걸음을 옮겼다.

"어머, 어서 와요!"

그리고 역시 미선은 예상대로 정말 우진을 반겨 주었다.

실내로 들어오자마자 갓 밥 짓는 냄새가 풍겼다. 가정집 특유의 따스한 공기가 느껴졌다.

우진은 은솔이 가리키는 소파 자리에 앉았다. 처음 이 집에 왔을 적에 앉았던 자리였다.

"서 선생이 올 줄 알았으면, 고기라도 굽는 건데."

신이 난 미선이 주방으로 다시 들어가고, 우진과 비슷한 시간에 퇴근한 동권이 욕실에서 세안을 마치고 나왔다.

어른을 보고 몸을 일으킨 우진이 꾸벅 인사를 했다.

"안녕하세요, 과장님."

"어, 서 선생."

우진에게 아는 척을 한 후, 동권은 소파에 늘어지듯 앉았다.

그리고 이어지는 정적.

성형외과 전문의와 산부인과 전문의는 서로 그다지 할 말이 없어서인지 침묵만이 흘렀다. 정형외과 전문의인 은솔 역시 별로 할 말은 없었다.

그나마 침묵을 깬 사람은 동권이었다.

"참. 방송 봤어. 원장님 안색이 좀 안 좋아 보이시던데 무슨 일 있나?"

깜짝 놀란 은솔이 아버지에게 고개를 돌렸다. 자신도 원장의 안색이 좋아 보이지 않다고는 생각했지만⋯⋯.

'왜 하필이면 서우진 아버지 얘기야!'

태민으로부터 충격적인 소식을 전해 들은 지 얼마 되지 않아서일까, 은솔은 우진의 아버지에 대해서 예민했다.

물론 우진은 전혀 신경 쓰지 않는 듯했지만 말이다.

"……글쎄요. 별일 없으실 겁니다."

그때 현관에서 요란한 소리가 들렸다.

"다녀왔습니다!"

은석이 돌아온 모양이었다. 방으로 가기 위해 거실을 가로지르던 은석은 가족들 사이에 앉아 있는 우진을 보고 걸음을 멈추었다.

"엥? 안녕하세요."

"안녕하세요. 자주 보네요."

"그러게요. 완전 매형 같……."

아무 생각 없이 감상을 늘어놓던 은석이 입을 덥석 다물었다. 누나의 날카로운 시선이 날아올까 봐 겁을 집어먹은 것이었으나 은솔의 눈길 대신 엄마의 부름이 이어졌다.

"은석아!"

"네?"

"옷 안 갈아입었지? 밑에 내려가서 고기 좀 사 와."

미선은 아무래도 고기를 굽고 싶은 모양이었다.

은석은 이제 돌아왔는데 꼭 피곤하게 심부름을 시킨다며 투덜거렸으나 막내인 탓에 어쩔 수 없이 도로 현관을 나서야만 했다.

침묵이 가득한 거실을 이기지 못하고 우진도 자리에서 일어났다.

"도와드릴게요."

"아니, 아니. 됐어요. 다 했어."

하지만 안타깝게도 미선은 주방으로 들어오려는 우진을 만류했다. 결국, 그는 도로 소파에 어색하게 앉고 말았다.

피로에 찌든 동권은 멍하니 허공만 쳐다보고 있었고 우진과 은솔은 눈치 싸움을 하듯 서로를 힐끔힐끔 의식했다.

그러다 눈이 딱 마주친 순간, 은솔은 무의식적으로 엷은 미소를 지으며 시선을 돌렸다.

두 사람 사이에 감도는 묘한 기류에 동권이 피곤한 와중에도 고개를 갸우뚱거렸다.

"둘이 왜 그렇게 내외해? 좋은 사이라면서?"

미선을 통해 두 사람이 특별한 사이로 발전했다는 소식을 듣고 동권은 마음이 싱숭생숭했다.

결혼 적령기가 된 딸이 워낙 남자에게 관심이 없어서 걱정스러웠으나 막상 연인이 생겼다고 하니 서운한 감도 있었다.

그나마 상대가 자신도 인정할 만큼 괜찮은 남자라서 다행이었지만 말이다.

"원장님도 아시나?"

"아뇨, 아직 말씀은 안 드렸습니다."

"원, 원장님께 뭐하러 말씀을 드려요? 만난 지 며칠 되지도 않았는데."

우진의 아버지 이야기를 하고 싶지 않아서 은솔이 부랴부랴 말했다. 동권도 딸의 말이 일리가 있다고 여기고 고개를 끄덕였다.

"그런가?"

아버지의 관심이 사그라들자 은솔은 다시금 우진 쪽을 슬그머니 보았다.

언제부터인가 그녀를 계속 쳐다보고 있던 우진은 은솔과 눈이 마주치자 빙그레 웃어 보였다.

단순히 웃었을 뿐인데, 그 순간 은솔은 심장이 툭 내려앉는 것만 같았다.

서우진은 지금처럼 고은솔을 오랫동안 지켜봤었구나.

그 진실이 마음에 깊이 와 닿아서였다.

*　　*　　*

"어휴, 여기 커플이 운동하니까 눈꼴시다!"

우진과 함께 피트니스센터에 있던 은솔은 혜정의 애정 어린 비난에 떨떠름한 표정을 지었다.

아무도 듣지는 않은 듯했지만 은솔은 혜정의 옆구리를 쿡 찔렀다.

"아, 왜 그래?"

"왜 그러긴. 남편이 못난 자의 질투랄까."

혜정의 말에 은솔이 움찔했다. 예원에게 요즘 탈모가 온다던 슬픈 소식이 떠오른 탓이었다.

그러나 혜정은 탈모 이야기 대신 다른 슬픈 이야기를 했다.

"배가 나오는데도 운동할 생각은 하나도 없는 우리 예원이를 생각하면, 누구 남친은 아주 건실하단 말이야."

이제는 배도 나온단 말인가.

은솔은 오래전에 본 예원의 모습을 떠올렸다. 그럭저럭 미소년

스타일의 친구였는데, 어쩌다가 배 나오고 머리가 벗겨지는 아저씨가 되었는지 모르겠다.

그때, 조용히 앉아 있는 우진에게 혜정이 말을 붙였다.

"아, 맞다. 너희 아버지 나오는 프로 봤어. 너 어쩜 그렇게 아버지랑 빼닮았니?"

갑자기 튀어나온 우진의 아버지 이야기에 은솔이 움찔 놀랐다. 그러나 우진은 태연하게 웃으면서 되물을 뿐이었다.

"칭찬이야?"

"당연하지! 솔직히 말해서 우리 시아버지는 쨉도 안 되더라고."

서회준 원장과 동년배인 시아버지를 떠올리며 혜정이 속삭였다. 우진은 웃어넘기는 거로 대답을 대신했다. 괜히 고은솔만 안절부절못했다.

서우진은 아직 고은솔이 진실의 조각을 들고 있다는 걸 알지 못했다. 그렇기에 아마 표현을 하지 않는 거겠지.

은솔이 아무렇지 않아 보이는 우진을 힐끔 곁눈질할 참이었다.

"고은솔 좋겠다. 부러워!"

혜정이 테이블을 툭툭 치면서 황당한 소리를 했다.

"뭐가 그렇게 부러워, 도대체?"

"남자 친구도 잘생겼는데, 예비 시아버지도 잘생겼잖아……."

"얘 왜 이래! 술 먹었냐?"

당황한 은솔이 혜정과 우진을 번갈아 보았다. 혜정의 말에도 우진은 그저 희미하게 웃고 있을 뿐이었다.

우진의 태연한 모습에 은솔은 문득 등골이 오싹해졌다.

만약 자신이 태민에게 이야기를 듣지 않았더라면, 우진이 다친 모습을 보지 않았더라면, 아들에게 향하는 서 원장의 눈빛을 읽지 못했더라면…… 자신도 지금 혜정과 함께 만담이나 하고 있을지 몰랐다.

그동안 서우진은 얼마나 능숙하게 자신의 속내를 숨겨 왔을까? 자신마저도 그의 평온한 태도에 깜빡 넘어갈 것 같은데.

은솔은 이럴 때마다 우진의 기분이 어떨지 가늠조차 되지 않았다.

태민의 말 쪽에 진실의 무게를 두고 있는 그녀는 우진의 미소가 가면처럼 보였다.

모든 사람이 우진의 아버지를 칭송했다. 그런 사람들 사이에서 우진은 아무에게도 이해를 받지 못했을 것이다.

오히려 아픔을 혼자 삭여야만 했겠지.

문득 은솔은 우진에게서 종종 발견했던, 외로운 기색이 어디서 유래했는지 알 것 같았다.

은솔이 생각에 잠겨 있는 사이, 혜정이 우진에게 말을 걸었다.

"아, 근데 서우진."

"음?"

"너희 아버지…… 건강 괜찮으신 거야?"

어느새 혜정은 장난기 어린 표정을 싹 지우고 진지하게 묻고 있었다. 웬만한 일이 아니라는 듯, 혜정의 목소리도 한결 진중해졌다. 그러나 우진은 고개를 저었다.

"글쎄, 별말 없으시던데."

"예원이도 그렇고 우리 아버님도, 서 원장님 무슨 일 있는 안색이라고 하시던데."

혜정의 말에 은솔은 내심 놀랐다. 비슷한 이야기를 최근에도 들었고 자신 역시 서 원장의 안색이 좋지 않다고 느꼈기 때문이었다.

하지만 가장 심각해야 할 우진이 전혀 개의치 않으니 제삼자의 입장에서 더 이상 말을 보탤 권리는 없었다.

혜정이 농담 삼아 덧붙였다.

"아들이 집 나가서 외로우신가?"

"이혜정, 남의 집 사정에 관심은."

우진 대신 은솔이 혜정을 말렸다. 그러자 혜정이 씩 웃으면서 은솔을 흐뭇하게 바라보는 것이었다.

"어머, 이제 자기 시집이라고……."

"야! 자꾸 이상하게 몰고 갈래?"

혜정이 혀를 쏙 내밀어 은솔을 약 올리고는 다시 우진에게 말을 붙였다.

"뭐 건강 검진 늘 하고 계시겠지만, 그래도 한번 여쭤봐. 요즘 무리하셨냐고. 많이 피곤해 보이시더라."

"알았어."

우진은 가볍게 대답했다. 어차피 물어볼 일은 없겠지만, 혜정의 마음을 가볍게라도 만들어 주기 위해서였다.

혜정이 예약해 둔 PT를 받기 위해 자리를 뜨고, 은솔은 집에 돌아갈 채비를 시작했다.

아무 내색 없는 우진을 힐끗 곁눈질한 은솔은 마음에 걸린 것을 말로 내뱉었다.

"다들 비슷한 말들 하시네. 우리 아빠도 그렇고……."

자신 역시 서 원장의 안색이 건강이 의심스러웠다. 그러나 혜정이 있을 때처럼 우진은 아무렇지 않게 고개를 저었다.

"괜찮아. 신경 쓰지 마."

"그래도 네 아버진데 어떻게 신경을 안 써?"

대꾸할 말이 없어서 우진은 다른 화제로 말을 돌렸다.

"저녁 먹고 들어갈래?"

"아…… 그럴까?"

피트니스센터를 나와 건물 바깥에 있는 음식점 중에서 그들은 가장 가까운 한식집을 선택했다.

자리를 잡자마자 음식점의 주력 메뉴를 주문한 은솔은 멀어지는 직원의 뒷모습을 보다가 입을 열었다.

"전부터 궁금한 게 있었는데, 너 대체 왜 날 좋아해?"

뜬금없는 은솔의 질문에 우진은 쉽게 대답하지 못했다. 그녀가 계속 말을 이었다.

"10년? 아니지, 가만있자…… 예과 때부터면 2년, 본과 4년, 인턴에 던트 5년, 너 공보의로 3년……."

도합 14년, 그 긴 시간 동안 서우진은 고은솔만 바라보았다. 은솔은 솔직히 우진의 마음을 온전히 이해하지는 못했다.

도대체 서우진에게 고은솔이 뭐기에, 저만큼 잘난 남자가 14년이나 그녀를 바라보았을까?

물론 민주는 은솔이 우진에게 전혀 밀리지 않는다고 단언했지만, 그렇다고 해서 고은솔이 오랜 시간 포기하지 못할 만큼 대단한 사람도 아닌데.

"진짜 이때까지 한 번도 다른 사람 만나 본 적 없다고?"

"없어."

우진이 깔끔하게 대답했다. 추호의 망설임도 없는 걸 보니, 여자와 아예 담을 쌓고 산 모양이었다.

"……왜?"

"왜냐니…… 공부하느라 바빴잖아?"

모범생 같은 소리를 하면서 우진이 빙긋 웃었다.

하긴, 서우진이 수석이기는 했지. 은솔은 자신에게 수석 자리를 절대 내주지 않던 얄미운 남자를 흘겨보다가 한숨을 내쉬었다.

"아니, 공부하면서도 연애는 다들 잘했어. 너 인기도 많았잖아."

은솔에게는 주어지지 않는 삶이었으나, 민주도 그렇고 혜정도 바쁜 와중에 모두 연애를 했었다.

게다가 서우진은 손만 뻗으면 여자를 만날 수 있을 만큼 인기도 많았다.

테이블에 팔을 걸친 우진이 턱을 괴고 그녀와 눈을 마주했다. 그의 시선이 그녀에게 올곧게 꽂혔다.

그가 낮은 목소리로 속삭이듯 말했다.

"은솔아, 내가 그랬잖아. 너 말고는 아무도 보이지 않았다고."

스무 살 때부터 서우진의 시야에 걸린 사람은 오로지 고은솔뿐이었다. 그녀를 포기하고 다른 사람을 바라보려고 애를 썼지만, 불가능한 일이었다.

서른 해가 넘도록 죽은 어머니만 그리워하던 아버지처럼, 서우진도 고은솔만이 보였다.

"그냥 그랬던 것뿐이야."

"……20대가 아깝지 않아?"

"아니, 별로? 지금이 더 좋은데, 난."

이번에도 그는 망설이지 않고 바로 대답했다. 그녀의 의아한 시선에 그가 미소를 지었다.

"그땐 네가 날 너무 싫어했잖아?"

오해가 겹치고 감정이 얽혀서 악연이 되고 말았다.

조금만 더 마음이 너그러웠다면, 조금만 더 이해할 수 있었다면, 조금만 대화를 했다면 더 이렇게까지 멀리 돌아오지는 않았을 것이다.

"진작 오해를 풀 걸 그랬어. 네 말을 좀 더 제대로 들어볼걸."

"앞으로 안 그러면 되지."

은솔은 우진을 가만히 쳐다보았다. 이제 자신은 언제든지 들을 준비가 되어 있었다. 그녀가 재차 확인하듯 물었다.

"앞으론 나한테 아무것도 숨기지 않고 거짓말도 안 할 거야?"

"그렇다니까."

"그럼, 내가 물어보는 건 다 대답해 주는 거지?"

"뭘 물어보려고."

우진이 피식 웃으면서 대꾸했다. 은솔은 말하는 대신 그를 바라보기만 했다.

내가 생각하는 것들이 모두 착각이었으면 좋겠어. 내가 들은 것들이 전부 거짓이었으면 좋겠어. 너한테 힘든 일이 원래부터 없었으면 좋겠어.

그런 마음을 묻어 둔 그녀가 실없는 질문만 입에 올렸다.

"머리 괜찮아?"

"머리?"

그가 다쳤던 제 이마를 가리켰다.

"아니, 그러니까 머리카락. 혜정이 신랑이…… 탈모도 온 것 같대. 스트레스가 심해서."

"그 배 나왔다던?"

은솔이 대답 대신 고개를 끄덕였다. 우진은 기가 막힌 한숨을 내쉬고 그녀에게 질문을 돌려주었다.

"네가 보기엔 어떤데?"

"너? 완전 풍성해 보이지."

그녀가 진지한 표정으로 솔직하게 대답하자 그가 참지 못하고 웃음을 터뜨렸다.

13장
불청객

퇴근하는 길에, 과장이 우진을 불러 세웠다.

"서 선생. 원장님 무슨 일이야?"

"예?"

"장기 휴가 내셨다며? 집에 무슨 일 있어?"

아버지가 장기 휴가라니, 처음 있는 일이라 우진은 놀랄 수밖에 없었다.

아버지는 상실감을 잊기 위해 일에 매진하는 타입이었다. 당연히 휴가를 쓰는 경우는 드물었고 그나마 어머니의 기일 부근에 별장에 틀어박히는 정도였다.

올해도 이미 한 차례 우진의 생일을 지냈기에 더는 휴가를 쓸 일도 없을 텐데.

"아니요, 특별한 일은 없습니다."

"그래? 휴가도 안 가던 분이 웬일이지?"

우진은 아무 대꾸도 하지 않았다. 아버지에 대해 군이 생각하고 싶지 않아서였다.

그는 이제 자신의 인생에서 아버지의 존재를 지우고 싶었다.

그때, 별말 없는 우진을 힐끔 쳐다본 과장이 의외라는 투로 물었다.

"근데 휴가 내신 거 서 선생도 몰랐어?"

"아…… 며칠 전에 집을 나왔거든요."

사실대로 대답한 우진이 희미한 미소를 지었다.

혼자 지내는 게 꽤 만족스러웠다. 여관방 수준으로 잠만 자고 출근하기를 반복하는 일상인지라 본가에서 지내는 것과 별반 다를 바는 없었고 불편한 일도 없었다.

"그랬어? 어디로 갔는데?"

"고 선생 집 근처로요."

정확히 말하자면 같은 단지 바로 옆 동이었다. 우진의 말에 과장이 전혀 예상치 못했다는 듯 눈을 크게 떴다.

"뭐야? 고 선생하고 같이 살려고?"

"그건 아닙니다."

"흐응, 아니야?"

과장의 은근한 시선에 우진은 미소로 대충 얼버무린 후, 작별 인사를 하고 걸음을 옮겼다.

퇴근 시간이 한참 지나서인지 도로는 시원하게 뚫려 있었다. 이제 다음 교차로에서 우회전을 하면 아파트 단지였다.

준공된 지 서른 해가 넘었다는 이 아파트는 놀랍게도 그의 마음에 쏙 들었다.

오래된 건물인데도 관리가 잘 되어 있었고, 4인 가족이 살던 집이라 홀로 산다 해도 답답하지 않았다.

그리고 무엇보다 이 근처에 은솔이 산다.

우진은 가끔 퇴근한 후 107동이 바로 보이는 베란다에서 시간을 흘려보내곤 했다.

눈으로 1층에서부터 그녀가 살고 있는 층까지 숫자를 센 다음 창문에서 새어 나오는 불빛을 보는 게 좋았다.

퇴근 경로가 겹치다 보니, 그녀와 종종 피트니스센터나 지하 주차장에서 만나기도 했다.

그녀와 지상으로 올라오는 짧은 시간, 이야기를 나누면 행복했다.

그러다가 은솔이 저녁을 먹고 가라고 제안하면······.

상상하는 것만으로도 우진의 입가에 미소가 올라왔다. 그는 소소하지만 우연한 일상이 너무나도 소중했다.

'오늘은 못 만나겠지만.'

마지막 수술이 길어져서 은솔보다 늦게 퇴근한 게 문제였다.

아쉽기는 하지만 그녀와 내일 또 병원에서 만날 수 있고, 퇴근길에 만날 수 있으니까 괜찮았다.

아파트 단지로 들어오기 전, 운이 나쁘게도 보행 신호에 걸렸다. 신호가 끝나기를 느긋하게 기다리던 우진은 인도에서 익숙한 사람을 발견했다.

'고은솔?'

편한 차림의 은솔이 한 손에 비닐 봉투를 든 채 앞만 보며 걷고 있었다. 근처 상가에서 뭔가를 사서 들어가는 모양이었다.

이런 사소한 우연이 그의 일상을 기쁘게 만든다.

그녀에게 자신이 이곳에 있다는 걸 알려 주고 싶어서 우진은 조수석 창문을 내리고 그녀를 부를지, 그녀의 번호로 전화를 걸지 고민했다.

그때였다. 그녀의 뒤를 쫓아오는 사람이 우진의 시야에 잡혔다. 정장 차림의 처음 보는 남자였다.

남자는 휴대폰을 들고 그녀를 뒤따르며 손을 휘휘 흔들었다.

아는 사람인가? 하긴, 그녀는 이 동네에서 오래 살았으니까 아는 사람이 많을 수도 있겠다.

은솔을 부르려다 멈칫한 우진이 눈살을 찌푸린 채 바깥을 살폈다.

이내, 남자가 부르는 소리에 멈춰 선 은솔이 뒤를 돌아보았다. 남자가 반색하면서 그녀에게 쪼르르 다가갔다.

그 순간, 우진의 눈빛이 어둡게 가라앉았다.

'저 새끼는 뭐지?'

우진은 차에서 내리고 싶은 충동을 자제하며 얼굴을 굳혔다. 차 안이 아니었다면 당장 그녀에게 달려갔을지도 모르겠다.

그건 서우진이 고은솔의 주변을 단속할 때 주로 사용한 방법이었다.

짐승처럼 단순하기 짝이 없는 남자들은 은솔의 근처에 우진이

서 있는 것만으로도 쉽게 퇴치되곤 했다.

본능적으로 서우진이 자신보다 우월한 사람임을 깨닫기 때문이었다.

스무 살 때부터 전공의 과정이 끝날 때까지 해 온 일이었으니까 그렇게 내쫓은 남자의 수는 손으로 셀 수도 없이 많았다.

물론 이를 알 리 없는 은솔은 자신이 왜 연애를 하지 못하는지 의아해했지만…….

남자가 웃는 낯으로 제 휴대폰을 들이밀면서 은솔에게 계속 뭔가를 말하고 있었다.

그러나 은솔은 거짓말을 잘 못 하는 성격답게 얼굴을 잔뜩 일그러뜨린 채 거부의 의사로 손을 내젓고는 홱 돌아섰다.

은솔은 마치 응급실에서 콜이라도 받은 것처럼 평소보다 빠른 걸음으로 움직였다.

하지만 완벽한 거절에도 불구하고 남자는 그녀의 뒤를 졸졸 쫓았다.

슬쩍 뒤를 돌아본 은솔이 인상을 잔뜩 썼다. 진심으로 짜증이 난 표정. 우진 자신이 정면에서 봤으면 잔뜩 겁을 먹었을지도 모르겠다.

길었던 신호가 바뀌고, 우진은 망설임 없이 우회전을 했다.

아파트 단지 입구로 들어가기 직전, 그가 돌연 차를 멈춰 세우고 곧장 클랙슨을 눌렀다.

큰 소리에 거리를 걷던 사람들의 이목이 우진의 차로 쏠렸다. 그는 바로 조수석 창문을 내렸다.

어떤 놈이 늦은 밤, 아파트 단지에서 경적을 울리나 싶어서 차 쪽을 쳐다본 은솔은 조수석 창문을 통해 우진을 발견하고 눈을 동그랗게 떴다.

"어?"

놀란 은솔이 쪼르르 차로 다가왔다. 그녀에게 머물러 있던 우진의 시선이 어깨너머 낯선 남자에게로 옮겨 갔다.

"뭐야?"

'저 새끼는.'

그 말을 겨우 참은 우진이 남자와 그녀를 번갈아 보았다. 은솔이 입술만 삐죽 내밀며 불편한 마음을 드러냈다.

"아, 아닙니다. 그럼……."

서우진의 시선을 받은 남자는 뒤통수를 긁적이면서 바로 꼬리를 말고 사라졌다.

우진은 자신을 얼떨떨하게 응시하는 은솔에게 조수석을 가리켰다.

"타."

"어? 어, 그래."

아파트 단지 정문 앞이라서 집까지 걸어가도 될 거리였으나, 은솔은 거절하지 않고 차에 올랐다.

조수석에 앉은 그녀가 비닐 봉투를 무릎 위에 올리고 한숨을 내쉬었다.

차를 다시 출발시키면서 그가 물었다.

"저 사람, 누구야?"

"몰라. 길 물어보더니 갑자기 쫓아오잖아."

그녀가 불쾌한 표정으로 대답했다. 전화번호를 물어보는 남자에게 싫다고 직설적으로 표현을 했음에도, 남자는 포기하지 않고 그녀를 쫓았다.

은솔은 그 남자처럼, '열 번 찍어서 안 넘어가는 나무 없다'는 생각을 하는 사람을 무척이나 싫어했다.

그런 사람들은 상대의 의사를 존중하지 않고, 끈질기면서 무례했다.

"이런 일 자주 있어?"

"아니. 평소에는 차 타고 다니기도 하고……."

아무것도 모르는 어리바리한 시절에는 돌려 말하느라 쩔쩔맸었지만, 산전수전을 다 겪고 인성이 나빠진 뒤로는 대놓고 거절할 줄 알게 되어서 그나마 다행이었다.

"집에서 쉬지 않고 왜 나왔어?"

"토마토 사러."

그녀가 무릎 위에 놓인 비닐 봉투를 들어 보였다. 뜬금없이 웬 토마토인가 싶을 참이었다. 그녀가 투덜거렸다.

"TV에서 토마토가 몸에 좋다니까 엄마가 나가서 사 오라잖아. 방송 허풍도 심각해. 토마토가 무슨 만병통치약인 것처럼 방송을 하고 말이야."

저녁을 먹은 후, 거실에서 TV를 보던 미선이 갑자기 '토마토의 효능'에 집중하더니 심부름을 시켰다.

라이코펜이 함유되어 어쩌고저쩌고…….

심부름하기 귀찮은 은솔이 과대 포장된 내용이라고 엄마를 설득해 보았으나, 이미 미선의 마음은 굳어진 후였다.

결국, 은솔은 이 늦은 시간에 터덜터덜 집을 나서야만 했다.

"동생은?"

"은석이? 회식이래."

하필이면 오늘 회식일 게 뭐람?

우진은 썩 도움이 되지 않는 은석을 원망하다가 단지 내 상가에 있는 작은 가게를 떠올렸다.

"이쪽 상가에도 가게 있지 않아?"

"다 팔렸대."

그래서 멀리까지 나간 것이었다. 우진은 만약 자신이 은솔을 발견하지 못했더라면 어땠을까 싶었다.

물론 서우진이 있으나 없으나 은솔은 짜증 난다는 표정으로 남자를 무시했겠지만 우진이 곁에 있을 때처럼 그 남자가 쉽게 떨어져 나갔을지는 미지수였다.

그가 조심스럽게 말했다.

"괜찮아?"

"껄떡대는 사람 하도 많아서 익숙해."

"⋯⋯많다고?"

그녀의 심드렁한 태도를 보면 익숙하다는 말은 거짓말이 아니었다.

어느새 차는 지하 주차장으로 들어왔다. 주차 공간을 찾는 우진에게 은솔의 놀라운 말이 이어졌다.

"이 정도는 아무것도 아니야. 전에 어떤 미친놈은 집 앞까지 쫓아왔었다고. 일주일 동안."

기어를 조작하려던 우진이 깜짝 놀라 은솔을 쳐다보았다. 처음 듣는 소리였다. 그가 자못 심각하게 물었다.

"전에? 언제?"

"2년 전에. 선배 때문에 소개팅 한 번 나갔다가……."

2년 전. 서우진이 공중 보건 의사로 서울을 떠났을 때였다. 그의 눈이 가늘어졌다.

그녀의 곁에서 날파리를 쫓지 못한 3년 동안 무슨 일이 있을까 싶었는데, 역시.

"어떤 새끼인데?"

우진의 낮은 목소리가 섬뜩하게 울렸다.

주차장을 환하게 비추고 있는 불빛이 반사되어서 그의 얼굴에 짙은 음영을 남겼다. 검게 물든 눈동자가 불빛 탓에 번뜩거렸다.

그에게 느껴지는 노기에 당황한 은솔이 부랴부랴 대답했다.

"야, 다 지난 일이야. 경비 아저씨 덕분에 경찰 신고도 했었고…… 빨리 차나 세워. 가게."

결국, 우진은 불편한 기색으로 주차를 마쳤다.

그러고 보면, 시시각각 고은솔을 노리는 사람들이 많았다. 지금 같은 상황도 있지만, 최세민 선생이라든가 김찬기라든가.

차에서 내린 우진은 은솔의 손을 꽉 붙잡았다. 겨우 잡은 그녀를 다시 놓치고 싶지는 않았다. 그녀는 그의 손을 뿌리치지 않았다.

주차장에서 올라온 은솔이 지나가는 듯 가볍게 물었다.

"저녁은?"

"아직. 이제 퇴근한 거야."

"수술이 그렇게 늦어졌어?"

"음, 어쩌다 보니."

"무슨 케이스였는데?"

우진의 마지막 환자 이야기와 선천적 수부 기형에 관한 대화를 나누며 걷다 보니 벌써 107동 앞이었다.

주차장과 건물 사이가 이렇게 가까웠던가?

주차장 출입구에서 집이 멀어서 불만이었는데 케이스 이야기만 하면 시간이 가는 줄 몰랐다.

공용 현관을 지나기 직전, 은솔이 다시 입을 열었다.

"아, 집에 먹을 건 있어?"

은솔이 눈을 반짝이며 물었다. 마침, 그들 사이로 후덥지근한 바람이 불었다. 우진의 머리카락이 살랑거렸다.

여기서 사실대로 부정한다면, 저녁을 위해 그녀는 아마도 그를 당연하게 집 안으로 초대할 것이다.

하지만 시간도 늦었고 이미 오래전에 저녁 식사가 끝난 후일 것이다. 염치없이 자신만을 위해 상을 차려 달라고는 부탁하고 싶지 않았다.

그가 옅은 미소를 지으며 완곡하게 거절했다.

"걱정 안 해도 돼."

"걱, 걱정이 아니라 그냥……."

시선을 어디에 둬야 할지 모르는 듯, 눈을 이리저리 굴리며 우물

쭈물 대답하는 그녀를 그가 말없이 바라보았다.

"아니…… 혼자 사는데 밥까지 굶고 다니면 좀 불쌍해 보이잖아. 홀아비처럼."

"하하."

그녀의 단어 선택이 기가 막혀서 그는 웃음을 터뜨리고 말았다.

고즈넉한 아파트 단지 안에 우진의 나직한 웃음소리만이 울려 퍼졌다.

*　　*　　*

은솔은 가능하면 일주일에 세 번은 피트니스센터에 출석 도장을 찍으러 노력했다. 운동은 규칙적으로 꾸준히 하는 게 가장 중요하기 때문이었다.

'문제는 힘들다는 거지.'

고도의 집중력을 요하는 일을 하느라 온종일 신경이 곤두서 있고, 해가 지날수록 체력이 급강하하는 바람에 그녀는 매일 쉬고 싶은 충동과 싸워야만 했다.

은솔이 저린 팔을 주무르면서 복도 쪽으로 나올 참이었다 언제 나타났는지, 김찬기가 그녀의 앞에 떡하니 서 있었다.

"안녕하세요?"

"아, 네…… 안녕하세요."

붙임성 좋은 김찬기는 떨떠름하게 인사한 은솔에게 스스럼없이 말을 붙였다.

"아, 근데 혼자 운동해요? 친구는 안 보이네."

"혜정이요? 걔는 원래 앞 타임이에요."

"아니, 남자 친구."

남자 친구라 하면…… 서우진?

우진을 떠올리기 무섭게 은솔의 얼굴이 확 달아올랐다. 얼굴만 봐도 상황 파악이 끝난 찬기가 코끝을 실룩이면서 말했다.

"에이, 사귀는 거 맞네. 그렇죠?"

"맞긴 한데요."

김찬기가 무슨 상관이람? 그녀의 떨떠름한 대답에도 그는 그럴 줄 알았다는 듯 싱글벙글 웃으며 떠들었다.

"역시 내 촉은 틀린 적이 없다니까."

김찬기가 귀찮아진 은솔은 근력 운동을 조금 더 하려던 마음을 고쳐먹고 탈의실 쪽으로 향했다.

그러나 찬기는 계속해서 말을 걸었다.

"이제 무슨 운동해요? 좀 알려 줄까?"

"다 끝나서 집에 갈 건데요."

"벌써요?"

은솔은 자신을 졸졸 뒤따르는 찬기가 귀찮아서 걸음을 멈추고 뒤를 홱 돌아보았다.

무해한 초식 동물처럼 순진한 표정으로 그가 그녀를 내려다보고 있었다.

"저기요. 김찬기 씨."

"네?"

"엄청 유명한 연예인이라면서요."

"하하, 영화 하나 찍는 거 말고는 거품 슬슬 꺼져 가고 있는데."

바쁘지 않으냐고 한마디 쏘아붙이려던 찰나, 은솔의 입이 다물어졌다. 눈치 빠른 찬기에게 오히려 역공을 당한 탓이었다.

스케줄이 없음을 은근히 드러내면서 찬기가 불쌍한 척을 했다.

"귀찮죠? 관심 없는 남자가 자꾸 말 걸면."

"네, 좀 그러네요."

물론 고은솔은 남자에게 호락호락한 타입이 아니었지만 말이다.

기본적으로 자신에게 호감을 보이는 다른 사람들과 다르게 차갑기 그지없는 여자를 내려다보며 찬기는 혀를 내두르고 계속 종알거렸다.

"진짜 대단해. 나한테 냉정한 여자는 그쪽이 처음이야."

연인이 있다고 말해도 김찬기는 아랑곳하지 않은 듯 행동했다. 몰염치한 찬기의 모습에 은솔이 눈살을 찌푸렸다.

"저기…… 그런 소리 하면 창피하지 않아요?"

"이것보다 더한 대사 많이 쳤거든요. 들려드릴까요?"

태연하게 대꾸하는 김찬기를 보자, 은솔은 뒤늦게 자신이 깨달은 세상의 진리가 떠올랐다.

잘생긴 놈들은 대체로 또라이라는 사실 말이다.

서우진이 그러더니 김찬기도 역시 예외가 아니었다.

"아뇨, 됐는데……."

"예를 들면, '날 싫어한다고 해도 상관없어.' 같은 거."

"으……."

은솔은 진지한 표정으로 연기하는 찬기를 제정신으로 지켜볼 수 없었다. 계속 지켜보다가는 손발이 퇴화될 것 같았으니까.

그녀는 자신도 모르게 뒷걸음질을 쳤다. 그런 그녀의 반응이 마음에 드는지 찬기가 신이 나서 떠들었다.

"더 심한 것도 있는데."

"됐습니다."

"나하고 한 번 연애해 볼래요?"

이내 찬기가 연기인지 작업인지 모를 소리를 뱉었다.

은솔의 구겨진 얼굴을 보며 찬기가 입꼬리를 슥 올릴 때였다.

누군가가 그녀의 뒤로 성큼 다가와서는 그녀의 어깨를 가볍게 잡았다. 동시에 찬기가 부랴부랴 말을 덧붙였다.

"……같은 대사?"

자신의 어깨에 닿은 손길에 뒤를 돌아본 은솔은 무표정한 우진을 발견했다. 깜짝 놀란 은솔이 눈을 휘둥그레 떴다.

무섭게 얼굴을 굳힌 우진이 눈을 위험하게 빛내고 있었다.

아차, 서우진은 김찬기를 싫어하는데! 당황한 은솔은 어쩔 줄 몰라 연인의 눈치만 살폈다.

반면, 우진을 마주한 찬기는 뻐기는 표정을 짓고 있었다.

전에 은솔한테 장난으로 치근거리던 찬기는 방심한 채로 우진과 악수를 한 번 했다가 자존심을 크게 다쳤다.

그날부터 김찬기는 동료 라이벌 연예인들이 아니라, 일반인인 서우진에게 라이벌 의식을 불태우기 시작했다.

하지만, 형사 역할을 맡게 되면서 키운 근육을 믿고 마주친 지금,

악수를 해 볼까 싶었던 찬기는 이내 마음을 접기로 했다.

일단 자신을 향한 눈빛이 맛이 가서 위험해 보이는 데다가 사랑에 눈이 먼 남자는 인정사정 봐주지 않을 테니 말이다.

"남자 친구 무서워서 난 그만 튈란다."

찬기가 킥킥거리면서 혀를 날름거렸다.

"다음에 봐요."

"아, 네……."

은솔이 힘없이 대답하고는 우진을 올려다보았다.

머리를 다친 바람에 한동안 운동을 쉬었던 우진은 오랜만에 피트니스센터에 왔다가 불쾌한 장면을 목격했다.

장난인지 진심인지 모를 모호한 태도로 은솔에게 관심을 보이는 김찬기 때문이었다.

우진의 기분을 읽은 은솔이 그의 눈치를 보면서 입을 열었다.

"진짜 이상한 사람이야, 그렇지?"

"그래."

말은 그렇게 해도 우진은 썩 기분이 나아진 것처럼 보이지는 않았다. 은솔이 조심스럽게 물었다.

"……김찬기 안티 같은 건 아니지?"

묘하게 찬기를 두둔하는 느낌에 우진이 눈을 가늘게 떴다.

그녀도 김찬기를 별로 내켜 하지 않는 것 같았는데 어째서 그런 걸 묻는지 모르겠다.

그가 삐뚤게 되물었다.

"안티면 어때서?"

"헉! 들었으면 어떡해."

은솔이 바깥쪽으로 고개를 빼꼼 내밀었다가 찬기가 사라진 걸 확인하고 안도의 한숨을 내쉬었다.

그때, 우진이 그녀를 불렀다.

"은솔아."

"왜?"

"김찬기 신경 쓰지 마."

"신경 안 쓰는데?"

아무렇지 않게 대꾸한 은솔은 자신을 향한 우진의 눈빛이 한층 더 짙어졌음을 깨닫고 움찔 놀랐다.

그러고 보니, 예전에 민주가 했던 말이 있었다.

"서우진이 김찬기 싫어하는 것도, 김찬기가 너한테 관심 가지니
까 그런 거라니까."

그게 정말일까? 은솔은 우진을 물끄러미 올려다보았다.

완벽할 정도로 단정한 얼굴이 그녀에게 향해 있었다. 그는 탐색하는 듯한 그녀의 시선을 피하지 않고 고스란히 받아들이고 있었다.

서우진은 태연한 척을 하면서도 고은솔의 주변에 질투하고 있는 걸까?

생각이 그렇게 흘러가자 은솔의 입가가 풀어지려 했다. 그녀는 애써 표정을 갈무리하고 말했다.

"말했잖아. 나, 김찬기 완전 별로라고."

속이 훤히 들여다보이는 은솔의 대꾸에 우진은 그녀를 품에 쏙 안아 버렸다. 그의 팔에 갇힌 그녀가 몸을 꿈틀거리며 투덜댔다.

"나 지금 땀 냄새나!"

*　　*　　*

신축 건물답게 페인트 냄새가 코를 찌른다. 은솔은 창문을 통해 들어오는 노을빛을 보다가 이어지는 목소리에 정신을 차렸다.

"고은솔."

그녀의 이름을 부른 사람은 우진이었다. 그녀를 바라보는 그의 얼굴에는 달콤한 미소가 올라와 있었다. 그 웃음 때문인지 그녀는 아무 대꾸도 하지 못했다.

그가 재차 그녀의 이름을 불렀다.

"은솔아."

은솔은 홀린 듯 우진을 올려다보았다.

이 상황을 알고 있다.

이 뒤에 그가 할 말 역시 너무나도 잘 알고 있었다. 그는 미소 가득한 표정으로 그녀를 응시하면서 소곤거렸다.

"나랑…… 사귀자."

스무 살의 서우진은 반달처럼 휘어진 눈동자를 반짝이면서 그녀에게 구애를 하고 있었다. 창백할 정도로 하얀 그의 얼굴에는 아주 옅게 홍조가 올라와 있었다.

잔뜩 기대한 표정. 그녀에게서 허락의 말을 들을 거라고 당연하게 여기는 자신 있는 태도. 하지만 스무 살의 고은솔은 억눌린 목소리로 되물을 뿐이었다.

"……왜?"

"네가 좋으니까."

이때 만약 네 손을 잡았더라면, 너는 조금 덜 불행했을까?

우진은 자신의 등 뒤로 박히는 시선을 모르는 척했다.

사실, 처음부터 모르는 척을 했던 건 아니었다. 처음에 그는 시선의 주인공에게 살갑게 먼저 말을 걸었었다.

"무슨 일 있어?"

"아니? 왜?"

그러나 상대는 고개를 저으면서 아무것도 모른다는 양 되물을 뿐이었다.

즉, 고은솔은 본인도 모르게 서우진을 지켜보고 있다는 뜻이 된다.

은솔의 시선에 특히 예민한 우진으로서는 온종일 가시방석에 앉아 있는 기분이 들었다.

그녀가 어디론가 사라지고 난 뒤에야 긴장이 풀린 우진이 한숨을 내쉴 때였다.

"서 선생."

"예?"

곁으로 다가온 과장이 소곤거렸다.

"뭐 잘못했어?"

"잘못이요?"

"고 선생이 왜 그렇게 죽일 듯 쳐다봐?"

은솔의 시선을 느끼고 있던 사람은 우진뿐만이 아닌 모양이었다. 글쎄, 그 시선의 의미를 알고 싶은 쪽은 누구보다 우진이었다.

하지만 그녀가 아무 일도 아니라 했으니 아무 일도 아니겠지.

"……그런 거 아닙니다."

"진짜 아니야? 그럼 그냥 고 선생이 너무 좋아서 쳐다보는 거라고?"

"글쎄요……."

우진이 말끝을 흐렸다. 사실 요즘, 우진과 은솔의 관계는 그 어떤 때보다도 좋았고 그녀는 예전에 비하면 무척이나 상냥해졌다.

그럼에도 우진은 종종 불안했다.

그때, 우진의 휴대폰으로 전화가 걸려 왔다. 아는 번호와 반가운 벨소리에 그는 과장에게 묵례하고 자리를 뜨면서 전화를 받았다.

"아, 어머니 오셨어요?"

─그려. 올라오는 김에 서울 구경하러 다른 엄마들도 같이 왔거든?

"잘하셨어요."

상대는 공중 보건 의사로 근무했을 적 우진에게 도움을 많이 줬던 동네 할머니였다.

그가 저번에 찾아뵀을 때 할머니의 무릎 상태가 좋지 않아서 수술을 권했었는데, 오래 고민하던 할머니는 결국 무릎 관절 수술을 하기로 했다.

―여기, 1층에 있어.

입가에 미소를 지은 우진은 손님이 로비에 있다는 말을 듣고 서둘러 내려갔다.

반가운 사람을 만난다는 생각에 어느 때보다도 걸음이 가벼웠다.

수술 예약을 한 할머니 두 분과 겸사겸사 놀러 온 할머니 두 분까지 총 네 명이 로비에서 우진을 발견하고 손을 흔들었다.

"아이고! 의사 선생."

"여기까지 오시느라 고생 많으셨습니다."

싹싹하게 말하면서 인사를 건넨 우진에게 신이 난 할머니들이 계속 말을 걸었다.

"병원 때깔이 좋구만? 좋은 덴가 봐?"

"암, 우리 의사 선생이 근무하는 덴데 좋은 데겠지."

우진은 대답 대신 미소만 지었다.

실제로 병원 로비는 고급스러운 대리석과 청결을 강조하는 하얀 벽, 청량한 조명 등으로 보기 좋게 꾸며져 있었다.

환자가 병원에 발을 들여놓았을 때 제일 처음 맞는 공간이기 때문에 더욱 신경을 쓴 덕분이었다.

물론, 할머니들은 금세 병원 인테리어에서 관심을 거두었지만 말이다.

"아니, 의사 선생은 볼 때마다 얼굴이 반쪽이 돼?"

역시 이번에도 그냥 넘어가질 않는다. 귀에 딱지가 앉을 만큼 반복해 들었던 익숙한 말에 우진은 쉽게 답했다.

"아하하…… 아닙니다. 잘 먹고 잘 지내요."

늘 하던 말로.

그리고 또 할머니는 우진의 말을 믿어 주질 않았다.

"믿을 수가 있어야지. 이럴 줄 알았으면 빈손으로 오는 게 아닌데."

"아니에요, 잘하셨습니다."

어째서인지 어른들은 서우진만 보면 안쓰러워서 어떻게든 음식을 먹이려고 했다.

그나마 지금은 병원이었지만, 만약 마을 회관이었다면 벌써 그의 앞에는 오첩반상이 차려졌을 것이다.

할머니들은 우진을 따라 걸으며 계속 대화를 주고받았다.

"우리 아들놈이 그 연세에 위험하게 무슨 수술을 하느냐고 아주 길길이 날뛰었어."

"썩을 놈! 지 엄마 아픈 건 신경도 안 쓰고 말이여."

"딸애는 그래도 돈 좀 보태겠다던데, 아들놈은 쓸모가 없어. 내가 어떻게 키웠는데."

"형님, 올해 김장부터 해 주지 마."

"안 혀! 썩을 놈의 자식. 희정이만 다 퍼 줄 거다!"

도란도란 이야기를 나누는 어른들 사이에서 우진은 정형외과로 연락을 넣었다.

다행히 관절센터 센터장과 정형외과 과장 모두 수술에 들어가지 않았다.

얼마 전, 인공 관절 수술을 해야 할 것 같다며 할머니가 어렵게 전화를 걸자마자 우진은 관절센터 쪽에 문의를 했다.

인공 관절 수술은 하루에도 몇 건씩 이루어지는 수술이지만, 그렇다고 해서 바로 일정을 잡을 수는 없었다.

예약 환자가 줄줄이 대기하고 있기 때문이었다.

하지만 우진은 빡빡한 일정 사이로 두 건의 수술을 예약하는 데 성공할 수 있었다.

그가 단지 병원 소속이었기에 가능하다기보다는, 원장 아들이라는 이유가 조금 더 크게 작용했겠지만 말이다.

아버지라면 치가 떨리도록 싫었지만, 아이러니하게도 아버지의 후광을 이용해서 어른들에게 은혜를 갚을 수 있다는 사실이 고맙기도 했다.

"이쪽으로 오세요."

미리 약속을 잡아 둔 덕분에 우진은 관절센터장과 정형외과 과장을 한 번에 만날 수 있었다.

"어, 서우진 선생."

"안녕하세요."

병원 내 의료진들은 대체로 서우진에게 관대하고 친절했다. 그리고 그 친절은 우진이 데려온 할머니들에게도 적용되었다.

상담실에 들어온 할머니들이 마련된 소파에 쪼르르 앉자 센터장이 당황한 표정을 지었다. 예약한 인원은 둘이었는데 갑자기 두 배로 늘어서였다.

"두 분…… 이 아니세요?"

"우리 둘만이고 여기 둘은 깍두기여요."

오랜만에 서울에 올라온다고 곱게 화장까지 한 할머니들은 만사가 다 즐거운 듯했다. 까르르 웃는 할머니들에게 센터장은 어색한 미소를 흘려 주었다.

동석한 정형외과 과장이 시간을 살핀 후 바로 말했다.

"일단 상담 진행부터 하겠습니다."

우진이 할머니들을 통해 받은 지난 진료 기록서를 건네주자 센터장이 걱정하지 말라는 듯 손을 내저었다.

"서 선생은 그만 가 봐도 돼요."

세부 전문의 수련 과정에 있는 우진은 오랫동안 자리를 비울 수 없었다. 그 점을 배려해 준 센터장에게 우진은 깍듯하게 인사했다.

"잘 부탁드립니다."

문제는 우진이 자리를 뜨게 되자 할머니들이 아쉬운 기색을 보인데 있었다.

"아이, 의사 선생…… 벌써 가?"

"본 지 10분도 안 됐는데. 차라도 한잔하고 올라올 걸 그랬네."

그랬으면 약속 시간을 못 맞췄을 것이다. 싹싹한 미소를 지은 우진이 할머니들을 달랬다.

"이따 다시 연락 주세요. 근무 중이라서요."

"오메? 그랬구마잉. 가서 일 봐."

그러자 일을 중요하게 여기는 할머니들은 언제 아쉬워했나는 듯 우진을 쿨하게 보내 주었다.

어른들에게 인사를 하고 나서 우진은 관절센터를 나섰다.

짧은 시간이긴 했으나 다행히 급한 콜은 들어오지 않았다.

이대로 점심시간이 끝날 때까지 별다른 일이 없었으면, 싶을 참이었다.

복도 맞은편에서 걸어오던 은솔이 우진을 발견하고 눈을 동그랗게 떴다.

"응? 진료 보고 있던 거 아니었어?"

"아니. 어디 좀 다녀왔어."

"어디?"

"관절센터."

은솔의 의아한 시선이 우진에게 날아와 꽂혔다. 서우진이 관절센터에 갈 일이 뭐가 있단 말인가?

수부외과 세부 전문의 과정에 있긴 하지만, 우진의 전공은 정형외과가 아닌 성형외과였다.

그렇다면 혹시 일 때문이 아니라 진료를 보기 위해 들른 건가? 젊은 나이에 관절에 문제가 생길 가능성은 적긴 한데…….

여러 가지 생각을 하던 은솔이 우진을 걱정스럽게 바라보았다.

"왜? 어디 안 좋아?"

"아니…… 아는 분들이 올라오셔서."

"아, 그래?"

별일 아닌 모양이다. 걱정으로 굳어져 있던 표정을 풀고 은솔이 가볍게 말을 건넸다.

"점심 먹었어?"

"아니, 아직."

우진이 바로 대답했으나 은솔은 그를 빤히 쳐다볼 뿐이었다.

아침부터 계속 이어지는 그녀의 눈길에 괜스레 불안해진 그가 조심스럽게 물었다.

"혹시 나한테 할 말 있어?"

"아니? 없는데…… 아, 있다!"

"뭔데?"

"점심 먹을 거면 지금 가자고."

그녀가 엄지로 계단을 가리켰다.

단지 점심 식사를 제안하기 위해 그렇게 뚫어져라 응시한 건 아닌 듯했지만, 그는 그 점을 지적하지는 않았다.

대신, 그는 오랜만에 그녀와 함께할 점심을 기대하기로 했다.

"……그럴까?"

그들은 은솔이 가리켰던 대로, 외진 비상계단을 통해 1층으로 향했다. 점심시간이라 붐빌 것이 분명한 엘리베이터 대신 계단을 이용하기로 한 셈이었다.

얼굴에 그림자가 생길 만큼 환한 빛에 그녀가 눈을 찡그렸다.

층마다 나 있는 창문을 통해 강렬한 햇빛이 들어왔다. 확실히 날이 더워지고 볕이 강해지긴 했다.

아래로 먼저 내려가고 있던 우진이 입을 열었다.

"뭐 먹을래?"

하지만 그녀가 대답하지 않자 그가 이내 고개를 돌렸다. 두 계단 위에 서 있는 은솔이 우진을 말없이 내려다보고 있었다.

햇빛이 쏟아지듯 들어오는 계단에 서우진이 성숙해진 모습으로 서 있었다.

예전보다 조금은 부드러워진 표정, 사냥감을 찾듯 번뜩이기만 하던 눈동자에 서린 다정한 기운, 그리고…….

"왜 그렇게 봐?"

달콤한 목소리까지.

'서우진이 이렇게 잘생겼었나?'

햇빛을 등지고 선 우진을 가만히 바라보고 있자 하니, 은솔의 얼굴이 이유 모르게 뜨거워졌다.

불 옆에 있는 것도 아닌데 더운 기운이 확 그녀를 덮쳐 왔다.

당황한 그녀가 그의 시선을 피하며 부랴부랴 대답했다.

"더…… 더워. 차가운 거 먹자."

"냉면?"

"어, 아무거나…… 빨리 가야겠다."

붉어진 얼굴을 숨기기 위해 은솔은 휴대폰을 꺼내 시간을 살피는 척 걸음을 재촉했다.

그러나 후다닥 그를 지나쳐 내려가려던 찰나, 그녀의 발이 꼬이며 양쪽 발 모두가 허공에 떴다.

떨어진다! 계단에서 구른다고!

기본 타박상, 재수 없으면 뼈가 뚝 부러질 상황에 그녀는 눈을 질끈 감고 비명을 질렀다.

"으악!"

그녀의 우렁찬 목소리가 쩌렁쩌렁 울리고, 이대로 바닥에 곤두박질치나 싶을 무렵이었다. 무언가가 그녀의 허리를 단단히 받쳐 주었다.

곧이어 나직한 목소리가 귓가에 들려왔다.

"괜찮아?"

놀란 것이 분명한, 우진의 목소리였다.

휘청거리지 않고 똑바로 서게 된 은솔은 그제야 눈을 떴다.

그리고 제일 먼저 그녀의 시야에 들어온 건 자신의 허리를 감싸고 있는 팔······.

"어디 다쳤어?"

"어, 어······ 아니."

가까스로 대답한 은솔은 우진을 차마 올려다보지 못했다.

얼마나 놀랐는지 심장이 너무 빠르게 뛰어서, 그리고 창피하기 때문인지 얼굴에 열이 올라서 그를 볼 수가 없었다.

당황한 그녀가 고개를 수그리고 그에게서 떨어져 나올 때였다.

쉽게 놔주리라 생각했던 것과 달리, 그가 그녀의 팔을 덥석 잡아 멈춰 세우고 뜬금없는 질문을 했다.

"나한테 할 말 있어?"

그러고 보니, 우진은 아까부터 계속 할 말이 있냐고 물었다.

얼굴은 여전히 뜨거웠지만 은솔은 아무렇지 않은 척, 태연하게 고개를 들고 대답했다.

"······아니? 왜?"

잠깐 말을 끊은 그가 그녀의 팔을 더욱 가까이 끌어당기고는 고개를 숙였다.

코앞에서 보이는 우진의 얼굴에 은솔의 머릿속이 하얗게 지워졌다.

아무 생각도 올라오지 않고, 오로지 눈앞을 가득 메운 서우진만이 보인다.

스무 살 초봄, 입학식에 맡았던 달콤하면서도 시원한 향기가 풍겼다.

"근데 왜 계속 쳐다봐?"

우진의 눈빛이 은솔에게 짜릿하게 와 닿았다.

내가 서우진을 보고 있었다고? 전혀 의식하지 못한 지적에 그녀의 얼굴이 한층 더 뜨거워질 참이었다.

등 뒤에서 누군가가 비난 조로 말을 붙였다.

"그냥 아주 뽀뽀를 해라."

"헉!"

수부외과 과장의 익숙한 음성을 듣자마자, 은솔은 마법에서 깨어난 듯 벌떡 정신을 차리고 후다닥 우진에게서 멀어졌다.

당황한 기색이 역력한 은솔을 보면서 계단을 내려온 과장이 농담을 건넸다.

"저기 두 사람, 여긴 공공장소거든?"

과장이 씩 웃자마자 은솔의 등골이 오싹해졌다. 그녀가 양손을 흔들면서 격렬하게 부정했다.

"저, 저희 아무 짓도 안, 안 했는데요!"

"뭘 아무 짓도 안 해? 아무도 없는 곳에서 영화 찍고 있으면서."

그러나 은솔의 해명을 통 들어줄 생각이 없는 듯, 과장은 히죽히죽 웃을 뿐이었다.

은솔은 이런 상황에서 조용히 입을 다물고 있는 우진을 원망스럽게 곁눈질했다. 우진의 표정은 평소와 다를 바 없이 담담했다.

과장이 바로 덧붙였다.

"이 길로 환자들도 다닐 수 있으니까 조심들 해."

"아니, 이게 제가 넘어질 뻔…… 과장님!"

물론 과장은 은솔의 말을 들은 척도 하지 않고 먼저 가 보겠다는 양, 손만 흔들고 계단을 내려가 버렸다.

우진은 과장의 뒷모습을 허망하게 지켜보던 그녀를 불렀다.

"은솔아, 그만……."

멀뚱히 서 있기만 한 그녀에게 내려가자고 하려던 순간이었다.

"흐끅!"

얼마나 놀랐는지 은솔의 입에서 딸꾹질이 절로 튀어나왔다. 그녀가 재빨리 입가를 눌렀으나 한번 시작된 딸꾹질은 쉬이 멎지 않았다.

"아이 씨, 왜……."

딸꾹질이 나오고 난리야!

잔뜩 찌푸린 그녀의 얼굴과 마주치자 우진은 터져 나오려는 웃음을 막기 위해 그녀처럼 입가를 가렸다.

"넌 왜 가만히 있고…… 끅!"

역시 서우진하고 엮이면 되는 일이 없나 보다. 은솔은 웃음을 참느라 묘하게 일그러진 우진의 눈가를 보고 숙사또처럼 따졌다.

"웃어? 왜 웃어? 내가 웃겨?"

"아니, 음…… 점심 먹으러 가자."

"씨이……."

어느새 웃음을 가라앉히고 정색한 우진에게 더 이상 뭐라고 할 수도 없기에, 은솔은 새빨개진 얼굴로 씩씩거리기만 했다.

다행히 딸꾹질은 몇 분 지나지 않아서 멈추었지만 일련의 일을 되새긴 은솔은 쥐구멍으로 들어가고 싶었다.

계단에서 굴러떨어질 뻔하질 않나, 서우진과 이상한 짓을 했다고 오해받질 않나, 딸꾹질을 하질 않나! 정말 잊고 싶은 순간이었다.

냉면집에서 은솔과 마주 앉은 우진은 이리저리 변하는 그녀의 표정을 감상하다가 미소를 지우지 않고 말을 꺼냈다.

"아까 과장님이."

과장의 존재에 흠칫한 은솔이 우진을 떨떠름하게 응시했다.

과장이 뭐? 아까 과장이 오해한 거 가지고 무슨 말을 보태려나? 그녀의 눈동자에 긴장이 차올랐다.

하지만 이어지는 우진의 말은 방금 전 일과 전혀 상관없는 소리였다.

"나보고 뭘 잘못했냐고 하셨어."

"그래? 왜? 뭐 실수했어?"

왜일까? 우진이 잠시 말을 멈추자 은솔은 괜스레 긴장이 되었다.

아니, 이어질 말을 기다리기 때문이라기보다는, 그냥 서우진을 마주 보고 있으려니 긴장이 되는 것 같다.

입 안이 마르는 느낌에 그녀가 물을 한 모금 마실 찰나였다. 그가 의아함을 감추지 않고 말을 이었다.

"네가 오늘 아침부터 날 계속 쳐다봐서."

"푸흡!"

긴장을 덜어내기 위해 물을 마시려고 했는데 사레가 들려 버렸다. 요란하게 콜록거리는 그녀한테 그의 걱정스러운 시선이 닿았다.

아, 오늘 고은솔 일진 한번 진짜 사납다. 남자 친구 앞에서 딸꾹질을 하질 않나, 사레 들리질 않나.

냉면집에 있는 손님 모두가 은솔에게 이목을 집중했다.

얼굴이 새빨개진 채 기침하던 그녀는 오만상을 찌푸렸다. 코가 찡하고 눈물까지 나왔다.

어느 정도 기침이 멈추자, 우진이 조심스럽게 물었다.

"……괜찮아?"

"어……."

전혀 괜찮지 않은 몰골이었지만.

은솔은 눈물을 대충 찍어 닦아 냈다.

그나저나 내가 서우진을 계속 보고 있었던가? 은솔은 우진의 말이 이해되지 않았다. 그냥 어쩌다가 눈이 마주친 것 가지고 유난을 떠는 건 아닐까?

하긴 서우진만의 착각이라기엔 과장도 이상함을 느꼈다고 했지.

은솔은 자신의 행동을 아침부터 반추해 보기로 했다. 그러나 때마침 전화벨 소리가 들렸다.

전화벨 소리에 예민한 두 사람 모두 재빨리 휴대폰을 살폈다. 시끄럽게 울어대는 쪽은 우진의 휴대폰이었다.

"서우진, 네 거야."

아직 음식이 나오기도 전인데 불길하다. 우진은 병원 응급실 전화번호가 찍혀 있는 화면을 보다가 전화를 받았다.

그리고 역시…….

"네. 알겠습니다."

응급 환자가 들어왔다는 연락이 이어졌다. 주문한 음식이 나오기 전이었지만, 우진은 자리에서 벌떡 일어났다.

"ER(응급실) 콜?"

"응. 가 봐야겠다."

"나 말고 너한테 왜 연락을 하지?"

"내가 제일 막내니까?"

가볍게 대답한 우진은 아쉬움을 삼키고 희미하게 웃었다. 은솔이 급히 말했다.

"포장해 갈까?"

"괜찮아. 먼저 갈게."

그나마 냉면 가게가 병원과 가까워서 다행이었다. 우진은 홀로 남은 은솔을 계속 돌아보다가 급히 걸음을 옮겼다.

은솔은 멀어지는 우진의 뒷모습을 계속 지켜보았다. 온종일 그랬듯이, 본인은 의식하지 못한 채로.

응급실로 달려온 우진은 격리된 공간에서 뜻밖의 사람을 만났다.

"그러니까 감독 새끼도 소품 적당히 쓰지, 날 바짝 세워 놓은 칼을 진짜로 쓰냐?"

짜증이 가득 담긴 목소리의 주인공은 이곳과 전혀 어울리지 않게도, 김찬기였다.

우진이 얼굴을 굳히고 가만히 있자 그를 대신해서 간호사가 말을 건넸다.

"선생님 오셨습니다."

구원자가 당도했다는 소식에 찬기와 매니저가 고개를 옆으로 휙 돌렸다. 우진을 본 찬기가 눈을 동그랗게 떴다.

"어? 웬일이야, 그 힘센 남자 친구네."

"연예인이라 성형외과 선생님 불렀어요."

이내 간호사가 목소리를 한껏 낮추고 소곤거리자 우진은 미간을 살짝 찡그렸다.

전공이 성형외과이긴 해도 이 병원에서 자신은 수부외과 세부 전문의 수련 중인 상황이었다.

즉, 그가 아니라 다른 성형외과 전문의를 불러오는 편이 이치에 맞았다.

"어떻게 된 겁니까?"

가능하면 김찬기를 다른 사람에게 넘기고 싶었으나, 우진은 일단 상황 파악을 우선하기로 했다.

지혈을 위해 거즈로 칭칭 감긴 손가락을 보니 손을 다친 건 분명해 보였다.

그래서 수부외과에 연락을 한 건가. 그중에서도 섬세한 봉합이 필수적이라 성형외과 출신을?

우진은 복잡한 눈으로 찬기를 쳐다보았다. 찬기가 대답했다.

"제가 이번에 영화에서 형사 역할을 맡았거든요. 근처에서 촬영 중이었는데 갑자기 손이……"

"넌 뭐 그런 쓸데없는 소릴 하고 그래?"

우진의 질문에 기다렸다는 듯 구구절절 사정을 풀어놓으려는 김찬기를 매니저가 저지했다.

다쳐서 그런지 말대꾸를 할 힘도 없어서 찬기는 입을 다물고 응급실 베드에 덜렁 드러누웠다.

"손바닥을 깊게 베였어요. 거의 잘린 것처럼요."

완전 절단은 아닌 모양이었다.

"무슨 물건 때문에 다쳤습니까?"

"고기 써는 칼이요. 정육점에서 쓰는……."

"어우, 진짜 한 번에 서걱 들어오더라고요."

매니저의 말에 덧붙이며 찬기는 소름이 돋는지 진저리를 쳤으나, 우진은 별다른 내색을 하지 않았다.

"최대한 흉터가 안 생기게 봉합을 해 주셔야 합니다. 부탁드립니다."

매니저는 우진에게 거듭 부탁하며 고개를 조아렸다.

"수술실 비어 있는지 확인해 주세요."

"네."

우진의 부탁을 받은 간호사가 자리를 뜨고, 세 사람만이 커튼 뒤에 남았다.

피로 얼룩진 붕대를 걷어 낸 우진이 찬기의 상처 부위를 볼 참이었다. 마취 덕분에 통증이 가시자 찬기가 히죽거렸다.

"그 얼굴로 의사 하는 거 아깝다. 그렇지?"

우진을 쳐다보면서 말을 하는 것 같더니, 이내 찬기는 매니저에게 동의를 구했다.

매니저는 크게 다치고도 경각심이라고는 전혀 보이지 않는 찬기의 머리를 쥐어박았다.

"조용히 해."

"왜?"

"어후! 스케줄 밀릴 거 생각만 하면 머리가 다 아프다."

병원에 당도해서 한시름 놓아서일까, 매니저도 지친 기색을 여과 없이 드러냈다.

생각보다 깊지 않은 상처를 확인한 우진이 몸을 일으키며 주의를 주었다.

"환자분은 조용히, 안정 취하고 계시고 보호자분도 환자 자극하지 마세요."

"앗…… 네. 수술 시간은 오래 걸릴까요?"

"한 시간이면 될 겁니다."

다행히 단순 봉합만 하면 그만인 상처였다.

그렇다고 해서 상처가 얕은 것도 아니라 안쪽에서 한 번, 바깥쪽 피부 한 번, 총 두 번의 봉합이 들어가야 했다.

간단한 수술처럼 들려서 그제야 찬기의 몸에 남아 있던 마지막 긴장이 풀어졌다. 축 늘어진 그가 불만스럽게 중얼거렸다.

"대학 병원 가자니까. 난 몸이 재산인데."

"입 좀 다물어. 119에서도 손 잘린 건 여기가 제일 잘 붙인다잖아."

"그냥 드라마나 할걸, 무슨 욕심이 있다고 내가 영화를 해서는……."

말을 멈춘 찬기가 한숨을 푹 내쉬었다.

병원 근처, 많은 외국인 노동자들이 자리를 잡은 이국적인 동네에서 영화 촬영을 하던 중에 찬기는 불의의 사고를 당했다.

워낙 현실성을 강조하는 감독이다 보니, 소품 하나하나에도 신경을 쓴 탓이었다.

형사 역할의 찬기를 공격하는 연기를 하다가 진짜로 사고가 나고 말았다.

"지금이라도 빠진다고 할까?"

"조용히 좀 해. 옆에 들리면 어쩌려고 그래?"

커튼을 힐끔거린 매니저가 투덜거리는 찬기에게 핀잔을 주었다.

반짝 떠오른 스타, 김찬기의 최대 약점은 준수한 외모마저 상쇄시킬 만큼 방정맞은 입이었다.

곧, 수술실을 확보한 간호사가 커튼 너머에서 말했다.

"선생님, 수술실 비어 있어요."

"바로 이동하겠습니다."

김찬기와 오래 붙어 있기 싫은 우진은 서두르기로 했다.

먼저 커튼 밖으로 휙 나가는 우진의 뒷모습을 보다가 찬기가 칭얼거렸다.

"형, 나 수술한대. 어떡해?"

"조용히 좀 있으라니까."

수술 동의서를 작성하랴, 찡찡거리는 김찬기를 달래랴, 매니저는 정신이 없었다.

심각한 상처는 아니었다. 날카로운 칼날을 손바닥으로 잡아서 만들어진 자상 정도는 응급실에서 수도 없이 봉합했었다.

부분 마취만 되어 있기에 찬기는 아무렇지 않게 우진에게 말을 붙였다.

"선생님. 여기 공장 직원이나 외국인 노동자들, 자주 오죠?"

"네."

"역시, 병원이 괜히 여기 있는 게 아니었네."

찬기가 혼잣말을 했다.

실제로 공장에서 일하거나 궂은일을 도맡아 하는 사람들이 주된 환자였다. 보통 때라면 김찬기가 이 병원에 올 이유는 없었다.

우진은 찬기에게 눈길도 주지 않고 묵묵히 손만 움직였다. 찬기는 무표정한 우진을 찬찬히 뜯어보았다.

매니저가 캐스팅 욕심을 낼만큼 잘생긴 얼굴은 카메라 마사지만 조금 받으면 완벽할 듯했다. 거기에 키도 크고 몸매 비율도 웬만한 배우보다 좋았다.

그런데 직업마저 의사라니.

'다 가졌네.'

직업이 전혀 다른데도 찬기는 괜히 질투가 났다.

고등학생 때부터 연극을 하면서 학업에 소홀했던 터라 공부까지 잘했을 이 남자가 대단하고 부러웠다.

하지만 그런 우진이 쩔쩔매는 존재가 하나 있었다.

피트니스센터에서 우연히 알게 된 여자.

찬기는 오밀조밀한 소형견 같은 은솔을 떠올렸다.

이번에 제대로 드라마 효과를 본 김찬기를 전혀 알아보지 못하고 심지어 관심조차 갖지 않던 은솔에게 처음에는 흥미가 돌았다.

무명 시절, 자신에게 명성을 가져다준 드라마에 들어가기 전까지 연애를 쉬지 않고 했었던지라 온갖 타입의 여자를 다 만나 봤다고 생각했는데, 그만큼 무관심한 사람은 또 처음이었다.

"고은솔 씨 있잖아요."

김찬기의 입에서 은솔의 이름이 나오자 우진이 저도 모르게 멈칫했다.

물론 수도 없이 해 본 봉합을 실수하는 바보 같은 짓은 하지 않았지만 말이다.

그러나 그 순간을 놓치지 않은 찬기는 우진을 올려다보며 히죽거렸다.

여자를 골라 가며 만났던 찬기는 자신에게 관심이 없다 못해 꺼려 하는 여자한테까지 접근할 생각은 들지 않았다.

처음에야 좀 재밌다, 싶었지만 우진을 만나 박력 넘치는 악수를 한 후로는 그럴 마음이 식고 만 것이었다.

저만큼 잘난 남자가 맴도는데도 곁을 내주지 않는 여자에게 도전할 기운이 없기도 했고.

대신, 찬기는 시기와 질투를 담아서 우진의 속을 슬쩍 긁었다.

"엄청 좋아하나 봐? 그렇죠?"

잠시 손을 멈춘 우진이 마침내 찬기를 똑바로 응시했다. 두 남자의 눈이 마주치기 무섭게 우진이 입을 열었다.

"환자분, 제가 하나 경고하자면."

수술실 공기만큼이나 서늘한 목소리가 울렸다.

마스크를 쓰고 있어서 전체적인 표정은 보이지 않지만, 차갑게 식은 눈빛만 봐도 우진의 표정이 얼마나 딱딱할지 예상이 됐다.

"수술 중인 의사 집중력 흩뜨리는 짓은 안 하시는 게 좋을 겁니다."

이내, 우진은 거즈로 피를 닦아 내며 말을 이었다.

"손을 제대로 쓰고 싶다면요."

경고라기보다는 협박에 가까운 것 같지만, 자신의 손이 무척이나 소중한 찬기는 얌전히 꼬리를 말고 투덜거렸다.

"다른 사람으로 바꿔 달라고 할걸."

불만스러운 표정을 지으면서도 찬기는 더 이상 우진의 속을 긁지는 않았다.

홀로 냉면을 먹고 뒤늦게 돌아온 은솔은 난리가 난 너스 스테이션을 의아하게 쳐다보았다.

"무슨 일 있었어요?"

"대박! 쌤, 아까 응급실로 김찬기 들어왔어요."

"김, 김찬기?"

그 인간이 여길 왜 와?

전혀 예상하지 못한 이름에 멍해진 은솔이 부랴부랴 정신을 차리고 이유를 물었다.

"왜요?"

"촬영하다가 손 다쳤대요."

이 세상에 병원이 여기 하나뿐인 것도 아닌데 왜 하필이면 여기로 실려 왔단 말인가.

살짝 미간을 좁힌 은솔이 유남에게 재차 질문했다.

"수술 들어갔어요?"

"네, 아까 서우진 쌤한테 콜 갔잖아요."

"서우진…… 선생이요?"

거기에 하필이면 서우진 담당?

'손…… 무사한 거야?'

아무리 서우진이 안티라고 해도 환자로 온 김찬기에게 엿을 먹이지는 않겠지만…….

핏기가 가신 얼굴로 서 있는 은솔에게 유남이 조잘조잘 말했다.

"저 김찬기 완전 팬인데, 특실에 며칠 입원하겠죠? 드레싱 할 때 좀 친해져 봐야지."

걱정에 휩싸인 은솔은 유남의 말이 들리지 않았다.

큰 수술은 아니었는지 금세 우진이 돌아왔다.

평소와 다름없는 표정으로 돌아온 그는 왠지 조금 지쳐 보였다. 아마 점심을 먹지 못하고 불려 왔기 때문일 것이다.

"너 점심 못 먹었잖아. 편의점이라도 갈래?"

"그럴까."

우진은 급한 대로 편의점 음식을 택했다.

1층 편의점에는 사람들이 드문드문 있었다. 그 사람들에게 들리지 않게끔 작은 목소리로 은솔은 적당히 음식을 고르는 우진에게 말을 붙였다.

"김찬기 왔다며?"

"……아, 응."

"어때? 괜찮아?"

은솔은 김찬기 수술을 맡게 되어 우진의 기분이 별로 안 좋지 않을까 싶었으나, 그는 별것 아니라는 양 가볍게 대답했다.

"잘 됐어."

"어……."

수술 결과가 아니라 서우진의 기분을 물은 거였는데.

결국, 은솔은 우진의 대답은 듣지 못하고 편의점을 나와야만 했다.

엘리베이터 쪽으로 가기 위해 그들이 로비를 가로지를 참이었다. 우진의 앞을 상담을 마친 할머니들이 막아섰다.

"아이고, 의사 선생."

낯선 사람들이 우진에게 아는 척을 하자 은솔이 우진을 쳐다보았다.

그런데 우진은 미소를 지은 채 싹싹하고 다정하게 대꾸하는 것이었다.

"상담은 끝나셨어요?"

"아까 끝났지. 간호사가 병실도 다 알려 줬어."

"잘됐네요. 불편하신 덴 없으시고요?"

"그럼. 좋아 죽겠어. 그나저나 의사 선생한테 점심밥 먹으러 가기 전에 들르려고 했는데 잘됐네, 이렇게 만나서."

우진은 대답 대신 웃기만 했다.

은솔과 점심을 같이 먹나 했건만 느닷없이 김찬기가 들이닥쳐서 정신이 없었다. 그 탓에 할머니들을 잊고 있었는데 다시 만나게 되어 다행이었다.

이내, 할머니들이 우진의 옆에 있는 은솔에게 시선을 돌렸다.

나름대로 우진의 연애 상담을 해 준 할머니들은 그가 말했던 짝사랑 상대의 조건을 하나하나 떠올렸다.

작은 체구, 강아지처럼 순한 얼굴, 같은 의사…… 할머니들의 눈빛이 예리해졌다.

"그 아가씬가 봐? 맞지?"

갑자기 자신에게 향하는 관심에 은솔은 깜짝 놀랐다.

내성적인 편이라 잘 모르는 사람과는 대화를 하지 않는 은솔은 질문 대신 의아한 표정만 지어 보였다.

한번에 은솔의 정체를 파악한 할머니들이 흐뭇하게 웃자 우진이 미소를 거두지 않고 바로 긍정했다.

"맞습니다."

할머니 넷이 은솔을 빙그르르 둘러쌌다. 이내, 은솔의 머리 위로 말 폭탄이 우르르 떨어졌다.

"아이고, 앙증맞게도 생겼다."

"……아, 저요? 감사합니다."

은솔이 얼떨결에 인사를 하자 칭찬이 이어졌다.

"예쁘구먼! 의사 선생이 반할 만혀?"

"애기 같은데, 의사 선생하고 동갑 맞어?"

"네? 네……."

"의사 선생 잘 좀 봐줘. 사람 하나는 좋아."

"처음에는 깍쟁이 같았는데 말이여."

'깍쟁이?'

쓰나미처럼 밀려드는 말에 은솔의 정신이 혼미해졌다.

그러거나 말거나 할머니들은 저들끼리 깔깔 웃고 난리가 났다. 눈으로 볼 수 없을 것 같던 사람을 보게 되어 신이 난 듯했다.

은솔은 아무 대꾸도 하지 못하고 어색한 표정만 지을 뿐이었다. 우진은 은솔의 눈치를 힐끔거리다가 한숨을 삼켰다.

고은솔은 타인의 관심을 썩 내켜 하지 않는 성격이었다. 난감한 빛이 가득한 눈을 보니, 그녀의 기분이 좋지 않을 듯도 했다.

그때, 다행스럽게도 그나마 제일 어리고 빠릿빠릿한 할머니가 언니들을 재촉했다.

"점심 예약된 시간이여. 굼뜬 노인네들, 싸게싸게 움직이라고."

먼 길을 가기 위해 주섬주섬 가방을 챙겨 든 할머니 한 분이 다시 한 번 우진과 은솔을 번갈아 보고는 흡족한 얼굴로 말했다.

"아따 잘 어울리는구먼? 결혼할 때 말혀, 버스 대절해 가지고 올라갈 텡게."

폭풍이 한차례 지나간 기분이었다. 멍하니 서 있던 은솔은 할머니들의 모습이 사라지고 나서야 얼떨떨하게 물었다.

"뭐, 뭐야? 저분들 날 알고 있어?"

그녀의 황당해하는 목소리에 우진은 양손으로 얼굴을 가렸다. 길쭉한 손가락 사이로 홍조가 올라온 얼굴이 살짝 드러났다.

은솔은 우진의 어깨너머로 보이는 편의점에 시선을 고정했다. 그러고 보면, 전에 수술을 마치고 나서 서우진이 이런 말을 했었다.

"내 인생을 바꿔 주신 분들이 할머니들이시거든."

"공보의로 있을 때 가까운 마을 어른들이 많이 도와주셨어."

그 사람들인가. 우진의 싹싹한 태도와 호감 가득한 언행을 보면, 추측이 맞는 것도 같다.

은솔이 조심스레 물었다.

"그때 말했던 할머니들이 저분들이야?"

"……맞아."

손을 내리고 한층 가라앉은 목소리로 대답한 우진이 쑥스러운 표정을 지었다.

신기하다, 서우진이 저런 표정을 짓다니.

우진의 지금 모습은 나이를 먹을 만큼 먹었음에도 할머니들에게 사랑을 받는, 다 큰 손자 같은 모습이었다.

서우진을 이렇게 만들 정도면 분명 정 많고 따뜻한 사람들일 것이다.

"좋은 분들 같은데."

그녀의 말에 그가 옅은 미소를 지었다. 가족보다도 더 따뜻한 어른들은 그에게 은인과도 같았다.

"깍쟁이 같다는 걸 보니 친해지긴 좀 힘드셨을 것 같지만."

은솔이 농담 조로 아픈 곳을 찔렀다.

얼마 지나지 않아서 은솔은 오후 진료를 위해 수부외과 너스 스테이션으로 돌아왔다.

수술 일정이 잡혀 있지 않을 때는 수근관 증후군과 같은 만성질

환 환자들을 진료하곤 했다.

시간을 조금 남기고 진료실로 들어가려는 은솔에게 유남이 말을 붙였다.

"근데, 쌤 드디어 결혼하세요?"

"네? 결혼이요?"

"우진 쌤하고요."

"아, 아직, 그런 얘기는 없었는데……."

하지만 유남은 그런 은솔의 대답을 부끄러워서 둘러대는 거로 느낀 모양이었다.

유남이 씩 웃으면서 대단한 사실을 발견이라도 한 사람처럼 말했다.

"다 들었거든요? 저 할머니들이 쌤들 결혼할 때 버스 대절 해서 오신다잖아요."

"네? 어, 어떻게 그걸……."

"아까 1층 내려갔다가 들었는데, 어? 아직 비밀이에요? 비밀이면 꼭 지킬게요."

말을 마치며 유남이 살짝 윙크를 하자 은솔의 눈앞이 아찔해졌다. 아무래도 유남은 은솔의 말을 일부분만 듣는 듯했다.

그녀가 재빨리 손을 내저었다.

"유남 쌤! 아니라니까요!"

"에이, 또 뭘 부끄러워하고 그러세요. 두 분 결혼할 때도 됐죠."

두 분?

곧, 은솔은 유남의 시선이 자신의 뒤로 향해 있는 걸 알고 고개를 돌렸다. 언제 돌아왔는지 우진이 의아한 얼굴로 뒤에 서 있었다.

"조유남 선생님!"

"아, 잠시만요!"

멀리서 부르는 소리에 유남이 자리를 뜨자 너스 스테이션은 조용해졌다.

영문을 모르는 우진은 너스 스테이션 뒤편, 의국으로 걸음을 옮겼다. 아침에 출력한 논문을 그곳에 두고 나온 탓이었다.

그의 뒷모습을 보다가 은솔이 작은 목소리로 혼자 중얼거렸다.

"결혼이라니……."

당황스럽기는 해도, 기분이 나쁘지는 않았다.

뜻밖의 장소에서 은솔과 재회한 찬기는 처음에는 반가워했지만 금세 쓸데없는 질문을 했다.

"근데 남자 친구랑 사내 커플이었어요?"

게다가 이 사람 하나만으로도 머리가 아픈데, 옆에서 유남이 신이 나서 떠들었다.

"쌤! 둘이 아는 사이였어요? 대박! 진작 소개해 주시지!"

"아하하, 고은솔 선생님하고는 같은 헬스장을 다닙니다."

"어디예요? 저도 등록하고 싶은데!"

유남이 목소리를 높이자 은솔은 정신이 없어서 머리를 부여잡았다.

현재, 김찬기는 겁도 없이 입원실 복도를 거닐고 있었다.

은솔은 저녁 회진을 돌다가 복도를 배회하는 찬기를 보고 깜짝 놀랐다. 1인실에 콕 박혀 있어야 할 사람이 왜 바깥에 나와 있나 싶어서였다.

물론 복도 산책이 금지된 건 아니었지만, 연예인인 김찬기는 특이 케이스였다.

최근 인기가 높아진 그는 사람들의 이목을 끌기 쉽기도 했거니와, 김찬기가 이곳에 입원했다는 소문이 돌지 않게끔 매니저가 입단속을 꼭꼭 부탁했기 때문이었다.

"병실에 가만히 계세요. 다쳤다고 소문내고 싶어요?"

"어차피 손 다친 거 기사화할 건데. 열연하다 다친 거로."

그럴 거면 왜 입단속을 하냐고. 은솔이 미간을 좁힐 무렵이었다.

선생님에게 질문하는 학생처럼 찬기가 붕대로 감싼 손을 들고 입을 열었다.

"저기, 하나 궁금한 게 있는데요."

"뭔데요?"

"왜 갑자기 내 주치의가 바뀌었어요?"

처음 듣는 소리에 은솔이 눈을 동그랗게 떴다.

보통 수술을 집도한 의사가 담당이 되기 마련인데, 서우진이 아니라 다른 사람으로 바뀌었나?

"서우진…… 서 선생이 아니에요?"

"박인호라는 사람인데."

고개를 저은 찬기가 바로 대답했다. 은솔은 바로 상황 판단을 끝냈다.

"아, 그분은 과장님이신데…… 김찬기 씨가 중요한 환자라서 과장님이 담당하시나 봐요."

정확히는 서우진이 여러 가지 이유를 붙여서 과장에게 넘긴 거였지만 은솔로서는 알 리가 없었다. 김찬기처럼 특별 대우를 해야 하는 경우에 과장이 담당을 하기도 했다.

그런데 말이야, 이렇게 바깥을 돌아다니면 과장이 담당한 이유가 사라지잖아.

은솔이 못마땅하게 찬기를 응시할 때였다.

"하나만 더 물어봐도 돼요?"

"하세요."

퇴근하기 직전의 고은솔은 굉장히 너그러웠다.

눈을 가늘게 뜬 찬기가 입꼬리를 끌어올리고는 수술실에서 들었던 말을 살짝 각색해서 내놓았다.

"의사가 환자 협박하면 안 되죠? 그것도 수술실에서."

흠칫, 은솔이 어깨를 굳혔다. 설마 서우진이 김찬기에게 겁이라도 준 걸까?

그렇지만…… 아무리 김찬기 안티라 해도 우진은 완벽한 의사였다. 다친 환자에게 먼저 협박을 할 사람은 아니었다.

"어떤 의사가 환자를 협박합니까? 김찬기 씨가 먼저 긁었겠죠."

"아닌데."

은솔이 우진을 두둔하자 찬기가 입술을 삐죽거렸다. 가재는 게 편이라고 애인 편을 드는 건가, 하면서 찬기가 설명을 덧붙였다.

"난 그냥 그 선생님한테 고은솔 씨 많이 좋아하냐고 물은 것뿐이라고요. 그게 협박을 받을 소리는 아니잖아요?"

'미, 미쳤어?'

김찬기의 정신 나간 소리에 은솔의 얼굴이 확 달아올랐다.

"수술실에서 그런 걸 왜 물어봅니까?"

은솔이 질색하면서 한마디 따질 참이었다. 옆에서 찬기를 감상하고 있던 유남이 신이 나서 물었다.

"어머, 그래서 우진 쌤이 뭐라고 했어요?"

"유남 쌤!"

"아이, 왜요? 이럴 때 남자 속마음 듣는 거지."

아니, 고은솔과 서우진 사이를 당사자보다 궁금해하는 사람들이 이렇게나 많을 수가 있나?

은솔의 얼굴이 살짝 상기되자 괜한 심술이 생긴 찬기가 우진의 말을 왜곡해서 전했다.

"수술 망치기 싫으면 입 다물라고 했는데요."

"대박……."

우진의 입에서 나왔다기에는 도저히 믿기지 않는 말이라 유남이 입을 쩍 벌렸다.

유남이 경험한 우진은 사람을 예의 지켜 대하는 사람이었다.

아무리 불쾌한 질문이라도 환자에게 그런 대답을 할 것 같지는 않았는데.

유남이 반짝거리는 눈으로 은솔을 돌아보며 속삭였다.

"은솔 쌤을 생각하기만 해도 집중이 안 되나 봐요."

"그건 아닐걸요……."

그것보다는 김찬기가 고은솔에게 관심을 가지는 게 싫은 것 같다.

그때 멀리서 찰칵 소리가 들렸다.

은솔은 물론 찬기와 유남까지 모두 고개를 돌리기 무섭게 사진 찍은 사람이 후다닥 도망쳤다. 환자나 보호자는 아니고 병원 직원으로 보였다.

'내가 이럴 줄 알았어.'

기자가 아니고 일반인이니까 크게 문제가 되지는 않을 것이다.

그래도 은솔은 극한 직업에 종사하는 김찬기 매니저의 부탁을 들어주기 위해 찬기의 등을 쭉 밀었다.

"얼른 들어가세요. 사진 더 찍히기 싫으면."

"와서 찍어 달라 하지 도둑놈처럼 찍고 도망가나."

은솔에게 밀려서 억지로 병실에 돌아가며 찬기가 투덜거렸다.

병실치고 쾌적한 특실이긴 해도 답답한 곳이라 나오고 싶었는데, 다 틀렸다.

*   *   *

─안녕하세요, 서 선생님.

퇴근길에 우진은 아버지의 오랜 비서로부터 전화를 받았다. 비서의 목소리가 자신이 기억하는 것보다 우울하게 울렸다.

"박 비서님이 무슨 일이십니까."

아버지와 인연을 끊게 되면서 자연스럽게 아버지의 비서와도 인연이 끊어졌다고 생각했는데 느닷없이 전화를 받게 될 줄은 몰랐다.

이내, 비서는 잠시 침묵하다가 물었다.

—……퇴근하셨죠?

"그런데요."

정확히는 퇴근길, 그는 집으로 돌아가기 위해 운전 중이었다.

멀리 보이는 신호가 적색으로 바뀌었다. 그는 브레이크를 서서히 밟으면서 속력을 줄였다.

우진은 퇴근길이 좋아졌다. 예전에는 집에 돌아가는 게 죽기보다 싫었는데, 독립을 하고 나니 집이 그렇게 편할 수가 없었다.

게다가 그의 집 근처에는 은솔도 살고 있었다. 그녀와 가까이 있다는 만족감 덕분에 그는 집을 더욱 좋아했다.

하지만 집에 돌아가기만을 손꼽아 기다리는 그에게 전화기 너머에서 비서의 조심스러운 부탁이 이어졌다.

—잠시 시간 되시면 아버님 좀 찾아뵈시겠어요?

"시간 없습니다."

즐거운 퇴근길에 찬물을 맞은 듯 불쾌해져서 우진은 단번에 거절했다.

아버지와 인연은 명패를 맞은 그 날 끊어졌다. 우진은 더 이상 아버지와 관련되고 싶지 않았다.

그가 다시금 엄격하게 말했다.

"앞으로 이렇게 연락하지 마세요."

—여기 병원인데요.

그러나 비서는 우진이 전화를 끊어 버릴까 봐 초조한 듯 제 할 말만 줄줄 읊었다.

―오셔서 원장님 주치의한테 이야기 좀 들으셨으면 합니다.

병원? 주치의? 아버지와 크게 상관없는 단어에 불안이 파도처럼 밀려든다.

물론 아버지도 병원에 근무했고 누군가의 주치의이긴 했으나 지금 박 비서가 말하는 뉘앙스는 그게 아니었다.

―상태가 많이 안 좋으세요.

살갗에 소름이 돋는 듯 우진의 등골이 서늘해졌다. 그가 딱딱하게 되물었다.

"무슨 뜻입니까, 그거."

―그동안 원장님이 병명을 숨겨 오셨는데…….

비서의 말끝이 살짝 떨렸다. 슬픔을 삭이고 울음을 참을 때 들릴 만한 소리였다. 삼촌뻘 되는 비서가 슬픔을 참지 못한다는 건…….

―사실, 폐암 말기십니다.

비서의 말이 터져 나온 그 순간, 우진은 머리 위로 돌덩어리가 떨어지기라도 한 양 생각이 사라졌다. 충격이 온몸을 강타하는 것만 같았다.

그가 충격에 빠져 있든 말든, 직진 신호가 반짝 들어왔다. 앞차가 움직이자 우진은 기계적으로 액셀을 밟았다.

비서는 우진의 말이 들리지 않자 불안한 투로 빠르게 덧붙였다.

―지금 호스피스 병동에 계십니다.

그 말을 듣자마자 우진은 며칠 전, 수부외과 과장에게 들은 질문이 떠올랐다.

"서 선생. 원장님 무슨 일이야?"

"장기 휴가 내셨다며? 집에 무슨 일 있어?"

우진의 안색이 하얗게 바랬다.

부자 관계를 끊었다고 생각했었는데, 아직 실낱같은 인연이 남아 있나 보다. 여기까지 찾아온 걸 보면.

"안녕하세요, 선생님."

박 비서가 덤덤하게 인사를 건넸으나 우진은 기가 막혀서 인사를 받을 겨를도 없었다. 그가 황당한 한숨을 내쉬고 물었다.

"어떻게…… 된 겁니까?"

건강해 보이는 아버지가 폐암 말기라니?

병원 임직원들은 매년 정기 검진을 하는 거로 아는데 어떻게 폐암을 발견하지 못한 건지 우진은 이해가 되지 않았다.

비서가 그간의 사정을 설명했다.

"폐암 3기 판정을 받은 지는 좀 되셨는데, 항암을 안 하신다고…… 그러시다가 여기까지 오게 됐습니다. 죄송합니다."

박 비서가 꾸벅 고개를 숙였다. 축 처진 어깨가 유난히도 무거워 보였다.

하지만 우진은 이 상황이 도저히 납득이 되지 않았다.

아무리 남보다도 못한 부자 관계지만 어떻게 말기가 되어서야 호스피스 병동에서 이런 소식을 전해 듣는단 말인가?

"적어도 저한테는 말씀을 해 주셨어야죠!"

"원장님께서 알리지 말라고……."

"그래서 숨기셨다고요?"

감기 몸살도 아니고 암을? 우진의 입에서 헛웃음이 튀어나왔다.

박 비서가 무언의 긍정을 표하자 우진이 마른세수를 했다. 아직까지도 이 상황이 실감이 나지 않는다. 어떻게든 설명을 더 들어야 할 것 같았다.

"아버지 주치의는 지금 계십니까?"

"네."

우진이 온다고 하자마자 비서는 회준의 주치의에게 퇴근을 미뤄 달라고 부탁했었다.

박 비서의 안내로 진료실에 들어온 우진은 피곤해 보이는 주치의와 마주했다.

"처음 뵙겠습니다. 이쪽으로 앉으시죠."

주치의가 가리키는 의자에 앉은 우진은 곧장 본론으로 들어갔다.

"정확한 병기가 어떻게 됩니까?"

"일단 지금 환자 상태는…… 전이가 일어났으니 말기라고 보시면 됩니다."

우진의 눈앞이 아찔해졌다. 주치의는 회준의 CT 사진을 보여 주었다. 양쪽 폐는 물론 기관지까지 퍼진 암세포가 선명히 보였다.

"처음 진단받으셨을 때 수술은 불가능했어서 일단 항암부터 권유했을 거예요. 그런데 환자분이 거부를 하셨고…… 하필이면 환자분이 의사여서 설득이 되질 않았고요."

환자가 치료를 거부하면 의사는 아무것도 해 줄 게 없다.

외과 의사이긴 해도 회준은 항암 치료의 부작용에 대해 일반인보다 잘 아는 전문가였기에 설득이 어려웠다.

게다가 이 환자는 다른 환자들과 달리, 죽음에 대한 공포도 보이지 않았다.

"기존에 전이가 일어난 부분은 양쪽 폐하고 기관지까지였는데 이번에 뇌에도 전이된 걸 확인했습니다."

오늘 찍은 회준의 뇌 CT 사진을 확인하자 우진의 눈앞이 아찔해졌다.

폐암 환자들의 전이가 뇌로도 종종 일어난다는 걸 알지만, 그게 아버지가 될 줄은 몰랐다.

우진이 마른 입술을 겨우 떼고 말했다.

"이 정도면 일상생활이 아예 불가능했을 텐데요. 애초에 호흡부터가 안 되지 않습니까?"

"폐 기능은 아직 남아 있으니까요. 진통제 처방이 많이 되었죠."

회준은 통증만 조절해서 일상생활을 한 모양이었다. 우진은 어이가 없고 기가 막혀서 잠시 말을 잃었다.

폐암 선고를 받은 후였을 텐데도 아무렇지 않게 담배를 피우던 아버지의 모습이 떠올랐다.

죽을 듯 기침을 하던 아버지는 언뜻 붉은 무언가를 뱉어 냈었다.

정말 죽을 생각이었나.

얼굴을 굳힌 우진은 바보처럼 가망 없는 질문을 했다.

"지금이라도 항암을 하면 어떻습니까?"

"폐암 말기는 5년 생존율이 한 자릿수입니다. 5퍼센트 정도."

이론적으로 알고 있던 사실이라 놀라지는 않았지만 실망스러웠다. 우진이 다시 입을 다물자 주치의가 걱정스러운 시선을 보냈다.

아무리 데면데면한 사이라고 해도 가족인데, 아들에게 알리지 않은 환자가 대단하다 못해 무섭기까지 했다.

"환자분이 치료를 워낙 강경하게 반대를 하셔서 가능할지도 모르겠고요."

주치의는 혹시라도 우진이 치료를 거부하는 환자 때문에 더 큰 상처를 받을까 싶어서 조심스레 제 의견을 말했다.

고개를 끄덕인 우진이 의자에서 일어났다.

"일단 알겠습니다. 환자하고 이야기해 보고 다시 말씀드리겠습니다."

등 뒤로 안쓰러운 시선이 박혔으나 우진은 묵묵히 진료실을 나섰다.

진료실 바깥에는 박 비서가 초조한 기색으로 우진을 기다리고 있었다.

"아버지 주무십니까?"

"아뇨, 아직."

우진이 회준을 만날 의사를 보이자마자 박 비서는 우진을 병실로 안내했다.

가장 호화로운 1인실 특실 앞에 선 우진은 망설임 없이 벌컥 문을 열고 들어갔다.

문소리를 들은 회준이 책을 내려놓고 문가를 바라보았다.

아버지와 눈이 마주친 우진은 무의식적으로 몸이 살짝 굳었지만, 마음을 단단히 먹고 안으로 걸음을 옮겼다.

"아주 잘하고 계십니다."

"박 비서, 무슨 짓이야?"

비아냥거리는 아들의 태도에 회준이 눈살을 찌푸리고는 우진의 뒤에 서 있는 비서에게 호통을 쳤다.

그러나 박 비서는 고개를 숙인 채 힘없이 대답했다.

"오늘 박사님이…… 뇌로 전이됐다고 하셔서 더는…… 숨길 수 없었습니다. 죄송합니다."

"이 새끼 당장 내보내!"

"원장님……."

늘 회준의 명령에 순종하던 박 비서였지만 이번만큼은 쉬이 물러나지 않았다. 회준의 수려한 얼굴이 일그러졌다.

꼴도 보기 싫은 아들. 자신의 인생에 불행을 몰고 온 악마. 사랑하는 여자를 죽인 살인자. 그게 회준이 우진에게 갖는 감정이었다.

회준은 우진을 보고 싶지 않아서 박 비서만 노려보았다.

병원에서 봤을 때도 조금 말랐다 싶었는데, 단 며칠 만에 아버지는 병색이 완연했다. 큰 산 같던 아버지가 볼품없이 작아진 듯했다.

우진은 회준을 내려다보면서 무거운 목소리로 말했다.

"지금이라도 항암 하세요."

"미친놈."

다짜고짜 욕을 뱉은 회준이 날카로운 눈빛으로 우진을 흘겼다. 환자의 모습임에도 저 형형한 눈빛만큼은 변하질 않았다.

그러나 우진은 꿈쩍도 하지 않았다.

이제 서우진은 아버지의 눈빛에 쩔쩔매는 어린아이가 아니었다. 장성한 뒤로도 평범한 부자 관계를 위해 아버지에게 숙이며 살아왔지만 다 부질없다는 걸 깨달았다.

우진은 자신이 아버지에게 지지 않는 존재가 되었음을 자신했다.

"암 환자가 항암 해야지, 뭘 하고 계십니까?"

"지긋지긋한 세상을 뭐하러 더 살라는 거야?"

안다. 말기 암 환자에게 연명 치료가 얼마나 부담스러운 건지.

완치의 희망이 없는 상황에서 고통스러운 생을 이어 가는 게 얼마나 부질없는 건지도 간접적으로 배워 왔었다.

그래도 아버진데. 아직도 마음속으로는 부자의 인연을 완전히 끊지 못한 우진이 목소리를 높였다.

"미친 건 당신이겠지! 캔서(Cancer, 암) 발견했을 때 바로 치료 시작했어야지, 그걸 가만히 내버려 둡니까? 제정신이에요? 당신 의사잖아!"

서슬 퍼런 우진의 비난에 질겁한 박 비서는 소리 없이 병실을 나가버렸다.

부자만이 남은 특실에는 고요한 공기만 흘렀다. 침상에 앉아 우진을 노려보던 회준이 피식 웃었다.

"의사니까."

그는 자신과 똑같은 길을 걸어가는 아들에게 원망스러운 눈빛을 보내며 또박또박 말을 이었다.

"안 한 거야. 머저리 새끼야."

삐딱하게 웃고 있는 아버지를 보고 있자 하니 우진의 속이 답답해졌다. 육중한 침대 헤드에 기댄 회준이 계속 말했다.

"어차피 이 세상에 미련도 없는데 잘됐다 싶었지. 선고받은 날 날아갈 것 같았어."

꿈꾸는 듯 몽롱한 표정으로 회준이 중얼거렸다.

우진은 바로 링거를 살폈다. 자신이 배운 이론대로라면 아버지는 지금쯤 저 주사액을 통해 마약성 진통제를 투약받고 있을 것이다.

그래서일까, 아버지는 평소보다 잔잔한 편이었다. 나른하게 담배를 피우는 것처럼 아버지는 묘한 표정으로 이 자리에 앉아 있었다.

그 모습이 치 떨리게 싫다.

"미쳤어…… 당신 제정신이 아니야."

"불쌍한 놈. 넌 아직도 내가 제정신이라고 믿고 있었냐?"

회준은 희망을 버리지 않은 아들을 비웃으면서 조롱하는 어조로 말을 계속했다.

"네가 태어난 뒤로 난 하루도 제정신인 날이 없었는데."

할 말을 잃은 우진이 눈가를 일그러뜨렸다.

아버지는 어머니를 잃은 이후로 단 한 번도 제정신이 아니었다고 말하고 있었다.

죽음과는 거리가 먼, 아주 평온하고 느긋한 얼굴로.

"당신은…… 당신 목숨이, 아깝지도 않아요?"

"별로."

"일흔도 안 됐는데 죽는 거잖아!"

"그래서?"

회준의 태연한 대꾸에 우진은 기막힌 시선만 내비쳤다. 저 미친 사람과 더는 말이 통하질 않는다.

"그래요. 죽고 싶으면 죽어. 마음대로 해."

"처음으로 제대로 된 소리를 하는구나."

회준의 입꼬리가 쓱 올라갔다.

"꼴 같지도 않게 내 비위 맞추는 것보다 나아."

섬뜩하게 웃는 아버지를 보며 우진은 이를 갈았다. 회준은 그런 아들의 표정이 마음에 드는 건지 웃는 표정을 유지했다.

평생 단 한 번도 보여 주지 않던 아버지의 웃음은 가증스럽고 끔찍했다.

"너는 몰랐을 거다. 내가 매일매일 죽을 날만 얼마나 손꼽아 왔는지."

"자살하지 그랬어요?"

"그럴 수는 없지."

아들의 같잖은 공격에 회준이 코웃음을 쳤다.

"선화가."

아주 오랜만에 들은 어머니의 이름 때문일까, 우진의 어깨가 딱딱하게 굳었다.

회준은 아주 오래전, 그녀가 살아 있었던 시절을 떠올리며 말을 이었다.

"자살을 싫어했거든. 작은 오빠가 자살해서."

그렇기에 죽고 싶어도 죽지 못했다. 사랑하는 여자가 싫어하는 짓을 저지르고 싶지 않아서 회준은 차라리 사고가 나기를 바라고,

누군가가 와서 자신을 죽여 주기를 바랐다.

우진은 제 목숨마저도 휴지 조각처럼 내다 버리려는 아버지가 도무지 이해되지 않았다.

"당신을 이해할 수가 없어. 어머니가 돌아가신 건 34년 전인데 도대체 왜 아직까지……."

"날 이해할 수가 없어?"

아들의 말을 중간에 끊은 회준이 섬뜩하게 웃었다.

"아닐 텐데. 넌 내 아들이잖아?"

아버지가 처음으로 자식 취급을 해 주는데 그 목소리가 뱀처럼 징그럽게 느껴진다.

우진이 미간을 찡그리자 회준이 싸늘하게 속삭였다.

"너도 나하고 똑같아, 살인자 새끼야."

늘 큰 소리로 내뱉던 그 말을 아주 나직하게 읊조린다. 축축한 뱀이 슬금슬금 온몸을 옭아매는 착각이 들었다.

회준은 얼굴을 일그러뜨린 우진을 흡족하게 쳐다보았다.

"넌 날 닮았거든, 아주 끔찍할 정도로."

아버지의 말이 마치 저주처럼 쏟아지자 등골로 식은땀이 흘러내렸다. 아무 말 없이 서 있는 우진에게 회준이 계속 말했다.

"그러니까 너도 나처럼 살아."

"……뭐라고요?"

"네 새끼 낳다가 네 여자도 죽어 버리라고."

우진의 몸이 뻣뻣하게 굳었다. 회준이 양옆으로 입을 죽 찢은 채 웃어 보였다.

"그러면 날 제대로 이해할 수 있을 테니까."

사랑하는 여자가 아이를 갖지 않도록 했어야 했다. 임신이 모체에 얼마나 큰 부담을 주는지 알면서도 그녀가 바란다는 생각으로 눈을 감아 버렸다.

그 결과 회준은 자신의 전부나 다름없는 아내를 잃었다. 눈앞의 이 배은망덕한 쓰레기 때문에.

"당신…… 미쳤어."

"그걸 이제 알았냐니까?"

끔찍한 저주를 뱉어 놓고도 개의치 않는 아버지 탓에 우진의 팔이 부들부들 떨렸다. 주먹을 얼마나 세게 쥐었는지 짧게 깎은 손톱이 손바닥을 파고들었다.

"넌 평생 제대로 된 사랑 한 번 받지 못할 거다. 내가 널 그렇게 키웠거든. 아주 끔찍한 인간으로."

서우진은 사랑을 받아 보질 못해서 제대로 된 사랑을 할 수 없는 존재가 되었다.

"처음에 널 받아 준 사람도 나중엔 지긋지긋하다고 욕하면서 떠나겠지. 지금 네가 애정을 구걸하고 있는 그 여자도 마찬가지야."

우진의 안색이 하얗게 질렸다.

고은솔이라는 여자를 오래전부터 알고 있었다는 듯, 회준은 망설임 없이 은솔의 존재를 입에 올리고 있었다.

아들의 경악하는 모습을 즐겁게 보면서 회준이 말을 이었다.

"네가 얼마나 끔찍하고 쓰레기 같은 놈인지 안다면, 그 여자도 떠날 수밖에 없을 거……."

그 순간, 우진은 손님용 소파 위에 놓인 쿠션을 아버지에게로 집어 던졌다.

회준은 날아오는 쿠션을 가볍게 피하긴 했으나 말을 멈춰야만 했다.

"적어도 난."

핏발 선 눈으로 아버지를 노려보며 우진이 무겁게 입을 열었다.

"당신을 아버지라고 생각했었어."

그렇기에 서우진은 독립하기 전까지도 아버지와의 관계를 개선하고자 노력했었다.

살가운 부자 관계까지는 아니어도 좋으니 데면데면하더라도 평범한 관계가 되고 싶었다.

서우진을 다시 태어나게 해 준, 마을 어른들이 하나같이 입을 모아 말했다. 아무리 그래도 천륜은 끊을 수가 없다고. 우진도 그 말을 따르려고 애를 썼다.

하나뿐인 아버지고 가족이니까.

"아버지, 당신한테 난 뭡니까?"

하지만 회준은 피를 토하는 심정으로 말한 우진을 적의 가득한 눈으로 노려보았다.

"멍청한 새끼. 몇 번을 더 말해야 해? 넌 내 아내를 죽인 살인자, 쓰레기라니까."

첫 단추는 어긋났지만 그래도 잘 지내보고 싶었는데.

가슴속에 차오르는 감정을 내리누르기 위해 우진은 눈을 길게 감았다 떴다.

역시 아버지와의 인연을 진작 끊었어야 했다.

그날, 명패를 내던진 아버지의 모습을 보고 다짐했던 대로, 다시는 찾아오질 말았어야 했는데.

"당신이 죽든 말든 이제 정말 신경 쓰지 않을 겁니다."

우진의 다짐과도 같은 소리에도 회준은 코웃음만 쳤다. 회준이 건조한 목소리로 속삭였다.

"너는 말이야, 네 주변에 있는 사람들을 불행하게 만들어."

낮게 깔리는 음성이 짙은 안개처럼 질척거린다.

"너 때문에 네 엄마는 죽었고 나는 30년 넘게 제정신으로 살 수 없었지."

죽기 전까지 회준은 우진을 나락 속에 빠트리고 싶었다.

자신이 죽더라도 영원히 불행하기를 바라며 회준은 하나뿐인 아들의 약점을 무자비하게 건드렸다.

"그리고 그 여자도 너 때문에 얼마나 불행했는지 잘 알 거야."

우진의 뇌리에 번쩍, 은솔이 생각났다. 상처받은 표정, 그를 혐오하는 눈빛, 가까이 있기 싫어하는 모습…….

고은솔은 서우진 때문에 불행했었다.

"잊지 마라."

뱀처럼 속살거리는 회준의 말을 참다못한 우진은 큰 소리가 나게 문을 닫고 도망치듯 나왔다.

바깥에서 기다리고 있던 박 비서가 새파랗게 질린 우진을 보고 당황해서는 어깨를 붙잡았다.

"서 선생님……."

"앞으로."

참았던 숨을 내쉰 우진이 병실 문을 노려보며 말을 이었다.

"저 부를 필요 없습니다."

"하지만 아버지시잖아요."

아들을 저주하는 사람이 아버지라고? 우진은 헛웃음도 지을 수 없었다.

"아니요."

짧게 부정한 우진은 굳게 닫힌 병실 문을 등진 후 박 비서를 돌아보면서 또박또박 말했다.

"남보다도 못한 사이입니다."

"선생님!"

박 비서는 우진을 만류하려 노력했으나, 우진은 고개를 저었다.

부자지간의 인연은 인제 그만 끊자.

완전한 타인임에도 불구하고 서우진의 행복을 빌어 주던 사람들이 더욱 많았다.

정작 가족인 아버지는 아들을 비참하게 만드는데 말이다.

너는 말이야. 네 주변에 있는 사람들을 불행하게 만들어.

당신 같은 사람은 빨리 사라져 버리는 게 낫다. 그러면 적어도 내 마음만큼은 홀가분해질 테니까.

···· ✖ 14장 ✖ ····

소문의 주인공

[병원에서 김찬기 봤음! #김찬기 #LS병원 #왜왔나요?]

[김찬기 왜 입원했대요?]

[그건 저도 잘^^;다쳐서 왔을걸요?]

[헐~ㅠㅠ어딜 다쳤대? 옆에 있는 여자 둘은 간호사인가요?]

[의사랑 간호사 같아요. 가운 입은 쪽이 의사.]

[저도 헬스장에서 김찬기 많이 봤는데ㅋㅋ]

[헬스장 위치 공유좀요ㅋ]

[좀 빡신 회원제라서요. 회원 추천 없으면 못 들어가요. 죄송ㅋㅋ 대신 사진 공유할게요.]

[헬스장 남신 김찬기ㅋㅋㅋ #김찬기 #몸매 #얼굴 #완벽남]

[옆모습만 봐도 존잘이네요ㅠㅠ]

[영화 촬영한다고 몸 만들었다던데 만져보고 싶음 주물주물]

[근데 저기 김찬기 옆에서 웃고 있는 여자요 아까 병원 사진에 있던 여자 아니에요?]

*   *   *

오랜만에 혜정과 같은 시간에 피트니스센터에 온 은솔은 찝찝한 기분으로 운동을 마쳤다.

착각인지 모르겠지만, 사람들이 자꾸 자신을 힐끔거리는 느낌이 들어서였다.

지금도 누가 쳐다보는 것 같은데.

결국, 참다못한 은솔은 혜정에게 물었다.

"내 얼굴에 뭐 묻었어?"

"어."

"어디? 뭐?"

정말 뭔가가 묻어서 사람들이 쳐다본 건가? 그러면 진작 좀 알려주지!

은솔이 친구에게 가벼운 원망을 보낼 차에 혜정이 혀를 쯧쯧 찼다.

"땀이 장난 아니야. 가서 빨리 씻어."

그러니까…… 묻어 있다는 게 무색투명한 땀?

은솔의 눈이 일그러지자 혜정이 씨익 웃었다. 농담이라는 뜻이었다. 제대로 낚인 은솔은 얼굴을 구기고 수건으로 슥슥 닦았다.

대충 땀을 닦은 은솔이 못마땅해하자 혜정이 말을 돌렸다.

"서우진하고는 언제 결혼해?"

"결혼? 결혼이 어느 집 개 이름이야?"

"은솔아, 그러다가 서우진 불쌍하게 노총각으로 늙어 죽겠다. 빨리 구제해 주라니까."

놀릴 생각이 만만한 혜정을 보고 은솔이 눈살을 찌푸렸다. 괜히 이상한 농담을 들을 바에야 자리를 뜨는 편이 백 배 나았다.

"……간다."

"아, 왜 벌써 가?"

혜정이 눈을 크게 뜨고 은솔을 올려다보았다.

"피곤해서!"

피트니스센터를 나와 운전을 하며 집으로 돌아가던 은솔은 정지 신호를 보고 브레이크를 밟았다.

완전히 정차한 은솔은 창문밖으로 보이는 오래된 웨딩홀 건물을 쳐다보았다.

결혼. 언제부터인가 남자에 대한 기대를 접어 버린 고은솔에게는 멀기만 한 단어였는데.

"서우진하고는 언제 결혼해?"

친구의 말이 떠오르자 갑자기 확 가까워진 느낌이 든다.

"……모르겠다."

여기나 저기나 결혼 노래를 부르는 상황에 은솔은 어이가 없었다.

청혼은커녕, 당사자들은 정작 연애를 시작한 지도 얼마 지나지 않았다고!

직진 신호를 보고 은솔이 다시 액셀을 밟았다.

자신만큼이나 우진 역시 당황스러울까? 워낙 여유로운 성격이라 그는 결혼 이야기도 당황할 것 없이 넘겨 들을 것 같다.

생각에 빠져 있던 은솔을 현실로 불러낸 건 휴대폰 벨 소리였다.

귀를 때리는 시끄러운 소리에 번쩍 정신을 차린 은솔이 힐끔 휴대폰 화면을 살폈다.

"헉!"

호랑이도 제 말 하면 온다더니! 생각만 했을 뿐인데 서우진이 전화를 걸었다.

그녀는 헛기침을 해서 목소리를 가다듬고는 태연한 척 전화를 받았다.

"어? 왜?"

─집이야?

우진의 목소리가 귓가를 간지럽혔다. 낮지만 다정하고 부드러운 목소리에는 그가 그녀에게 품은 감정이 고스란히 드러났다.

이어폰이 닿은 부분에서부터 은솔의 얼굴에 열기가 퍼져 나갔다.

전화는 얼굴이 보이지 않아서 다행이다.

만일 눈치 빠른 서우진이 지금 고은솔의 모습을 봤다면, 그녀의 감정을 눈치챘을지도 모르니까.

그녀는 짐짓 아무렇지 않게 대답했다.

"아니, 헬스 갔다가 돌아가는 중인데."

—······그래.

어째서인지 우진의 목소리에 힘이 하나도 없었다. 세상의 어둠을 다 짊어진 것처럼 어둡고 지친 음성에 그녀가 저도 모르게 물었다.

"왜? 무슨 일 있어?"

—아니야, 그냥······.

우진이 말끝을 흐릴 참이었다.

은솔의 시야에 옆 차로를 달리고 있는 차가 점점 가까이 다가오는 게 보였다. 차선 변경으로 끼어들기에는 공간이 부족한 상황이었다.

그녀가 황당한 투로 목소리를 높였다.

"어? 어어? 왜 저래 저 차?"

당황한 은솔이 클랙슨을 길게 울렸으나 파란색 차는 막무가내로 그녀에게 덤벼들었다.

당연히 결과는······.

"으악!"

은솔이 비명을 질렀다. 조수석 문짝에 민가가 닿는 진동이 전해졌다. 이건 틀림없이 저 파란 차의 앞 범퍼 부분이다.

은솔의 비명을 들은 우진이 다급하게 그녀를 불렀다.

—여보세요? 고은솔? 왜 그래?

멀쩡히 운전하는데 대놓고 들이박는 경험은 또 처음이다. 은솔은 어이가 없어서 아무 말이 나오지 않았다.

그저 헛웃음만이 입술 사이를 비집고 튀어나올 뿐.

―은솔아?

"잠깐만, 사고 나서. 끊을게."

분노한 고은솔은 말을 어절 단위로 뚝뚝 끊은 후 전화를 끊고 비상등을 켰다.

머리끝까지 화가 난 모습으로 그녀가 조수석 창문을 쭉 내렸다. 잘못을 한 상대 차주가 부랴부랴 내려서 사과했다.

"죄송해요. 못 봤어요."

놀랍게도 상대 차주는 이제 갓 스무 살 정도 되어 보이는 남자였다.

"아니, 옆을 보고 끼어들어야죠."

"제가 초보라서……."

앳된 얼굴이 초보 운전자처럼 보이기는 하지만 사고는 사고.

안전벨트를 풀고 내린 은솔은 조수석 문짝을 보고 눈을 동그랗게 떴다.

갖다 들이박은 줄 알았는데 다행스럽게도 살짝 긁힌 정도였다.

게다가 은솔의 차는 그리 비싼 차도 아니었다.

아버지가 오랫동안 타고 다니다가 새 차를 구입하면서 그녀에게 물려준 차였기에 수리비가 비싸지도 않았다.

"죄송합니다. 죄송합니다."

벌벌 떨고 있는 어린 차주를 보자니 은솔의 마음이 약해졌다.

"보험 처리하긴 그러니까 수리비만 주세요. 공업사 가게."

"진짜요? 정말 감사합니다! 얼마면 될까요?"

'그걸 내가 어떻게 알아?'

사고 한 번 낸 적이 없는 안전 운전자 고은솔은 사고 차량 수리비에 대해 아는 바가 없었다.

살짝 눈살을 찌푸리고 있는 그녀에게 상대 차주가 조심스럽게 빌었다.

"근데 저기…… 제가 돈이 별로 없어서…… 조금만 봐주시면 안 될까요?"

그리하여 오늘따라 재수 없는 고은솔은 수리비 조로 소액만 받고 초보 운전자와 헤어졌다.

'아, 진짜 너무 피곤하다…….'

주차장에 차를 세우고 나니, 온몸이 축축 늘어지는 기분이다.

예기치 못한 사고 때문에 신경이 날카롭기도 했지만, 그것보다는 웨딩홀 건물을 봐서 그런지 결혼이라는 단어가 머릿속을 둥둥 떠다녀서 거슬렸다.

한숨을 푹푹 뱉으며 지상으로 올라온 은솔은 예상하지 못한 만남에 눈을 휘둥그레 떴다.

이 밤중에 우진이 지하 주차장에서 107동으로 향하는 길목에 서 있던 것이다.

"서우진?"

신기하게도 조금 전까지 여러 가지 생각 탓에 머릿속이 복잡했는데, 그를 만나자마자 쓸데없는 상념들이 녹아 버렸다.

명쾌해진 머리는 단순하게도 서우진을 만나서 뜻밖의 행복을 느끼고 있었다.

하지만 우진은 어째서인지 은솔에게 옅은 미소 한 조각도 보이지 않고 성큼성큼 그녀에게 다가왔다.

가까이 온 그가 불안한 눈초리로 물었다.

"어디 안 다쳤어?"

"어?"

"사고 났다며."

"어어……."

그녀가 우물쭈물 대답했다.

사고가 나긴 났지. 경미한 접촉 사고 정도라는 게 문제였지만.

그때, 은솔을 걱정스럽게 살피던 우진이 그녀의 손목을 잡아 제품에 안았다.

다짜고짜 우진에게 안긴 은솔이 눈만 깜빡거렸다. 그의 품에서 익숙한 향기가 났다.

스무 살 때부터 고은솔을 설레게 만드는 향기.

말짱해 보이는 은솔을 확인한 우진은 안도의 한숨을 길게 내쉬고 속삭였다.

"조금만 더 늦게 왔으면 나가려고 했어."

그녀와의 통화가 일방적으로 끊어지고 나서 그는 아무 생각도 할 수 없었다.

외과 계열을 전공하다 보니, 우진은 전공의 시절 내내 교통사고 환자를 많이도 봤었다.

처참하게 응급실에 실려 온 환자의 모습이 은솔과 겹쳐지자 그는 안절부절못했다.

고은솔이 다쳤으면 어떡하지?

단지 그 생각만이 그의 정신을 지배했다. 초조해진 우진은 집 안을 하염없이 배회했다.

그나마 위안이 되는 점은 전화가 끊기기 전까지 그녀의 목소리가 멀쩡했고, 사고가 일어날 적 날 만한 굉음이 나지 않았다는 것쯤.

큰 사고가 아닐 거라고 이성이 그의 마음을 진정시키려 했으나 불안이 그를 사로잡아 버렸다.

이럴 때는 어떻게 해야 하지? 교통사고니까 경찰서에 가 봐야 하나?

그는 당장 자신이 할 수 있는 일이 아무것도 없음을 알고 있었지만, 도저히 집 안에 가만히 있을 수가 없어서 휴대폰만 들고 무작정 집을 나왔다.

은솔에게 정말 아무 일이 없다면, 그녀는 집으로 바로 돌아올 것이다.

피트니스센터에서 돌아오는 중이라고 했으니까 그 시간 정도만 기다리면서 틈틈이 연락을 해 볼 요량이었다.

반대로 그녀가 연락을 받지 않는다면 경찰서든 근처 응급실이든, 어디든지 갈 생각이 있었다.

그런 초조한 마음을 부여잡고 있을 차에, 멀쩡한 모습으로 은솔이 나타났다. 우진의 입에서 안도의 한숨이 절로 흘러나왔다.

"저기, 나 진짜 괜찮은데."

우진에게 쏙 안긴 은솔이 난처한 투로 말했다.

"초보가 와서 박은 거야. 긁히기만 했어."

그러나 우진은 그녀를 놓아주지 않았다. 다치지 않고 멀쩡하다는 걸 온몸 가득 확인하고 싶었다.

전해지는 심장 소리가 조금씩 안정이 되는 걸 느끼면서 그녀가 그의 팔을 잡아 떼어 냈다.

"봐. 다친 데 없다니까?"

애초에 큰 사고도 아니었고, 위험한 사고였다면 전화를 제대로 끊지도 못했을 것이다.

그가 걱정을 가득 담은 눈으로 그녀를 바라보며 혼잣말로 한탄했다.

"속이 타들어 간다는 게…… 진짜 이런 기분이구나."

별일 아닌데도 심각하게 반응하는 우진을 보자 은솔의 마음 한 구석이 간지러워졌다.

"미안해, 걱정할 줄 알았으면 연락할걸."

은솔은 우진과 함께 걸으면서 사과했다.

사고가 났다는 대답 이후로 말이 없었으니, 자신이 그의 입장이었어도 눈이 뒤집혔을 것이다.

"혹시 모르니까 어디 불편하면 꼭 말해 줘."

사고 당일에는 겉으로 보기에 아무 문제가 없어 보이지만, 뒤늦게 후유증이 찾아오는 경우도 있었다.

그의 걱정을 이해한 그녀가 고개를 끄덕이고 대답했다.

"알았어."

일부러 느리게 걸었는데도, 벌써 집 앞이었다. 은솔은 자신의 손을 꽉 잡고 있는 우진의 손을 내려다보았다.

그는 오늘따라 그녀의 손을 쉽게 놔주지 못했다. 걱정과 불안 탓임을 눈치챈 그녀가 어색하게 웃으며 말했다.

"나 정말 괜찮아."

"응."

하지만 그의 모습은 전혀 수긍하지 못하는 듯 보였다. 그녀가 자신 있게 덧붙였다.

"진짜라니까."

"그래."

겨우 긍정한 우진이 아쉬운 미소를 지으며 은솔의 손을 놓아주었다.

마침내 집에 돌아온 은솔은 곧장 침대 위에 드러누웠다.

잠깐만이라도 쉬었다가 씻자. 그런 생각으로 죽은 듯 누워 있는 그녀에게 동생, 은석이 쪼르르 다가왔다.

"누나."

"뭐?"

"진짜 적당히 해. 창피해 죽겠어."

뜬금없는 비난에 은솔이 발로 동생이 다리를 걷어차며 성질을 냈다.

"뭘 적당히 해?"

"연애한다고 동네방네 소문내고 그러지 말라고."

그녀가 당황한 표정으로 몸을 일으켰다.

"뭐, 뭐라는 거야? 누가 또 뭐래?"

이미 아파트 단지 내에서 서우진은 고은솔의 예비 신랑과도 같은 취급을 받고 있었다.

혹시 은석이 동네 주민에게 무슨 말이라도 들은 걸까?

그러나 은석은 뜻밖의 소리를 했다.

"베란다로 다 봤거든?"

"뭘 봐?"

어째 불안해진다. 불현듯 서우진과 함께 있었던 일이 떠올랐으나 은솔은 시치미를 떼기로 했다.

하지만 은석은 호락호락하게 넘어가지 않았다.

"누가 누구랑 껴안고 있는 거 다 봤다고! 진짜 창피하지도 않냐, 그 나이 먹고. 고딩도 아니고."

"야, 그, 그건 내가 사고 나서…… 걱정 때문에 그래……."

부랴부랴 대답을 하긴 했어도 은솔의 기세는 한풀 꺾이고 말았다. 은석의 눈이 가늘어졌다.

"사고 났어? 언제?"

"집에 오다가."

깜짝 놀란 은석이 은솔을 쓱 훑어보았다. 누나는 피로에 절어 있긴 해도 환자처럼 보이지는 않았다.

은솔이 도로 드러누우며 대답했다.

"살짝. 접촉 사고야. 보험 처리 할 필요도 없는 거."

"다친 건 아니고?"

"안 다쳤어."

따지자면 옆 차가 문을 열다가 콕 박은 정도였다.

은석은 사고에 별로 신경 쓰지 않는 은솔을 말없이 지켜보다가 음흉하게 웃으며 입을 열었다.

"근데 누나."

"왜?"

"사고 나서 걱정했다고 막 껴안고 그러냐? 말로 하면 되지."

은솔의 얼굴이 파삭 구겨지기 무섭게 은석은 방에서 후다닥 도 망쳤다.

은석을 잡으러 갈까 고민하던 그때, 휴대폰에서 메시지 알림 소 리가 울렸다.

사진과 함께 도착한 것은 민주의 메시지였다.

[이거 너 아님?]

민주가 보낸 파일은 병원에서 찍힌 자신의 사진이었다.

장소는 입원실 복도고 자신의 옆으로는 얼굴이 잘려 있지만 환 자복을 입고 있는 사람이 서 있었다.

도대체 누가 이딴 걸 찍었지, 싶어서 은솔은 눈살을 찌푸리고 답 장을 보냈다.

[맞는데.]

메시지를 보내자마자 곧바로 민주의 전화가 걸려 왔다. 이 늦은 시 간에 웬 전화인가 싶어서 은솔이 귀찮음을 가득 담아 전화를 받았다.

"왜?"

—야, 너 망했다.

"어?"

느닷없이 망했다는 소리를 들은 은솔은 얼굴을 찌푸렸다.

이 늦은 시간에 쓸데없이 전화를 걸었느냐며 그녀가 뭐라고 쏘아붙일 찰나, 민주가 먼저 말을 이었다.

—내가 주소 하나 줄 테니까 거기 한번 들어가 봐.

"뭔데? 귀찮은데 나중에 하면 안 돼?"

게으르기 짝이 없는 고은솔은 집에 돌아오자마자 씻지도 않고 침대에서 뒹굴거리는 중이었다.

하지만 숨 쉬는 것 외에 아무것도 하고 싶지 않은 은솔에게 불호령이 떨어졌다.

—네가 지금 귀찮아할 땐 줄 알아? 지금 너 '김찬기 여친' 이딴 타이틀로 얼굴 팔리고 있다고!

"뭐라고?"

김찬기?

펄쩍 뛰듯 벌떡 일어나 앉은 은솔은 귀를 의심했다.

—네 이름만 안 나왔을 뿐이지 얼굴에 직업에 병원 이름까지 써 났더라. 벌써 몇 명이 봤는 줄 알아?

계속해서 민주의 닦달이 이어졌다.

한시라도 빨리 확인을 해 보라는 민주의 말에 은솔은 급히 전화를 끊고 친구가 준 SNS 주소로 들어가 보았다.

어느 한 게시물에 사진 여러 개가 주르륵 동시에 게재되어 있었다.

상대가 김찬기라는 걸 알자마자 은솔은 얼마 전 누군가가 그들을 찍고 도망가던 모습이 떠올랐다.

게다가 피트니스센터 배경으로 언제 찍혔는지 모를 사진까지.

사진 밑으로는 익명의 사람들이 제 의견을 달아 놓았다.

[같은 헬스장 다니고 극비로 간 병원에서도 같이 있다? 백퍼 여친임 가족이라기에는 1도 안 닮았음]

[의사 맞아요? 연예인 지망생이나 쇼핑몰 할 것 같이 생겼는데.]

[LS병원인데 여기에 연락해 보면 되지 않을까요? 거기 다니는 의사 맞냐고.]

병원 이름까지 언급이 된 상태에 은솔의 안색이 싹 바랬다. 피가 식는 것 같다.

이렇게 남의 사진을 공개적으로 게시해도 되는 건가?

다시 걸려온 민주의 전화에 은솔은 멍한 표정으로 전화를 받았다.

―봤어?

"헐…… 나 어떡해?"

―너 대체 뭐 하고 다니는 거야?

뭐 하고 다니기는, 그냥 평범하게 살고 있었지!

억울해진 은솔이 도로 사진을 살펴본 후에 열통을 터뜨렸다.

"아니, 미친…… 내가 김찬기랑 둘이 찍은 것도 아니고! 헬스장 사진도 저기 혜정이 팔 보이는구만, 그거 교묘하게 잘랐잖아!"

피트니스센터에서 찍힌 사진에는 혜정이 잘려 있었고, 병원에서 찍힌 사진에는 유남도 함께였지만, 그저 지나가는 사람처럼 보이는 게 문제였다.

은솔의 분노에 민주가 한숨을 내쉬었다.

—네 사정 같은 거에 다른 사람들은 관심 없어. 보이는 대로 믿는 것뿐이지.

"미치겠네, 진짜."

앞머리를 쓸어 올리면서 은솔이 혼잣말로 중얼거렸다.

얼굴이 팔린 것도 그렇지만 이름도 모르는 사람들에게 흥밋거리가 되어서 입방아에 오르내리게 되는 게 무엇보다 끔찍했다.

그리고 또 하나. 김찬기라면 눈을 흘기는 서우진에게 이 사실이 알려진다면…….

'와, 진짜…….'

그녀의 입술이 바짝 타들어 갈 때였다. 민주의 말이 이어졌다.

—너 진짜 조심해. 그나마 새로 사진 안 올라오면 저러다 말 거야.

"아니, 병원에 전화하면 어떡해!"

은솔이 제일 걱정하는 건 병원이 엮였다는 점이었다.

환자를 가려 받을 수 있는 건 아니지만, 하필이면 김찬기가 이 병원으로 실려 와서 되는 일이 없다.

—병원이야 뭐, 네가 해명하면 되겠지. 너 김찬기랑 아무 사이 아니잖아?

민주가 가볍게 말했으나, 은솔은 절망스러웠다.

민주는 은솔이 퇴사한 진짜 이유를 몰랐다. 남자들과 아무 사이도 아니었음에도 억지로 꼬투리가 잡혀서 병원을 그만두게 된 은솔에게 동료 의료진들의 시선은 싸늘했다.

겨우 좋은 사람들과 일하게 되었다 싶었건만 역사는 반복되는 것인가…….

"돌겠네."

─그러니까 넌 앞으로 김찬기랑 만나는 일 없게 조심해. 병원에서도, 헬스장에서도. 너도 그렇지만 서우진은 얼마나 황당하겠냐?

우진의 얼굴을 떠올리기 무섭게 은솔은 내일 출근이 두려워졌다.

무거운 마음으로 출근하자마자 가십에 관심 많은 유남이 은솔에게 와서 소곤거렸다.

"선생님, 그거 봤어요?"

"……네."

"사진 그때 찍힌 거 맞죠?"

"그럴걸요?"

"어떻게 그렇게 교묘하게 사진을 찍어 갔는지 모르겠어요. 누가 찍었는지 진짜 나쁜 사람이야."

은솔은 아무 대답도 하지 않았다.

어젯밤에 놀란 그녀는 사진 밑에 본인임을 밝히고 오해라고 댓글을 쓸까 하다가 그만두었다.

자신이 해명해 봤자 그 사람들이 믿어 줄 것 같지 않아서였다.

SNS에 가입도 하지 않았고.

악몽과도 같은 지난겨울이 자꾸 생각나서 어제 피곤한데도 잠을 제대로 못 잤다.

죽을상인 은솔에게 유남이 걱정스러운 시선을 보냈다.

"너무 신경 쓰지 마세요. 금방 조용해질 거예요."

"네⋯⋯."

은솔이 어색하게 웃으면서 대꾸할 참이었다. 멀리서 과장이 손을 들고 은솔을 불렀다.

"고은솔 선생!"

"네, 과장님."

너스 스테이션에 기대어 서 있던 은솔이 몸을 바로 했다. 과장은 가까이 오라는 양, 손짓을 했다.

"잠깐만 이리 와 봐."

어째⋯⋯ 느낌이 안 좋은데.

그리고 역시나, 좋지 않은 예감은 맞아떨어졌다.

과장에게 불려간 은솔은 모니터에 과장이 띄워 놓은 화면을 보고 할 말을 잃었다.

어제 민주가 보내 준 사진과 똑같은 사진이 병원 홈페이지 문의로 들어온 것이었다.

"이거 고 선생 맞지?"

은솔의 얼굴에서 핏기가 가셨다. 겨울의 악몽이 데자뷔처럼 되살아났다. 그때, 무슨 말을 들었더라?

"고 선생. 남자도 아니고 여자가 말이야, 부끄럽지도 않아?"

도대체 고은솔 팔자는 왜 이 모양인지 모르겠다.

그때도 그렇고 지금도, 은솔은 아무 사이도 아닌 남자 때문에 인생이 피곤했다. 부끄러운 짓 따위는 한 적도 없는데.

물론 병원 이름이 나왔을 때부터 각오하고 있던 일이긴 하지만…… 말을 어떻게 시작해야 할까, 난처해진 은솔이 다급히 대답했다.

"네, 근데, 저기, 이게……."

은솔이 그녀답지 않게 말을 더듬자 과장의 표정이 의아해졌다. 과장의 심각한 눈빛을 받으니 은솔은 더욱 초조해졌다.

두 남자를 저울질했다거나 양다리를 걸쳤다는 등의 헛소문은 이제 사절이었다.

"사진은 제가 맞지만, 김찬기 씨하고는 정말 아무 사이도 아닙니다."

은솔은 또박또박 사실만을 말했다. 사실을 믿어 주는 건 상대의 몫이었다.

"그건 나도 알지. 그냥 확인하려고 부른 거야."

"네?"

하지만 과장은 은솔이 예상했던 것과 달리 담백하기만 했다.

"당사자가 확인은 해야 하잖아?"

"아…… 네."

"근데 고 선생, 김찬기랑 어떻게 아는 사이야? 연예인하고도 알고 인맥이 대단한데?"

다행인지 불행인지, 과장은 더 이상 사진을 문제 삼지 않았다.

과장은 홈페이지 관리자에게 전화를 해서 게시글을 삭제하라고 말하는 걸로 이번 일을 끝맺었다.

엄청난 사건이 아닌지라 이렇게 간단히 처리하는 게 옳다는 걸 알면서도 은솔은 이후에 혹시 문제가 되지 않을까 싶어 걱정스러웠다.

전공의 시절에 일어났던 일이 전임의 때 문제가 될 거라고 누가 상상이나 했을까.

은솔은 미리미리 의심의 싹을 뿌리째 뽑겠다고 결심하며 진료실로 돌아왔다.

"나 무슨…… 마가 꼈나?"

진료실 의자에 털썩 주저앉은 은솔은 홀로 남자마자 기가 막힌 웃음을 터뜨렸다.

"어이가 없다."

양손으로 얼굴을 가린 그녀가 한숨을 푹 뱉었다.

"어이가 없어."

고은솔이 김찬기하고 뭐가 어째? 따로 만나는 사람이 있는데 이런 오해나 뒤집어쓰고! 이래서 남자들하고 엮이면 안 되는 거다.

은솔은 지난날 뼈저리게 절감했던 진리를 되새기면서 이를 갈았다.

"어이없어!"

정말 말도 안 되는 소리였다.

은솔의 머리가 지끈지끈 쑤셔 올 참이었다. 진료실 바깥에서 똑똑, 노크 소리가 울렸다.

잔뜩 일그러뜨린 표정을 풀고 그녀는 태연한 척 대꾸했다.

"네?"

"나야."

우진의 목소리가 전해진 순간, 은솔의 노기가 흔적도 없이 사라졌다. 방금 전까지 김찬기 때문에 혈압이 우주까지 솟았는데.

"어…… 들어와."

허락이 떨어지기 무섭게 들어온 우진은 은솔의 맞은편으로 의자를 끌고 와 앉았다.

"괜찮아?"

그의 걱정 가득한 눈빛이 그녀에게 간지럽게 닿았다.

아, 그러고 보니 김찬기라면 치를 떠는 서우진한테는 뭐라고 말하지? 그녀가 어깨를 축 늘어뜨렸다.

"어? 어…… 너도 봤지?"

"응?"

잔뜩 지친 은솔이 힘없이 되물었으나 우진은 영문을 모르겠다는 기색이었다.

"어? 김찬기 얘기 아니야?"

"김찬기?"

달갑지 않은 이름에 우진이 미간을 좁혔다. 그는 어째서 김찬기 이야기가 나오는지 도저히 이해가 되지 않는다는 노골적인 표정을 지었다.

그녀가 떨떠름하게 중얼거렸다.

"그거 아니면 뭐……."

걱정을 살만한 일이 또 뭐가 있단 말인가. 그녀가 고개를 갸웃거릴 때였다. 그가 말했다.

"아무리 가벼워도 사고는 사고잖아. 어디 아픈 곳은 없냐고."

아, 어젯밤에 사고가 있었지!

완전히 잊고 있었던 경미하기 짝이 없던 사고를 떠올리며 은솔이 허탈한 웃음만 터뜨렸다.

우진이 의아한 눈길을 보내자 그제야 그녀가 손을 내저었다.

"차만 살짝 긁힌 거라니까. 몸에 충격은 하나도 없었어. 이상 있으면 병가 내고 검사받았지."

그녀의 시원스러운 대답에 안심하는 것도 잠시, 그가 다시 물었다.

"김찬기는 뭐야?"

올 것이 왔다.

"어…… 누가 인터넷에 나랑 김찬기를……."

스스로 무덤을 판 은솔이 말을 하다 말고 깊은 한숨을 내쉬었다. 구구절절 설명을 하느니 직접 보여 주는 게 빨랐다.

휴대폰을 꺼낸 그녀는 민주에게 받았던 주소로 SNS에 다시 들어갔다. 새벽에 보지 못했던 댓글이 더 달려 있었다.

"돌겠다, 진짜. 리플 더 늘었네."

그녀의 짜증스러운 목소리에 그가 화면을 보기 위해 고개를 숙였다.

이마가 맞닿을 정도로 가까운 거리에 그녀가 움찔 어깨를 움츠

렸다. 그와 가까이 있으면 입을 맞췄던 기억이 문득문득 겹쳐지곤
했다.

한편, 화면을 확인한 우진이 얼굴을 굳히고 중얼거렸다.

"이게 뭐야."

그의 나지막한 목소리가 가까이에서 들리자 가슴속에서부터 열
기가 확 올라오는 착각이 들었다.

그녀의 얼굴이 뜨거워진 것도 모르고 그가 투덜거렸다.

"왜 네가 이런 소릴 들어?"

"……재수가 없어서 그래."

붉어진 얼굴을 숨기기 위해 은솔은 책상에 불쑥 엎드렸다.

우진은 그녀의 손에서 휴대폰을 뺏어 들었다. 멀리서 찍혀 선명
하지는 않지만, 사진 속 김찬기는 은솔을 확실히 쳐다보고 있었다.

뺀질뺀질한 김찬기 얼굴을 보자 우진은 기분이 잡쳤다.

손을 아예 못 쓰게 만들어 버릴 걸 그랬나. 피트니스센터에서부
터 재수 없게 그녀의 주변을 맴돈다 했더니 쓸데없이 일을 키웠다.

그때였다.

"아, 나 요즘 왜 이렇게 재수가 없지."

그 말을 들은 순간, 우진의 몸이 뻣뻣하게 굳어졌다. 얼굴을 가리
고 있어서 그를 보지 못한 은솔이 말을 이었다.

"올 초부터 잘 되는 게 없어. 이상한 트집 잡혀서 쫓겨나질 않
나……."

오랫동안 몸담았던 병원에서 쫓겨나듯 퇴사를 당했다. 팔에 얼
굴을 묻은 은솔이 멍하니 생각에 빠져 있을 즈음이었다.

우진은 은솔을 말없이 바라보았다. 아버지의 저주 같은 말이 귓가에서 맴돌았다.

"너는 말이야. 네 주변에 있는 사람들을 불행하게 만들어."

이성적으로는 말이 안 된다는 걸 알면서도 왜 그 말에 사로잡히는 건지 우진은 도저히 이해되지 않았다.

점심시간에 짬을 낸 은솔은 찬기의 특실로 득달같이 달려갔다.

"우와…… 정말 죄송합니다. 극성 팬들이 몇 분 계셔서."

이미 소식을 들은 찬기가 실실 웃으면서 사과 같지도 않은 사과를 했다. 은솔이 인상을 팍 쓰고 목소리를 높였다.

"죄송하면 다예요? 병원 홈페이지에도 올리고 메일로도 기자가 컨택했다는데!"

홈페이지 문의란에 올라왔던 게시글은 삭제하는 거로 끝났지만, 병원 홍보 부서로 기자가 연락을 했다는 말을 전해 듣고 은솔은 기겁했다.

그나마 병원이 쓸데없는 일에 신경을 쓰지 않아서 다행이었다.

씩씩거리는 은솔을 귀엽다는 듯 쳐다보면서 찬기가 여유를 부렸다.

"그런 일 종종 있어요. 금방 수그러들 거니까 너무 신경 쓰지 마세요."

"그쪽하고 다르게 난 일반인이라고요. 얼굴 팔리는 거 딱 질색인!"

"으음, 어떡하지? 특별히 할 수 있는 게 없는데."

"진짜 어이없네!"

도통 말이 통하지 않는 찬기가 답답해서 은솔이 뒤를 돌았다. 당장이라도 저 인간을 다른 병원으로 전원시켜 버리고 싶은 심정이었다.

그때, 찬기가 씩 웃으면서 황당한 소리를 했다.

"남자 친구 있잖아요."

"남자 친구가 뭐요?"

"SNS 열심히 하는 친구 없어요? 그 친구한테 남친이랑 찍은 사진 보내서 올려 달라고 해요. 애인 따로 있고 나랑은 그냥 아는 사이 정도라고. 그러면 소문 금방 잡혀요."

"무슨 소립니까? 진짜!"

"나랑 소속사에서 공식 입장 밝히기엔…… 너무 작은 일이라서요."

누구 때문에 얼굴 팔리고 직장까지 털렸는데!

죄책감이라고는 하나도 없는 김찬기를 은솔이 노려보았다.

처음부터 이 인간, 또라이 같아서 꺼려졌었는데 역시 본능적인 직감을 믿었어야 했다.

이 와중에 병원 홈페이지 업데이트가 늦어서 다행인 점은, 각 진료과 의료진 소개에 은솔의 얼굴이 올라가 있지 않다는 것이었다.

아니었으면 이름도 털렸을 뻔했다.

'아니, 이미 털렸나?'

우울해진 은솔이 찬기를 원망스럽게 응시했다.

"그럼 그쪽이 비공식적으로 해명이라도 해요."

"에이, 이런 일 비일비재한데 하나하나 해명을 어떻게 해요?"

애초에 김찬기가 특실에 얌전히 처박혀 있기만 했어도 이런 일은 없었다.

원인 제공자 주제에 가만히 손을 놓고 있겠다는 김찬기의 뻔뻔한 태도에 은솔이 얼굴을 잔뜩 구기고 화를 냈다.

"그러게 왜 이 병원으로 왔냐고요!"

"누가 이럴 줄 알았나."

은솔은 주먹을 꽉 쥐었다. 할 수만 있다면 저 뺀질뺀질한 얼굴에 주먹을 날리고 싶었다.

찬기는 멀쩡하게 잘난 얼굴에 미소를 가득 채우고 말했다.

"참, 병원 안에서 남친하고 같이 다녀요. 누가 사진 찍어서 올릴 수도 있잖아요?"

"됐거든요!"

재수 없어! 은솔은 속으로 분노를 터뜨리면서 병실을 나갔다.

의료진보다 환자와 보호자, 손님들이 많은 입원실 복도를 걷다 보니 그녀는 힐끔힐끔 쳐다보는 시선을 느낄 수 있었다.

그 시선의 주인은 주로 젊은 사람들이었다.

병원 밖까지 소문이 크게 났는지는 모르겠지만, 확실한 건 병원 내부에 있는 사람들 사이에 이미 소문이 파다하다는 것이다.

수부외과 너스 스테이션이 있는 복도 코너를 돌려던 은솔은 멀리서 전해지는 말소리에 걸음을 멈추었다.

"……그 쌤, 남자 친구 따로 있잖아요."

유남의 목소리였다.

목을 빼고 소리가 들리는 쪽을 살핀 은솔은 다른 진료과 간호사들이 유남에게 뭔가를 캐묻는 장면을 보고 식겁했다.

"어머, 정말? 누군지 알아?"

"네. 서우진 쌤이요."

"아, 맞아. 나도 수부에 닥터 커플 있다는 소리 들은 적 있어."

타 진료과 간호사가 거들자 유남이 자신 있게 대답했다.

"김찬기 애긴 완전 헛소문이에요. 서우진 쌤 두고 뭐하러 김찬기랑 만나겠어요?"

"하긴. 서우진 선생님이 훨씬 낫지. 얼굴도 연예인급이잖아? 이 병원도 물려받을 테고."

"어머머, 그러네."

우진의 조건을 나열하기 무섭게, 간호사들은 유남의 주장을 단번에 납득했다. 은솔은 등 뒤로 식은땀이 흐르는 것만 같았다.

그때였다.

"여기서 뭐해?"

등 뒤에서 들리는 음성에 화들짝 놀란 은솔이 고개를 돌렸다. 우진이 은솔을 의아하게 내려다보고 있었다.

은솔은 우진의 손목을 잡아끌어 몸을 숨기고는 검시를 입술에 가져다 댔다.

"쉿!"

은솔의 격렬한 태도에 우진이 떨떠름한 표정으로 고개를 끄덕일 참이었다.

간호사들이 다시 이야기를 시작했다.

"완전 헛소문이면 사진은 왜 같이 찍힌 거야?"

"그냥 아는 사이니까 그렇겠죠. 은솔 쌤하고 헬스장 같이 다녀서 알게 됐대요."

김찬기 이야기임을 눈치챈 우진의 눈이 가늘어졌다. 벽에 몸을 바짝 붙인 채 은솔은 이어지는 대화에 집중했다.

"아, 김찬기보다 서우진 선생님 얘기가 더 부럽네. 나중에 원장 사모님 되는 거 아니야?"

"에이, 쌤 너무 멀리 가셨다."

뜬금없이 자신의 이름이 나오자 우진이 황당한 얼굴로 은솔을 내려다보았다. 은솔이 눈가를 찡그렸다.

"그 선생님은 대체 무슨 복이야? 서우진 선생님하고 사귀고 김찬기랑도 아는 사이고. 좋겠다!"

일이 많아서 바쁜 간호사들은 더 이상 일을 미룰 수 없는지 자리를 떴다.

슬그머니 너스 스테이션 쪽을 내다본 은솔은 유남만이 남아 있자 안도의 한숨을 소리 없이 내쉬었다.

"내가 진짜 미치겠다."

이 세상에서 사람들 입에 오르내리는 걸 가장 싫어하는 은솔은 지금 상황이 끔찍하기만 했다.

속으로 팔자를 한탄하던 그녀는 문득, 자신이 아직도 우진의 손목을 잡고 있음을 깨닫고 어색하게 그의 팔을 놔주었다.

"……괜찮아?"

은솔은 우진을 힐끔 쳐다보았다. 요즘 들어 서우진에게 가장 많이 들은 말이 괜찮냐는 말 같았다.

유남이 김찬기와의 관계를 부정해 줬으니 적어도 병원 내부에서 고은솔과 김찬기의 사이가 이상하게 왜곡될 일은 없을 것이다.

어차피 소문이 돌 거라면 진실이 퍼지는 게 낫기도 했다. 한결 마음이 가벼워진 은솔이 고개를 끄덕였다.

"뭐…… 괜찮겠지. 너는?"

"나?"

갑자기 제게로 화살이 돌려지자 우진이 고개를 기울였다. 그녀가 투덜거렸다.

"너 김찬기 완전 싫어하잖아."

우진은 자신을 김찬기 안티팬 정도로 여기고 있는 은솔을 물끄러미 보다가 목소리를 낮추고 귓가에 속삭였다.

"내가 왜 싫어하는지 이제 알겠지?"

솜털이 곤두설 정도로 나직한 목소리에 그녀의 얼굴이 확 뜨거워졌다.

얼굴이 빨개진 그녀가 아무 대꾸도 하지 못하자 그가 쿡쿡거렸다.

*   *   *

몇 차례 아버지 비서의 연락이 왔지만, 우진은 연락을 받지 않았다.

수신 전화를 다시 끊고 나서 그가 한숨을 내쉬었다. 부자간 인연을 끊기로 한 이상, 그는 아버지를 찾아가지 않을 생각이었다.

퇴근을 앞둔 우진은 은솔이 내려오기를 기다렸다. 은솔의 차를 정비소에 맡기면서 오늘 하루, 그는 그녀와 카풀을 했다.

"서 선생. 안 가? 여기서 뭐해?"

수부 기형에 관련된 저널을 읽으며 서 있는 우진에게 과장이 다가와 물었다.

아침 출근 때부터 기분이 좋았던 우진이 미소를 지었다.

"고은솔 선생 기다리고 있습니다."

"왜?"

"퇴근하려고요."

그러자 은솔의 차에 일어난 불상사를 모르는 과장은 웬일이냐는 듯 우진을 응시하다가 황당한 질문을 했다.

"고 선생하고 결혼은 언제쯤 예상해?"

"예?"

"요즘 고 선생 슈퍼스타야. 가는 곳마다 나한테 고 선생에 대해 물어보더라고."

은솔은 소문의 주인공이었다.

발이 넓은 유남이 적극적으로 소문을 정정해 준 덕분에 헛소문 대신 진실이 널리 퍼지고 있었지만 말이다.

전부터 알음알음 고은솔과 서우진이 특별한 사이라는 말이 돌기는 했으나, 수부외과를 제외한 병원 전체에 그들 사이가 파다하게 알려진 계기는 김찬기와의 해프닝 때문이었다.

게다가 서우진은 원장의 하나뿐인 아들로서 관심의 대상이었고, 고은솔은 산부인과 과장의 딸이라는 정보까지 풀리면서 과장급 이상의 사람들도 이번 일에 신경을 쓰기 시작했다.

앞으로 병원 내의 판도가 어떻게 될지 궁금해하는 사람들이 늘어갈수록 수부외과 과장에게 질문이 쏟아지는 건 당연한 일이었다.

"두 사람 다 결혼하기에 이른 나이도 아니잖아."

"글쎄요, 아직은 잘……."

우진이 말끝을 흐렸다.

아주 오랫동안 갈망하던 사람과 드디어 마음이 통했다. 소중한 관계를 서두르다가 그르치고 싶지 않았다.

그는 그녀에게 불쑥불쑥 튀어나오는 감정을 자제하고 마음을 억누르려 노력했다.

하지만 그럴수록 불안하고 초조해지는 것도 사실이었다. 특히 이번 일 때문인지 더욱 그렇다.

스캔들도 아니고 그저 해프닝에 불과한 일이었으나 은솔이 다른 남자와 엮였다는 게 불쾌했다.

우진은 찬기와 함께 찍힌 은솔의 모습을 잊을 수가 없었다.

자신 눈에만 예뻐 보이는 게 아니다. 강아지처럼 서글서글하니 예쁘고, 능력도 출중한 데다 따뜻한 가족까지…… 그녀는 누가 봐도 완벽한 사람이었다.

그러니까 파리가 꼬이지.

마음 같아서는 그녀를 아무도 모르는 곳에 숨겨 두고 싶었다. 그녀를 평생 자신의 여자로 꼭 붙잡고 싶었다.

서우진은 그녀를 놓을 수는 없었으니까.

욕심은 끝이 없는 것 같다.

처음에는 은솔이 자신을 미워하지 않기만을 바라고, 그다음에는 그녀가 자신을 돌아봐 주기를 바랐다.

오랜 진심을 전한 뒤에는 그녀와 특별한 사이가 되고 싶었고, 지금은……

"어차피 결혼할 거면 빨리해 버려. 우리도 마음 좀 놓게."

"예?"

"서 선생이나 고 선생이나 인재거든. 그러니까 괜히 연애만 하다가 헤어져서 병원 나가니 마니 하지 말고 빨리빨리 결혼하라고."

우진의 마음을 아는지 모르는지, 과장은 너무나도 쉽게 결혼이라는 말을 입에 올렸다.

그때, 우진의 휴대폰으로 다급한 메시지 하나가 날아왔다.

박 비서의 전화번호를 보고 바로 삭제하려던 우진은 앞에 붙어 있는 단어 하나에 저도 모르게 메시지를 확인했다.

[긴급! 현재 원장님 상태는 패혈증으로 인한 혼수상태입니다.]

우진의 얼굴이 딱딱하게 굳었다. 혼수상태라는 단어에 감전이라도 된 양 그의 머릿속이 텅 비어졌다.

말기 암 환자에게 패혈증과 혼수는 곧 사망 선고와도 같았다.

'이렇게 빨리?'

내일을 장담할 수 없는 상태라 하더라도 도통 실감이 나지 않았다.

휴대폰을 꽉 쥔 우진은 하얗게 질린 얼굴로 과장에게 빠르게 인사했다.

"저 먼저 퇴근하겠습니다."

"어?"

은솔을 기다린다면서 갑자기 자리를 뜨는 우진의 뒷모습을 과장이 황당하게 쳐다보았다.

얼마 지나지 않아 나온 은솔은 주변을 둘러보았다.

서우진이 엘리베이터 근처에서 기다리고 있을 줄 알았는데 머리카락 하나 보이지 않았다.

먼저 주차장으로 내려갔나? 아니면 로비?

그녀가 여러 선택지를 꼽다가 과장에게 우진의 행방을 물었다.

"과장님, 서우진 선생 어디 갔는지 아세요?"

"방금 퇴근한다던데?"

대답을 듣기 무섭게 은솔의 얼굴이 구겨졌다.

오늘 동생인 은석이 차를 공업사에 끌고 간다 해서 출근 때부터 우진의 차를 얻어 탔다.

당연히 퇴근 때도 같이 돌아갈 줄 알았는데!

주차장으로 한달음에 달려간 은솔은 차 앞에 멍하니 서 있는 우진을 발견하고 그의 이름을 불렀다.

"서우진."

제 이름이 불리자 우진이 번쩍 정신을 차렸다. 그에게 다가온 은솔이 투덜거렸다.

"나 오늘 차 없잖아. 나한테 말도 없이 그냥 가면 어떡해."

"아, 미안. 지금 일이 생겨서…… 타. 집 앞에 내려 줄게."

우진의 말투가 평소보다 조금 빠르고 횡설수설하는 듯했다.

무슨 일이기에 서우진이 저렇게 당황을 했나 싶어서 은솔이 지나가는 말투로 물었다.

"무슨 일인데?"

"별일 아니야."

고개를 저은 우진은 은솔이 조수석에 앉자마자 바로 차를 출발시켰다.

출근 때와 다르게 서두르는 그의 모습이 이상했다. 속도를 올리는 그를 힐끔 곁눈질한 그녀가 혼잣말처럼 중얼거렸다.

"별일이 아닌데 그렇게 급해?"

때마침, 우진의 휴대폰으로 전화가 걸려 왔다. 전화벨이 쩌렁쩌렁 울리는데도 그는 영 전화를 받을 기색이 없었다.

은솔은 화면에 뜬 '박 비서님'이라는 발신처를 보고 물었다.

"안 받아?"

"······음."

우진이 모호하게 대답했다.

막상 메시지를 받았을 때는 아무 생각이 들지 않아서 주차장으로 내려왔지만, 바깥 공기를 마시다 보니 조금씩 이성이 돌아왔다.

자신은 아버지와 인연을 끊었다. 더는 아버지와 관련된 연락조차도 받지 않겠다고 다짐했었다.

자식을 증오하는 아버지에게 최선을 다할 필요는 없으니까.

그래서 우진은 병원으로 곧장 향하지 않고 은솔을 기다렸다.

그런데 왜 이렇게 마음이 불편한 건지 모르겠다. 어차피 죽을 사람이고, 아버지 본인도 죽을 날만을 기다리고 있건만.

박 비서는 끈질겼다. 전화가 끊어지기 무섭게 다시 벨이 울렸다.

"전화 안 받아? 끊어도 돼?"

은솔이 못마땅한 눈으로 휴대폰을 쳐다보았다. 의사로 일하면서 콜에 민감하다 보니 계속 울리는 휴대폰이 신경 쓰였다.

우진은 은솔이 계속 울리는 자신의 휴대폰을 바라보자 어쩔 수 없이 이어폰을 귀에 꽂았다.

정지 신호를 보고 차까지 멈춰 세우자 순식간에 차 안이 조용해졌다. 아무 소리도 나지 않는 가운데 박 비서의 목소리만이 들렸다.

─선생님? 전화 받으신 겁니까?

전화가 연결되긴 했는데, 우진에게서 대답이 없자 박 비서가 안달을 했다.

─선생님, 병원 오고 계세요?

"……운전 중입니다."

은솔을 데려다주는 길이었지만 우진은 대충 둘러댔다. 박 비서가 내뱉는 안도의 한숨 소리가 우진의 심장에 아프게 박혔다.

이 전화를 받은 순간부터 그는 아버지와의 인연이 다시 이어졌음을 깨달았다.

─얼른 오세요. 원장님 고열에 호흡도 불안정하고…….

박 비서가 회준의 상태를 조심스럽게 전했다.

─오늘 잘못되실 수도 있다고 합니다.

그 순간, 우진의 입이 일자로 다물어졌다.

아버지가…… 죽을 수도 있다. 아는 사실인데도 막상 타인에게 전해 들으니 기분이 이상해졌다.

죽는다. 자신의 인생에 그림자를 길게 드리웠던 사람이…….

―서 선생님?

"……알겠습니다."

가까스로 대답한 우진은 전화를 끊고 이어폰을 거칠게 뺐다. 은솔은 그의 이상한 행동에 숨을 죽이고 그를 살펴보았다.

무슨 전화기에 서우진이 저렇게 당황한 걸까? 박 비서라는 명칭만 봐서는 발신자가 누군지 알 길이 없었다.

목구멍까지 질문이 치밀었으나, 혼이 나간 듯 무표정한 우진 때문에 은솔은 쉽게 말이 나오지 않았다.

직진 신호가 켜졌는데도 우진이 움직이질 않자 뒤에서 누군가가 클랙슨을 길게 울렸다.

깜짝 놀란 은솔이 우진의 팔을 잡아 흔들었다.

"왜 그래?"

"어."

은솔의 말에 현실로 돌아온 우진이 부랴부랴 액셀을 밟았다.

아버지가, 위독하다.

아버지의 죽음은 이미 예견된 사실이었다. 아버지는 통증 조절 정도만 하면서 죽을 날을 손꼽아 기다리는 상태였다.

그날, 호스피스 병원에서 돌아온 우진은 아버지가 자초한 죽음이라고 생각했다. 담배를 손에서 놓지 못해서 결국 폐암 선고를 받지 않았던가.

암 선고를 받고 나서도 아버지는 담배를 줄창 피워댔다. 심지어 항암 치료도 거부했으니까 죽음은 당연했다.

아버지에게 좋은 감정이 하나도 남지 않은 지금, 우진은 아버지가 죗값을 받았다는 생각까지 들었다.

그렇게 자신을 죽일 듯 학대하고 몰아가더니 꼴좋게 됐다고 비웃었었다.

그런데…… 막상 죽을지도 모른다는 소식을 전해 들으니 마음이 이상하다.

우진은 멀리 보이는 사거리에 당도하기 전 결정을 해야 했다.

우회전을 하면 아파트 단지고, 좌회전을 하면 호스피스 병원으로 가는 첫 길목이다.

그는 마치 이 사거리가 인생의 갈림길처럼 느껴졌다. 그때였다.

"서우진."

은솔의 목소리가 나직하게 울렸다.

찰나의 시간, 고민에 빠져 있던 우진은 옆에 앉아 있는 그녀를 보자마자 마음을 정리했다.

"무슨 일인데 그래?"

어떤 갈림길이 나타나도 자신의 이정표는 그녀였다. 그건 스무 살 때부터 변하지 않는 진리와도 같았다.

"아무것도 아니야."

우진은 웃어넘겼지만, 그를 감싼 분위기가 이상했다. 불안하고 부정적인 기운이 그의 주변에 넘실거렸다.

"아무것도 아니라고?"

낌새가 이상하다. 우진의 이런 초조한 모습은 쉽게 볼 수 있는 게 아니었다.

은솔은 그에게 큰일이 일어났음을 무의식중에 깨닫고 목소리를 높였다.

"묻는 말에 다 대답해 달라고 그랬잖아. 이제 더는 숨기는 거 없었으면 한다고."

오해가 겹치고 비밀이 쌓여 엇갈린 인연을 반복하고 싶지 않았다.

은솔은 여기서 물러나면 주태민의 이야기를 들었을 때처럼 찜찜한 기분을 가지게 될 거라고 생각했다.

그녀의 찌르는 듯한 시선에 전방을 주시하던 그가 어렵게 입술을 뗐다.

"아버지가…… 폐암 말기야."

서우진의 아버지라 하면…… 원장?

처음 듣는 소리에 은솔의 입이 쩍 벌어졌다. 병원에서 근무하고 있지만 원장이 시한부라는 사실은 한 번도 전해 듣지 못했다.

"전이가 뇌까지 돼서 가망이 없어."

우진이 어두운 안색으로 말을 이었다.

"패혈증이 온 것 같아서, 급히 와 달라고 연락을……."

"자리 바꿔."

그녀의 단호한 말에 그가 멈칫했다.

은솔은 꼼짝도 하지 않는 우진을 쳐다보면서 또박또박 덧붙였다.

"너 지금 정신없어 보여. 운전을 어떻게 하려고 그래?"

"아냐, 괜찮아. 어차피 아버지한테 좋은 감정도 없고…… 돌아가신다고 해도 후회 같은 거 없고……."

"알겠으니까 저기 차 대고 일단 내리라고."

말을 도중에 자른 은솔이 손수 안전벨트까지 풀어 주자 우진은 더 이상 아무 말도 하지 못하고 도로 끝에 차를 세웠다.

우진을 밀어내듯 내리게 만든 은솔은 운전석에 앉았다. 조수석에 자리한 그가 난처한 눈빛을 그녀에게 보낼 때였다.

"어느 병원이야?"

은솔이 양손으로 운전대를 꽉 잡았다.

15 장

가족이 되어 줄게

오랫동안 회준과 함께했던 박 비서는 한달음에 우진에게 달려왔다.

박 비서는 우진의 옆에 있는 은솔을 보고 의아한 기색을 내비쳤지만, 급한 대로 회준의 상태를 알렸다.

"호흡 자체가 잘 안 되세요."

폐와 기관지에 암세포가 퍼진 이상, 호흡이 쉬울 리가 없다. 우진이 고개를 끄덕이자 박 비서가 한숨을 내쉬었다.

박 비서는 아버지가 생사의 기로에 서 있는데도 무표정한 우진에게서 회준을 겹쳐 보았다.

서회준 원장은 큰일이 터져도 눈썹 하나 꿈쩍하지 않던 담대한 사람이었다.

그렇게 서 원장과 업무 파트너나 다름없이 손발을 맞춰 가며 일했던 것과 달리, 박 비서는 서우진에 대해 알지는 못했다.

그저 아버지를 많이 닮아 똑똑한 친구겠거니 생각했었다.

하지만, 지난번 우진의 방문 때 박 비서는 회준과 우진의 사이가 자신의 생각과 달리 비정상적이라는 걸 어렴풋하게 깨달았다.

감정적으로 아들을 대하는 회준이 낯설었다.

그 탓에 아버지라면 치를 떠는 우진에게 연락을 해도 되는 건지 갈등이 되었으나, 그래도 하나뿐인 혈연에게 환자의 상태를 알려야 겠다는 생각이 우선했다.

"오후까지만 해도 편안해 보이셨는데……."

"들어가 보세요. 박 비서님이 간병인은 아니잖습니까."

피곤해 보이는 박 비서의 모습에 우진이 가볍게 말했다. 박 비서는 꾸벅 인사를 하고 지친 모습으로 사라졌다.

은솔과 둘이 남은 우진은 병실 안으로 들어가진 않았다. 그는 병실 밖, 복도에 마련된 의자에 앉아서 허탈하게 말했다.

"기가 막히지?"

벽에 기대어 선 은솔은 우진을 가만히 내려다보았다. 이만큼 혼란스러워 보이는 서우진은 처음이었다.

아니, 혼란스러운 모습이 아니라 그는 오히려…… 화가 난 듯 보였다.

은솔이 아무 대꾸도 하지 않자 우진이 헛웃음을 지은 채 말을 이었다.

"아무도 몰랐어. 아, 비서는 알았구나. 비서 빼고 아무도 몰랐어.

자식인 나한테도 숨겼더라고."

하긴, 서우진이라면 씹어 죽이고 싶어 하는 사람이 말해 줄 리가 없긴 하다.

아버지는 죽기 전까지도 서우진을 아들로 인정하고 싶지 않았던 것이다.

우진은 아버지에게 인정받고 싶어서 아등바등 죽도록 노력했던 과거가 부질없게 느껴졌다.

어차피 변하지 않을 사람이었다.

죽음을 앞둔 지금마저도, 아버지에게 가장 중요한 존재는 오래전에 세상을 떠난 어머니뿐이었다.

"3기에 수술은 안 돼도 항암 하고 크기 줄여서 떼어 낼 수 있었을지도 모르는데."

아버지는 죽음만을 바랐다. 우진은 아버지의 생각을 이해할 수 있을 것 같으면서도 도무지 이해가 되지 않았다.

그가 피로한 한숨을 내뱉고 은솔을 바라보았다.

만약 아버지와 같은 상황에 놓인다면, 자신도 인간성이 완전히 사라질까? 그녀를 잃는다면?

은솔과 헤어진다는 상상조차도 하고 싶지 않아서 우진은 생각을 지우려 노력했다.

그가 눈을 길게 감았다 뜨고 자신을 비웃었다.

"나도 참…… 자존심도 없지. 여길 다시 찾아오고."

다시는 걸음 하지 않겠다고 선언한 주제에 생사의 고비라는 말 한마디를 듣고 달려왔다.

반대의 상황이었다면 회준은 우진을 찾지 않았을 텐데.

계속 침묵을 지키고 있던 은솔은 쓸쓸하게 조소하는 우진을 지켜보다가 입을 열었다.

"……언제 왔었어?"

"보름쯤 됐어."

은솔은 우진의 대답이 무척 냉정하게 들렸다.

애증의 상대라지만 하나뿐인 가족인 아버지가 시한부 판정을 받았는데도 태연하게 일상생활을 했다는 게 이상했고, 그렇게 충격적인 사실을 알게 되었음에도 혼자 삭였다는 게 서운했다.

그래서 그녀는 그가 숨기는 일이 더는 없었으면 싶었다.

"나한테는 좀 말하지 그랬어."

"음…….."

그가 신음처럼 한숨을 길게 내쉬었다.

그녀의 서운함을 모르는 바는 아니었으나, 감출 수 있다면 평생 알리고 싶지 않은 사정이었다.

그때, 그녀가 천천히 말을 꺼냈다.

"사실…… 너한테 궁금한 게 많았어."

은솔의 손가락이 우진의 이마에 닿았다.

흉터는 머리에 가려져서 거의 보이지 않지만, 분명히 그 자리에 있을 것이다. 자신의 손으로 치료했으니까.

흠칫 어깨를 굳힌 그는 그녀가 할 말이 뭔지 알 것 같았다. 그녀는 이 상처를 단순한 사고로 여기지 않았다.

계속 탐색하는 시선을 회피하면서 겨우 그녀의 의심을 넘겼다고 생각했는데.

"이상한 게 너무 많았어. 네가 다친 것도 그렇지만……."

"은솔아 그건 그냥……."

"사고라고? 너 되게 익숙해 보이던데, 그런 사고 몇 번이나 겪었니?"

그녀의 기세에 그의 입이 다물어졌다.

그녀가 이 정도로 예민하게 눈치를 챌 줄 알았다면, 다친 모습을 들키지 말았어야 했다.

아니, 다른 사람에게 들키더라도 그녀만큼은 몰랐어야 했다. 하다못해 아버지 때문에 다쳤다고 사실대로 말하지 말았어야 했다.

좋은 모습만 보이기에도 시간이 모자란데…….

"그 상처 하나 때문에 내가 이러는 줄 알아? 이상한 게 한두 가지가 아니었어. 전에 원장님, 방송 촬영할 때, 널 어떤 눈으로 쳐다봤는지 알아? 아들을 쳐다보는 눈빛이 전혀 아니었어. 우리 아빠는 은석이 그렇게 안 봐. 그것뿐만이 아니야. 과장님도 나한테 묻더라. 너랑 네 아버지 사이가 별로 안 좋냐고."

숨기고 싶은 사실이 발각되기 직전, 우진의 표정이 얼어붙었다. 은솔은 굳어 있는 그를 일그러진 눈으로 바라보면서 말을 이었다.

"……그리고 전에 네 친구가 병원에 온 적 있었지?"

"내…… 친구?"

"너한테 얘기는 안 했지만, 그때 들은 말이 있어."

불안이 파도처럼 넘실거린다.

"……뭘?"

"내가 널 불행하게 한다고. 너희 아버지처럼."

할 말을 잃은 우진이 은솔을 망연히 처다보았다. 그걸 들었을 줄은 꿈에도 생각지 못했다.

무슨 말이라도 해서 그녀의 주의를 돌려놓고 싶은데 입술만 달싹거릴 뿐, 그는 말이 나오지 않았다.

"그거 무슨 뜻이야?"

"은솔아, 신경 쓰지 마. 걔가 헛소리한⋯⋯."

"나한테만큼은 말해 주면 안 돼?"

그녀가 그의 말을 단호히 끊고 간절하게 말했다.

"우리 이제 사귀는 사이잖아. 아무것도 숨기지 말자고 했잖아."

말을 마친 그녀가 그에게 절실하면서도 단호한 눈빛을 보냈다.

'너에 대해서 알고 싶어.'

그녀의 눈이 마음을 대변하고 있었다.

더 이상 회피할 수 없음을 깨닫자 그의 입술이 저절로 열렸다. 그가 바스러질 듯한 목소리로 말을 시작했다.

"은솔아, 나는⋯⋯ 어머니를 죽이고 태어났어."

우진은 고해성사를 하듯 짙은 죄책감을 내비쳤다.

서우진에게 어머니가 계시지 않는다는 건 이미 알고 있는 사실이었음에도 그의 적나라한 자책 탓에 은솔은 저도 모르게 숨을 헉 들이마셨다.

출산으로 인해 사망하는 위험은 확률이 낮긴 해도 항상 존재했다. 심지어 의학이 발전한 현재도 출산은 위험한, 응급 상황이었다.

"그래서 아버지는 날⋯⋯ 죽이고 싶어 했고."

순간, 은솔은 모든 퍼즐이 맞아떨어지는 것만 같았다.

서우진을 향한 서 원장의 시선이나 행동, 감추고 싶어 하던 우진의 마음까지 전부 이해가 되었다.

부족함이라고는 티끌만큼도 없어 보이는 그에게 이토록 지독한 진실이 숨어 있으리라고는 아무도 생각하지 못했을 것이다.

심지어 자신마저도.

하지만…… 그게 태어난 아이의 잘못은 아니다. 안타깝게도 불행한 사고였을 뿐, 인간의 의지가 개입된 문제는 아니었다.

"과장님은 네 동생을 그렇게 쳐다보지 않는다고 그랬지? 맞아. 아버지에게 나는 자식이 아니라 아내를 죽인 살인자였어."

예상보다 더 끔찍한 진실에 은솔은 고개조차 젓지 못했다. 우진은 옅은 미소를 짓고 자책했다.

"어머니를 죽이고 태어나서 그런지…… 정상적으로 살 수는 없었나 봐."

연약하고 어린 존재에게 가해진 학대는 그의 정신을 갉아먹었다.

서우진은 남다른 사고방식을 갖게 되었고, 제대로 된 감정 교류를 하지 못했다. 겉으로는 번듯한 모습이었으나 속은 새카맣게 썩고 있었다.

지난 3년을 제외하면, 서우진은 제대로 살아 있던 적이 없었다.

"죽기 전까지 수도 없이 맞고, 살인자에 쓰레기에 온갖 혐오스러운 취급을 받았는데……."

우진은 굳게 닫혀 있는 병실 출입문을 돌아보았다. 서우진 인생을 쥐고 흔든 사람이 저 안에서 죽어 가고 있다.

죽어 가면서까지 저주를 퍼붓던 아버지가.

"난 왜 여기 있는 걸까."

인연을 끊고 자유로워지고 싶었는데 거미줄에 걸린 나비처럼 자신은 아버지를 벗어나지 못했다.

울컥, 감정이 치밀어 오르자 눈가가 뜨거워졌다.

우진은 양손에 얼굴을 묻고 중얼거렸다.

"아버지는 사람을 불행하게 만드는 법 밖에 가르쳐 주지 않았어."

다른 가족들처럼 애정을 주고받아 본 적이 없다.

그저 평범한 부자 관계로만 있기만 해도 좋았을 텐데 아버지는 끝까지 서우진을 거부했다. 관심을 구걸하고 번듯하게 성장해도 달라지는 바는 없었다.

"사랑하고 싶었는데."

겨우 마음을 추스르고 손을 내린 우진은 핏발이 서서 붉어진 눈으로 은솔을 올려다보았다.

이내, 그는 그녀에게 절대 하고 싶지 않았던 말을 입에 올렸다.

"불행하게 만드는 거야."

은솔의 등골이 오싹해졌다. 끝없이 어두운 검은 눈동자가 그녀에게 똑바로 꽂혔다.

스무 살 때부터 그녀를 힘들게 만들었던 남자가 눈앞에서 지친 표정으로 말하고 있었다.

"나 때문에 어머니가 돌아가셨고, 아버지도 불행하게 살았고."

죄책감이 밀려들자 우진은 말을 중간에 끊었다.

은솔은 이어질 우진의 말이 뭔지 알 것 같았다. 서우진은 주변 사람들의 불행을 모두 제 탓으로 돌리고 있었다.

그렇다면 다음에는 고은솔 차례겠지.

"……너도."

암울하기 짝이 없는 인생에서 딱 하나, 욕심을 냈던 존재. 하지만 어떻게 접근해야 할지 몰라서 오랜 시간 그녀를 할퀴기만 했다.

"나 때문에 10년이 넘게 불행했었잖아."

대답 대신, 은솔은 우진의 옆자리에 앉았다.

그녀는 아주 오래전부터 자신만이 눈치챘던, 그가 가진 외로움의 근원을 명확하게 알 수 있었다.

아무도 서우진을 이해해 주지 않은 것처럼, 그 역시 사람들에게 쉽게 다가가지 못했다.

그런 와중에도 포기하지 못한 건 고은솔을 향한 진심뿐이었다.

그러니까 이제, 자신이 그의 외로운 인생에서 의지할 수 있는 사람이 되어 주고 싶었다.

비록 과거가 엉망진창으로 얽혀 있더라도 그의 곁에 있어 주고 싶었다.

은솔은 천천히 입을 열었다.

"너 때문에 내가 불행해진다고?"

우진이 대답하지 않자 옆에 앉은 은솔이 그의 손을 힘주어 잡았다.

갑작스러운 손길에 그가 움찔 놀랐으나 손길을 뿌리치지는 않았다.

손으로 전해지는 온기만으로도 우진은 알 수 있었다.

서우진이라는 존재가 그녀를 불행하게 만든다 하더라도, 자신은 영원히 그녀를 포기할 수 없다는 사실을.

그는 맞잡은 손에서 시선을 떼지 못했다. 이 손길이 너무 소중해서…… 결코 잃어버릴 수 없었다.

"그런 생각, 하지 마. 날 제대로 알지 못하는 사람이 하는 말을 들을 필요는 없어."

은솔의 목소리가 또렷하게 울렸다. 그녀의 말에는 거스를 수 없는, 건강한 힘이 담겨 있었다.

"내가 괜찮으니까."

오랫동안 켜켜이 쌓아 올린 아버지의 비난이 그녀의 말 한마디에 무너지기 시작한다. 우진은 말없이 은솔만을 바라보았다.

두 사람 사이에 짙은 침묵이 맴돌았다. 아무도 쉽게 깨지 못하는 정적 사이로 병실 문이 열리는 소리가 들렸다.

문을 열고 나온 주치의가 보호자인 우진을 발견하고 한시름 놓은 얼굴로 그에게 다가왔다.

"서회준 환자, 바이털(Vital sign, 바이털 사인, 활력 징후). 안정화됐습니다."

우진과 은솔이 동시에 일어났다.

"들어가 보시겠어요?"

하지만 우진은 바로 대답하지 못했다. 꼼짝도 하지 않는 우진을 대신해서 은솔이 물었다.

"멘탈(Mental, 의식)은 돌아왔나요?"

"아뇨. 아슬아슬한데 바이털만 노멀로 돌아왔어요. 멘탈은 조금 기다려 보셔야 할 것 같습니다."

주치의는 그 말만 남기고 꾸벅 인사한 후 돌아갔다. 죽음이 목전에 다가온 환자에 대해 딱히 할 말은 없는 모양이었다.

우진은 복잡한 눈으로 닫혀 있는 출입문을 쳐다보았다.

들어가 볼까.

문득, 우진은 인턴으로 암 병동을 돌았을 때가 생각났다.

말기 암 환자들은 한 번 의식을 잃으면 다시는 회복하지 못하곤 했다.

죽음의 전 단계와도 같은 혼수상태에서 의식이 돌아오는 환자는 별로 보지 못했다.

"……들어갈 거야?"

멀뚱히 서 있는 우진에게 은솔이 말을 붙였다.

죽어 가는 아버지의 모습을 구경이라도 하며 비난하려고 했다.

그렇게 자식을 잡아먹지 못해 안달이던 사람이 먼저 죽게 되어 고소하다고 비웃고 싶었다. 보란 듯이 행복하게 살 거라고 선언하고 싶었다.

우진은 시선을 돌려 제 손을 든든히 잡고 있는 은솔의 손을 바라보았다.

그 순간, 그는 죽어 가는 아버지의 모습을 봐야 할 이유를 잃어버렸다. 상처로 인해 삐뚤어진 마음이 흩어졌다.

그는 홀가분한 마음으로 고개를 흔들었다.

"……아니."

그녀의 손을 잡고 있는 지금, 더는 아무것도 생각하고 싶지 않았다.

우진은 병실 출입문을 등졌다.

돌아가는 길은 우진이 운전대를 잡았다. 호스피스 병원에 다녀온 것이 금기라도 된 듯, 그들은 아무 이야기도 하지 않았다.

낯선 길목에서 벗어나 집 근처, 아는 길이 나오자 침묵을 지키던 은솔이 마침내 입을 열었다.

"불행한지 행복한지는 당사자만이 판단할 수 있는 거야."

어두운 밤거리에 시선을 고정한 채 은솔이 말을 이었다. 아까 자리를 바꾸었던 사거리에 다시 도착했다.

붉은 정지 신호를 보고 그가 횡단보도 앞에서 차를 세웠다.

"자격도 없는 아버지 말 따위에 휘둘리지 마."

우진은 대답 대신 그녀를 물끄러미 쳐다보았다. 미덥지 못한 그의 표정에 그녀가 미간을 좁히고 설명을 덧붙였다.

"네 친구도 그랬잖아. 내가 널 불행하게 만든다고. 그 말 믿어?"

"아니."

단번에 부정한 우진을 보고 은솔이 의기양양하게 웃었다.

"똑같은 거야."

그녀의 자신 있는 목소리에 그도 미소를 지었다. 도로 시선을 차창 밖으로 돌린 은솔이 말을 이었다.

"난 네가 모든 걸 다 갖고 있다고 생각해서 걔가 헛소리를 하는 줄 알았어."

"그렇게 보였으면 했어, 너한테는 좋은 모습만 보이고 싶었으니까."

모든 사실을 알린 지금마저도, 그는 그녀에게 잘난 모습만 보여 주고 싶었다.

자신의 우울한 사정을 말한 걸 후회하지 않는다면 거짓말일 것이다. 그가 걱정을 담아 말했다.

"네가 나 때문에 또 불행해질지도 몰라."

불행할 일이 없다고 단언하려던 은솔은 우진의 불안한 눈동자를 보고 한숨을 내쉬었다. 아직 그의 마음은 불안정한 모양이다.

그녀는 부정하는 대신, 아무렇지 않게 대꾸했다.

"그럼 그때 가서 차 버리면 되지."

"······그건 안 돼."

"안 될 게 뭐가 있어?"

"어떻게 잡은 건데."

그가 떨리는 손으로 그녀의 손을 잡았다. 그녀는 그에게 잡힌 제 손을 내려다보다가 웃음기 섞인 목소리로 중얼거렸다.

"뭐야, 그럼 달라질 게 아무것도 없잖아?"

비밀도, 오해도, 착각도 이제는 없다. 두 사람 사이에는 어차피 행복하고 즐거운 시간만이 남아 있을 테니까 달라질 것은 없었다.

거의 자정이 되어서 돌아온 은솔을 엄마가 맞아 주었다.

"왜 이렇게 늦었어? 일이 많았어?"

"아니, 서우진 아버지 때문에."

솔직하게 대답한 은솔이 지친 몸을 이끌고 방으로 향했다. 미선이 딸의 뒤를 쫓으면서 눈을 동그랗게 뜨고 물었다.

"응? 왜?"

"폐암 말기라 호스피스에 계시거든. 거기 운전해 줬어. 갑자기 위급하다고 연락 와서."

"뭐라고? 어머…… 어떡하니?"

미선이 손으로 입가를 가렸다.

어머니가 안 계신다는 우진을 가엾게 생각하고 있던 미선은 우진이 심지어 아버지까지 잃게 생겨 더욱 안쓰러워졌다.

은솔이 거실을 가로지르면서 대답한 바람에, TV를 보고 있던 동권도 고개를 홱 들었다.

"원장님이?"

"네."

"위급해? 호스피스? 폐암 말기?"

동권으로서는 전혀 상상하지 못한 소식이었다. 동권은 TV 전원을 끄고 은솔에게로 몸을 완전히 틀었다.

"어떻게 된 거야?"

"아빠도 모르셨죠? 정작 그 집 아들한테도 며칠 전까지 숨기셨대요."

"말도 안 돼. 얼마 전에 TV 출연하신 분이 캔서라니?"

뒤통수를 세게 맞기라도 한 양, 동권이 입을 쩍 벌렸다. 얼굴을 구긴 은솔이 맞장구를 쳤다.

"그러니까요."

지독한 성격이다. 은솔은 속으로 혀를 내둘렀다. 하긴, 그만큼 독한 사람이니까 하나뿐인 자식을 저렇게 망쳐 놨지.

솔직히 그녀는 곧 죽을 목숨인 원장이 별로 불쌍하지는 않았다.

이내, 미선이 끼어들었다.

"그래서, 거기 가서 인사드리고 온 거야?"

"엥?"

"그 양반 돌아가시기 전에 아들 결혼하는 거 보고 싶다곤 안 해?"

"결혼?"

뜬금없이 바뀐 대화 흐름에 은솔이 황당한 표정을 지었다. 사람이 다 죽어 간다는데 무슨 결혼?

"너희 둘이 결혼할 거잖아? 그러니까 그 집 아버지 보러 간 거 아니야?"

"멘, 멘탈도 없는 분한테 어, 어떻게 인사를 드려?"

엄마의 의아한 눈초리에 대충 대답한 은솔이 후다닥 방으로 도망치듯 들어갔다.

*　　*　　*

병원은 난리가 났다. 우진이 출근하기 무섭게 과장이 득달같이 달려와 꼬치꼬치 캐묻기 시작했다.

"서 선생! 도대체 무슨 소리야? 원장님이 호스피스 가 계신다니?"

우진은 아직 아무에게도 말하지 않은 사실을 알고 있는 과장이 신기했다. 사색이 된 과장과 달리, 우진은 담담하기만 했다.

"어떻게 아셨어요?"

"산부인과 과장한테 전해 들었어. 고 선생 아버지한테. 무슨 일이야?"

어제 은솔이 집에 알렸는지, 과장들 사이에서 벌써 소문이 돈 모양이었다. 우진은 별로 개의치 않는 표정으로 대답했다.

"……폐암 말기세요."

"무, 무슨 말기 암 환자가 멀쩡한 모습으로 사회생활을 해?"

휴가 신청을 하기 전까지만 해도, 회준은 주요 일정을 무리 없이 해냈었다.

물론 평소보다 조금 피곤해 보이기는 했지만…… 그게 병 때문이라고는 아무도 예상하지 못했다.

"저도 몰랐습니다. 호스피스 가시려고 장기 휴가 내셨던 거였어요."

"몰랐다고?"

황당해하는 과장과 반대로, 우진은 평소와 다름이 없었다.

감정을 추스르고 나니, 과장은 우진이 눈 하나 꿈쩍하지 않는다는 사실을 깨달았다.

그제야 환자 가족을 앞에 두고 혼자 너무 날뛰었구나 싶어서 부끄러워진 과장은 헛기침을 하고 우진의 마음을 헤아리려 노력했다.

"서 선생은 괜찮아? 아버지까지……."

"전 괜찮습니다."

하나뿐인 아버지의 목숨이 경각에 달렸는데도 우진은 불안해하거나 슬퍼하는 기색이 보이지 않았다.

젊은 나이에도 감정 수습을 그만큼 잘하는 모습이 대견했다.

역시 부전자전인 건가.

과장은 자신의 선배였던 서회준 원장을 떠올렸다. 매사에 무감각해 보이던 선배는 많은 후배들의 우상과도 같았다.

아무리 큰일이 닥쳐도 감정적이지 않은 그 모습을 서우진이 꼭 빼닮은 것도 같다.

사정을 들은 유남은 은솔의 옆에서 걱정스럽게 물었다.

"그럼 병원은 어떻게 되는 거예요? 부원장님이랑 이사님들이 알아서 하시나?"

"그것까진 저도 잘……."

병원 운영에 대해 티끌만큼도 알지 못하는 은솔은 말끝을 흐렸다.

아버지가 병원 오너임에도 우진 역시 잘 모르는 눈치였다. 병원을 걱정하는 기색이 보이지 않는 걸 보면, 우진은 이 병원에 큰 애착이 없는 것도 같다.

"어제 쌤도 호스피스 다녀오셨어요?"

"네."

"그래도 예비 며느리가 찾아가서 좋아하셨겠어요."

뭐라 대답해야 할지 몰라서 은솔은 어색히게 웃으니 고개를 저었다.

"멘탈 못 찾으셨어요."

"아, 되게 심각하신가 봐요."

유남이 미간을 잔뜩 찡그리자 은솔은 대답 대신 모호하게 웃었다.

심각한 상황이긴 했다. 뇌까지 암세포가 퍼진 서 원장이 정신을 되찾을 확률은 거의 없었다.

죽을 날만 기다렸던 사람이니, 연명 치료도 거부했을 터. 그에게는 죽음만이 기다리고 있었다.

"우진 쌤, 많이 힘드시겠어요."

"뭐…… 그렇죠."

은솔은 우진의 기분이 궁금했다.

평생 그를 괴롭혀 온 아버지가 떠나면 속이 시원할까? 아니면 서글플까? 그녀는 도저히 그의 마음이 어떨지 가늠도 하지 못했다.

자신이 할 수 있는 건…… 그저 곁에 있어 주는 것뿐.

하루 종일 아버지 안부를 묻고 답하느라 우진은 피곤했다. 수술을 연달아 하는 것보다 더욱 정신력 소모가 컸다.

지친 우진이 휴게실로 들어오자 소파에 앉아 있던 은솔이 그를 발견하고 말을 걸었다.

"피곤해 보여. 어제 제대로 못 잤지?"

"음."

그녀의 말마따나 우진은 어젯밤에 잠을 이룰 수가 없었다.

아버지의 죽음이 두려워서가 아니라, 은솔에게 자신의 어두운 과거를 털어놓은 탓이었다.

혹시 그녀가 불편해하면 어떡하지, 그녀가 아버지처럼 불쾌하게 생각하면 어떡하지…… 생각에 빠지자 안 좋은 상상만이 부풀어 올랐다.

그녀를 호시탐탐 노리는 남자들도 많았고, 어느 것 하나 모나지 않은 은솔은 서우진이 아니더라도 어딜 가든 환영을 받을 것이다.

우진은 은솔이 언젠가 떠날 수도 있다는 가능성을 엿보자마자 미칠 것만 같았다. 불안한 마음에 심장이 보통 때보다 빠르게 뛰었다.

어떻게 하면, 널 영원히 곁에 둘 수 있을까?

그런 마음을 숨긴 채 우진은 저벅저벅 걸어서 은솔의 앞에 멈춰 섰다. 그녀가 벽에 붙어 있는 간이침대를 가리켰다.

"저쪽에서 잠깐 눈 붙여."

"그럴까."

그러나 우진은 침대가 아니라 소파에 털썩 자리를 잡았다. 깜짝 놀란 은솔이 들고 있던 저널을 부랴부랴 치우면서 투덜거렸다.

"침대 가서 자라니까?"

"됐어."

짧게 대답한 우진은 대뜸 그녀의 무릎을 베고 누웠다. 다리에 느껴지는 무게감에 그녀가 눈을 동그랗게 떴다.

3인용 소파에 길게 누운 바람에, 그의 다리가 소파 밖으로 삐죽 튀어나왔다. 그녀가 혀를 쯧쯧 찼다.

"넌 키도 크면서 이 좁은 소파에 누우면 좋냐?"

"좋아."

그의 다정한 목소리가 맞닿은 부분에서 울려 퍼졌다. 간지러운 기분이 들었으나, 몸을 움직일 수 없는 은솔은 발가락만 꼼지락거렸다.

그가 그녀의 무릎을 팔로 감고 계속 속삭였다.

"침대보다 훨씬."

은솔은 아무 대답도 하지 않았다. 우진도 굳이 그녀에게 말을 걸지는 않았다. 조용한 공기만이 휴게실에 흐르고 있었다.

그가 그녀의 무릎을 손바닥으로 감싸고 부드럽게 매만졌다.

날이 더워지면서 얇아진 바지 때문에 그의 손길이 훨씬 또렷하게 느껴졌다. 그녀의 얼굴이 확 달아올랐다.

'뭐, 뭐, 뭐 하는 거야!'

속으로 경악하는 것과 달리, 그녀는 입 밖으로 한 마디도 내지 못했다.

무의식중에 그녀를 쓰다듬고 있던 우진은 혼자만의 생각에 빠져들었다.

그녀가 곁에 있고, 자신이 그녀와 함께하는 지금 이 순간이 너무나도 포근하고 행복해서 이대로 시간이 멈췄으면 싶었다.

세상에서 단둘만이 따로 떨어져 나온 듯한 기분에 가슴이 이루 말할 수 없이 벅차올랐지만, 그 틈을 비집고 불안이 싹을 틔웠다.

고은솔이 아니면 안 되는 서우진과 다르게 그녀는 얼마든지 그를 떠날 수 있다.

그렇기에 우진은 할 수만 있다면 영원히 그녀와 함께 있고 싶었다. 그녀를 자신의 곁에 붙잡아 두고 매일 이런 기분을 느끼고 싶었다.

그녀를 곁에 묶어 두는 가장 좋은 방법은…….

눈을 감은 그가 충동적으로 입을 열었다.

"은솔아, 우리…… 결혼할까?"

느닷없는 소리에 은솔이 화들짝 놀라 그를 내려다보았다. 눈을 뜬 우진이 그녀를 바라보면서 미소를 지었다.

당황한 그녀가 입술만 달싹거리다가 헛웃음을 지었다.

"……뭐야, 갑자기?"

"너랑 계속 이렇게 있고 싶어."

말을 마친 우진이 은솔의 어깨를 잡고 상체를 반쯤 일으켰다. 이내, 그의 입술이 그녀의 입술에 살짝 닿았다가 떨어졌다.

뻣뻣하게 굳어 있는 그녀에게 그가 가까이에서 소곤거렸다.

"그럼 정말 좋을 것 같거든."

몸을 일으킨 그가 빨갛게 익은 그녀의 얼굴을 양손으로 감쌌다.

소파에 나란히 앉아 마주 보는 자세 그대로, 그가 다시 입술을 겹쳐 왔다.

어딘가 모르게 절실하고 진한 키스에 그녀는 눈을 감아 버렸다.

아니, 근데 대답할 시간도 주지 않고 청혼이라니!

하지만 짜릿한 키스는 얼마 이어지지 못했다. 요란하게 울리는 벨 소리에 퍼뜩 정신을 차린 은솔이 우진을 밀어내고 전화를 받았다.

"네!"

—쌤, 어디 계세요?

유남의 전화였다. 은솔은 입가를 닦으면서 우진을 흘겼다. 병원에서도 서우진은 틈만 나면 애정 행각이었다.

그녀의 질타 섞인 시선에도 그는 어깨만 으쓱거릴 뿐 전혀 개의치 않는 모습이었지만.

"휴게실인데요."

―최준구 쌤이 수술실 오시래요.

"저요?"

―네! 마이크로(미세 접합 수술) 있어서요.

"알겠습니다."

전화를 끊은 은솔이 자리에서 일어나자 곁에서 전화 통화를 엿들은 우진이 못마땅하게 얼굴을 찡그렸다.

그녀가 그를 내려다보며 입을 열었다.

"왜 그런 표정이야? 차라리 나 없는 게 잠은 더 잘 자겠구만."

"고은솔."

전화 때문에 평온한 분위기가 깨져서 우진은 불만스러웠다.

만약 이곳이 병원이 아니라 둘만의 보금자리였다면 달콤한 공기는 계속 이어졌을 것이다.

그의 인생에 얼마 주어지지 않았던 행복도 계속 맛보았을 테고.

"결혼하자는 말 진심이야."

"누, 누가 뭐래? 알았어!"

그녀는 그를 형용할 수 없는 눈으로 보다가 도망치듯 휴게실을 빠져나갔다. 그는 닫힌 문을 복잡하게 쳐다보았다.

그녀가 말한 '알았어!'의 의미가 뭘까? 그의 진심을 알아준다는 건지, 결혼에 동의한다는 건지 그는 짐작이 영 쉽지가 않았다.

그는 천장을 한 번 올려다보고는 초조한 자신을 비웃으면서 한숨을 내쉬었다.

결혼하자는 소리를 듣자마자 당황한 은솔의 얼굴이 선했다. 아직 그녀는 결혼까지 원하지 않을 수도 있었다.

하지만…… 한 번 느껴 본 달콤한 기분을 더는 잃고 싶지 않았다. 이기적이라고 비난해도 어쩔 수 없었다.

이 불안이 걷히려면, 네 손을 잡는 수밖에 없으니까.

*　　*　　*

퇴근길에 전화가 왔다. 전화는 아버지가 입원해 있는 호스피스 병동에서 걸려 왔다.

"……예, 알겠습니다."

각오하고 있던 소식을 듣자 우진이 무거운 목소리로 대답하고 전화를 끊었다.

혼수에 빠진 후로 며칠이나 버틸까 싶었는데 역시 아버지도 예외는 아니었다.

아버지는 패혈증이 온 다음부터 의식을 되찾지 못했다. 세균을 이기지 못한 장기가 하나둘 죽어 가면 종래에는 목숨이 꺼질 것이다.

우진은 아무한테도 상황을 알리지 않고 혼자 먼 병원으로 향했다. 박 비서가 그를 맞아 주었다.

"오셨어요? 들어가 보세요. 그래도 아드님이라고 기다리고 계신 것 같네요."

박 비서는 물론, 담당 의료진도 우진이 도착하기 전에 회준이 숨을 거둘 거라 예상했지만, 아직 회준의 생명은 꺼지지 않았다.

우진은 닫혀 있는 병실 출입문을 막막하게 쳐다보았다. 이걸 열고 들어가면 모든 것이 정말 끝나게 될까.

우진은 마른침을 삼키고 문고리를 잡았다.

익숙하다면 익숙한 풍경이 병실 안에 펼쳐졌다.

곧 죽어 가는 사람의 상태를 면밀히 모니터링하는 기계, 그 사이로 평온하게 눈을 감고 있는 아버지의 모습.

세상의 평온을 다 얻은 듯한 아버지의 모습이 우진은 진저리나게 싫었다. 그는 자신에게 평생 지옥만 보여 주고는 혼자 떠나 버리는 무책임한 사람을 노려보았다.

"난 당신처럼 살지 않을 겁니다."

핏발이 선 눈으로 아버지를 응시하면서 우진이 또박또박 말했다.

그건 아버지에게 전하는 말이라기보다는, 자신의 마음을 다잡기 위한 소리였다.

"만약 당신하고 똑같은 처지가 되더라도, 내가 사랑하는 사람을 닮은 아이한테 최고의 아버지가 되어 줄 거라고요."

아버지는 대답은커녕, 아무 반응도 하지 않았다. 허무한 공기가 그의 발밑을 맴돌았다.

그는 가슴속에 담아 두었던 말을 토해 냈다.

"부럽죠? 당신은 죽어 가고 어머니도 곁에 없는데, 난 다 가지고 있잖아요."

우진은 은솔의 곁에 있을 때 느꼈던 잔잔하고 행복한 기분을 떠올렸다. 어쩌면 젊은 아버지도 느꼈을지 모르는 그 달콤한 행복이었다.

"그래도 기뻐하세요. 아무리 당신이 부정해도 난 당신 아들이고, 아버지 아들이 행복해지는 거니까요."

아버지는 평생 아들이 비참하고 불행하기를 바란 모양이지만, 그렇게 살 생각은 추호도 없었다.

우진은 점점 불안해지는 활력 징후를 모니터를 통해 힐끔 보았다.

아버지는 오늘 떠난다. 결코 긍정적이지 못한 숫자들을 보자 우진은 직감할 수 있었다.

기계음이 경고의 의미를 띠기 시작했다. 바깥에서 대기하고 있던 주치의가 벌컥 문을 열고 들어왔다.

우진이 쓸쓸하게 마지막 말을 남겼다.

"어머니 곁에 가시는 거니까 좋으시겠어요."

아버지의 입꼬리가 올라갔다는 착각이 든 순간, 높은 기계음이 일정하게 울렸다.

사망 선고가 끝나자 눈물 한 방울 보이지 않는 우진과 반대로 박 비서는 서럽게 흐느꼈다.

누가 보면 가족이 서우진이 아니라 박 비서인 줄 알만큼 두 사람의 태도는 정반대였다.

우진은 삼촌뻘 정도 되는 박 비서를 물끄러미 쳐다보다가 낮은 목소리로 감사를 표했다.

"그동안 수고 많으셨습니다."

"……뭘요."

박 비서는 눈물을 겨우 삼키고 대답했다.

그러고 보니, 병원 내에서 고용된 게 아니라 회준 개인에게 고용된 처지의 박 비서는 이제 일자리도 잃은 셈이었다.

자신에게는 끔찍한 아버지였지만 박 비서에게는 좋은 상사였나 보다. 문득, 우진은 그의 거취가 궁금해졌다.

"앞으로 일은 어떻게 하실 겁니까?"

"원장님께서 퇴직금을 크게 챙겨 주셔서…… 좀 쉬어 볼까 합니다."

우진이 대답 대신 고개만 끄덕였다.

곧, 박 비서는 회준이 지시한 대로 그의 죽음을 이곳저곳에 알렸다.

마지막 업무 지시를 완벽하게 끝낸 박 비서는 폭삭 늙은 듯 기운이 하나도 없었다.

박 비서는 말없이 서 있는 우진에게 말을 붙였다.

"조금만이라도 다정하게 보내 드리지 그러셨어요."

"아버지가 좋아할 말만 해 드렸습니다."

"네?"

"제가 아버지라면 듣고 싶었던 말이요."

어머니 곁으로 간다는 말이 아버지에게는 최고의 축복과도 같이 들렸을 것이다. 이만하면 효도는 다 한 거 아닌가.

하지만 박 비서는 우진의 말뜻을 이해하지 못한 듯 미간을 좁힐 뿐이었다.

하긴, 평범한 사람은 이해하지 못할 것이다. 자신이나 아버지처럼 꼬이고 비틀린 사람에게나 축복처럼 들릴 소리였다.

"너 괜찮아?"

은솔은 수척해진 연인의 모습에 속상한 시선을 보냈다. 우진이 대답 대신 미소를 짓자 그녀가 목소리를 높였다.

"왜 나한테 말 안 했어? 내가 그랬잖아, 뭐든 좀 말하라고!"

"미안해."

"미안하면 다야?"

"너 당직이었잖아."

당직 근무 중에 병원에서 서 원장의 죽음을 전해 들은 은솔은 기절하는 줄 알았다.

사정을 말하고 준구에게 대직을 부탁한 은솔은 머릿속이 하얗게 비어서 한달음에 달려왔다.

"은솔아, 나 말이야."

의자에 앉은 우진이 은솔의 허리를 끌어안고는 한숨에 섞어 말했다.

"이제 가족이 하나도 없어."

심장에 바늘이 꽂히는 것처럼 그녀의 가슴이 찌릿하게 조여들었다. 그는 그녀의 품에 얼굴을 묻고 계속 속삭였다.

"아버지가 사라지면 정말 좋을 줄 알았는데……."

그토록 미운 사람이 죽었으니까 속이 시원하고 홀가분해질 거라고 생각했다. 자신의 인생을 진창에 처박은 사람이 사라지면 기쁠 줄 알았다.

아버지가 죽는 날 만세 삼창을 하지 않을까 싶었는데.

"뭐 그렇게 기분이 좋진 않네."

그의 말끝이 힘없이 떨렸다.

은솔은 우진의 머리를 쓸어 주었다. 그는 더 이상 아무 말도 하지 않았다. 이럴 때 무슨 말을 해야 할지 몰라서 그녀는 그를 쓰다듬기만 했다.

자신의 손길이 그에게 위로가 되기를 바랐다.

은솔의 걸음을 시작으로 장례식장에는 조문객의 발길이 계속 이어졌다.

그 가운데 수부외과 과장은 영정 사진을 보면서도 허탈하게 중얼거릴 뿐이었다.

"어떻게 이렇게 가시지?"

장례식장에는 과장과 비슷한 표정의 조문객이 무척 많았다.

고인의 죽음이 사고사가 아니라 병사였다는 사실을 듣고 조문객들은 혀를 내둘렀다.

얼마 전까지도 활발하게 활동하던 사람이기에 더욱 충격이 컸다.

"서 선배…… 참 대단한 사람입니다, 진짜."

영정 사진에 대고 과장은 고인에게 전해지지 않을 말을 건넸다.

근처에 있던 은솔이 흘깃 과장을 곁눈질했다. 과장은 은솔의 시선을 느꼈는지 주절주절 말을 늘어놓았다.

"죽기 직전까지 근무하는 독한 사람은 처음 봤어. 어떻게 아무한테도 안 알리고 이렇게……."

과장은 원장이 폐암 말기라는 소식을 들었을 때만 해도, 갑작스럽게 세상을 떠날 줄은 몰랐다.

심지어 과장은 철인 같은 선배라면 말기 암을 이겨 낼지도 모른다는 이상한 기대까지 갖고 있었다.

하지만 죽음은 누구에게나 공평한 모양이다.

회준의 영정 사진에서 몸을 돌린 과장은 멀리 보이는 우진에게로 시선을 돌렸다.

슬퍼하는 기색 없이 손님을 맞는 우진의 모습은 담담하다 못해 무서울 지경이었다.

"서 선생도……."

서회준 원장을 내심 존경했던 과장은 문득 우진이 아버지를 꼭 닮았다고 생각했다.

"대단하다, 대단해."

과장은 살아 계시는 자신의 부친을 떠올렸다. 만약 아버지가 돌아가신다면 자신도 저 젊은 친구처럼 평정을 지킬 수 있을까.

"그럼 이제 서 선생은 어떡할 건지 물어봤어?"

"네?"

뜬금없는 질문에 은솔이 눈만 깜빡거렸다. 과장이 벽에 기대고는 말을 이었다.

"서 선생, 부모님 두 분 다 여의었잖아."

"아……."

"고 선생이 얼른 가족이 되어 줘. 너무 외로울 거 아니야."

과장이 우진에게 안쓰러운 시선을 보냈다. 은솔은 아까 우진이 했던 말을 상기했다.

"나 말이야. 이제 가족이 하나도 없어."

그의 뒷모습에서 진한 고독이 느껴졌다.

진료를 끝내고 장례식장을 찾은 태민은 화환에 적힌 내로라 하는 이름들을 보고 혀를 내밀었다.

"추모 화환 보니까 별세계는 별세계다."

자신의 친구가 평범한 집안 자식이 아님을 알고 있었지만, 의료계의 걸출한 이름들을 보고 있자 하니 태민은 어지러워졌다.

그는 재빨리 안으로 들어가서 우진을 찾았다.

"왔어?"

태연하기 그지없는 우진의 모습에 태민의 눈이 날카로워졌다.

우진은 지친 기색만 내비칠 뿐 슬프거나 힘들어하지는 않았다. 아무리 미워했다지만 아버지의 죽음인데도.

태민은 일단 우진의 상태를 파악하기보다 친구를 위로하는 데 중점을 두기로 했다.

"믿기지가 않네. 영원히 살아 있을 것 같은 분이었는데. 넌 좀 괜찮아?"

우진이 고개를 끄덕이자 태민은 허탈하게 한숨을 내쉬었다. 확실히 친구는 눈물 한 방울 흘린 모습이 아니었다.

태민이 근처 자리에 털썩 주저앉고는 친구로서 말했다.

"다 잊어."

"음."

자신의 인생 전체를 주무르던 아버지는 결코 잊을 수 있는 존재가 아니지만, 우진은 모호한 대답만 주었다.

태민은 테이블에 팔을 올리고 턱을 괸 채 물었다.

"속 시원해?"

"잘 모르겠어."

아직 우진은 아무런 실감이 나지 않았다. 그래서 더욱 덤덤해 보이는 걸지도 모른다. 그가 말을 이었다.

"이렇게 빨리 가실 거라고는 상상도 못 했으니까."

"차라리 잘됐어. 이런 말 미안하지만, 네 인생에서 빨리 사라져 주는 게 좋잖아."

그때였다. 우진을 찾아 주변을 두리번거리던 은솔이 이내 그들에게로 쪼르르 달려왔다.

"서우진, 누가 너 찾는……."

"고은솔?"

은솔을 본 태민이 눈살을 찌푸리고 그녀와 우진을 번갈아 보았다.

"네가 왜 여기 있어?"

"네가 무슨 상관이야?"

은솔은 자신에게 호의적이지 않은 태민한테 차갑게 대꾸했다. 우진은 은솔과 태민 사이에 흐르는 싸늘한 기류에 고개만 갸웃거렸다.

그녀가 우진의 팔을 잡아끌었다.

"빨리 가 봐."

"아……."

출입문 쪽으로 우진을 보낸 은솔은 자신의 등 뒤로 느껴지는 따가운 시선에 고개를 돌렸다. 태민이 떨떠름한 눈으로 그녀를 쳐다보고 있었다.

"왜?"

"뭐야? 너, 서우진하고 진짜 사귀어?"

"그렇다니까?"

"……너, 서우진 싫어하잖아."

그 계기에 일조를 한 사람이 누군데! 은솔은 태민을 짜증스럽게 응시했다.

저 인간 때문에 첫사랑이라는 환상이 확 깨져 버렸었다.

"이제 안 싫어하거든."

"하, 진짜 웃기네?"

"뭐가 웃겨?"

"그러면 10년 넘게 왜 희망 고문만 시켰어? 너 때문에 쟤가 얼마나 불안이 심했는지 알아?"

태민이 갑자기 시비를 걸기 시작했다. 은솔이 입술을 실룩거렸다. 이놈이 그렇듯, 자신 역시 그에게 한 치의 호감도 없었다.

"몰라!"

그녀의 당당한 대꾸에 그가 말을 잃고 멈칫했다. 하지만 그녀는 거리낄 것 없이 말을 이었다.

"서우진이 예전에 어땠는지는 상관없어. 지금 좋으면 그만이니까."

"와, 진짜 뻔뻔하네."

"그만 꺼져, 돌팔이야. 쟤 불안은 내가 다 낫게 만들 거거든?"

"뭐? 돌팔이?"

"삐까번쩍한 병원 있으면 뭐하냐? 친구 병도 못 고치면서."

은솔이 유치하게 덧붙였다.

그렇게 은솔과 태민이 눈싸움을 빙자한 기 싸움을 펼칠 때였다.

조문객과 인사를 마친 우진이 돌아와서는 기가 막힌다는 듯 두 사람을 바라보았다.

"뭐 하는 거야?"

"어……."

혀를 날름 내밀었던 은솔이 어색하게 표정을 갈무리하고 우진을 돌아보았다.

그녀가 태민에게 보란 듯이 우진의 팔짱을 끼고 얄밉게 말했다.

"저기 말이야, 우리 바쁘거든? 보다시피 손님이 너무너무 많아서."

"야, 부조금 냈으니까 밥이나 줘."

태민이 황당한 헛숨을 내쉬고는 투덜거렸다.

그렇게 억지로 음식을 꾸역꾸역 먹은 태민은 소화 불량을 호소하면서 집으로 돌아갔다.

우진은 아까 은솔이 태민에게 보이던 스스럼없는 모습이 의아했다.

고은솔과 주태민은 대학 이후로 접점이 없었기에 아는 사이라는 점이 신기했다.

"주태민하고 아는 시이었어?"

"아니, 뭐 안다기보다는……."

은솔이 말끝을 흐렸다.

예전에 주태민에게 득달같이 달려가서 우진에 대해 물어본 경험이 있었다.

그걸 말할까 말까 고민하던 은솔은 지금 같이 정신없을 때 보다는 나중에 알리는 편이 낫다고 생각했다.

타이밍 좋게, 장례식장에 도착했다는 부모님의 전화가 왔다. 은솔은 우진의 눈치를 살피면서 슬그머니 전화를 받았다.

"입구에 계세요. 내가 나갈게."

늦은 밤, 동권과 함께 조문을 온 미선은 얼굴도 모르는 고인보다 우진을 걱정했다.

"혼자 되어서 어떡해요?"

"괜찮습니다."

어차피 혼자 살아온 것이나 다름없었다.

남보다도 못한 사이인 아버지를 영영 떠나보냈지만, 그렇다고 해서 생활이 크게 달라지지는 않을 것이다.

하지만 미선은 우진의 말을 곧이곧대로 듣지 않았다.

"괜찮기는. 장례 끝나고 다른 데 가지 말고 우리 집에 와. 밥 챙겨 줄게요."

그때, 멀리서 누군가가 동권을 불렀다.

"과장님! 아니, 사모님도 오셨네요."

우진에게 양해를 구한 후, 동권과 미선은 자리를 떴다.

장례식장에 자리한 사람들이 대체로 병원 사람들이어서, 미선은 병원 내 다른 진료과 과장들과 인사를 하느라 정신이 없었다.

오랫동안 개인 병원에서만 일했던 동권이 규모 있는 병원에 들어간 게 처음이라 미선은 인사 자리가 불편했다.

얼마간의 인사 자리에서 슬쩍 도망쳐 나온 미선은 딸을 급하게 찾았다.

"얘, 은솔아."

"네?"

"병원에 너희 결혼한다고 그랬어?"

뜬금없는 소리에 은솔이 미간을 찡그렸다.

"아닌데, 다들 그렇게 생각하고 있긴 하더라고."

"어우, 얘…… 이래도 되는 거니? 너희 아빠가 이제 뭐 실세가 되겠다느니 별 이상한 소리들을 하고 있다고."

은솔의 안색이 어두워졌다. 병원 경영에 대해 아는 바가 없는 은솔은 벌써부터 뜬구름을 잡는 사람들이 원망스러웠다.

아무리 우진에게 가혹한 아버지였지만 그래도 장례식장인데.

"엄마, 그런 거 신경 쓰지 마. 아빠한테도 말씀드려요. 장례식장에서 말도 안 되는 소릴 하고 있어."

기분이 나빠진 은솔이 투덜거렸다. 미선도 비슷한 기분인지 고개를 끄덕이는 거로 동감을 표했다.

가방을 어깨에 멘 미선은 갈 채비를 하지 않는 딸을 보고 의아하게 물었다.

"넌 집에 안 가?"

"어…… 난 여기 있을게."

"왜?"

"혼자 두고 갈 수는 없잖아."

우진 쪽을 턱짓으로 가리킨 은솔이 말하자 아차 싶은 미선은 한 손으로 입가를 가렸다.

"어머, 그렇지. 알았어."

기꺼이 허락한 미선은 먼저 걸음을 옮겼다. 은솔은 부모님의 뒷모습을 복잡하게 쳐다보았다. 이제 정말 앞으로 어떻게 되는 거지.

그러나 은솔은 고개를 흔들었다. 미래에 대한 생각은 미루고 싶었다. 지금 중요한 건 그 무엇보다도 눈앞의 연인이었으니까.

"은솔아."

사람들이 드물어진 시간, 지친 우진이 허리를 굽혀 그녀의 어깨 위로 머리를 내렸다.

그녀는 그의 등을 위로라도 하듯 쓸어 주었다.

"이제 다 끝났겠지?"

"응."

그녀의 대답에 그는 아무 말 없이 긴 한숨만 내쉬었다. 오랫동안 참아 왔던 감정이 한숨에 녹아 흘러나왔다.

그녀는 양쪽 팔로 그를 끌어안았다. 따뜻하고 또 포근하다. 그가 눈을 지그시 감았다.

"너무 힘들어하지 마."

은솔의 위로에 우진은 아무 말 없이 그녀의 온기를 즐기기만 했다.

그때, 그녀가 전혀 기대하지 않았던 소리를 했다.

"내가 네 가족이 되면 되잖아."

"……뭐?"

순간, 우진은 잘못 들은 건가 싶어서 고개를 들었다. 어느새 그의 얼굴에는 외로움 대신, 믿기지 않는다는 표정이 자리 잡고 있었다.

그와 눈이 마주치자 은솔이 희미하게 웃으며 주변을 둘러보았다.

"여기서 이런 말 하긴 뭐한데……."

장례식장에서 상주에게 청혼하는 여자는 자신이 처음이겠지만.

"나중에 나랑 결혼하자."

은솔은 용기를 내서 멋쩍은 얼굴로 끝까지 말을 이었다. 그런데 그녀의 폭탄 같은 프러포즈에 우진은 아무 대답도 하지 않았다.

반응 없는 그의 모습에 그녀의 마음이 쪼그라들었다. 괜히 말했나 봐. 그녀가 어쩔 줄 몰라 눈동자를 이리저리 굴렸다.

"어, 역시…… 좀 이상한가? 나중에 다시 이야기할래?"

너무 급했나 싶어서 은솔이 마른침을 삼킬 참이었다. 갑자기 우진이 그녀를 와락 끌어안았다.

"아니, 전혀."

단호하게 말한 그가 그녀를 더욱 세게 끌어안고는 귓가에 속삭였다.

"무르는 거 없어."

서우진의 전 인생에 드리워졌던 어두운 구름이 걷히는 순간.

잡힐 듯 잡히지 않았던 따뜻하고 환한 빛이 마침내 그에게 쏟아졌다.

· · · · ✖ 에필로그 ✖ · · · ·

침대 헤드에 기댄 은솔은 혜정과 통화 중이었다. 민주가 독립을
결정하게 되면서 언제 한번 만나자는 용건을 전해 들었다.

주말 즈음에 약속을 잡고 통화를 막 끝낼 참이었다.

—아, 근데 서우진은 좀 괜찮아?

"어? 뭐⋯⋯."

혜정이 갑자기 우진의 안부를 묻는 바람에 은솔은 옆에서 잠들
어 있는 우진을 내려다보았다.

햇빛이 쏟아지는 환한 얼굴, 단정하게 감겨 있는 눈, 살짝 입꼬리
가 올라가 있는 입술⋯⋯.

"괜찮은 거 같은데."

—괜찮아 보여도 마음이 제 마음이겠니?

사정을 알지 못하는 혜정은 우진이 부모를 모두 여의었다는 사실에 안타까워하고 있었다.

하지만 은솔이 보기에 우진은 전보다 편안해 보였다.

─옆에서 잘 챙겨 줘.

은솔은 미동도 하지 않는 우진에게서 시선을 떼지 않았다. 잘 챙겨 주라고?

엄마가 워낙 서우진을 걱정해서 일주일에 너댓 번은 저녁을 같이 먹었다. 어쩌다 오늘처럼 오프가 겹치면 거의 하루 종일 그의 곁에 있었다.

문제는 같은 아파트 단지에서 그러고 있다는 데 있었다. 오랜 이웃들은 너무나도 당연하게 우진을 사위로 취급했다.

아직 결혼도 하지 않았는데.

"그러고 있거든."

은솔이 투덜거렸다. 그 소리에 깼는지 우진의 눈이 반짝 뜨였다.

그녀와 눈이 마주치자 그의 입가에 미소가 올라왔다.

통화 중인 것을 의식해서 은솔이 조용히 하라는 듯 검지를 입술에 가져다 댔다. 우진의 시선이 휴대폰에 닿았다.

─그래도 너라도 있으니까 다행이다. 집도 근처 사니까 자주 볼 테고 병원에서도 거의 맨날 보니까 덜 외로울 거 아니야.

혜정이 계속 말할 때였다. 우진이 은솔의 허리를 휘감아 제게로 휙 끌어당겼다. 은솔의 눈이 동그랗게 커졌다.

"아, 야!"

─가능하면 오프도 맞추고 그런……?

혜정의 말이 중간에 끊겼다.

휴대폰을 가운데 두고 이상한 침묵이 흘렀다. 은솔은 태연한 표정을 짓는 우진을 흘겨보았다.

네 말대로 조용히 있었잖아? 우진의 눈이 그렇게 말하고 있었다.

이내, 떨떠름한 혜정의 목소리가 들렸다.

—……둘이 같이 있어?

"어? 응."

—그으래? 서우진하고? 아침부터? 아니면 어젯밤부터?

어느새 혜정이 느끼하게 대꾸하고 있었다. 은솔이 미간을 좁혔다.

"또 이상한 생각하지?"

—어머? 내가 언제? 이상한 생각은 네가 했겠지. 이상한 짓을 했든지.

신이 난 혜정의 말을 듣자마자 은솔은 놀림거리가 되기 전에 통화를 끝내야겠다고 본능적으로 눈치챘다.

"그만 끊자."

—전화 끊고 뭐 하려고?

"야!"

깔깔거리는 혜정의 웃음소리를 끝으로 은솔이 전화를 뚝 끊어버렸다.

휴대폰을 침대 옆 테이블에 놓고 나서 그녀는 제 허리를 꽉 안고 있는 우진의 어깨를 찰싹 때렸다.

"통화 중이라고."

"그래서 아무 말도 안 했잖아."

하긴, 말은 안 했다. 은솔이 한숨을 내쉬었다. 서우진은 쓸데없이 잔머리를 잘 쓴다.

그녀가 그의 손을 못마땅하게 보자 그가 기막힌 소리를 했다.

"손이 통제를 벗어나는 것 같아."

"말이 되는 소릴 해라."

그는 대답하는 대신 눈웃음만 보냈다. 흥, 그녀가 콧방귀를 뀌었다.

"좀 놔. 일어나게."

우진은 순순히 은솔을 놓아주었다. 그녀가 침대 밖으로 다리를 뻗을 참이었다. 어느새 휴대폰을 든 그가 그녀에게 제 휴대폰을 내밀었다.

"이거 봐."

"뭐야?"

화면에 올라온 것은 열대 휴양지처럼 보이는 곳에서 바다를 등지고 선 커플이 찍힌 사진이었다.

캐주얼한 분위기의 하얀 드레스를 입은 여자는 큼직한 꽃다발을 들고 있었다.

"예쁘지? 하와이에서 식 올리는 건가 봐."

"⋯⋯하와이에서?"

그러고 보니 사진 속 배경은 야자나무와 특이한 꽃으로 잔뜩 치장되어 있었다. 그러니까 여기가 하와이라고?

"여행도 할 겸 초대했다가 부부는 신혼여행 가고 하객들은 귀국

하는 거지."

그 순간, 은솔은 우진의 담담한 목소리에서 열망을 읽었다. 그녀는 화면에서 시선을 떼고 그를 바라보았다.

장례식이 끝난 지 얼마 되지도 않았다.

방금 혜정이 우진의 안부를 물었던 것처럼, 병원 사람들은 우진을 걱정하고 있었다. 그런데 정작 서우진 본인은 결혼식을 꿈꾸고 있다.

"서우진."

"음?"

"나한테 다들 뭐라고 하는 줄 알아?"

뜬금없는 말에 우진이 고개만 살짝 기울였다.

사람들은 우진에게 직접 안부를 묻는 대신, 은솔을 통해 우회적으로 소식을 얻어 가곤 했다.

즉 고은솔은 툭하면 서우진에 대한 이야기를 하고 있는 셈이었다.

그녀가 말을 이었다.

"너 괜찮냐고 묻고 있어."

"난 괜찮은데, 왜?"

"왜긴 왜야?"

전혀 모르겠다는 우진의 기색에 은솔이 답답한 한숨만 내쉬었다.

"아, 진짜 어디 가서 네가 결혼식만 생각하고 있다는 말을 할 수는 없고."

개인적인 사정을 다 제쳐 두면, 서우진은 이제 막 홀아버지를 여읜 상태였다. 그런 상황에서 갑자기 결혼을 하는 건 무리였다.

"크게 안 해. 간단하게 하면 되잖아?"

물론 서우진의 간단한 결혼식은 전혀 간단하지 않았다.

해외 휴양지에서 야외 결혼식을 찾아보고 있는 것부터 전혀 간단하지 않다고!

"하여튼 지금은 아니야."

"왜?"

"우리 석 달은 지나고 생각해 보자."

"석 달이나 기다리라고?"

우진이 그답지 않게 목소리를 높였다. 그는 황당한 소리를 들은 사람처럼 그녀에게 믿을 수 없다는 눈빛을 보냈다.

"왜 그래야 돼?"

"아버지 돌아가신 지 이제 한 달 됐거든? 보통은 상 치르고 바로 결혼식 같은 거 안 한다고."

은솔의 대답을 듣자마자 우진의 기대 가득했던 눈이 일그러졌다.

그러나 우진은 단호한 성격의 은솔에게 더 이상 결혼을 밀어붙일 수는 없었다. 강요를 계속했다가 그녀가 질색을 할 수도 있기 때문이었다.

그 대신, 그는 당장의 실망을 잠재우기 위해 그녀를 끌어당겼다.

"왜 이래?"

다리를 침대 밖으로 뻗기 무색하게, 그녀는 도로 그에게 붙들리고 말았다. 그의 가라앉은 눈동자가 누워 있는 그녀를 향했다.

"은솔아, 나 말이야."

은솔을 팔 아래 가둔 우진이 고개를 숙여서 귓가에 속삭였다.

"지금 좀 많이 외로워졌어."

"뭐라고?"

당황한 은솔이 우진의 팔을 잡았으나, 그는 그녀의 가느다란 목에 입술을 내렸다.

그의 입술이 닿는 곳마다 피부가 달아오르는 착각이 들었다. 소리 없이 이어지는 가벼운 키스에 그녀는 꼼짝도 할 수 없었다.

아니, 결혼 좀 미뤘다고 외로워져?

하지만 은솔은 우진의 외로운 모습을 보면 마음이 쉽게 누그러지곤 했다.

타인 앞에서는 절대 약한 모습을 보이지 않는 서우진이 유일하게 고은솔에게만은 솔직한 감정을 드러내니까.

목을 지나 쇄골에서 그의 더운 숨이 터지자 그녀는 한숨을 내쉬고 나서 그를 꼭 끌어안아 주었다.

* * *

평소와 다름없는 하루였다. 수술실을 들락날락하다 보니 하염없이 시간이 흘러갔다.

퇴근을 앞둔 은솔은 오늘 당직인 우진을 멀리서 지켜보았다.

언제나처럼 서우진은 사람들 사이에서 눈에 띄었다. 다른 사람

보다 키가 훌쩍 커서, 그를 찾는 건 쉬운 일이었다.

수부외과 과장과 대화를 나누던 우진이 농담을 들었는지 멋쩍게 웃었다.

맑고 하얀 얼굴에 미소가 번지자 은솔은 그의 살짝 휘어진 눈매와 부드럽게 올라간 입가를 넋 놓고 응시했다.

그때 뒤에서 누군가가 그녀의 등을 톡톡 쳤다.

"……쌤!"

"아, 네?"

번뜩 정신을 차린 은솔이 고개를 돌렸다. 유남이 은솔을 바라보고 있었다. 유남은 은솔이 보고 있던 방향으로 고개를 쭉 뺐다.

"안 가고 뭐 하세요? 어? 우진 쌤 보고 계셨구나."

유남이 엉큼하게 웃으면서 말했다.

서우진을 보고 있던 게 거짓말은 아닌지라, 은솔은 대답 대신 웃어 넘기기만 했다.

웃음을 거둔 유남이 도로 은솔에게 시선을 돌렸다.

"그래도 우진 쌤 요즘 편안해 보여서 다행이에요."

"그래요?"

"장례식 때는 되게 날이 서 계신 것 같았거든요. 그럴 수밖에 없긴 했지만요."

은솔은 장례식 내내 우진과 함께 있었다.

그는 그다지 슬퍼 보이지는 않았지만 무척 지치고 외로워 보였다. 스무 살 때부터 그에게서 보였던 고독이 장례식 동안 읽혔다.

그러나 우진은 장례식이 끝난 이튿날부터 일상으로 복귀했다.

수부외과 자체적으로 그를 배려해서 바로 수술실에 서지는 않았지만, 추가적인 휴가 없이 진료를 시작했고 아버지의 예기치 못한 죽음으로 인한 상속 문제 같은 복잡한 일도 변호사를 통해 깔끔하게 처리했다.

모두들 우진이 강인하다고 칭찬했다. 장례식장에서도 담담한 모습을 보여 줬었고, 실제로 그는 감정적으로도 전혀 동요하지 않았다.

그런데…… 정말 아무렇지 않은 걸까? 괜찮은 것과 괜찮아 '보이는' 것은 다르지 않나?

우진의 속을 들여다볼 수 없으니 은솔은 가끔 답답해지곤 했다.

서른 해가 넘는 아버지와의 일들을 우진은 그저 몇 마디로 압축해서 알려 주었다.

물어보고 싶어도 그의 오랜 상처를 다시 터뜨리게 될까 봐 두려워서 은솔은 더 이상 묻지 않았다.

그러다 보니, 그녀는 그를 완전히 이해하지 못한다는 생각이 들 때가 있었다. 지금처럼.

"근데요, 쌤. 언제 결혼하실 거예요?"

"아, 그게 좀 걱정이에요."

"네? 왜요?"

"서 선생은 빨리 안정적인 가정을 꾸리고 싶은 것 같은데……."

그런 와중에 은솔이 우진에 대해 확신하는 건 그가 가족을 원한다는 점이었다.

아주 오랫동안 고은솔만을 바라본 서우진은 '진정한 가족'에 환상과 함께 열망을 갖고 있었고, 그녀를 제 인생의 반려로 생각하고 있었다.

그런데 상황이 또 녹록지 않았다.

"아무래도 아버지 돌아가신 지 얼마 안 됐으니까요."

은솔의 말은 일견 그럴싸했다. 부친을 여읜 지 오래 지나지도 않았는데 새신랑이 되어 웨딩마치를 울리는 건, 경우에 어긋나 보이니 말이다.

그러나 유남은 고개를 갸웃거렸다.

"우진 쌤이 괜찮다면 상관없지 않아요?"

"네?"

"보통 시간 두는 이유가 그거잖아요. 마음 잘 추스르라고. 행복한 날에 슬프면 안 되니까요."

유남의 말은 은솔에게 또다른 관점을 제시해 주고 있었다. 뜻밖의 대꾸에 은솔은 할 말을 잃었다.

유남이 헤헤 웃으면서 계속 말했다.

"그런데 본인이 좋다니까, 상관없는 거 아니에요? 뭐, 결혼 준비라는 게 바로 되는 것도 아니고요."

은솔은 멀리 서 있는 우진을 다시 쳐다보았다. 여느 때와 다르지 않은 그의 모습이 보였다.

하지만 다른 사람은 알아차리지 못하는 우진만의 희미한 외로움이 그녀의 눈에 비쳤다.

퇴근한 은솔은 집으로 돌아가는 대신, 민주의 독립을 축하하기 위해 혜정과 함께 민주의 집을 찾았다.

도심 한복판에 위치한 초고층 오피스텔은 새로 지어서인지 번쩍번쩍했다.

"뭐야, 뭐야! 김민주! 시설 장난 아니다!"

혜정이 호들갑을 떨었다. 현관부터 대리석으로 꾸며진 고급스러운 바닥을 보고 은솔은 저도 모르게 감탄했다.

"우와! 좋겠다."

그런 친구들과 달리, 민주는 그다지 감흥이 없는 듯했다. 친구들을 거실로 안내하면서 민주가 투덜거렸다.

"결국 월세 살이 하는 데 뭐가 좋아."

"그래도 난 우리 집 나가서 살아 본 적이 없거든."

민주가 권하는 소파에 앉은 은솔이 부러움을 담아 대꾸했다.

실제로 은솔은 아주 어렸을 적부터 부모님과 함께 지금 사는 아파트에서 쭉 살았다.

아마 결혼하기 전까지는 계속 부모님과 함께 살 것이다.

이내, 민주가 와인을 따고 잔을 채우며 이상한 소리를 했다.

"서우진하고 결혼하면 이것보다 더 좋은 데서 살아. 펜트하우스라든지."

"서우진은 또 왜 끌고 와?"

깜짝 놀란 은솔이 불만스럽게 대꾸했다. 은솔의 옆에 앉은 혜정이 씩 웃으면서 은솔의 옆구리를 쳤다.

"같이 오지 그랬어?"

"걔 오늘 당직이야."

"흐응…… 그래서 외로우셔?"

혜정과 민주가 위험하게 웃었다. 이 변태들이 또 이상하게 몰고 가기 시작한다.

특히 며칠 전, 이혜정이 전화상으로 이상한 오해를 한 바람에 은솔은 해명하느라 곤욕을 치렀었다.

"뭐라는 거야."

더 이상 친구들의 놀림감이 되고 싶지 않아서 은솔은 얼굴을 구기고 와인을 벌컥벌컥 마셨다.

씁쓸하고 떫떠름한 맛에 그녀가 눈살을 찌푸렸다.

"아, 근데 이거 맛이 왜 이래?"

"그거 겁나 비싼 거야. 좀 살살 마셔."

"비싼 게 맛이 왜 이러냐고."

"어휴! 입맛하고는. 자, 맥주나 먹어라."

영 자신의 취향이 아닌 와인을 옆으로 밀어 둔 은솔은 민주가 건넨 캔 맥주를 땄다. 시원한 소리가 실내를 경쾌하게 울렸다.

"이혜정, 너희 결혼할 때 준비 얼마나 걸렸어?"

"응? 결혼 준비하게?"

"그냥 묻는 거야. 궁금해서."

"시간은 별로 안 걸렸어. 예원이랑 오래 사귀었으니까…… 한 3개월?"

당시를 떠올린 혜정이 치를 떨며 대답했다.

"으, 어른들 선물 맞추는 게 제일 힘들었지. 다른 것보다 그때 다 때려치우고 싶었어. 그런 거 아니면 별로 스트레스는 안 받는데……."

러그가 깔린 바닥으로 내려온 혜정이 테이블에 팔을 걸치고 턱을 괸 채 말을 이었다.

"넌 진짜 스트레스 없겠다. 진짜 네 마음대로 진행해도 되잖아."

"왜? 넌 마음대로 못 했어?"

"기억 안 나? 예배 봤잖아."

"아……."

은솔과 민주가 혜정을 안타깝게 쳐다보았다. 혜정의 시댁은 아주 독실한 종교를 가져서 결혼식도 남들과 다른 방식으로 진행되었다.

"난 솔직히 파티처럼 하고 싶었어. 피로연도 엄청 길게 하고, 외국처럼."

그러나 당시 혜정에게는 발언권이 없었고, 인생에 한 번뿐인 결혼식은 그렇게 지나간 일이 되어 버렸다.

이내 민주가 은솔에게 물었다.

"언제쯤 하려고?"

"아, 하긴 해야 하는데…… 언제 해야 하나 고민되기는 해."

"고민할 게 뭐 있어? 편할 때 해. 아니다. 날씨 좋을 때 해. 그게 좋더라. 너무 덥거나 너무 추우면 짜증 나고 가기도 싫어."

민주는 철저하게 하객의 입장에서 의견을 냈다. 은솔이 한숨을 푹 내쉬고 중얼거렸다.

"괜찮으려나? 한 1년은 기다렸다 하는 게 좋지 않을까?"

속 편한 소리에 민주가 눈살을 확 찌푸렸다.

"우리 나이가 몇 살인데 기다려?"

"그래도 아버지 돌아가신 지 얼마 안 됐잖아."

"내가 보증하는데 하늘에 계신 서우진 아버지는 아들이 노총각으로 늙느니 하루라도 빨리 결혼하기를 바랄 거야."

혜정이 거들자 은솔의 마음이 복잡해졌다.

서둘러 결혼하기를 원하는 우진을 생각하면, 그의 뜻대로 해 주는 게 맞긴 한 것 같다만······.

곧, 자리에서 일어난 민주가 냉장고에서 갖가지 술병을 들고 왔다. 거실 테이블 위에는 이름 모를 술이 즐비했다.

민주가 신이 나서 말했다.

"밤새 술 마시는 거지?"

"야, 안 돼. 나 집에 들어가야 한다고."

술병 개수를 세어 본 혜정이 기겁하면서 손을 내저었다. 민주가 콧방귀를 뀌었다.

"아, 유부녀 진짜 재미없네."

"결혼 문제가 아니라 체력 때문에 밤새 술 못 먹어. 우리가 스무 살도 아니잖아."

혜정이 나름대로 항변했지만, 민주는 입술만 실룩일 뿐이었다. 은솔은 어린애 같은 친구의 태도에 혀를 차며 한마디 했다.

"남들은 스무 살에 자취방 들어가서 파티하는데 김민주는 서른네 살에······ 쯧쯧."

"독립 못 한 고은솔보다는 낫거든?"

하긴, 서른네 살에 아직도 부모와 함께 사는 고은솔보다야 김민주가 독립적이기는 하다.

괜스레 한 방 먹은 은솔은 한 번에 맥주를 반쯤 비웠다. 민주가 불만스럽게 투덜댔다.

"에이, 같이 먹으려고 산 건데 그럼 남은 술은 누가 다 마셔?"

은솔과 혜정이 동시에 민주를 쳐다보고 입을 모아 말했다.

"네가 다 먹어야지."

"김민주 말고 누가 먹어?"

"뭐라고?"

예상과 다르게 흘러가는 상황에 민주의 얼굴이 잔뜩 일그러졌다.

새벽까지 민주에게 시달렸던 은솔은 오랜만에 술을 잔뜩 마셔서 기분이 좋았다.

민주가 사는 오피스텔의 세련된 인테리어를 떠올리면서 그녀는 아파트 공용 현관 비밀번호를 눌렀다.

'나도 독립하고 싶긴 하네.'

이 집에서 서른 해를 넘게 살았더니 슬슬 다른 곳에서 살아 보고 싶은 마음이 들었다.

그녀는 익숙한 엘리베이터에 올라 익숙한 버튼을 누르고 얼마 뒤, 익숙한 집 안으로 들어갔다.

실내는 고요했고 어두웠다.

결혼 35주년 기념으로 부모님이 여행을 가 버린 탓에 집은 텅 비어 있었다. 동생인 은석은 이 틈에 친구들과 놀러 나간 듯했다.

"어우, 더워. 씻어도 덥네."

샤워를 하고 나온 은솔은 에어컨을 켜고 소파에 앉아서 멍하니 거실을 둘러보았다.

문득, 외로움이 확 밀려들었다. 그러고 보면 자신은 빈집에 들어온 적이 별로 없었다.

언제나 집에는 엄마가 있었고 집안 공기는 포근했다. 엄마가 자리를 비워도 집에는 동생이나 아빠가 있었다.

누군가가 집에 항상 있다는 건 자신에게 너무나도 당연한 일이었다.

'혼자 살기는 글렀다.'

그런 생각을 하면서 은솔은 거실 베란다 문 앞에 섰다. 맞은편에 아파트 건물이 보였다.

그녀는 불이 꺼진, 비어 있는 창문을 물끄러미 쳐다보았다.

서우진은 매일 이런 시간을 보냈을까?

태어나자마자 어머니를 잃고, 남이나 다름없는 아버지와 살다가 이제는 아버지마저 세상을 떠났다.

조부모는 물론, 친척도 없었고 인생을 바꿔 줬다던 사람들마저도 타인이었다.

그런 우진이 가족을 갈망하는 건 어쩌면 당연한 일일 것이다. 은솔은 한숨을 내쉬었다.

집에 돌아왔을 때, 누군가가 반갑게 맞아 주는 일상을 그도 알면 참 좋을 텐데.

내일 하루라도.

그 순간, 은솔의 가슴속에서 불쑥 이상한 충동이 일었다. 바로 몸을 돌린 그녀는 빠른 걸음으로 거실을 빠져나가려다가 멈칫했다.

"아차, 에어컨."

그 와중에도 에어컨을 끈 은솔은 텅 빈 집을 한 번 휘휘 둘러보고는 후다닥 현관을 나섰다.

그녀가 향한 곳은 바로 옆 동 건물이었다. 끝자리 하나만 다른 공용 현관 비밀번호를 누른 그녀는 곧장 우진의 집으로 들어갔다.

조용하고 서늘하다. 정적 속에서 들리는 건 공기 청정기와 에어컨이 돌아가는 미미한 소리뿐이었다.

서우진은 늘 이런 풍경을 보겠구나.

어두운 집 안이 싫어서 은솔은 거실 불을 환하게 밝혔다.

사방이 밝아지자 자신의 집보다 이곳이 더욱 삭막하고 외롭게 느껴졌다. 최소한의 물건만 두고 사는 우진의 성격 탓이었다.

침실로 들어온 은솔은 우진의 침대에 벌렁 드러누웠다. 아직 다 마르지 않은 머리가 뺨에 달라붙었지만, 그녀는 손도 까딱하지 않았다.

오랫동안 깨어 있어서 그런지 눈이 저절로 감겼다.

오전에 퇴근한 우진은 불이 환하게 켜져 있는 거실을 의아하게 둘러보았다.

불을 켜고 나갔었나? 그는 고개를 갸웃거리면서 침실로 들어갔다.

"……어?"

이내, 우진은 자신의 침대에서 뜬금없이 자고 있는 은솔을 발견하고 걸음을 멈추었다.

순간, 심장이 바닥으로 툭 떨어지는 듯했다. 그를 짓누르고 있던 피곤이 확 사라졌다.

너무 피곤해서 환상을 보는 건가? 눈을 몇 번이고 감았다 떴으나 확실히 그녀가 쿨쿨 잠들어 있었다.

'왜 여기서 자고 있지?'

머릿속이 하얗게 변한 우진은 재킷을 침대 옆 테이블 위에 대강 올려 두고 침대가에 앉았다.

인기척이 나는데도 그녀는 꼼짝도 하지 않았다. 깊게 잠든 모양이었다.

은솔에게 시선을 고정한 그는 그녀가 혹시 미리 연락을 했나 싶어 휴대폰을 꺼냈다. 물론 은솔의 번호로 온 연락은 하나도 없었다.

깨워야 하나, 내버려 둬야 하나.

문득 우진은 어제 은솔이 퇴근 후 친구의 집들이를 간다는 말을 떠올렸다.

술을 많이 마시고 집을 착각한 걸까?

요즘 휴일에 그녀는 그의 집에서 종종 시간을 보냈었다. 착각을…… 했을지도 모른다.

갈팡질팡 고민하던 그가 조심스럽게 그녀의 어깨를 잡았다. 언제 집에 왔는지는 모르겠지만 착각을 했다면 깨워야 할 것 같았다.

"은솔아?"

"……어."

그의 목소리를 듣자마자 그녀가 눈을 가늘게 떴다. 창가에서 쏟아지는 밝은 햇살 때문에 그녀의 눈가가 찡그려졌다.

졸음이 가득한 눈이 그를 향했다.

"왜 여기서 자?"

"어…… 새벽까지 술 마셨는데 집에 아무도 없어서……."

도로 눈을 감은 그녀가 이해할 수 없는 말만 웅얼거렸다. 그는 대충 그녀의 말뜻을 알아듣고 말했다.

"부모님 여행 가셨잖아?"

"응, 그래서……."

졸린 목소리로 대꾸한 그녀가 다시금 눈을 떴다.

아까보다 조금 맑아진 눈으로 그를 올려다보던 그녀가 대뜸 손을 뻗었다. 그의 뺨에 그녀의 손이 부드럽게 닿았다.

"집에 아무도 없으니까 너무 쓸쓸한 거야."

우진은 말없이 은솔의 손등을 감쌌다. 쓸쓸해서 자신의 집에 찾아왔다는 그녀의 말이 안쓰러우면서도 귀엽게 들렸다.

눈을 감으면서 그녀가 소곤거렸다.

"너도 그럴까 봐 너 퇴근했을 때 있어 주려고……."

거기까지 중얼거리던 은솔이 눈을 번쩍 떴다.

자신을 바라보고 있는 우진을 인식하자마자 그녀가 화들짝 놀라 상체를 벌떡 일으켰다.

갑자기 현실감이 덮쳐 왔다. 잠이 달아난 표정으로 그녀가 눈을 크게 뜨고 물었다.

"꿈이 아니었어?"

바보 같은 그녀의 물음에 대답하는 대신, 그는 그녀를 품 안으로 끌어당겨 안았다.

당직 근무를 한 그에게는 병원 특유의 냄새와 함께 달콤하게 설레는 향이 났다. 그가 그녀의 귓가에 속삭였다.

"나 외로울까 봐 퇴근하는 거 기다린 거야?"

"기, 기다렸다기보다는……."

그냥 잤지. 은솔은 시계를 흘끔 곁눈질했다. 여섯 시간도 못 잤다. 어쩐지 피곤하더니만.

"좀만 자자. 나도 김민주한테 잡혀서 새벽까지 마셨단 말이야. 너도 피곤할 거 아니야."

새벽까지 술을 마신 사람이나, 당직 근무를 한 사람이나 피곤하기는 매한가지였다.

"응."

그렇게 대답했으면서도 우진은 은솔을 놓아주지 않았다.

그녀가 그의 품에서 꿈틀거렸다. 그에게서 빠져나가려 애를 쓸수록, 그의 팔에 힘이 들어갔다.

"서우진!"

그녀가 찰싹, 그의 등짝을 때렸으나 그는 꿈쩍도 하지 않았다.

"더 자. 편하게."

하지만 편하게 자라고 말한 주제에 그는 숨을 못 쉴 만큼 그녀를 꼭 끌어안았다. 누워서 자고 싶은데 이러다가 안긴 채로 자겠다.

은솔이 다시 눈을 떴을 때, 이미 우진은 깨어 있었다. 그녀가 눈살을 찌푸렸다.

"안 잤어?"

"음……."

그가 모호하게 긍정했다. 시간은 벌써 정오가 지나 있었다.

어제부터 지금까지 한숨도 눈을 붙이지 못했을 텐데 그에게는 피곤한 기색이 별로 없었다.

아니, 뭐라고 할까…… 조금 들뜬 것도 같다.

그가 웃으면서 그녀의 옆에 자리하고는 웬 팸플릿을 건넸다. 다양한 휴양지 사진이 들어 있는 책자였다.

"봐. 하와이, 몰디브, 세부, 칸쿤, 다낭…… 골라 봐. 아니면 조금 멀더라도 유럽이 나은가? 스페인이나 이탈리아는 어때?"

뜬금없는 외국 지명에 은솔이 고개를 갸웃거렸다.

"여행 가게? 난 싫은데."

"여행 말고."

그가 검지로 웨딩드레스를 입은 모델을 가리켰다.

그녀가 미간을 좁히고 책자를 잘 살펴보았다. 책자에는 단지 휴양지 사진뿐만이 아니라 결혼식 사진까지 함께 나와 있었다.

'이런 걸 어디서 가져온 거야?'

"아예 현지에 업체가 있어. 이쪽에서 말만 하면 다 준비해 주나 봐."

하지만 은솔은 아무 대답도 하지 않았다. 그녀는 조용히 페이지를 넘겼다. 사진 속에는 세상에서 가장 행복한 사람들이 밝게 웃고 있었다.

우진이 그녀의 눈치를 보면서 조심스럽게 말을 꺼냈다.

"오늘처럼 네가 내 옆에 있었으면 좋겠어."

"이건 결혼 안 해도 할 수 있는 거잖아."

책자를 내려놓은 은솔이 대꾸하자 우진이 고개를 흔들었다.

"아니, 빨리 진짜 부부가 되었으면 좋겠거든."

단호한 목소리에서 그의 의지가 느껴졌다.

그녀가 입을 다물고 그를 쳐다보았다. 그는 할 수만 있다면 당장 내일이라도 결혼식을 올리고 싶은 모양이었다.

"서로를 믿고, 의지하고, 사랑하는 가족."

스무 살 때부터 고은솔만이 발견했던 서우진의 모습이 보였다. 태연한 표정과 담담한 눈빛, 그 모든 것을 아우르는 외로운 분위기.

그래서일까, 은솔의 입술이 저절로 열렸다.

"민주가 그러는데, 날씨 좋을 때 해야 한대. 여름은 까딱하면 비 오고 비 안 오면 너무 덥고 그래서 별론가 봐."

마음 붙일 곳이 없던 서우진에게 기댈 장소가 되어 주고 싶다. 완벽한 겉모습과 달리, 상처뿐인 속마음을 어루만져 주고 싶다.

"그러니까 지금부터 가을까지 차근차근 준비하는 건 어때?"

그의 눈동자가 동그랗게 커지더니 이내 입가에 미소가 번지기 시작했다.

그는 새침한 얼굴로 자신을 바라보는 그녀에게 충동적으로 입을 맞췄다. 어느새 입맞춤에 익숙해진 그녀가 그의 목을 끌어안았다.

*　　*　　*

사방이 뻥 뚫린 야외 결혼식장은 하객들로 북적였다. 그중에서도 유난히 눈에 띄는 할머니 무리가 있었다.

"여기 딱 모심기 좋겠구먼."

"누가 서울 땅에 모를 심어? 노망이 났나."

오늘의 주인공들과 인사를 하고 나온 할머니들은 널찍한 잔디밭을 둘러보면서 두런두런 대화를 나누었다.

"근데 밖에서 식 올리는 건 우리 결혼할 때나 하는 거 아녀? 요즘은 다 예식장에서 하잖어."

"소 타고 들어오는 거랑 이게 같아? 밖에서 해도 이건 최신식이라고 최신식!"

"야, 누가 소를 타고 들어왔다고 그려?"

"형부가 소 타고 들어왔잖어. 벌써 까먹었어?"

"네가 잘못 본 것이여."

"아니라니께. 두 눈으로 똑똑히 봤어."

대기실로 향하는 길목을 딱 막고 수다를 떠는 할머니들을 유남이 어쩔 줄 모르는 눈으로 쳐다보았다.

장소를 헤매다가 가까스로 시간에 맞춰 온 유남은 어서 은솔과 우진에게 인사를 해야 한다는 생각뿐이었다.

"어르신, 좀 지나갈게요."

살갑게 부탁하면서 할머니들 사이를 지나간 유남은 이내 바깥과 격리된 대기실로 들어갔다.

은솔을 보자마자 유남이 목소리를 높였다.

"쌤!"

"오셨어요?"

유남을 본 은솔이 자리에서 일어났다. 유남은 은솔의 양손을 잡고 신이 나서 폴짝폴짝 뛰었다.

"축하드려요! 두 분 정말 잘 어울려요."

"고맙습니다."

은솔의 곁에 있던 우진이 빙그레 웃으면서 감사 인사를 건넸다.

유남은 웃고 있는 우진을 보고 잠깐 넋을 잃었다가 겨우 정신을 차리고 말했다.

"쌤도 멋있지만 오늘 진짜 은솔 쌤이 제일 예쁘세요! 우진 쌤, 완전 복 받으셨네요."

유남이 엄지를 세웠다. 빈말은 아니었다.

우진은 당연하고, 은솔 역시 외모로 눈에 띄는 편이었다.

격무로 시달리는 병원에서도 미모로 유명한 두 사람인데 결혼식 때는 오죽할까.

특히 결혼식 주인공인 신부는 평소보다 더욱 빛이 났다.

처음, 병원에 입사했을 때부터 은솔의 강아지 같은 얼굴을 좋아했던 유남은 오늘 그 누구보다도 뿌듯했다.

그때 최준구 선생이 안쪽으로 고개를 쏙 내밀고는 유남에게 손짓을 했다.

"조 간호사! 왔어? 밖으로 나와!"

"아, 네! 저 그럼 자리에 가 있을게용!"

손을 흔들면서 나간 유남은 준구를 졸졸 따라가면서 물었다.

"과장님 주례 준비하러 가셨어요?"

"응. 거기 이름표 있는 데 앉아."

오늘의 주례는 수부외과 과장이 맡았다.

처음에 우진이 주례를 부탁했을 때, 과장은 난색을 표하며 주례서기에 자신은 나이도 적고 경험도 부족하다고 고사를 했었다.

하지만 은솔과 우진, 두 사람을 아우를만한 어른은 수부외과 과장이 유일했다.

결국, 과장은 간단하게 주례를 하겠다는 약속을 하고 나서야 우진의 제안을 승낙했다.

한편, 손님이 와서 우진이 자리를 비운 사이, 대기실에는 어느새 민주와 혜정이 들어와 있었다.

민주가 간식을 집어 먹으면서 말했다.

"날씨가 좋아서 다행이긴 한데, 왜 야외 결혼식이야?"

"서우진이 전부터 야외에서 식 올리고 싶어 했어. 무슨 꿈이 있는 건지 외국 해변에서 하고 싶어 하더라고."

결혼식을 준비하는 내내, 우진은 하와이에 대한 열망을 버리지 못했다.

고작 결혼식 때문에 바쁜 수부외과 사람들을 전부 해외로 초대할 수도 없는 노릇이고, 우진의 중요한 하객 중에 노인들이 있다는 이유로 은솔은 우진의 꿈을 겨우 접게 할 수 있었다.

예식장을 정하고 난 뒤, 은솔은 우진에게 도대체 왜 외국에서 결혼식을 올리고 싶었느냐 물었다.

그러자 우진은 아쉬움을 가득 담아 얼굴을 붉히면서 이렇게 말했었다.

"거기 있으면 네가 더 예뻐 보일 것 같아서."

부끄러운 이유가 생각나자 은솔의 얼굴이 화끈 달아올랐다. 다행히 친구들은 은솔의 기분을 눈치채지 못했다.

민주의 옆에서 냉수를 벌컥벌컥 마시던 혜정이 한숨에 섞어 대꾸했다.

"……비행기 안 타게 해 줘서 정말 고맙다."

"이혜정, 괜찮아?"

"어……."

여름에 임신 소식을 들은 혜정은 입덧이 무척 심했다. 피골이 상접한 친구를 은솔이 안타깝게 바라보았다.

"밥은 먹을 수 있겠어?"

"먹어야지."

혜정이 눈을 형형하게 빛냈다.

우진이 신경을 써서 선정한 업체는 맛있기로 유명한 곳이었기에, 혜정은 오늘의 식사만큼은 포기하지 않을 생각이었다.

하지만 지금 몰골을 보면…….

"너무 무리하지 마."

"무리라니? 안 남기고 다 먹을 거야."

의지를 불태우는 혜정을 은솔과 민주가 걱정스럽게 응시했다.

물 한 통을 다 비운 혜정이 빈 병을 쓰레기통에 던지고 입을 열었다.

"동시 입장하면 아버지가 섭섭해하시겠다. 그래도 딸인데."

"나도 그래서 좀 죄송하지만…… 엄마가 불공평하댔어."

"불공평해? 왜?"

은솔의 말에 혜정이 눈을 동그랗게 떴다. 민주도 이해할 수 없다는 시선을 보냈다.

결혼식 준비를 거의 마쳐 갈 즈음, 은솔이 예식 순서를 부모님께 알렸다. 처음, 그녀의 계획은 다른 결혼식처럼 아버지와의 입장이었다.

그러나 엄마가 반대를 하고 나섰다.

"같은 부몬데 왜 아빠만 손잡고 나가냐고. 그래서 아예 두 분 다 안 하기로 했어. 그게 공평하대."

동권은 다른 결혼식을 예로 들어가면서 항변했으나 미선을 이기지 못했고, 그리하여 부랴부랴 은솔은 우진과의 공동 입장으로 계획을 수정해야만 했다.

"그래…… 공평하긴 한 것 같네."

민주가 떨떠름하게 수긍했다.

손님 안내를 마친 우진은 곧 결혼식이 시작될 거라는 말을 전해 듣고 대기실로 들어와 은솔을 불렀다.

"은솔아."

"오, 서우진. 오늘 왜 이렇게 잘생겼어?"

은솔이 대답하기 전에, 민주가 우진을 보고 칭찬했다. 민주의 칭찬에 대꾸하는 대신, 우진은 민주를 의심스럽게 쳐다보았다.

서우진과 김민주는 일종의 동지기도 했지만, 한편으로는 서로를 못마땅하게 여기고 있었다.

민주는 은솔에게 본의 아니게 상처를 준 우진을 미더워하지 못했다. 우진으로서는 칭찬이 순수하게 들릴 리 만무했다.

그렇게 우진과 민주가 눈싸움을 할 무렵이었다.

"아! 예원이도 새신랑일 때가 있었는데……."

우진을 보면서 혜정이 한탄했다. 우진과 동갑인데도 예원은 훌륭한 아저씨로 진화 중이었다.

스무 살 때나 지금이나 변함없이 잘난 우진을 보자 혜정의 배알이 뒤틀렸다.

"부럽다, 고은솔! 역시 될 놈은 된다니까."

"무슨 말이야?"

혜정의 헛소리에 은솔이 눈가를 찡그릴 무렵이었다. 사회자의 방송이 울려 퍼졌다.

"하객 여러분, 이제 예식이 시작될 예정이니 지정된 자리에 착석 부탁드립니다."

"우리도 나가서 앉아 있을게."

민주가 혜정을 부축하면서 나가자 단숨에 대기실 안이 조용해졌다.

우진과 단둘이 남은 은솔은 그를 물끄러미 올려다보았다.

외로움의 그늘이 걷힌 우진의 얼굴은 어느 때보다도 밝았다. 그의 완벽한 겉모습에 가려진 깊은 상처가 조금씩 사라지고 있었다.

"나갈 준비 하자."

은솔은 자신에게 뻗어진 우진의 손을 잡고 대기실을 나섰다. 깍지를 끼고 맞잡은 두 손이 빈틈없이 맞물렸다.

산들산들 상쾌한 바람이 불었다. 초봄에 불어닥치는 칼바람과는 다른, 부드러운 바람이었다.

은솔은 아주 오래전, 우진에게서 맡았던 상쾌한 향기를 다시금 들이마셨다.

오해가 겹치고 엇갈리면서 다 끝난 인연인 줄로만 알았다.

상처만 남긴 첫사랑 따위는 잊어버리면 된다고 생각했었다. 서우진은 고은솔의 인생에 있어서 가장 큰 장애물이라고만 여겼었다.

진짜 이렇게 될 거라고는…… 꿈에도 생각지 못했는데!

코앞에 결혼식을 앞두자 은솔의 심장이 두근두근 빠르게 뛰었다. 입술이 마르고 마른침이 넘어갔다.

흘깃 우진을 곁눈질한 은솔은 담담한 표정의 그를 보고 소곤거렸다.

"안 떨려?"

"당연히 떨리지."

긴장한 기색이라고는 하나도 보이지 않으면서 우진은 태연하게 대답했다. 은솔은 믿을 수 없다는 눈빛을 보냈다.

긴장은커녕, 결혼식 달인이라도 된 듯 그는 담담해 보였다.

"떨리는 거 맞아?"

"글쎄, 설렌다고 하는 게 더 맞지 않을까? 결혼식인데."

웃음기 섞인 우진의 목소리에 은솔의 얼굴이 화끈 달아올랐다.

결혼식은 둘이 하나가 되어 처음으로 같이 치르는 행사였다. 긴장과 설렘이 공존하는 건 당연한 일이었다.

그때, 태민의 신난 목소리가 쩌렁쩌렁 울려 퍼졌다.

"의대 동창! 수련 동기! 직장 동료! 지긋지긋한 인연의 두 사람이 지금, 입장하겠습니다."

'저 새끼한테 부탁하는 게 아니었는데!'

멀리서 은솔이 사회를 맡은 태민을 노려보았다. 우진의 오랜 친구라서 눈 딱 감고 사회를 맡겼더니 이렇게 복수를 할 줄이야.

은솔은 주태민을 한 대 때려 주고 싶을 만큼 얄미웠지만, 그래도 오랜 시간 우진의 곁을 지켜 준 친구라서 한번은 넘어가 주기로 했다.

그런 은솔의 마음을 알기에 태민이 마음 놓고 농담을 던졌는지도 모른다. 어쨌거나 주태민 역시 서우진의 행복을 빌어 주고 있으니까.

"신랑 신부 입장!"

태민의 말이 끝나기 무섭게 예식의 시작을 알리는 사랑스러운 행진곡이 울려 퍼졌다.

우진의 팔짱을 낀 은솔이 비장한 얼굴로 정면을 응시하며 말했다.

"가자."

긴장 때문에 어깨까지 뻣뻣해진 은솔은 드레스 자락을 밟지 않으려 노력하면서 첫걸음을 내디뎠다.

인생의 새로운 장을 맞이한 기분으로 그들은 꽃잎이 잔뜩 뿌려진 하얀 길을 따라 걷기 시작했다.

사방에서 터져 나오는 박수 소리가 그들의 새로운 시작을 축하하는 듯 우렁차게 퍼졌다. 누군가가 휘파람을 불었다.

걸어가는 길목마다 꽃잎이 흩날렸다.

혼자가 아닌, 둘이 함께할 인생에 축복이라도 내리는 것처럼.

〈완결〉

····· ✖ 외전 1 ✖ ·····

신혼부부의 휴일

　신혼여행을 다녀온 은솔은 새신부답지 않게 조금 못마땅한 기색
이었다.

　여행이 불만족스러운 건 아니었다. 온종일 머리 아플 일 없이 쉬
기만 한 적도 오랜만이었고, 함께했던 우진이 세심하게 챙겨 줘서
불편한 일도 없었다.

　둘이 함께했기에, 사소한 일도 더욱 행복하게 느껴졌다.

　우진이 그토록 바라던 대로 캐주얼한 웨딩드레스를 입고 해변에
서의 결혼 사진도 찍었고, 고운 모래가 펼쳐진 해변 산책도 즐거웠
다. 음식도 하나같이 다 맛있었고, 둘이 보내는 시간도 달콤했다.

　그러니까 신혼여행은 처음부터 끝까지 완벽한 휴가였다. 다만,
눈앞의 이 인간을 위해 선물을 사 온 게 내키지 않았을 뿐이었다.

"야, 진짜 고맙다."

태민이 고급스럽게 포장된 상자를 집어 들고 말했다.

절친한 친구의 결혼식 날, 사회를 봐 준 태민은 그 답례로 신혼부부에게서 여행 선물을 받았다. 고가의 유명 브랜드 손목시계였다.

은솔과 나란히 자리한 우진은 뛸 듯이 기뻐하는 친구를 보고 옅은 미소를 지었다.

"그걸로 괜찮아?"

"그럼, 당연하지. 내가 친구 하나는 진짜 잘 뒀다니까."

태민이 포장을 풀며 대답했다. 상자를 열자 날렵한 디자인의 시계가 제 위용을 뽐냈다.

눈을 반짝이는 태민과 달리, 은솔은 우진이 수천 달러를 주고 산 선물을 복잡한 눈빛으로 바라보았다.

'저놈에게 너무 과분한 거 아니야?'

은솔은 아직 태민에 대한 감정을 버리지 못했다. 한 번뿐인 결혼식 날, 사회를 보면서 이놈이 얼마나 깝죽거렸던가.

친한 친구의 오랜 짝사랑이 이루어지는 경사스러운 날이었음에도, 주태민은 결혼식의 또 다른 주인공인 신부의 속을 박박 긁었다.

그래, 뭐 고은솔이 자신의 절친한 친구 서우진의 마음을 너무 늦게 받아 줘서 아직 못마땅한 감정이 남아 있을 거라고 생각은 한다.

그렇게 생각은 하는데…….

"왜 그래?"

"어? 나? 왜?"

은솔은 우진의 의아한 목소리에 번쩍 정신을 차리고 그를 바라보았다.

물론 은솔은, 제 손목을 내려다보며 실실거리는 눈앞의 남자를 한 대 처 주고 싶은 심정이었다. 그러나 그녀는 태연한 척, 아무렇지 않은 눈빛으로 이제는 남편인 우진을 응시했다.

"배고파?"

"……아니, 괜찮아."

그녀가 감정을 삭인 목소리로 대답했다.

주태민은 사람 속을 뒤집어 놓는 놈이긴 했지만, 우진의 속사정을 이해해 주는 주치의이자 절친한 친구기도 했다.

피상적인 인간관계만 가진 우진이 깊은 속내를 내보일 수 있는 유일한 사람인 터라, 은솔은 그의 앞에서 태민을 싫어하는 내색을 하지 않으려 노력했다.

은솔은 자신 때문에 우진의 인간관계가 좁아지는 건 바라지 않았으니까.

시계를 흐뭇하게 보던 태민이 고개를 들고 우진에게 웃는 낯으로 말했다.

"좋아 보여."

"그거?"

"아니, 너."

조금은 진지해진 태민에게로 두 사람의 시선이 동시에 꽂혔다.

은솔은 태민을 향한 짜증을 한 수 접었다. 자신과는 영 맞지 않는 사람이었지만, 우진에게는 소중한 친구니까 좀 참기로 했다.

"훨씬 안정된 느낌이고."

"그래?"

우진이 머쓱하게 대꾸했다.

태민이 보기에 우진은 예민함이 한층 가라앉은, 무던한 모습이었다. 예전의 서우진은 무심한 척 가장하며 초조함과 불안함을 숨기곤 했었으니까.

그렇지만, 진심이 통한 은솔과 연인으로 발전하고 서회준 원장이 세상을 떠난 뒤에도 살짝 남아 있던 위태로운 기운이 마침내 완전히 사라진 것 같았다.

그건 아마도 서우진에게 가족이라는 새로운 울타리가 생기고, 그만의 자리가 생겼기 때문일 것이다.

언제나 소속감 없이 부유하던 우진이었으니 진짜 가족이 생겼다는 것만으로도 마음의 안정이 크게 이루어진 듯했다.

태민은 주치의로서 자신이 오랫동안 해결해 주지 못한 친구의 결핍을 단번에 채워 준 은솔을 쳐다보았다. 인정하기는 싫지만, 예전에 고은솔이 했던 말이 맞는 것도 같다.

"그만 꺼져, 돌팔이야. 쟤 불안은 내가 다 낫게 만들 거거든?"

아, 물론 자신이 돌팔이는 아니지만.

그래도 이 친구의 옆에 있길 잘했다. 물질적인 것을 바라고 옆에 있었던 것은 아니었으나 가지고 싶었던 시계도 얻었다. 자신의 용돈으로는 꿈도 꾸지 못할 비싸고 좋은 고급 시계 말이다.

신혼여행 선물로 온 시계를 다시 한 번 흘깃 곁눈질한 태민이 웃으면서 우진에게 말을 붙였다.

"신행 다녀오니까 어때? 뭔가 딱 삘이 와?"

"뭐?"

"허니문 베이비라든지."

우진이 뭐라 대답하기도 전에, 얼굴을 순식간에 구긴 은솔이 대꾸했다.

"무슨 상관이야?"

하여튼 고은솔. 뾰족한 성격은 결혼한 뒤에도 변하질 않는다. 돌팔이 취급을 받은 이후 내심 앙심을 품고 있던 태민이 얄밉게 말했다.

"왜? 아이는 하루라도 빨리 가지면 좋지, 너희들 나이가 얼만데? 빨리 낳아야……."

"낳아도 내가 낳지, 네가 낳냐?"

"언제 내가 낳는댔어?"

으르렁거리는 두 사람을 우진이 의아하게 쳐다보았다. 자신이 아는 은솔과 태민 같지 않아서였다. 우진이 고개를 갸웃거렸다.

"너희가 친했었나?"

"뭐? 당연히 아니지!"

"……누가 할 소릴."

발끈한 은솔이 바로 대답했고, 선수를 빼앗긴 태민이 구차하게나마 말을 보탰다. 그러나 우진은 두 사람을 여전히 신기하다는 듯 쳐다보고 있었다.

"둘이 친해 보여서."

그러고 보면, 스트레스 때문에 기억은 흐릿하지만 예전에 장례식장에서도 두 사람은 티격태격 다퉜었다.

"서우진, 진짜 그렇게 생각해? 정말 우리가 친한 거로 보여?"

은솔이 곧장 정색했으나, 우진은 대답 대신 어깨만 으쓱였다.

그럴 만도 했다. 은솔이나 태민, 둘 다 먼저 나서서 시비를 거는 성격은 아니었다. 일단 태민은 정신과 전문의라는 직업상 사람에게 상냥한 타입이었다.

은솔 또한 무관심할지언정, 타인을 지금처럼 심하게 싫어하는 모습을 보이지는 않았다. 아, 예전의 서우진은 제외하고. 고은솔은 서우진이라면 치를 떨긴 했었지.

그런 은솔과 태민이기에 데면데면하게 서로를 대하면 대했지 두 사람이 이렇게까지 서로를 싫어하는 내색을 할 줄은 상상조차 되지 않아서 신기했다.

우진과 은솔을 가만히 지켜보던 태민이 입을 열었다.

"내가 올 초에 포메라니안 한 마리를 분양받았거든?"

은솔이 눈을 가늘게 뜨고 태민을 바라보았다. 그러거나 말거나 태민은 뜬금없이 강아지 이야기를 시작했다.

"얼굴은 진짜 예뻐. 조막만 해서 눈도 똥그랗고, 하얀 털이 북슬북슬해서 얼마나 귀여운지 몰라."

"그런데?"

"그런데 성질이 얼마나 더러운지."

우진의 물음에 태민이 한숨을 푹 내쉬고 말을 이었다.

"예쁘다고 하면 와서 발랑 드러눕다가도, 자기 기분 나쁘면 와서 아주 물고 뜯고 짖고……."

"……왜 지금 개 얘기를 해?"

은솔은 여전히 경계를 풀지 않은 채 태민을 보고 있었다. 턱을 들고 거만하게 웃은 태민이 보란 듯 말했다.

"널 보면 네네가 생각나거든."

"네네?"

"우리 집 개."

그러니까 방금 전까지 설명하던, 물고 뜯고 짖는다는 그 개?

은솔의 얼굴이 확 일그러졌다. 그녀가 자리를 박차고 벌떡 일어났다.

"너 지금 내가 개 같다는 거야?"

그녀의 분노에도 불구하고, 태민은 휴대폰을 꺼내 보이면서 얄밉게 고개를 끄덕였다.

"완전 똑같다니까. 사진 보여 줄까?"

"와, 진짜……."

진짜 참으려고 했는데!

그때, 타이밍 좋게도 태민에게 전화가 걸려왔다. 하얀 강아지 대신, 화면에 뜬 건 '여왕님'이라는 다소 낯부끄러운 단어였다. 아무래도 아내인 모양이었다.

"잠깐만."

태민이 양해를 구하고는 후다닥 자리를 떴다.

"주태민한테 안 좋은 감정 있어?"

그러고 보면 학부 시절 주태민, 이놈은 사람을 강아지 취급했었다. 은솔은 십수 년이 지난 지금도 잊지 못하는 그 날의 기억을 떠올렸다.

"개, 강아지처럼 생겨서 더 귀여울걸?"

옛날부터 사람을 개 취급이나 하고 말이야. 주태민하고는 처음부터 안 맞는 운명이었다. 은솔이 얼굴을 찌푸리고 대답했다.

"옛날부터 별로였어."

"음?"

그러나 그녀는 오래된 이야기를 굳이 꺼내고 싶지 않아서 입을 다물었다. 기분이 썩 좋지 않아 보이는 은솔 때문에 우진은 마음이 쓰였다.

이 자리는 결혼식에 참석한 친구나 친한 지인들에게 신혼여행 선물을 돌리며 식사를 대접하는 자리였다. 특히 태민은 사회자로서 도움을 줬기에, 더욱 고맙기도 했다.

그뿐만이 아니었다. 주태민은 단순한 친구가 아니라, 완벽해 보이는 서우진의 어두운 내면을 오랫동안 살펴봐 준 상담사이기도 해서 우진은 다른 누구보다도 태민에게 신경을 썼다.

그런데 하필이면, 가장 사랑하는 아내와 가장 절친한 친구가 영 사이가 좋아 보이질 않는다. 은솔도 오늘 오프이기에 함께 점심을 먹을 생각으로 나온 거였는데……

"나만 나올걸, 괜히 같이 나왔나."

"아니, 뭐…… 신경 쓰지 마. 별거 아니야."

우진의 기분이 가라앉는 듯해서 은솔은 손을 내저었다. 그러다 문득, 그녀는 아직도 자신이 그에게 태민의 병원에 찾아갔던 일을 말하지 않았음을 깨달았다.

"아, 너한테 할 말 있었는데."

"무슨 말?"

우진의 말이 떨어지기 무섭게 통화를 마친 태민이 돌아왔다. 고개를 작게 흔든 은솔이 우진의 귓가에 소곤거렸다.

"나중에."

살짝 미소 짓는 우진을 물끄러미 보던 태민이 의자에 앉으면서 농담을 건넸다.

"신혼이라고 둘이 너무 깨 볶는 거 아냐?"

자신을 약 올리기 위함인지, 아니면 신혼인 친구를 놀리기 위함인지 모를 태민을 은솔은 흘겨보았다. 그때 똑똑, 노크 소리와 함께 가게 직원의 목소리가 들렸다.

"식사 준비됐습니다."

점심이다 보니 거하게 식사를 할 생각은 들지 않았다. 가볍게 먹을 요량으로 우진은 태민의 병원 근처에 있는 한정식집을 선택했다.

음식이 자리마다 놓이고, 직원이 나간 뒤에야 태민이 감탄하듯 중얼거렸다.

"타이밍 진짜 끝내주네. 전화 딱 끝내니까 밥이 오고."

"전화는 잘했어?"

"응, 올 때 네네 간식 사 오란다."

그러며 태민은 은솔을 힐끔 쳐다보았다. 태민의 시선에 은솔이 다시 눈을 흘겼다. 주태민 이놈이 개 이야기를 하면서 일부러 자신을 쳐다보는 게 분명하다.

은솔의 얼굴이 찌푸려지자, 이 상황을 보다 못한 우진이 나섰다.

"주태민."

우진의 경고에 태민은 얌전히 입을 다물었다.

태민의 강아지 네네 이야기 대신, 점심 식사가 이어졌다. 살이 통통하게 오른 생선 쪽으로 은솔이 젓가락을 옮길 때였다.

"먹을 거야?"

"으응."

은솔이 고개를 끄덕이자마자 우진은 지체하지 않고 생선 살을 바르기 시작했다. 힐끔힐끔, 그녀가 그와 접시를 번갈아 보았다.

우진과 만난 이후로, 그의 앞에서 자신은 단 한 번도 생선 가시를 발라 본 적이 없었다.

둘만 있을 때는 그리 신경 쓰이지 않았지만, 은솔의 성격상 다른 이들과 식사를 할 때 이 상황이 부담스럽지 않은 것은 아니었다.

하지만 그가 진심으로 원해서 하는 일이라는 걸 알기에 은솔은 굳이 만류하지 않았다.

편하기도 하고, 이런 일을 몇 차례 겪다 보니 익숙해졌다. 그리고 무엇보다······.

'얘 진짜 피쓰피쓰(Plastic surgery, PS, 성형외과)가 적성인가 봐.'

단순한 젓가락만으로도 생선 해체가 저렇게 완벽하게 되다니!

은솔이 속으로 혀를 내둘렀다.

은솔은 매번 그의 솜씨에 놀라고 있었다. 길고 곧은 우진의 손가락 감상은 덤이고. 외과 의사답게 뛰어난 손재주로 생선 가시를 깔끔히 발라 준 우진이 빙그레 웃었다.

"먹어."

"고마워."

우진의 손가락에서 시선을 뗀 은솔이 막 생선 살을 집을 찰나, 이 상황을 처음부터 끝까지 지켜보고 있던 태민이 파랗게 질린 얼굴로 말했다.

"야, 너…… 뭐 하는 거야?"

"응?"

그제야 우진이 태민을 응시했다. 눈앞에 보이는 사람은 평소와 다름없이 담담한 표정의 서우진이었지만…….

"야, 진짜 너 내가 아는 서우진 맞아?"

태민이 우진에게 황당한 어조로 물었다. 기가 막히지 않을 리가. 어린아이도 아니고, 다 큰 성인에게 손수 생선 가시를 발라 주고 있으니 어이가 없을 따름이었다.

저 서우진도 서우진이지만, 그걸 또 당연하다는 듯이 받아들이는 고은솔까지! 태민은 경악 어린 시선으로 갓 결혼한 신혼부부를 바라보았다.

괜스레 머쓱해진 은솔이 입술을 삐죽거렸다.

"하지 말라고 해도 이러는데, 뭐."

우진이 은솔에게 처음으로 생선 살을 발라 줬을 적에는 체하기까지 했으니까. 나지막하게 은솔이 대꾸했다.

그러나 주태민에게 고은솔의 말은 들리지 않는 모양이었다.

"우리 네네도…… 그렇게까지는 안 한다고!"

"개한테 생선을 주면 안 되지."

눈을 동그랗게 뜬 우진이 농담 같지도 않은 농담을 하자 태민은 고개를 절레절레 저었다.

"좋아 보인다는 말은…… 취소를 해야 할 것 같아."

서우진의 심리 상태가 어떤지 깊게 상담하지 않아서 결론지을 수는 없지만, 확실한 건 서우진이 고은솔에게 완전히 미쳐 있다는 사실이었다.

'완전 제대로 돌았구만.'

하긴, 스무 살 때부터니까 근 15년이다. 그 긴 시간을 고은솔 하나만 보면서 쩔쩔매던 서우진이 마침내 그 존재와 결혼까지 했으니 좋아서 머리가 돌지 않을 리 없겠다.

'아니, 그래도…… 진짜 미친 거 아니야?'

정신건강의학과 전문의 주태민은 난생처음으로 자신의 친구를 미친놈 보듯 바라보았다. 그러거나 말거나 서우진은 평소처럼 여유로운 얼굴로 웃으면서 이런 소리나 했다.

"난, 진짜 좋은데."

늘 발이 허공에 떠 있는 기분이었다. 어느 곳에도 자신의 자리가 없는 것만 같았다. 고독은 언제나 자신의 주변에서 넘실거렸고, 외로움은 어려서부터 당연한 감정이었다.

하지만 이제는 다르다. 서우진의 자리는 고은솔의 바로 옆. 어디를 가더라도 자신은 이 자리로 다시 돌아올 수 있게 되었다.

우진은 비로소 자신이 있어야 할 곳을 가질 수 있었다. 지금만큼 자신의 인생에서 행복하고 좋은 날이 어디에 있을까?

점심을 먹은 후, 은솔은 우진과 함께 느긋하게 거리를 거닐다가 피트니스센터로 향했다. 여행지에서 거의 사육당하다시피 먹고 또 먹은 은솔은 운동의 필요성을 느꼈다.

"몸이 무거워진 것 같아."

"괜찮아 보이는데."

그녀의 웅얼거림과는 반대로, 그는 별로 개의치 않는 듯 대꾸했다.

"그래?"

서우진이 괜찮다고 하니 괜찮은 거겠지. 한쪽 벽을 메운 전신거울을 통해 은솔이 자신의 몸을 이리저리 돌려 가며 다시금 확인할 무렵이었다. 거울로 낯익은 얼굴이 비쳤다.

"오랜만에 뵙네요?"

말을 건 사람은 김찬기였다. 그는 운동을 끝내고 막 돌아가려는 모양인지, 멀끔한 모습이었다. 은솔이 살짝 고개를 숙였다.

"아, 안녕하세요. 손은 괜찮으시죠?"

손을 다쳐서 입원했었던 찬기는 쓸데없이 스캔들 바람을 일으켰지만, 그 뒤로 별다른 사고 없이 퇴원을 했다. 그 후 찬기와 병원에서 마주칠 일은 없었다.

물론, 퇴원 후, 통원 치료를 위해 방문한 듯했으나, 상처가 아물어 가면서 김찬기는 다른 가까운 병원을 이용하는 듯했다.

"실력 좋으신 분이…… 잘해 주셔서."

찬기는 은솔의 곁에 서 있는 우진을 쳐다보며 대답했다. 다친 손에 전혀 이상이 없는 걸 보아하니, 수술이 완벽하게 되긴 한 것 같다.

우진이 찬기의 손을 곁눈질하고는 옅은 미소를 지었다.

"감사합니다."

그 순간, 김찬기는 서우진을 보며 뜬금없는 생각을 했다.

'저 얼굴에 왜 연예인 안 했지?'

대한민국 사회에서 의사라는 직업이 얼마나 존경을 받는지 모르지는 않지만, 저 얼굴이라면 수십 번도 더 캐스팅 제의가 왔을 법도 한데.

게다가 연예계 역시 머리가 좋은 사람들이 성공하기가 쉬워서 눈앞의 이 남자라면 대성했을 것이다.

우스운 라이벌 의식을 잊자 찬기는 우진이 아쉽고 또 신기해 보였다.

데뷔 후 몇 년을 바닥에서 구르며 보는 눈을 기른 찬기는 서우진이 풍기는 분위기와 매력도 흔치 않은 것임을 알아볼 수 있었다.

이쪽 일에 관심 없는 사람을 안타깝게 생각할 필요는 없겠지만.

한편, 은솔은 대충 인사나 하고 안부나 물은 다음에 김찬기를 보낼 요량으로 입을 열었다.

"영화는 아직도 찍고 계세요?"

"아, 그거."

머리를 긁적인 찬기가 어색하게 웃으면서 답했다.

"개봉 못 할 것 같아요."

"네? 왜요?"

전혀 예상하지 못했던 소식에 은솔의 눈이 동그래졌다. 우진도 의외라는 투로 찬기를 쳐다보았다. 찬기가 한숨을 푹 내쉬고 말했다.

"무슨 사정 때문인지는 몰라요. 위에서 중단이라고 하니까 중단 인가 보다, 하는 거지."

"아……."

이 사람이 껄끄러운 것과 상관없이 은솔은 무슨 말로 위로를 해야 할지 몰랐다. 영화를 찍다가 손가락 절단이라는 사고까지 겪었는데…… 안타깝게 되었다.

두 사람이 말을 잇지 못하자, 찬기가 난처한 얼굴로 소리 내 웃으면서 손을 내저었다.

"괜찮아요. 이런 일 비일비재하거든요. 이런 일 진짜 많아요. 내가 왈츠로 뜬 게 특이한 거였지."

찬기가 말한 '왈츠'라는 단어는 그가 인지도를 얻게 된 드라마 제목의 축약어였다. 최근, 오랫동안 무명 생활을 하다가 드디어 조명을 받게 된 찬기는 점점 지명도가 떨어지면서 초조한 참이었다.

그렇다고 이쪽 일을 전혀 모르는 사람들에게 한탄을 할 수도 없는 노릇이라서 그는 아무렇지 않은 척 웃으며 말을 돌렸다.

"그런데 진짜 오랜만에 뵙는 것 같네요? 요 며칠, 나 운동 안 빼먹고 맨날 나왔는데."

"아, 어디를 좀 다녀와서요."

"오오, 여행?"

"네."

은솔이 고개를 끄덕이자 찬기의 시선이 우진에게로 향했다. 두 사람 사이에 풍기던 떨떠름한 듯한 공기는 어디로 사라지고, 편안하고 안락한 분위기만이 그들의 주변에 감돌고 있었다.

남녀 문제에 눈치가 빠른 찬기는 이들이 안정적으로 잘 지내고 있구나, 느끼면서 웃는 낯으로 은근슬쩍 말을 건넸다.

"의사 커플, 둘이 같이 갔나 봐요?"

"신혼여행으로요."

은솔이 대답하기 전, 우진이 담담하게 말했다. 그 순간, 눈이 확 커진 찬기는 입까지 벌리고 새된 목소리로 물었다.

"네에?"

아니, 분위기가 조금 이상하다 했지만······.

"결, 결혼했어요?"

무척 놀란 찬기는 두 사람을 번갈아 가리키면서 바보처럼 되물었다.

"아니, 나 모르게 결혼을 했단 말입니까?"

은솔의 눈이 가늘어졌다. 결혼을 김찬기한테 허락받고 해야 하는 것도 아닌데, 뭐 이 정도로 놀라나 싶어서였다. 무엇보다 김찬기와는 결혼식에 초대할 만큼 친밀한 사이도 아니었다.

"이거 서운한데. 청첩장도 안 주고."

"뭐가 서운해요?"

은솔은 이미 끝난 지 오래된 자신의 결혼식에 미련을 보이는 찬기를 이상하게 바라보았다. 찬기가 영 마음에 들지 않는다는 투로 아랫입술을 삐죽 내밀더니 어깨를 으쓱이고는 우진에게 축하 인사를 했다.

"결혼 축하합니다."

"감사합니다."

특별한 감정이 담기지 않은 찬기의 축하 인사에 우진도 굳이 날을 세우지는 않았다. 찬기가 대뜸 우진에게 오른손을 내밀었다.

'내가 운동하는 동안, 여행을 갔다고 하니까.'

이번에는 좀 엿을 먹일 수 있지 않을까, 하는 유치한 생각에서 청한 악수였다. 우진이 찬기를 응시하다가 미소를 짓고는 그의 손을 맞잡았다.

"행복하게 사……."

거기까지 말한 찬기가 한쪽 눈가를 살짝 찌푸렸다. 서우진의 엄지가 피부를 누르기 무섭게 잠시나마 부렸던 객기가 확 사그라졌다.

말을 멈춘 찬기를 은솔이 의아하게 쳐다보자마자 우진의 손에서 힘이 살짝 빠졌다. 얼떨결에 찬기가 뒷말을 이었다.

"……사세요."

"감사합니다."

앞으로 이 남자한테 다시는 악수를 청하지 않으리라, 찬기는 속으로 이를 갈면서 겉으로는 억지웃음을 지어 보였다.

*   *   *

저녁, 집에 돌아온 은솔은 소파에 늘어져 있었다. 내일부터 또다시 출근을 해야 한다는 생각에 벌써부터 몸이 축축 처지고 있었다.

우진이 대뜸 구입한 아파트에서 신혼살림을 차린 둘의 생활은 그다지 큰 변화는 없었다. 무엇보다 은솔은 30년 넘게 산 동네였다. 결혼 전에 코앞에 있는 우진의 집에 자주 가기도 했고.

생활 반경이 크게 변하지 않은 터라, 우진과의 생활에서 오는 설렘을 제외하면 은솔에게 큰 변화는 없었다.

은솔은 꼭 닫혀 있는 욕실 문을 바라보았다. 안방에 딸린 욕실 대신, 거실 욕실은 우진이 편히 쓰곤 했다. 저 안에 서우진이 있다는 사실만으로도 이 공간이 특별해졌다.

결혼이란 별것 같지 않으면서도 특별한 것 같다. 은솔이 희미하게 웃을 참이었다.

그때, 엄마의 전화가 걸려 왔다. 바로 옆에 사는 엄마는 툭하면 은솔을 호출하곤 했다. 꼭 친정집 자신의 방에 있는 것처럼.

─과일 가지러 와. 선물로 많이 들어왔어!

"응, 지금 가지러 갈게."

전화를 끊는 순간, 우진이 거실 욕실에서 나왔다. 젖은 머리카락을 털면서 나온 그는 자리에서 일어나는 은솔에게 훌쩍 다가갔다.

"무슨 전화야?"

"엄마. 과일이 많이 들어왔다고, 가지러 오래."

"내가 갔다 올게."

우진의 말에 은솔이 고개를 들어 바라보았다.

"머리도 다 안 말리고 어디를 가?"

"무겁잖아."

우진이 생긋 웃으면서 먼저 걸음을 옮겼다. 그녀가 쫓아오기 전에 빨리 집을 나서야 했다.

얼마 지나지 않아, 은솔 대신 처가에 온 우진을 보고 미선이 고개를 갸웃거렸다.

"은솔이가 올 줄 알았는데."

"힘쓰는 건 제가 해야죠."

미선을 따라 주방으로 들어가던 우진은 거실에 늘어져 있는 은석을 보고 살짝 눈인사만 보냈다.

"어? 오셨어요?"

제 누나를 닮아 강아지 같은 인상의 은석이 우진을 따라 쪼르르 주방으로 달려왔다.

햇사과 등, 상자째로 과일이 냉장고 옆에 놓여 있었다. 포장을 능숙하게 뜯으며 미선이 말했다.

"반씩 덜어 가."

"아닙니다. 너무 많아요."

"많긴 뭐가 많아? 둘이 먹기 딱이지."

"조금만 주세요. 저희 둘 다 병원에 오래 있어서 먹을 시간이 없어요."

어쩔 수 없다는 듯 한숨을 내쉰 미선은 큼직한 봉투에 과일이 상하지 않게끔 조심스레 담았다. 옆에서 얌전히 거드는 우진을 힐끗 본 미선이 사과를 담다 말고 아들에게 고개를 돌렸다.

"은석아, 잘 봐 둬. 너도 이 정도는 해야 장가갈 수 있는 거야."

"응?"

은석이 의아한 눈으로 엄마와 우진을 번갈아 볼 때였다. 우진이 난처하게 웃자 훤칠한 사위 덕분에 신이 난 미선이 콧노래를 흥얼거리며 과일을 다 정리하고 몸을 일으켰다.

"아, 앉아서 몇 개 먹고 가."

"괜찮습니다. 은솔이 혼자 있어서……."

"부르면 되지."

우진의 거절에도 불구하고, 벌떡 일어난 미선은 휴대폰을 들었다. 우진이 뭐라 더 거절하기 전에 자신의 딸을 부르기 위해서였다.

"어, 집으로 와 봐. 응? 귀찮아하지 말고 빨리!"

아마 은솔은 투덜거리면서 전화를 끊고 느릿느릿 신혼집 현관을 나설 것이다. 귀찮아하는 그녀의 얼굴이 눈에 선해서 우진이 저도 모르게 미소를 지을 참이었다.

식탁 의자에 걸터앉은 은석이 머리를 긁으며 미선에게 말을 건넸다.

"엄마, 누나도 신혼인데 집에 자꾸 부르면 싫어할걸?"

"어머, 그런가?"

휴대폰을 든 미선이 은석을 지나 우진에게로 시선을 주었다.

은석의 말마따나, 자신이 아직도 딸을 독립된 가정의 일원이 아니라 그저 자식으로만 여기고 있는 게 아닌가 싶어서 내심 뜨끔하기도 했다.

다행히 우진은 고개를 저었다.

"아닙니다."

"아니라잖아."

"엄마 앞에서 어떻게 그렇다고 말해? 진짜."

한시름 놓았던 미선이 사위를 다시 난처한 표정으로 바라보았다.

그러고 보면, 우진이 부모를 여의고 혼자 지내는 게 안타까워서 결혼식 전에도 일부러 집에 자주 부르곤 했는데, 그게 부담스러웠을지도 모르겠다.

딸 부부가 가까이 산다고 늦은 시간에 너무 허물없이 부르는 건 아닐까? 하지만 다 같이 잘 지내면 좋은 거 아닌가?

여러 가지 생각이 미선의 머릿속에서 팽팽하게 맞섰다.

그때, 우진이 미선의 갈등 어린 마음을 순식간에 정리해 주었다.

"정말 괜찮습니다."

우진의 진심 가득한 목소리에 미선이 퍼뜩 정신을 차렸다. 그가 말을 이었다.

"저는 아시다시피 부모님이 안 계셔서, 가족끼리 모이고 만나는 게 쭉 부러웠거든요."

"어머나……."

우진의 대답은 자신의 가슴을 찡하게 울리는 모범 답안이었다. 만들어 낸 변명이 아니라는 건 듣는 사람이 더욱 잘 알았다.

우진에게 반짝거리는 눈빛을 보내던 미선이 멍하니 앉아 있는 아들에게로 시선을 돌리고 한숨을 뱉었다.

"은석아, 넌 안 될 것 같아."

"뭐가요?"

"넌 결혼 못 할 것 같아."

이 정도는 해야 결혼할 자격이 있지. 엄마의 적나라한 눈빛에 은석은 뾰로통하게 입을 다물었다. 은솔이 불만스러울 때 보이는 모습과 똑같은 얼굴이어서 우진의 입가가 살짝 풀어졌다.

은석은 말없이 웃고만 있는 우진을 빤히 응시했다.

아무리 생각해도…… 누나에게 심각하게 과분한 남자 같단 말이지.

남자는 남자가 잘 아는 법인데, 매형은 외적인 모습뿐만이 아니라 속까지 꽉 차서 엄마의 마음도 단번에 녹여 버리는 대단한 사람이다.

게다가 결혼식 당일, 은석은 사회를 봐 준 우진의 친구에게서 뜻밖의 사실까지 전해 들었다. 태민이 마이크에 대고 말해서 결혼식에 참석한 모든 이들이 알게 된 것이었지만.

서우진이 고은솔을 스무 살 때부터 한결같이 짝사랑해 왔다는, 다소 황당하고 놀라운 사실이었다. 수많은 대시에도 불구하고, 서우진은 오로지 고은솔만 바라보았다니…….

'아니? 왜? 왜지?'

은석의 기준에서 누나 부부는 도저히 이해가 되지 않는 미스터리한 커플이었다.

자신 역시, 누나가 객관적으로 괜찮은 조건이라는 건 알고 있었다. 누나는 학창 시절부터 워낙 공부를 잘했고, 사고 한 번 안 치는 모범생이었고, 외모도 객관적으로 평범하지는 않았다.

하지만 눈앞의 매형은 그런 누나를 초월하는 느낌이었다. 당장 TV에 나와도 손색이 없는 외모에, 어마어마한 재력, 그리고 그 똑똑한 누나를 항상 앞질러서 수석을 사수한 사람.

그럼에도 서우진이 먼저 고은솔에게 반해서 일방적으로 10년이 넘는 오랜 시간을 쫓아다녔다고 하니 놀라울 따름이었다.

은석이 의아해하고 있을 즈음, 은솔이 집에 도착했다. 익숙한 현관에 들어서자마자 은솔이 투덜거렸다.

"왜애?"

"과일 먹으라고."

과일을 크게 한 접시 깎아 놓은 미선이 포크로 사과를 찍어서 은솔에게 건넸다. 말문이 막힌 은솔이 얼떨결에 포크를 들고 세 사람에게 황당한 눈빛을 보냈다.

"……우리 집에서 먹으면 되잖아?"

그 순간, 우진은 은솔을 조용히 바라보았다.

우리 집.

결혼한 지 1년도 지나지 않았는데, 어느새 은솔에게 있어서 '우리 집'은 친정집이 아니라 우진과의 신혼집을 가리키고 있었다.

어쩌면 그녀는 30년 이상을 보낸 이 집보다 이제 막 살기 시작한 신혼집을 편하게 여기는 걸지도 모른다. 우진은 그녀의 사소한 말 한마디만으로도 가슴이 따뜻해졌다.

"다 같이 먹으면 좋지. 뭐 하니? 앉아."

미선이 어서 자리에 앉으라는 양, 은솔에게 눈짓을 보냈다.

그리하여 고은솔은 늘 앉던 자신의 식탁 의자에 앉아 사과를 아삭아삭 먹어야만 했다.

"배가 더 단데, 배 먹을래?"

"응, 뭐……."

은솔이 대답하기 무섭게 우진이 그녀의 포크로 하얀 배를 찍어 주었다. 그녀는 그가 주는 포크를 자연스럽게 받아 들고는 주변을 휘휘 둘러보았다.

은석이 그런 은솔의 모습을 떫은 표정으로 보고 있었다. 은솔이 배를 한입 베어 먹고는 동생에게 말했다.

"왜?"

"어? 아니……."

싱겁게도 은석은 어물거릴 뿐이었다. 은솔은 곁에 있는 우진에게 시선을 돌렸다. 그의 눈동자에는 평소처럼 애정이 가득 담겨 있었다. 그토록 갈구하던 안정과 행복을 누리는 덕분이었다.

한편, 은석은 과일이 놓인 접시만 하염없이 응시했다. 뭐라고 해야 할까? 결혼까지 한 누나지만, 왠지 누나와 매형의 연애 장면을 엿보는 느낌이라 그런지 같은 공간에 있기가 영 떨떠름했다.

매형은 너무나도 당연하게 누나의 시중을 들고 있었다. 고은솔에게 손이 없는 것도 아닌데 누나를 대신해서 과일을 집어 주고, 입에 맞느냐 묻고, 방긋방긋 웃는다. 심각한 것은 누나도 그런 매형을 당연하게 받아들인다는 점이었다.

'대단…… 하다.'

은석은 진심으로 누나 부부에게 감탄했다.

이내, 은솔이 엄마에게 물었다.

"아빠 아직 퇴근 전이야?"

그러고 보니 한 사람이 안 보인다. 아빠 이야기가 나오기 무섭게 미선의 얼굴이 일그러졌다.

"너희 아빠는……! 어휴, 말을 말자. 천생 의사."

벌써 사흘째, 동권은 늦게 들어오고 있었다. 의사 하나가 병원을 그만둔 바람에 그 자리를 메워야 해서 어쩔 수는 없었다.

늦은 시간, 걱정이 되어서 전화를 해 보면, 동권은 항상 병원에서 피로에 찌든 목소리로 전화를 받곤 했다. 미선은 그런 현실이 불만스러웠다.

예전에 개인 병원에서 일할 때는 환자가 너무 없어서 곤란했었는데.

"원래 과장쯤 되면 당직은 안 서고, 그러지 않니?"

"우리 과는 과장님도 당직 서."

은솔이 태연하게 대답하자 엄마의 얼굴이 구겨졌다. 은솔은 말을 이었다.

"사람이 없으면 원래 그래. 레지던트 때, 비뇨기과랑 흉부외과는 과장도 거의 레지던트 수준으로 일했어. 대학 병원인데도."

"왜 안 뽑는 거야?"

"사람이 없으니까."

"아니, 그러니까 사람을 뽑아야지."

"그니까 지원하는 사람이 없다니까?"

안타까운 현실을 지적한 은솔이 씩 웃으며 덧붙였다.

"그래서 우리 둘이 신혼여행 갔을 때, 수부는 완전 비상이었잖아."

말을 마친 은솔이 남은 과일을 쏙 먹고는 빈 포크를 든 채 킥킥거렸다. 물론 휴가를 싹 끌어와서 쓴 바람에, 내일부터는 지옥의 일정이 예정되어 있었지만.

"더 먹을래?"

"아니, 됐어."

은솔이 고개를 흔들자마자 우진은 그녀의 손에서 포크를 받아 들었다.

'역시, 정말 대단하단 말이야…….'

빈 포크를 너무나도 당연하게 매형에게 건네는 누나를 보면서 은석이 속으로 중얼거렸다.

집에 돌아오자마자 과일을 냉장고에 정리해 놓고 나서 은솔은 다시금 소파와 한 몸이 될 수 있었다. 그녀는 봉지마저 정리하는 우진의 뒷모습을 쳐다보며 중얼거렸다.

"서우진, 은근 물러."

"내가?"

"내일 출근하는데 과일이나 가지고 돌아오지, 엄마한테 붙잡혀서."

말을 하다 말고 은솔이 하품을 했다. 출근해야 한다는 생각 탓인지 더욱 피곤한 느낌이다. 그녀가 기지개를 켜며 소파에서 반쯤 몸을 일으켰다.

"얼른 자자. 내일 출근하려면⋯⋯."

"할 이야기 있다며?"

그러나 우진이 뜬금없이 그녀의 말을 끊으며 소파 옆자리에 앉았다. 은솔이 눈을 동그랗게 떴다.

"응?"

"아까 점심때 그랬잖아. 할 말 있다고."

"점심? 아⋯⋯."

점심, 자신을 강아지에 비교하던 주태민을 떠올리자 은솔의 표정이 험악해졌다.

아무리 생각해도 그놈 손목에 과분한 시계를 채워 준 것 같다. 그래도 서우진의 결정이니까 토를 달 수는 없었다.

대신, 은솔은 오랫동안 말하지 않았던 지난 일에 대해 털어놓기로 했다.

"너한테 미리 말했어야 했는데, 못한 게 있어."

"뭔데?"

그녀는 그를 한동안 말없이 바라보았다. 그 몰래 살금살금 뒤를 캐고 다녔다는 사실을 알려 주면 화를 내거나 기분이 상하지 않을까 싶어서 말하기가 망설여졌다.

은솔이 대답 대신 침묵을 지키자 우진의 얼굴도 점차 굳어 갔다. 그녀가 말할 비밀이라는 게 뭔지, 가늠조차 되지 않아 불안이 차오르기 시작했다.

"말하기 힘든 거면, 굳이 말하지 않아도 돼."

그래서일까, 우진은 차라리 피하는 편이 낫다는 생각이 들었다.

겁쟁이처럼 회피하는 것뿐이지만, 겨우겨우 얻은 이 행복에 그림자를 드리우고 싶지 않았다.

결국, 은솔이 진심을 사실대로 털어놓았다.

"말하기 힘든 건 아니고, 네 기분이 나쁠까 봐 그래. 왜냐면……."

머뭇거리던 그녀가 짧게 한숨을 뱉고는 조심스럽게 말을 이었다.

"너 모르게 주태민 병원에 가 본 적 있어."

"왜?"

"왜긴? 서우진, 너 때문이지."

"나?"

그가 이해할 수 없다는 듯 그녀를 쳐다보며 눈만 깜빡거렸다. 은솔은 자신의 일에는 둔해 빠진 우진을 복잡한 눈빛으로 바라보았다. 서우진 아니면 자신이 주태민을 찾아갈 일 따위는 없었다.

"전에 네가…… 뭔가 꼭 숨기고 있는 사람처럼 이상해 보여서."

"내가? 직접 물어보지 그랬어?"

"넌 절대 대답 안 했을 거야."

평온한 우진과 달리, 은솔의 안색이 어두워졌다. 그녀는 이제 맨눈으로 거의 보이지 않는 흉터로 손가락을 가져다 대고 천천히 말했다.

"네가 여길…… 다친 날이었거든."

그녀의 손이 닿기 무섭게 우진의 얼굴에서 미소가 싹 가셨다.

아버지가 마지막으로 남긴 상처. 아들을 정말 죽이고 싶었던 사람처럼 위험한 물건을 내던졌던 아버지를 떠올리자 몸이 저절로 굳었다.

"그전에도 이상한 점이 좀 있긴 했어. 아버님처럼 내가 널 불행하게 한다던 말이나……."

"그 말은 신경 쓰지 마."

우진은 태민이 경솔하게 뱉었던 말이 은솔에게 혹여 상처가 되었을까 싶어서 그녀의 말을 끊고 바로 대답했으나 그녀는 고개를 가로저을 뿐이었다.

"신경 안 써, 이젠."

서우진을 오래 봐 온 주태민의 의견에도 일리는 있지만, 은솔은 우진의 생각과 감정을 우선하기로 했다. 그렇지 않았다면 홀로 남은 우진을 놓아주지, 곁에 있고자 결혼하지는 않았을 것이다.

"그냥, 그것도 마음에 걸렸고, 아버님이 널 보는 눈빛도 너무 무서웠고, 과장님도……."

"과장님?"

느닷없는 말에 우진이 그녀의 말을 중간에 잘랐다.

"너랑 원장님이…… 서로 사이 안 좋냐고 물어봤다고 했잖아."

은솔은 과장이 의아해하던 모습을 아직도 잊지 못했다. 원장에게 아부를 하겠답시고 아들인 우진을 칭찬했다가 별로 좋은 반응을 이끌어 내지 못하자, 이상하게 생각하던 과장의 모습이었다.

그때까지만 하더라도 자신은 서우진에게 상처가 있었을 줄은 상상조차 하지 못했다. 태민이 우진을 상처가 많다고 일컬었을 때도, 그 뜻을 이해하지 못했다.

자신이 보는 서우진은 너무나도 완벽한 존재였기 때문에.

"숨기려고 해도, 완전히 숨길 수는 없는 것 같네."

한동안 침묵하던 그가 마침내 허탈하게 말했다. 서른 해 넘게 잘 숨겨 왔다고 생각했다. 아버지의 가면에는 틈이 없다고 생각했었는데…….

아니었나 보다.

곁에서 지켜보는 사람들은 그 균열을 조금씩이나마 이상하게 느끼고 있었던 모양이다. 아버지가 세상을 떠났으니 이제는 다 지난 일이지만.

"하여튼, 그건 그렇고!"

우진의 얼굴이 어두워지자 은솔이 힘차게 말을 돌렸다.

"그때, 혜정이한테 주태민 전화번호 받아서…… 아, 알지? 혜정이 동창회 활동 엄청 열심히 하는 거?"

"그랬나?"

역시 서우진은 고은솔 이외의 존재에게 전혀 관심이 없었다. 은솔의 절친한 친구인 혜정이 뭘 하는지 우진은 신경도 쓰지 않았다.

"어, 그래서 주태민을 찾아갔었어."

"……그날?"

은솔이 긍정의 대답 대신, 고개를 끄덕였다.

"퇴근하고."

행동력 하나는 대단한 고은솔답게 그녀는 주태민의 연락처를 알아내자마자 바로 약속을 잡았다.

피곤한 가운데에서도 그녀는 근무하는 병원에서 거리가 꽤 있는 태민의 병원을 찾아갔고, 문전박대에 가까운 취급을 받았었다.

"근데 걔, 나 진짜 싫어하더라. 내가 너랑 사귄다고 해도 안 믿고,

막…… 그랬어."

그날 일을 떠올리자마자 그녀의 미간이 좁아졌다.

주태민의 머릿속에서 고은솔은 천하의 나쁜 계집애였다. 순진한 서우진의 마음을 스무 살 때부터 훔쳐 간 거로도 모자라, 그 마음을 알면서도 노골적으로 싫어하고 피하는 모습으로 우진에게 상처를 주었기 때문이었다.

참다 못해서 우진이 몇 번씩 은솔의 변호를 해 주었으나, 태민은 친구의 말을 전혀 믿어 주지 않았다. 믿지 않을 만도 하다, 서우진이 고은솔에게 품은 감정은 평범하지 않았으니까.

하여튼 그런 친구가 그녀에게 얼마나 무례하게 행동했을지 가늠도 되지 않아서 우진의 얼굴이 굳어졌다.

"아, 미안……."

"네가 왜 미안해 해?"

은솔이 기가 막힌다는 투로 되묻자, 평소에 말 잘하던 서우진답지 않게 그는 입을 다물었다.

"거기 찾아가서 물어봤어. 너희 아버지랑 네 사이가 별로 안 좋아 보이는데 무슨 일인지 아냐고."

그녀의 말대로 그런 질문에 자신은 사실대로 솔직하게 대답하지 않았을 것이다. 똑똑한 고은솔은 서우진이 숨길 것을 알고 데면데면한 주태민까지 찾아가서 사실을 알고 싶어 했다.

"그래서…… 내 마음대로 찾아가서 캐묻고 그랬던 거, 미안해."

우진은 시무룩하게 사과를 덧붙이는 은솔을 물끄러미 응시했다. 그녀는 꼭 혼나기 직전의 강아지처럼 시무룩한 표정을 짓고 있었다.

이래서 기분이 상할까 봐 걱정된다고 말했던 거구나.

하지만, 그는 문전박대를 당해도 태민을 찾아가서 이야기를 듣고 싶어 하던 은솔의 마음을 이해했다.

그때, 그녀의 마음을 겨우 얻은 자신은 좋은 모습을 가장하기 위해 얼마나 전전긍긍했었나. 절대 말할 수 없는, 해묵은 진실을 숨기려고만 했다.

서우진과 가장 가까운 곳에서 지켜보고 있던 고은솔이 이상한 공기를 느끼는 건 어쩌면 당연했다. 모든 상황이 전부 이해가 간다.

"괜찮아, 잘했어."

우진이 웃으면서 가볍게 대꾸하자 은솔의 눈이 놀란 듯 동그래졌다. 서우진은 정말 중증 고은솔 바라기인지, 그녀가 그에게 관심을 가지고 신경을 썼다는 사실만으로도 기분이 좋았다.

한시름 놓은 은솔이 농담인지 진담인지 모를 소리를 했다.

"서우진, 친구 하나는 잘 뒀어."

은솔이 태민을 싫어하는 것과 별개로, 주태민이 서우진에게 좋은 친구라는 사실은 부정할 수가 없었다. 그녀가 살짝 웃으면서 말을 이었다.

"그날 딱 알게 된 게, 난 주태민하고 죽어도 안 맞는 타입이라는 거야. 서우진 아니었으면 만날 이유가 없는 거지."

그럼에도 오늘 점심에 그녀는 싫은 내색 없이 우진을 따라와 주었다. 그 자리에 나가기 싫었으면 막 여행에서 돌아와 피곤하다고 거절해도 됐을 텐데, 같이 있어 주겠다고……

뾰로통하게 앉아 있는 은솔을 우진은 가만히 쳐다보았다. 슬슬 피곤한 듯 눈동자가 붉어져 있었다.

그녀에게 그가 고개를 살짝 내렸다. 코끝이 살짝 닿을 만큼 가까운 거리에서 은솔이 놀란 토끼처럼 눈을 크게 떴다.

그가 그녀의 뺨을 큰 손으로 감싼 순간, 갑작스러운 스킨십에 그녀가 당황한 목소리로 물었다.

"뭐, 뭐 하는 거야?"

"키스하려는 거야."

너무나도 태연하게 대답하는 우진 때문에 은솔의 눈동자가 흔들렸다. 분명 도란도란 이야기를 나누고 있었는데, 그분위기는 어디로 사라지고 시간이 멈춘 듯한 착각이 일었다.

그녀가 떨리는 입술을 겨우 열었다.

"……갑자기, 왜?"

"네가 너무 예뻐 보여서."

"어?"

어느 것이 서우진을 또 자극한 건지는 모르겠지만, 은솔은 아무 대꾸도 할 수 없었다. 그가 그녀의 어깨를 제게로 끌어당겨 안으면서 달콤하게 속삭였다.

"하고 싶으니까."

"……안 자?"

그녀가 조심스럽게 말했다. 물론 너무나도 끔찍한 '내일부터 출근'이라는 말은 굳이 하지 않았다.

"음…… 조금만 늦게."

그 말을 끝으로 우진이 입을 맞추었다. 얼떨결에 이어진 키스가 그녀의 복잡했던 머릿속을 싹 비워 버렸다.

작게 벌어진 입술 사이로 그가 매끄럽게 들어왔다. 그녀의 눈이 저절로 감겼다. 혀가 엉키면서 짜릿한 감각이 공유된다.

결혼식 이후로, 아무도 그들을 모르는 외국에서 하염없이 나눈 키스인데도 늘 처음처럼 생소하기만 하다.

입술이 살짝 떨어졌지만, 여전히 이마는 맞닿은 채로 두 사람은 서로를 바라보았다. 스무 살 때부터 익숙한 존재. 그들이 가졌던 강렬한 감정은 오로지 서로에게만 표현되었었다.

좋고, 싫고, 원하고, 피하고, 놀랍고, 안타깝고, 행복한 감정.

온갖 마음을 담아서 우진이 은솔의 입술에, 뺨에, 목덜미에 가볍게 입을 맞추었다. 돌고 돌아 마침내 손안에 넣게 된 그녀를 확인이라도 하는 듯이, 계속.

···· ✖ 외전 2 ✖ ····

둘만이 아니라, 셋이서

병원 의료진들의 건강 검진 날, 은솔은 뜻밖의 소식을 전해 들었다.

"선생님, 임신하셨는데요?"

"네?"

"전혀 모르셨어요?"

임상 병리사의 말에 은솔이 동그란 눈을 더욱 동그랗게 떴다.

'임신? 그게 뭐지?'

……가 아니라 임신?

"네에?"

은솔의 목소리가 뒤집어지듯 나와 진료실에 울려 퍼졌다.

결혼도 마찬가지였지만, 자신의 사전에 절대 없으리라 믿었던 임신이라는 단어가 뜬금없이 고은솔의 인생에 뛰어들었다.

"엑스레이 안 찍길 천만다행이네요. 바로 산부인과 검진해 보셔야겠어요."

"아…… 네."

그 말을 끝으로 달칵, 문 닫히는 소리만이 들렸다.

멍하니 복도를 걷던 은솔은 수술을 마치고 나온 우진과 마주쳤다. 오전부터 수술실을 벗어나지 못했던 우진은 조금 피로한 안색이었다. 그럼에도 그는 그녀를 보자마자 밝게 웃었다.

"점심 뭐 먹을래?"

"어, 점심……."

점심이고 나발이고, 뭔가 먹을 생각이 전혀 들지 않는다. 은솔이 떨떠름하게 있자 우진이 고개를 기울이고 재차 물었다.

"먹고 싶은 거 있어?"

"어……."

사실, 아직 은솔은 제정신이 돌아오지 않았다. 머릿속에는 의학적 지식이 가득 차 있었지만, 막상 자신에게 아이가 생겼다고 하니 도통 머리가 돌아가질 않았다.

안색이 창백한 은솔을 보고 그제야 우진은 이상한 기운을 감지했다. 무슨 말이라도 할 법한데 은솔은 영 대답을 하지 않았고, 그저 멍하기만 했다.

"왜 그래?"

그러고 보니, 오늘은 은솔이 건강 검진을 받는 날이었다. 어제 저녁부터 굶어서 점심을 거하게 먹겠다고 몇 번이고 다짐하던 그녀의 모습이 떠올랐다.

순간 우진의 얼굴이 딱딱하게 굳어졌다. 지난주, 먼저 검진을 받은 자신의 경험상 아직 건강 검진 일정이 끝났을 리가 없다.

그런데 반쯤 넋이 나간 얼굴로 병원 복도를 배회 중이라니?

갑작스럽게 밀려오는 불안감에 우진이 은솔의 손을 잡아 제게로 이끌었다. 비틀비틀 그의 품 안으로 끌려 들어간 은솔이 한숨을 내쉬었다.

"무슨 일이야?"

우진의 목소리가 낮고 어둡게 울렸다. 불안을 잠재우기 위해서 그가 필사적으로 안 좋은 생각을 지워 나갈 참이었다. 은솔이 떨떠름하게 대답했다.

"서우진, 나 임신했대."

"임신……."

그녀의 말을 곱씹으면서 메아리처럼 반복하던 그가 흠칫 어깨를 떨고는 그녀를 내려다보았다.

"뭐라고?"

"나 어떡해?"

그와 눈이 마주치자마자 그녀가 불쌍한 강아지처럼 얼굴을 일그러뜨렸다. 일이 산더미처럼 쌓여 있는데 임신이라니!

산부인과 과장을 아버지로 둔 은솔은 임신이라는 초유의 사태에 그 누구보다도 검진이 일사천리로 이루어졌다.

은솔은 우진을 통해 본원에서 모자보건센터로 이동했고, 아버지 앞에 우진과 벌서는 학생들처럼 나란히 앉았다.

모자보건센터 센터장이자 산부인과 과장인 고동권은 둔하기 짝이 없는 딸 부부를 황당한 눈으로 쳐다보았다.

"……어떻게 모를 수가 있어?"

"모를 수도 있죠."

뒤늦게 이성을 되찾은 은솔이 힘없이 대꾸했다. 동권이 헛웃음을 지으면서 계속 말했다.

"은솔아, 너 지금 10주 차라고."

"벌써요?"

"피곤하고 잠도 늘고 뭐 입덧 시작하고 그러지 않았어? 감기 걸린 것처럼 몸도 불편하고, 예민해지고."

은솔은 할 말을 잃었다.

잠이 늘기는 했다. 다만, 날이 추워지면서 침대 밖을 나오기 힘들어졌다고 여겼을 뿐. 또한, 피곤한 것도…… 워낙 일이 많고 바빠서 피곤한 것뿐이라고 생각했다.

'입덧 같은 건 없었지.'

게다가 고은솔의 몸은 어떻게 된 건지 음식에 별로 영향을 받지도 않았다. 예민하고 짜증이 나는 거야 늘 신경을 곤두세우고 있다 보니 그러려니 했다.

"무엇보다 생리가 끊겼을 거 아니야?"

"원래 좀 불규칙해서 몰랐지."

동권은 자신의 몸에 대해 전혀 관심이 없는 딸을 한심하게 쳐다보았다.

의사들이 환자의 건강에는 신경 쓰면서 제 건강은 등한시하곤

하지만, 하나뿐인 딸이 그럴 줄은 꿈에도 생각지 못했다.

"은솔이가 몰랐으면 같이 사는 서 선생이라도 좀 신경을 썼어야 지."

"죄송합니다."

입이 열 개라도 할 말이 없는 우진은 고개만 수그렸다. 은솔이 미 간을 좁혔다.

"애가 뭘 안다고 그래요? 나도 몰랐던 일을."

그래도 남편이랍시고 우진을 두둔하는 은솔에게 동권이 저 보란 듯이 혀를 찼다. 우진만 쓸데없이 가시방석에 앉은 기분이 들었다.

"너 약간 빈혈 있더라. 철분제 먹어."

"어쩐지 요즘 좀 어지럽더라."

동권은 그것조차 임신의 증상일 수도 있다는 말이 목구멍 끝까 지 치밀었으나 둔해 빠진 딸을 더는 자극하고 싶지 않아서 한숨만 길게 내쉬고 폭탄을 던졌다.

"그리고 가서 바로 휴직 처리해."

"네에?"

전혀 생각도 해 본 적 없다는 듯 은솔이 동권을 황당하게 응시했 다.

"그 몸으로 수술장에 설 거야?"

"그럼 어떡해요? 어떻게 당장 자리를 비워?"

인원이 부족한 수부외과였다. 나이 많은 과장도 당직을 서는 서 러운 인생을 보내고 있는데, 거기에 끝에서 두 번째 서열인 고은솔 이 빠지기란 쉽지 않았다.

"임신이 장난인 줄 알아? 지금 초기에 큰일 안 난 게 얼마나 다행인데!"

하지만 늘 나긋나긋하던 아빠가 목소리를 버럭 높이자 은솔의 기세가 슬그머니 꺾였다. 그녀가 곤란한 표정으로 우진을 바라보았다.

'역시 내가 빠지면 곤란하겠지?' 하는 그 시선에도 우진은 은솔과 눈을 마주하는 대신 동권에게 침착한 표정으로 말했다.

"바로 휴직 신청하겠습니다."

"응? 네가 왜?"

알겠다는 듯 고개를 끄덕인 동권과 반대로 은솔은 어이없는 기색이었다. 우진은 둔하기 짝이 없는 아내를 착잡하게 보면서 또박또박 그녀의 오해를 정정해 주었다.

"나 말고, 너."

＊　　＊　　＊

아버지와 남편, 심지어 수부외과 선배 의료진들까지 의견이 전부 동일했다. 고은솔은 휴직계를 내고 얼떨결에 집에 누워 있는 신세가 되었다.

가엾게도 인원이 충원되기 전까지 은솔의 몫을 맡게 된 우진은 눈코 뜰 새 없이 바빴다. 아침 일찍 출근을 하고 툭하면 야근에, 퇴근해서 돌아와 봤자 기절하듯 잠들곤 했다.

그런 와중에도 서우진은 의사 면허 시험 이후로 꺼내 보지 않았을 산부인과 관련 전공 서적을 꺼내 틈틈이 살폈고 은솔의 일거수 일투족에 예민하게 반응했다.

몸이 세 개쯤은 되어야 할 수 있는 일을 하는 남편이 불쌍했으나 은솔로서는 어찌할 도리가 없었다. 자기가 좋다고 하는 일이니까!

그때, 초인종 소리가 침체된 공기를 가르고 울려 퍼졌다. 소파에 늘어져 있던 은솔은 TV를 끄고 자리에서 일어났다. 오늘 집에 올 사람은……

―우리 왔다! 문 열어!

친구인 민주와 혜정이 인터폰 화면에서 손을 흔들고 있었다. 무심하게 아파트 공용 현관문을 열어 준 은솔은 바로 현관으로 향했다.

곧, 엘리베이터가 열리는 소리와 함께 민주와 혜정이 나타났다.

"오, 동지!"

배가 눈에 띄게 많이 부푼 혜정이 은솔을 덥석 껴안았다. 배와 배가 닿는 생소한 기분에 은솔이 아무 말도 못 하고 서 있자 민주가 대신 말했다.

"야, 얼른 들어가자. 춥다."

한파에도 고급스러운 코트 하나만 걸친 김민주는 뼈가 시리지도 않은 모양이었다.

집들이 때 한 번 오고 이제 두 번째로 방문하는 친구의 신혼집을 민주와 혜정이 대충 둘러본 뒤, 거실 소파에 나란히 앉았다.

"몸은 좀 어때?"

"완전 아무렇지도 않아."

혜정의 걱정스러운 질문에도 은솔은 태평하기 그지없었다. 당연했다. 고은솔은 입덧조차 오지 않은 희귀 케이스였으니까!

"입덧은? 과일 먹을 수 있어? 한라봉 사 왔는데."

"나 입덧 안 해."

"대박…… 진짜?"

입덧 때문에 무척 고생한 혜정이 믿을 수 없다는 듯 은솔을 쳐다보았다. 그러나 은솔은 어깨만 으쓱이고는 혜정이 건넨 제주산 한라봉을 아무렇지도 않게 깠다.

"그러면 뭐…… 입덧 대신 먹덧 해?"

"그것도 아닌데……."

"뭐야, 대체!"

혜정이 억울하게 투덜거렸다. 그러거나 말거나 은솔은 향긋하고 달콤한 과일을 입에 넣기 바빴다.

"야, 이거 맛있다. 비싼 거지?"

임신을 했음에도 정말 한 치의 불편함도 없어 보이는 은솔을 혜정과 민주가 세세하게 관찰하기 시작했다. 물론 은솔은 전혀 곤란해 보이지 않았다. 아니, 오히려 얼굴이 핀 듯했다.

휴직하게 되면서 은솔의 얼굴에는 피로가 사라졌다. 수술 때문에 예민하게 신경을 곤두세우던 것도 사라지니, 은솔은 한층 여유롭고 편안해 보였다. 민주가 웃으면서 말을 걸었다.

"친정이 바로 옆이니까 편하긴 하겠네. 서우진은? 잘 챙겨 줘?"

"귀찮을 정도야."

"귀찮을 정도가 어느 정도야?"

민주가 신기하다는 투로 묻자 은솔이 떨떠름하게 입을 열었다.

"별로 먹고 싶은 것도 없는데 꼬치꼬치 캐묻는다니까. 아직은 음식이 땡길 시기가 아니지 않나?"

"사람의 진심을 귀찮아하지 말라고."

황당해하는 민주를 보며 은솔이 씩 웃었다. 은솔도 귀찮을 정도로 챙겨 주는 남편이 자랑거리인지 아는 모습이었다. 거기에 걸려든 혜정이 투덜거렸다.

"씨이…… 아무래도 나, 결혼 사기당한 것 같아."

"넌 입덧하느라 초기에 물도 잘 못 마셨다며? 예원이가 사다 줄 틈이나 있었게?"

"그래도!"

부러워하는 혜정을 뒤로하고 민주가 과일 하나를 집어 먹으면서 말을 돌렸다.

"거의 허니문 베이비 아니야?"

"그건 아니야."

아쉽게도 시기상, 아이는 한국에 돌아와서 생긴 듯했다. 한라봉 하나를 깨끗하게 다 해치운 은솔은 바로 물티슈로 손을 닦았다. 혜정이 또 황당한 표정을 지었다.

"정말 먹덧도 아닌가 봐."

"아니라니까."

심드렁하게 대꾸한 은솔은 소파에 푹 기대어 앉았다. 반쯤 먹은 과일을 내려놓고 민주가 씩 웃으면서 입을 열었다.

"서우진 능력 좋네. 결혼하자마자 임신이라니."

"걔 건강해 보이긴 했어."

피트니스센터에서 은솔과 우진을 종종 만났던 혜정이 거들었다. 은솔이 눈살을 찌푸렸다.

"남의 신랑 가지고 뭔 소리야?"

"좋겠다고."

바로 받아친 혜정이 입술을 쭉 내밀었다. 민주가 조심스럽게 혜정에게 말을 붙였다.

"예원이 탈…… 모는 괜찮아?"

"아, 내가 진짜…… 누가 임신했는지 모르겠다니까?"

"왜?"

불만 가득한 혜정의 말에 은솔과 민주가 동시에 친구에게 집중했다. 혜정이 한숨을 내쉬고는 머리를 쓸어올렸다.

"진짜 이 미친 인간…… 얼마나 예민한지, 머리카락 하나만 봐도 발작을 해. 미친 거 아니야? 그리고 탈모에 좋다는 음식은 다 처먹고 다니고, 예민 떨고…… 돌겠다니까."

"헐……."

할 말을 잃은 민주가 찜찜한 감탄사만 토해 냈다.

혜정의 말대로, 가여운 탈모 환자 예원은 무척 민감한 상태였다. 혹여 모근에 문제가 생길까 봐 음식도 깐깐하게 가리면서 또 모근 유지에 좋다 하면 눈이 뒤집혀서 어떻게든 구해 복용하곤 했다.

"배 나오는 건 빼면 되지. 근데 머리는……."

혜정이 말을 잇지 못하고 고개만 절레절레 저었다. 우울한 이야기를 떨치기 위해 민주가 말을 돌렸다.

"그나저나 너희 둘 다 임신해서 나, 술은 누구랑 먹냐?"

"술을 끊어. 너 그러다 일찍 가."

은솔의 말에 민주가 흥, 콧방귀를 뀌었다.

"누가 알코올홀릭인 줄 아나. 많이 안 마셔. 가끔 와인이나 한두 잔 혼자 먹는다고."

"혼자 먹는 것도 위험한 거 알잖아."

민주의 변명에도 은솔은 쉽게 지지 않았다. 뭐, 음주의 단점이야 내과 전공인 김민주가 더 잘 알겠지만.

괜히 말을 꺼냈다가 본전도 못 찾은 민주가 다시금 화제를 바꾸었다.

"고은솔. 결혼하니까 좋아?"

"응? 뭐, 좋지. 왜?"

은솔이 가볍게 대답했다. 뜨겁고 불같은 사랑이라기보다는 어느새 스며든 사랑에 가까웠지만, 서우진과 함께하는 신혼 생활은 만족스러웠다.

일단 아침에 눈을 떴을 때, 곁에서 곱게 잠들어 있는 우진을 발견하는 것부터 행복한 일이었다. 물론 요즘은 자신이 깨어났을 때…… 그는 출근한 뒤였지만 말이다.

게다가 단란한 가족에 대한 환상을 가진 우진은 퇴근 즉시 집으로 돌아와 항상 은솔의 곁에 있었다. 마치 그녀의 옆자리가 제자리라도 되는 것처럼.

뭐라고 해야 할까? 서우진의 세상은 고은솔을 중심으로 도는 느낌이랄까? 그의 모든 관심은 그녀의 일거수일투족에 맞춰져 있었다.

며칠 전, 생선 살을 넘어 이제는 치킨 뼈까지 먹기 좋게 발라 주던 그와 너무 당연하게 포크만 까딱까딱 움직였던 자신이 떠오르자, 은솔은 문득 우진의 배려에 자신이 너무 익숙해지고 있는 게 아닐까 걱정스러워졌다.

'너무 받지만 말고, 뭔가를 해 주고 싶은데 말이야.'

은솔이 제 생각 속에 빠져들 참이었다.

"으음……."

가만히 말을 고르던 민주가 사랑에 빠진 친구를 보고 생긋 웃으면서 대꾸했다.

"부러워서."

민주의 길쭉한 눈이 부드럽게 휘어지자 은솔과 혜정은 동시에 눈을 깜빡거렸다.

"부럽다고?"

"응. 행복하게 결혼 생활을 하는 건…… 로또에 맞는 거나 다름없어 보이거든."

결혼에 부정적이던 김민주가 웬일로 결혼을 부러워하나 싶어서 은솔과 혜정이 의아한 시선을 교환했다.

친구들이 떠나고 나니, 금세 저녁 식사를 준비할 시간이었다. 엄마가 오늘도 저녁을 같이 먹을 거냐고 연락을 해 와서 은솔은 확인차 우진에게 전화를 걸었다.

"오늘 늦어?"

—아니, 지금 가고 있어. 왜?

"벌써?"

은솔은 뜻밖의 소식에 시간을 살폈다. 다섯 시. 퇴근하기에는 무척 이른 시간이었다. 그러자 전화기 너머에서 우진의 지친 목소리가 들렸다.

—집에 가서 쉬라더라.

"아……."

은솔이 눈살을 찌푸렸다. 웬만해서는 힘든 내색을 하지 않는 우진이 얼마나 피곤해 보였으면 사람들이 그를 억지로 퇴근시켰을까 싶었다.

"알았어. 그러면 나 엄마 집에서 저녁 안 먹을게. 같이 먹자. 뭐 먹을래?"

—뭐 먹고 싶은 거 있어?

"나 별로…… 없는데."

그녀의 대꾸에 잠시 침묵이 일었다.

연락이 닿았을 적마다 우진은 은솔에게 똑같은 질문을 했었다. 처음에는 생각나는 대로 아무거나 불렀었는데, 그것도 하루 이틀이지 매일같이 특별한 음식을 먹고 싶지는 않았다.

—사소한 거라도 괜찮으니까 참지 말고 말해.

"진짜 없는데? 아, 올 때 토마토 사 와. 갈아먹어야지."

우진은 임신한 아내에게 최선을 다하고 싶은 듯했지만 정작 당사자인 은솔이 너무나도 무딘해서 입덧 퀘스트는 영 지지부진했다. 결국 우진의 오늘 퀘스트는 토마토 구입뿐이었다.

평소보다 이르게 퇴근한 우진은 코트와 재킷만 걸어 두고 바로 토마토 손질에 나섰다. 손을 씻는 우진에게로 은솔이 가까이 다가오자 그가 선수를 쳤다.

"앉아 있어. 갈아 줄게."

"응? 지금 안 먹을 건데."

"그럼 언제?"

"어…… 이따 아홉 시쯤?"

대충 대답한 은솔은 아일랜드 식탁 앞에 앉았다. 셔츠 소매를 걷어붙인 우진이 그녀를 물끄러미 내려다보았다.

은솔이 임신을 했다는 소식을 듣자마자 우진은 모든 것을 감내하기로 마음먹었었다. 임신이 모체에 끼치는 부정적인 영향을 아는 터라 그는 그녀가 원하는 것을 뭐든 기쁘게 해 줄 생각이었다.

거기에는 출산으로 인해 사망한 어머니에 대한 부채감도 한몫했다. 하루하루, 은솔에게 최선을 다해서 무슨 일이 일어나든 간에 훗날 한 점의 후회도 남지 않기를 바랐었다.

하지만 고은솔은…….

"난 별로 먹고 싶은 게 없는데, 저녁은 네가 먹고 싶은 거로 정하자."

그의 마음을 아는지 모르는지, 그녀는 평소와 다를 바가 없었다.

"점심에 뭐 먹었어?"

"오늘은 좀 바빠서, 샌드위치 먹었어."

"서우진, 너 아침도 안 먹고 출근하잖아?"

은솔이 눈살을 찌푸리고 물었다. 어째서인지 점점 야위어가는 쪽은 임신한 고은솔이 아니라 오히려 서우진 같다.

"샌드위치 하나 먹고 어떻게 수술을 해? 레지던트 때도 아니고."

"그러게…… 그게 되네."

희미하게 웃은 우진이 말끝을 흐릴 참이었다. 턱을 괴고 앉은 은솔이 그를 올려다보며 심각한 표정으로 중얼거렸다.

"제대로 챙겨 먹어야겠다, 진짜."

"제대로? 뭐 먹을 건데?"

"밥! 엄마가 갖다 준 곰국 있거든."

은솔이 깔끔하게 결론을 내렸다. 오늘의 저녁 메뉴가 정해지는 순간이었다.

이튿날, 은솔은 오랜만에 병원으로 걸음 했다. 손에 묵직한 쇼핑백을 든 그녀는 하얀 가운을 걸치지 않아서인지 이질적으로 보였다.

휴직을 신청한 지 얼마나 되었다고 병원이 벌써부터 낯설게 느껴지나 싶어서 그녀가 속으로 웃을 찰나, 등 뒤에서 또랑또랑한 목소리가 들렸다.

"쌤! 오랜만이에요!"

유남이었다. 유남은 오랜만에 본 은솔을 반갑게 맞아주었다. 은솔도 유남에게 반가워하며 인사를 건넸다.

"안녕하세요."

"여긴 어쩐 일이세요?"

"저기, 서우진 선생, 어디 있어요?"

"우진 쌤, 수술 들어가셨는데…… 곧 나올 거예요."

시간을 확인한 유남이 질문에 대답하고 나서는 은솔에 손에 들려 있는 쇼핑백을 흘깃 쳐다보았다. 느낌이 꼭 환자 가족과 보호자들이 들고 다니는 쇼핑백 같은데.

"그게 뭐예요?"

"서 선생 도시락 좀 싸 왔어요. 요새 워낙 못 챙겨 먹는다고 해서요."

"어머…… 쌤은 쌤 몸이나 챙기시지."

보호자들이 들고 다니는 모양새다 싶었는데, 역시나 음식이 잔뜩 든 쇼핑백인 모양이었다. 유남은 은솔과 어울리면서도 어울리지 않는 쇼핑백을 보고 히죽 웃었다.

이내, 유남의 말대로 우진이 수술실에서 올라왔다. 누군가가 은솔을 보고 우진에게 연락을 미리 넣어 주었는지, 우진은 그녀의 등장에 크게 놀란 것 같지는 않았다.

"여긴 왜 왔어?"

"오면 안 되는 곳도 아니고, 뭐."

뽀로통하게 대꾸한 은솔이 우진에게 쇼핑백을 덥석 넘겼다. 얼떨결에 쇼핑백을 받아 든 그가 의아한 표정으로 쇼핑백 안을 들여다보았다. 비닐 봉투로 감싸인 묵직한 물건이 보였다.

"이게 뭐야?"

"점심!"

그녀의 짧은 대답이 끝나기 무섭게 수부외과 과장이 너스 스테이션 쪽으로 다가왔다. 과장은 오랜만에 만난 은솔을 보고 반갑게 손을 흔들었다.

"웬일이야, 고 선생? 몸은 괜찮아?"

"괜찮습니다. 서 선생하고 점심이나 먹으려고요."

"오, 그래? 고 선생 맛있는 것 좀 사 줘."

툭툭 우진의 어깨를 두드리며 한마디 건넨 과장에게 은솔은 웃으며 대답 대신 고개만 까딱였다.

하지만, 은솔과 우진이 향한 곳은 식당이 아니라 수부외과 휴게실이었다. 소파에 앉은 은솔은 우진이 들고 온 쇼핑백에서 도시락통을 꺼냈다.

도시락은 생각보다 본격적이었다.

아직 따뜻한 된장국과 완두콩밥에 서툰 모양이지만 맛있어 보이는 계란말이, 반찬 한 귀퉁이에는 입맛을 돋우는 메추리알 조림이 있었고, 색깔만 봐도 군침이 도는 볶음김치와 살코기로만 이루어진 담백한 수육, 어제 선물로 받았다는 한라봉까지!

"계란말이랑 된장국은 아침부터 만들었어."

내심 보람찬 듯한 은솔의 말에 우진이 믿을 수 없다는 눈빛으로 그녀를 바라보았다. 요리와 거리가 멀어 보이는 그녀가 아침부터 도시락을 쌌다는 게 신기할 따름이었다.

"……직접 만든 거야?"

"당연하지. 근데 별거 없……!"

그녀의 말이 중간에 뚝 잘렸다. 그가 대뜸 그녀를 끌어안은 탓이었다. 그의 품 안에서 그녀가 나지막이 투덜거렸다.

"깜짝 놀랐잖아!"

잔뜩 인상을 찌푸리고 있지만, 우진의 눈에 은솔은 세상 어느 누구보다도 아름다웠다. 다만, 지금 걱정인 것은 그녀의 건강 상태였다.

"괜히 무리한 건 아니야?"

"이 정도 가지고 무리는."

은솔이 불만스럽게 대답했다. 그럴 만도 했다. 임신이 밝혀진 순간부터 서우진을 비롯해 모두가 벌벌 떨었다.

그녀가 조금만 움직여도 혹시 다치지는 않을까, 전전긍긍하는 가족들을 보면 은솔은 자신이 아무것도 하지 못하는 어린애가 된 기분도 들었다.

모두들 은솔에게 해 주려고만 하지, 뭔가를 받고 싶어 하지는 않았다. 조금만 무리해도 몸에 부담이 되는 상태니까 건강에 신경을 써야 한다는 건 알고 있지만…… 답답했다.

그래서 오늘 일부러 우진을 위해 도시락을 쌌다. 매일매일 자신의 상태를 살피는 남편에게 뭐라도 해 주고 싶어서, 고마운 마음을 담아 난생처음으로 만든 도시락이었다.

"반찬이 좀 부족해서 엄마 집에도 다녀왔어."

은솔이 메추리알 조림과 수육을 가리켰다. 어제 엄마는 저녁으로 수육 파티를 한 듯했다. 사실 오늘 아침부터 자신이 직접 만든 건 국, 계란말이, 김치볶음이 전부였다.

"넌 먹었어?"

"나올 때 먹고 나왔지. 내가 요리는 좀 서툴잖아. 맛없을까 봐 하나하나 다 먹어 봤어."

은솔이 씩 웃었다. 혹시 음식 맛이 좋지 않을까 봐 확인차, 일부러 그녀는 나가기 전에 도시락과 똑같은 구성으로 점심을 먹었다.

"맛있었어?"

"당연하지. 먹어 봐. 끝내줄걸?"

은솔이 귀엽게 대구하자마자 젓가락을 든 우진이 품 안에 있는 그녀의 뺨에 키스를 할 때였다. 덜컥, 휴게실 문이 열려서 화들짝 놀란 은솔이 우진에게서 훌쩍 떨어져 나왔다.

휴게실로 성큼성큼 들어온 사람은 최준구 선생이었다.

그러나 준구는 휴게실에 흐르는 미묘한 분위기와 정적, 은솔의 표정과 테이블 위에 놓인 도시락 등으로 이미 상황 파악이 끝난 상태였다. 준구가 혀를 찼다.

"어휴, 신혼부부…… 뭐 하는 거야?"

준구의 놀림에 은솔이 얼굴을 붉히면서 자리에서 일어나 인사를 했다.

"안녕하세요, 선생님."

"오랜만이야."

준구 역시 은솔을 보고 놀라지는 않았다. 수부외과의 정보통, 유남 덕택에 은솔이 찾아왔다는 소식이 수부외과 의료진에게 퍼졌기 때문이었다.

"아! 고 선생, 입덧 안 한다며? 축하해. 집사람이 그러는데 배 속에서 얌전한 애들이 나와서도 얌전할 거래."

"진짜요?"

은솔이 눈을 크게 떴다. 그런 이야기를 지나가듯이 들었던 것도 같긴 한데…… 선배인 준구의 입으로 듣게 되니 왠지 더 신뢰가 가는 느낌이다.

하지만 준구는 장난스럽게 웃으면서 짓궂은 말을 덧붙였다.

"그래, 근데 진짠지는 두고 봐야지."

휴게실 구석에 놓아둔 짐을 들고 준구는 흐흐 웃으면서 나갔다. 문이 닫히자 은솔이 우진을 홱 돌아보며 물었다.

"그런 소리 들은 적 있어?"

"뭐? 아이가 얌전하다는 말?"

"응."

은솔의 눈이 반짝거렸다. 준구의 말이 사실이라면 얼마나 좋을까 싶은 마음이 그녀의 눈빛에서 고스란히 묻어났다. 그러나 슬프게도 우진은 거짓말을 할 수는 없었다.

"……아니."

"아닌가?"

"아무 근거가 없는 소리 같은데."

미간을 찡그린 은솔이 고개를 끄덕였다. 우진의 말을 듣자 하니, 또 틀린 소리 같지는 않아서였다.

*　　*　　*

미선은 어젯밤부터 잠을 이루지 못했다. 딸에게서 진통이 시작되었다는 전화를 받은 후로 잠을 이룰 수가 없었다.

끔찍하리만큼 고생했었던 첫 출산은 아직도 미선의 기억 속에 날카롭게 남아 있었다. 산부인과 전문의인 남편이 걱정할 정도로 미선은 은솔을 낳을 때 고생을 했었다.

그리고 보통, 딸들은 엄마를 닮는다던데 은솔도 예외는 아닌 모양이었다. 어젯밤부터 꼬박 열다섯 시간이 흘렀으나 은솔의 상태는 지지부진하기만 했다.

"아직도 애기 같은데……"

미선이 소매로 눈물을 찍어 내며 중얼거렸다. 다 지친 은솔의 모습이 미선의 마음을 아프게 찔렀다. 야속한 손자는 도통 나올 기미를 보이지 않았다.

입술이 잔뜩 말라붙고, 눈가 얇은 피부에 실핏줄이 점점이 터진 딸의 모습이 가혹해 보여서 미선은 차라리 자신이 대신 진통을 겪어주고 싶은 심정이었다.

그런데 웬걸, 산부인과 과장인 남편이 직접 선발한 의료진은 산모를 두고 대뜸 밖으로 나가는 것이었다. 당황한 미선이 출입문을 망연히 쳐다보았다.

바깥으로 나간 주치의는 초조하게 서 있는 동권에게 달려갔다.

"과장님!"

"어, 어때?"

오랫동안 진통이 지속된 상황. 남자라서 산모들의 고통이 어디까지인지는 경험해 보지 못했지만, 난산이 괴로움은 의사로서 어느 정도 이해한디.

그렇기에 동권은 무슨 말이 나와도 납득할 수 있었다.

"수술 들어가는 게 좋겠습니다."

역시 그럴 줄 알았다. 동권이 고개를 끄덕였다.

"알았어. 난 여기 있을 테니까, 잘 부탁하네."

주치의는 안에 있는 가족들에게 상황을 설명하러 들어갔다. 동의서 작성을 마치고 미선이 우진과 함께 비틀비틀 걸어 나왔다.

미선을 대기용 의자에 앉힌 동권은 자신보다 더 하얗게 질려 있는 우진을 보고 한숨을 삼켰다.

외과 의사로서 몇 번이고 수술실에 섰을 우진도 막상 제 일이 되자 걱정이 태산 같은 모양이었다. 그 마음을 누구보다도 잘 이해하기에, 동권이 우진의 어깨를 툭툭 무심하게 쳐 주었다.

"난산일 거라고 예상은 했어. 괜찮을 거야."

"······예."

침묵 끝에 우진의 입에서 반쯤 쉬어 버린 목소리가 흘러나왔다. 어젯밤부터 눈 한 번 붙이지 못한 사람은 미선뿐만이 아니었다.

모든 일을 다 제쳐 둔 우진은 어제부터 지금까지 본원이 아니라 모자보건센터에서 꼼짝도 하지 않았다. 지친 기색 대신 오로지 걱정과 불안만이 우진의 얼굴을 뒤덮고 있었다.

그 모습이 안타까워서 동권이 조심스럽게 입을 열었다.

"여기가 다 병원인데 걱정할 일은······."

그러나 거기까지 말한 동권은 아차, 하면서 수부외과 과장으로부터 전해 들은 이야기를 떠올렸다.

서우진의 어머니가 사망하게 된 이유와 모자보건센터의 건립의 뒷이야기였다.

우진의 불안을 모르는 바는 아니었다. 어머니가 자신을 낳다가 사망에 이르렀으니, 우진에게 있어서 출산은 끔찍한 정신적인 트라우마일 것이다.

동권이 잠시 말을 멈추자 우진이 어두운 음성으로 씁쓸하게 말했다.

"제가 너무 생각이 짧았습니다. 그러니까 이런 일이 없도록 미리 신경을 썼어야 했는데……."

"이런 일이 없도록? 임신을 하지 말았어야 한다는 건가?"

우진의 말허리를 자른 동권이 황당한 듯 하나뿐인 사위를 쳐다보았다. 우진이 고집스럽게 입을 다물자, 동권이 한숨을 내쉬었다.

"서 선생은 왜 자기 탓을 해? 하긴, 출산 때 남자는 해 줄 수 있는 일이 없긴 하지. 그래서 무력한 기분 느끼는 건 이해는 해. 그런데 은솔이가 아이를 원치 않았던 건 아니잖아?"

특별히 계획을 세우기도 전에 아이가 덜컥 들어섰다. 우진은 그게 항상 마음에 걸렸다.

물론, 은솔은 처음에 당황하기는 했으나 둔한 성격 덕분인지 시간이 지나면서도 후회하는 모습을 보이지는 않았다.

결혼을 해서 아이가 생겼으니 낳는다. 그게 고은솔의 단순명쾌한 논리였다.

반면, 임신 기간 내내 우진은 걱정을 달고 살았다. 혹시라도 은솔의 몸에 무리가 갈까, 은솔에게 안 좋은 영향을 끼칠까, 문제가 생기지는 않을까…….

그러다가 자신을 떠나 버리면 어떡하지.

꼬리에 꼬리를 문 생각은 항상 나쁜 쪽으로 확장이 되었다.

그렇다고 해서 은솔에게 이런 마음을 보여 줄 수는 없었다. 자신보다 더욱 힘든 상황에 있을 아내에게 굳이 불안한 내색을 하고 싶지는 않았다.

오랜 주치의인 태민의 도움에도 불구하고, 차곡차곡 쌓인 불안은 우진의 마음을 야금야금 좀먹었다.

그는 불안을 떨치기 위해 과도할 정도로 은솔에게 최선을 다했으나 지금만큼은 아무것도 할 수 있는 일이 없었다. 지금처럼 무력한 기분을 느낀 적도 없는 것 같다.

이내, 우진의 마음을 잘 아는 동권이 무게 있는 목소리로 계속 말했다.

"봐 봐. 지금까지 은솔이한테는 아무 문제 없어. 제왕절개로 들어가는 건 종종 있는 일이야. 그리고 내가 산부인과 전문의로서 확실히 말할 수 있는 건, 35년 전하고 지금은 세상이 천지 차이라는 거야."

하지만 우진의 어두운 안색은 쉽게 나아지지 않았다. 시간이 지나고 의학 기술이 발전했지만, 아직 출산의 위험성은 완전히 사라진 게 아니었으니까.

동권은 딱딱하게 굳어 있는 우진을 보다가 단호하게 말을 꺼냈다.

"서 선생, 왜 자네 아버지가 굳이 돈도 되지 않는 모자보건센터를 열었는지 아나?"

흐릿했던 우진의 눈동자에 희미하게 빛이 들어왔다. 동권은 수부외과 과장에게 전해 들은 이야기를 떠올리면서 또박또박 설명했다.

"출산 중 산모가 희생되는 비극적인 일이 다시는 일어나지 않기를 바랐기 때문이야."

죽은 서회준 원장은 출산 중 사망한 아내를 기리며 오랜 염원이

나 다름없던 모자보건센터를 서울 한복판에 세웠다. 그리고 최고, 최상의 진료가 모자보건센터 건립의 제일 목표였다.

그곳에서, 회준의 하나뿐인 며느리가 출산을 앞두고 있다.

고약한 아이러니가 따로 없었다. 아들이 행복해지기를 죽을 때까지 바라지 않았던 아버지 덕분에 은솔이 최상의 환경을 누릴 수 있다니. 우진의 입맛이 씁쓸해졌다.

"그러니까 마음 좀 놓고 편히 있어. 우리가 해 줄 수 있는 일은 어차피…… 없으니까."

동권의 말이 힘없이 끝나자 불안과 초조, 은솔로 인해 가라앉았던 어두운 마음이 눈을 뜬다. 수술 들어가겠다는 의료진의 설명이 떨어지기 무섭게 우진은 은솔에게 달려갔다.

"어, 저기 서 선생……!"

"잠깐만 이해해 줘. 첫 아이잖아."

동권은 우진을 붙잡으려던 의사를 제지했다. 의사가 어깨를 으쓱이고 한숨을 쉬었다. VIP의 진료를 맡는다는 게 심적으로 부담을 크게 준 탓이었다.

아랫입술을 꽉 깨문 우진은 지친 은솔을 보자 가슴이 죄책감으로 울렁거렸다. 수술실에서 어머니는 다시 일어나지 못했다. 만약, 자신에게도 그런 끔찍한 일이 일어난다면…….

우진은 지금, 세상을 떠난 아버지의 마음이 조금이나마 이해가 갔다. 아버지에게는 당신처럼 살지 않겠다고 큰소리를 쳤었는데.

수술을 앞두고 기진맥진한 은솔은 돌아온 우진을 보면서 씩씩거렸다.

"수술할 거면 진작하지! 빌어먹을!"

은솔의 거친 말에도 우진의 불안한 표정은 사라지지 않았다. 그가 그녀의 손을 잡고 어렵게 입을 열었다.

"은솔아, 나…….."

아무 일이 없기를, 잘 버티기를, 건강한 모습으로 그녀를 다시 볼 수 있기를. 신을 믿어 본 적 없는 우진은, 처음으로 온 마음을 다해 기도했다.

"기다리고 있을게."

"알았으니까, 나가서 빨리 마취 좀 해 달라 그래. 아, 진짜…….."

은솔의 얼굴이 다시 고통으로 일그러졌다.

고통스러웠던 시간이 무색하게 제왕절개 수술은 빠르고 성공적으로 끝났다.

수술이 이루어지는 내내, 산부인과 과장인 동권이 미선과 우진에게 걱정할 것이 없다고 열심히 알려 줬지만 아무도 동권을 말을 듣지는 않았다.

무서울 정도로 무표정했던 우진은 어두운 감정이 휘몰아치는 마음을 다스리느라 정신이 없었다.

미동도 없이 가만히 있던 우진이 고개를 든 것은 짧은 수술 시간이 지나고 의료진이 나왔을 때였다.

수술 집도의를 보자마자 우진은 반가움이 앞섰다. 언제나 자신은 통제 구역에서 나오기만 했지, 기다리는 입장이 되어 본 적은 없었다.

왜 그렇게 보호자들이 안절부절못하면서 수술실에서 나오는 의료진을 보고 스프링처럼 튀어 나가 앞을 막는지, 우진은 오늘 처음 깨달을 수 있었다.

"수술 잘됐으니까 걱정하지 마세요."

자신 있어 보이는 눈빛에 여유로운 집도의의 태도를 보자 그제야 우진은 안도감이 물밀 듯 밀려 들어왔다. 아무 말도 잇지 못하는 우진을 보면서 의사가 옅게 웃어주었다.

끔찍하리만큼 두려웠던 시간이 마침내 끝난 것이다.

"고 선생님이 너무 힘들어하셔서 잠깐 주무시고 계세요. 후처치 끝나면 바로 병실로 이동할게요."

동권에게 별다른 말이 없는 것을 보면, 수술이 성공적으로 끝난 건 확실했다. 그러나 미선은 집도의에게 딸의 상태를 직접 듣고 싶어 했다. 미선이 부랴부랴 물었다.

"괜, 괜찮은 거죠?"

"수술 중에 특별히 문제는 없었지?"

동권이 미선을 거들었다. 집도의가 고개를 크게 끄덕였다.

"네. 괜찮으세요."

"일단 한시름은 놓겠다."

동권이 안도의 한숨을 내쉬자 그제야 의자에 주저앉은 미선의 얼굴이 환해졌다. 피로 가득한 얼굴로 동권은 가슴 졸였을 우진을 돌아보며 말했다.

"아빠는 아기 보고 와."

"아니요, 저도 병실에 먼저 올라가겠습니다."

"엉? 애 봐야지?"

"나중에요."

그러나 우진의 단호한 거절에 동권은 더 이상 제안할 수 없었다.

아늑한 분위기의 병실에서 은솔은 곤히 잠들어 있었다. 지친 기색이 역력한 그녀가 깨지 않게끔 우진은 조용히 그녀에게 다가갔다.

은솔을 보자, 우진은 불안에 떨던 시간이 다 먼 과거처럼 느껴졌다. 아버지가 죽기 전에 저주처럼 내뱉었던 말이 늘 발목을 붙잡고 있는 것 같았는데, 족쇄가 풀려 자유로워진 듯 속이 후련해졌다.

'나는…… 절대 당신처럼 불행하게 살지 않을 겁니다.'

그가 속으로 다시금 다짐했다. 이제야 비로소 아버지의 그늘에서 벗어난 기분이 들었다.

은솔의 활력 징후를 확인한 후에야 마음을 놓고 신생아실로 간 우진은 얌전히 잠들어 있는 아들을 말없이 쳐다보았다.

제 엄마를 온종일 괴롭힌 아들은 세상에서 가장 편한 얼굴로 귀엽게 자고 있었다. 아주 잠시는, 그 누구보다 밉기까지 한 아이였는데, 막상 눈으로 보니까 아무런 원망이 들지 않았다.

그저 물끄러미 응시하는 것 외엔 아무것도 할 수 없었다.

아이에게서 눈을 떼지 못하는 우진의 곁에 인기척이 느껴졌다. 누군가 했더니, 수술 집도를 했던 산부인과 전문의였다.

병원의 유명 인사인 우진에게 집도의가 살갑게 말을 붙였다.

"정말 서 선생님 닮았어요."

"그렇습니까?"

기분이 이상했다. 자신은 누군가와 닮았다는 말을 대체로 싫어했다. 주로 '대단하신' 아버지와 닮았다는 소리를 많이 들었기 때문일 것이다.

그렇지만 자신과 빼닮은 또 다른 존재가 생기자 미묘한 감정이 가슴속에서 울렁거렸다. 우진은 반은 자신을, 반은 그녀를 닮은⋯⋯ 유일무이하고 사랑스러운 존재를 투명한 벽 너머로 바라보았다.

"판박이예요. 얼마나 잘생겼는데요. 선생님, 어렸을 때 사진 있으면 비교해 보세요. 누가 더 잘생겼나."

기분 좋은 농담에 우진은 희미하게 웃는 것으로 대답을 대신했다. 자신은 어린 시절의 사진이 하나도 없었다. 아버지는 끔찍하게 증오하는 아들을 기록으로 남겨 두고 싶지 않았을 것이다.

우진이 대꾸하지 않자 그의 눈치를 보면서 집도의가 말을 돌렸다.

"고 선생님, 고생이란 고생은 다 하시고 결국 수술해서 어떡해요?"

"그러게요."

"선생님도 좀 쉬세요. 아이는 잘 보고 있을게요."

"잘 부탁드립니다."

고개를 숙여 인사한 우진은 걸음을 돌리려다가 우뚝 멈추어 섰다. 떠날 생각을 하지 않는 우진을 보면서 산부인과 의사가 물었다.

"뭐 문제 있습니까?"

"아⋯⋯."

떨떠름하게 고개를 돌린 우진이 재킷 안에서 휴대폰을 꺼내 들고는 조심스럽게, 수줍은 표정으로 부탁했다.

"아이 사진 한 장만 찍어도 됩니까?"

검지 하나를 편 우진을 보자 집도의의 입술이 웃음을 참느라 씰룩거렸다. 어려울 것 없는 부탁이었다.

그리고 서우진은 휴대폰 화면에 떠 있는 아이 얼굴을 쳐다보며 걷느라 몇 번, 사람들과 부딪칠 뻔하다가 은솔의 병실로 돌아올 수 있었다.

수술을 한 바람에 은솔은 병원에서 열흘 정도 입원하기로 했다. 동권은 미선과 함께 입원 생활에 필요한 물건을 챙기러 집으로 떠났고, 은솔의 곁에는 우진만이 남았다.

우진은 잠든 은솔의 모습이 안쓰러웠다. 여전히 그녀는 꼭 죽음에서 돌아온 것처럼 사투를 벌인 모습으로 지쳐 잠들어 있었다.

아마 몸이 회복되는 동안, 꽤 고통스러울 것이다. 단지 지식으로 알고 있을 뿐인데도 우진의 마음은 서늘하기만 했다.

그가 그녀의 얼굴에 붙어 있는 머리카락을 조심스럽게 떼어 낼 참이었다. 슬슬 깨어날 시간일 텐데, 그녀가 언제쯤 눈을 뜰까 걱정되었다.

은솔의 활력 징후는 모두 안정적이지만, 우진은 그녀가 얼른 의식을 되찾았으면 싶었다. 그녀가 제 곁을 떠나지 않았음을 확인하고 싶었으니까.

그때, 그의 손길을 느끼기라도 한 듯 그녀에게서 앓는 소리가 나왔다.

"으……."

우진의 눈이 동그랗게 커졌다. 이내, 은솔은 가물가물한 눈을 억지로 떴다.

잠에서 깬 그녀를 배려하기 위해 병실은 아늑하게 꾸며져 있었다. 형광등 대신, 부드러운 빛깔의 간접 조명이 그녀의 얼굴에 그림자를 드리웠다.

그리고 눈앞에 보이는, 잔뜩 풀이 죽은 남자.

"……몸은 어때?"

우진이 씹어 삼키듯이 물었다. 은솔에게 무슨 말을 해야 할지 몰랐다. 아프고 힘든 건 당연할 텐데, 괜찮으냐고 묻고 싶지는 않았다. 애초에 괜찮은 기색도 아니었고.

얼굴을 찡그린 은솔은 내내 가슴에 담아 두었던 말을 드디어 입 밖으로 꺼냈다.

"서우진, 둘째는 무리야."

이 끔찍한 고통은 한 번만으로도 족했다. 은솔의 진심 어린 목소리에 우진이 한숨을 터뜨렸다.

"아이 얼굴은 봤어?"

"……으응."

"귀엽지?"

은솔의 말에 우진이 고개를 끄덕였다. 아이가 예쁘지 않았으면 홀린 듯 사진을 보면서 돌아오지도 않았을 것이다. 그가 휴대폰을 들면서 말했다.

"사진 찍어 놨어."

"진짜? 보여 줘!"

은솔이 무거운 팔을 번쩍 뻗었다. 우진이 휴대폰을 가까이 가져다주자, 그녀는 입까지 벌린 채로 화면에 올라온 아이 사진을 보면서 중얼거렸다.

"와, 나 아까는 진짜 정신이 없어서 애 얼굴이 잘 기억 안 났어. 아이 상태는 어때?"

"괜찮은 것 같아. 너 조금 더 회복한 다음에 아이 데려온대."

"어, 그렇다더라."

우진의 말에 건성으로 고개를 끄덕인 은솔이 휴대폰 속 아이의 사진만 뚫어져라 바라보았다. 조그만 아이가 배 속에 들어 있었다는 게 도저히 믿기지 않았지만, 뭐…….

'신기한데?'

엄마 배 속에서 열 달을 얌전하게 보냈으니까 최준구 선생의 말대로 앞으로도 얌전하기를 바라면서, 은솔이 흐뭇하게 웃었다.

우진은 은솔의 머리를 쓸어 넘겨주면서 꾹꾹 눌러 놓았던 진심을 꺼냈다.

"미치는 줄 알았어."

어두운 목소리에 그녀는 휴대폰을 내려놓고 그에게 시선을 돌렸다. 그가 그녀를 안타깝게 응시하면서 말을 이었다.

"나쁜 생각은 안 하고 싶었는데, 그게 내 의지로 되지 않더라고."

그동안 우진이 굳이 말하지 않았지만, 은솔은 우진의 초조한 기분을 어렴풋이 느끼고 있었다. 한집에 살면서 시간을 같이 보내다 보니, 더욱 상대의 기분에 예민해진 것이다.

출산이 임박해 오면서 우진은 점점 불안해했지만, 차마 그녀에게 내색하지는 못했다.

그 불안의 근원은 그의 탄생과 깊은 관련이 있었다.

인생의 첫 단추부터 잘못 끼워진 그에게 불안해하지 말라고 위로해 봤자 도움이 되지 않을 것이기에 은솔은 무조건 건강한 모습만을 보여 줄 생각이었다.

근데 현실은 생각과 다르게 흘러가곤 했다. 진통이 이렇게 길어지고 지지부진할 줄은 꿈에도 상상하지 못했으니까!

은솔은 우진의 붉어진 눈가를 물끄러미 바라보았다. 어디에도 말할 수 없는 상처를 홀로 부여잡고 앓느라 그의 속이 다 너덜거리는 듯했다.

그 마음을 어루만지듯, 그녀가 손으로 그의 눈가를 부드럽게 훑었다.

"봐, 나 완전 건강하게 잘 살아 있어."

"응."

우진의 눈이 살짝 가늘어졌다. 웃는 건지 우는 건지 모를…… 모호한 표정이 그의 얼굴에 올라왔다.

그의 곁에 그녀는 건강하게 살아 있다. 그 사실만으로도 서우진의 불안이 점점 사그라지기 시작한다.

마취가 풀리면서 슬슬 통증이 느껴지기 시작했으나, 그녀는 담담하게 말을 이었다.

"몸은 아프지만, 시간이 지나면 낫겠지."

"응."

"그럼, 일상으로 돌아가면 되는 거야."

평소와 다를 것 없는 그녀의 목소리가 그의 마음을 따스하게 울렸다.

우진이 제게 닿아 있는 그녀의 손을 부드럽게 감쌌다. 곧, 은솔이 희미하게 웃으면서 덧붙였다.

"이제는 우리 둘만이 아니라, 셋이서."

그제야 그의 입가에 미소가 떠올랐다. 오래간만에 짓는 후련한 미소였다.

〈끝〉